警察

Jo Nesbø

[挪威]

尤·奈斯博

著

林立仁 译

湖南文艺出版社
HUNAN LITERATURE AND ART PUBLISHING HOUSE
博集天卷
CS-BOOKY
·长沙·

献给克努特·奈斯博
足球好手、吉他手、好友、我的弟弟

/ 目 录 contents /

Politi

序幕

它在门内沉睡。

转角柜里弥漫着老木头、残余火药和擦枪油的气味。每当阳光从窗外照进房内，就会穿过柜门的钥匙孔，形成沙漏状的光束，射进柜子。阳光只要移动到某个角度，光束就会落在中间的层架上，让它在层架上发出暗淡光芒。

它是一把敖德萨手枪，是小有名气的斯捷奇金手枪的山寨版。

这把外形丑陋的自动手枪有一段流浪漂泊的过往，它曾被立陶宛的哥萨克人带去西伯利亚，在西伯利亚南部的多个厄尔卡据点之间流转，成为哥萨克领导人"阿塔曼"的所有物，后来被警察拿来杀了这个阿塔曼，再流落到下塔吉尔市一位喜欢收集枪支的典狱长家中。最后鲁道夫·阿萨耶夫把它带来挪威。鲁道夫外号"迪拜"，失踪前曾以一种类似海洛因的鸦片类药物"小提琴"垄断奥斯陆毒品市场。如今这把手枪就在奥斯陆，就在霍尔门科伦区，就在萝凯·樊科的大宅里。这把敖德萨手枪的弹匣可装填二十发马卡洛夫子弹，口径9毫米×18毫米，一次可发射一枚子弹，也可连射数发。目前弹匣里还有十二发子弹。

已击发的八发子弹中，三发用来瞄准竞争对手科索沃的阿尔巴尼亚药头，只有一发命中。

另外两发子弹射杀了古斯托·韩森，他是个少年窃贼，也是药头，曾窃取鲁道夫的钱和毒品。

现在这把手枪依然飘散着最后射出的三发子弹的火药气味。这三发子弹击中了前任警官哈利·霍勒的头部和胸部，当时他正在追查古斯托命案，而他遭子弹击中的地点正好就是古斯托命案的现场：黑斯默街九十二号。

　　警方依然未能侦破古斯托命案，案发后遭逮捕的十八岁少年也已获释，主因是警方找不到凶枪，也无法把少年跟任何武器联系起来。少年名叫欧雷克·樊科，他每晚都在睡梦中因听见枪声而惊醒，瞪大眼睛看着黑夜。他听见的枪声并非来自射杀古斯托的那两发子弹，而是另外那三发。那三发子弹射中的警察在欧雷克的成长过程中对他而言如同父亲。他曾梦想这位警察——也就是哈利——会娶他母亲萝凯为妻。欧雷克用灼灼目光望着黑夜，心思系在房间另一侧那个转角柜里的手枪上。他希望自己永远不会再见到那把枪，也希望没有人会再见到那把枪。他希望那把枪就这样静静躺着，沉睡到永远。

　　他在门内沉睡。

　　这间病房有警卫看守，房里弥漫着药品和油漆的气味，床边的监视器显示他的心跳。

　　奥斯陆市政厅的社会事务议员伊莎贝尔·斯科延，以及刚上任的奥斯陆警察署长米凯·贝尔曼，都希望自己不会再见到他。

　　他们希望没有人会再见到他。

　　希望他就这样静静躺着，沉睡到永远。

Politi

第一部

　　他突然有个预感，就跟他在盲目滑雪时得到的预感一样。

　　他感觉到他看不见的东西：有人站在外头的黑暗中注视着他。

　　他抬头看去。

1

这是个温暖而漫长的九月天，阳光将奥斯陆峡湾照得有如一池亮灿灿的熔银，将带有一抹早秋色彩的低缓山脉照得熠熠生辉。每当碰上这么美丽的日子，奥斯陆居民总发誓他们会永远住在这里。太阳沉落在乌灵山后，最后几道金光洒在乡间，洒在简朴的矮房子上，这些房子见证了奥斯陆的朴实出身。阳光洒在华丽豪宅上，这些豪宅述说的是挪威的石油开发成果，石油让挪威成为世界上数一数二的富裕国家。阳光洒在斯滕斯巴肯公园山坡顶的毒虫身上，洒在这个井然有序的小社群里，这里的用药过量致死率是欧洲城市的八倍。阳光洒在庭院里，这里架有弹跳床，周围设有保护网，国民健康手册建议在弹跳床上玩耍的孩童一次不能超过三个。阳光洒在山林上，这片山林环抱着半座城市，本地人将这座城市称为"奥斯陆大锅"。阳光不肯放开这座城市，它伸长手指，犹如火车车窗内挥别的手，迟迟难以放下。

今早太阳升起时，空气冷冽清澈，阳光有如舞台灯光那般刺眼。不久气温回升，天空转为深蓝色，空气中蕴含着一种实实在在的喜悦感，就是这种感受让奥斯陆的九月成为一年当中最美好的月份。温柔的夜幕缓缓降临，马里达湖附近山坡上的住宅区飘散着苹果和云杉的温暖芬芳。

埃伦·文内斯拉攻向最后一座山坡的坡顶，他感觉到了乳酸堆积所造成的肌肉酸痛，但仍专注于让双脚保持正确的垂直姿势，不停踩动卡式踏板，膝盖稍微内缩。保持正确姿势非常重要，尤其是在身体疲惫的时候，因为大脑会不断释放出叫你改变姿势的信息，好让不那么疲惫但效率较低的肌肉接手。他感觉坚固的自行车骨架吸取了他踏出的每一分力量。他切换到低速挡，站起身来，加快速度，维持相同的踩踏频率，大约每分钟九十转。他查看心率监视器，上面显示一百六十八。他用头灯对准装设在手把上的卫星导航仪，这台导航仪内存有奥斯陆及其周边地区的详细地图。这台自行车和这些配备花了他一大笔钱。严格说来，像他这样刚退休的警探不该花这么多钱，但他现在必须面对不同人生阶段的挑战，因此维持体能显得格外重要。

倘若他够坦诚，会承认其实自己面对的挑战变少了。

乳酸在他大腿和小腿内产生灼热感，虽然难受，但也是之后定有所获的美妙保证，包括汇集的内啡肽、一碰就痛的肌肉、问心无愧的轻松感，以及日落后若气温没有大幅下滑，可以和妻子在阳台上享受一瓶啤酒。

眼前突然豁然开朗，他来到了坡顶，路面变得平坦，马里达湖就在前方。他慢下速度。他已离开市区。说起来挺令人难以相信的，只要从这座欧洲首都的市中心奋力骑车十五分钟，就能置身于农田草地和苍郁森林的怀抱中。眼前的小径为薄暮所笼罩，他的头皮沁出汗水，在炭灰色的贝尔牌安全帽底下发痒。光是这顶安全帽的价钱，就抵得过他买给孙女莉娜·马里亚当作六岁生日礼物的自行车。他没把安全帽脱下，因为自行车骑手的意外死亡通常是头部受创所致。

他又看了心率监视器。一百七十五、一百七十二。一阵舒爽微风吹来，带来远处市区的欢呼声。那声音一定是从伍立弗体育场传来的，今晚有场重要的国际赛事正在举行，好像是挪威队对上斯洛伐克或斯洛文尼亚队。埃伦想象那些掌声是为他喝彩的。已经有好一阵子没人给他鼓掌了，最后一次是在布尔区的克里波刑事调查部退休欢送会上，现场准备了好几层的蛋糕，部长米凯·贝尔曼也前来致辞。后来米凯官运亨通、步步高升，最后终于坐上警署顶端的宝座。那天埃伦接受大家的掌声，直视众人的目光，对每位弟兄表示感谢，准备发表简短感言时甚至还一度哽咽。他的感言言简意赅、陈述事实，十分符合克里波的传统。他的警探生涯有起有落，但不曾捅出什么大娄子，至少就他所知没有，因为你永远不可能确定自己查出的真相百分之百正确。现在 DNA 鉴识技术日新月异，高层已指示警方运用新技术来检视被束之高阁的旧日悬案，但风险也随之而来，像是真相、新的真相、结论。警方若只是重新检视悬案也就罢了，但埃伦不明白为什么要浪费资源在早已侦结的案子上。

天色渐暗。路灯虽亮，但他还是差点骑过头，错过指向森林的木制指示标志。它就立在原地，跟他记忆中一模一样。他转个弯，骑上柔软的森林土地，沿着小径缓缓前进，小心翼翼保持平衡。头灯光线照亮前方，只要一转头，光线就会受到两侧茂密云杉林的阻挡。无数黑影在他前方掠过，仿佛受惊而匆忙改变形状以潜藏起来。每当他想象自己和她易地而处，脑海中就会出现这个画面：她遭到囚禁和强暴三天之后，手持手电筒，没命奔逃。

前方突然出现亮光，映入埃伦的眼帘。有那么一瞬间，他以为亮光来自她的手电筒，她又再度上路奔逃，而他骑摩托车在后追赶，追上了她。前方的光线摇曳晃动，接着就朝他笔直射来。他停下车子，翻身下车，头灯照向心率监视器。心跳已降到一百以下，挺不错的。

他解开帽带，脱下安全帽，抓了抓头皮。天哪，太爽了。他关闭头灯，把安全帽挂在手把上，推着自行车朝亮光走去，感觉挂着的安全帽抵在自行车骨架上。

他在手电筒光线的前方停下脚步，强力光束照得他双眼发疼、目眩眼花。他似乎听见自己浓重的呼吸声。奇怪，他的心跳速率怎么会这么低？他发觉那一大圈颤动的圆形光束后方出现动静，有个东西高高举起，接着就响起低低的破空之声。这时他脑子里忽然冒出一个念头：他不该脱下安全帽的，自行车骑手的意外死亡通常是……

他的思绪似乎开始断断续续，仿佛时间出现位移、画面突然断线。

埃伦惊诧地直视前方，感觉一大颗温热汗珠滚落额头。他开口说话，但话语毫无条理可言，大脑和嘴巴之间的联结好像出现阻碍。低微的破空之声再度传来，接着声音就消失了，所有的声音都消失了，连他自己的呼吸声都不见了。他发现自己跪了下来，自行车缓缓倒向路旁的水沟。黄色光线在他眼前舞动，但是当那颗汗珠滑到鼻梁，渗入眼睛之后，他就什么都看不见了。

第三下重击感觉有如一根冰柱钻入他的头、颈、身体，刹那间冻结一切。

他心想，我不想死。他想把手臂高举过头防卫，四肢却不听使唤。他知道自己已经瘫痪。

他没感觉到第四下重击，但是从湿润土壤的芬芳气味来分析，他已倒在地上。他眨了几下眼睛，视线再度变得清楚。他看见自己脸旁的泥地上有一双肮脏的大靴子。鞋跟抬起，靴子腾空，又落回地面。这动作不断重复：鞋跟抬起、靴子腾空。对方似乎正在跳跃。跳跃是为了加重力道。他脑中出现的最后一个念头是他必须记住她的名字，他不能忘记她的名字。

2

　　警员安东·米泰从红色的奈斯派索 D290 小型咖啡机上拿起半满的塑料杯，弯腰放在地上，因为四周没有桌椅可以放置它。他拿起另一个咖啡胶囊，下意识地查看铝箔包装是否没穿孔，表示它没被使用过，才把它放进咖啡机，然后拿了个空塑料杯放在喷嘴底下，按下一个亮灯的按钮。

　　他看了看表。咖啡机发出呻吟声，喷出液体。午夜十二点的换班时间就快到了。她正在家里等他。但他心想应该先教教新来的女同事熟悉这里的规矩才行，毕竟她还只是个实习生。女同事的名字是不是叫西莉亚？安东看着喷出的液体。如果换作男生，他还会不会主动帮忙拿咖啡？他不确定，反正无所谓，他早已放弃回答这类问题。房里突然安静下来，他听见最后几滴近乎透明的液体滴进杯子。胶囊里的颜色和味道都用完了，但一定要连最后一滴液体也接住才行。对那位年轻女同事来说，这个大夜班将会非常漫长、没人陪伴、没有活动、无事可做，只能盯着国立医院里尚未上漆的光秃水泥墙，也因此他决定离开前要跟她喝杯咖啡。他拿着两个塑料杯往回走，脚步声回荡在四壁之间，穿过紧闭且上锁的一扇扇房门，心里知道门内没东西也没人，有的只是更多的光秃墙壁。至少这次挪威政府借由扩建国立医院来巩固国家的未来，明白挪威人民越来越多，也越来越年老、衰弱、贪婪。政府做了长远打算，一如德国人建造高速公路、瑞典人建造机场。但德国人和瑞典人是否有过这种感觉？三十年代穿过德国壮丽的荒野而行驶在水泥巨物上的摩托车骑士，或是六十年代匆匆穿越过于庞大的阿兰达机场的瑞典旅客，是否也有过这种感觉？他们是否感觉到鬼魂的存在？尽管这些大型建设全新落成，未遭破坏，尚未发生车祸或坠机，但鬼魂已然存在。汽车车灯随时可能照到站在人行道上的一家子，他们茫然地看着车灯，身上淌血，皮肤苍白，父亲遭尖物刺穿，母亲头部扭向怪异方向，孩子失去一只胳臂和一条腿。烧得焦黑的尸体穿过行李转盘的塑料帘，进入阿兰达机场的入境大厅，身上依然发出高热、引燃橡胶，张开的嘴巴发出无声惨叫、冒着袅袅黑烟。没有一位医生能告诉安东医院的这个侧翼未来要做什么用途，唯一能确定的只是未来有人会死在这些门内。这种氛围已然弥漫在四周，看不见的尸体带着躁动不安的灵魂已被医院收治。

安东拐过转角，眼前出现另一条走廊，走廊上灯影稀疏，墙壁光秃，两侧对称，给他一种仿佛看见立体错视画的奇特感觉。所谓立体错视画就是运用作画技巧在平面上呈现出三维空间的画作。走廊远处坐着一名制服女子，看起来宛如墙上挂的一小幅画。

"这杯咖啡给你。"他说，在女子身旁停下脚步。她是不是二十岁？不对，应该再成熟一点，可能二十二岁。

"谢谢，我自己带了。"女子说，从放在椅子旁边的小背包里拿出一个保温瓶。她的语调隐约有一丝轻快感，可能是因为带有北部方言的口音。

"这杯比较好喝哟。"安东说，手依然伸在半空中。

女子迟疑片刻，接过杯子。

"而且免费，"安东说，不动声色地把手背在身后，将热烫的指尖贴在冰冷的外套上，"那边有台咖啡机我们可以随意使用，就在走廊的——"

"我来的时候看见了，"她说，"可是依照规定我们不能离开病房门口，所以我自己从家里带了咖啡来。"

安东喝了口咖啡："想得很周到，可是通到这间病房的走廊只有一条，这里是四楼，而且从这里到咖啡机之间的门全都上了锁，就算我们正在煮咖啡，也不可能看不到有人通过。"

"听起来很安全，但我还是守规定比较好。"她对安东浅浅一笑，接着可能为了抵消自己态度中所隐含的斥责意味，啜饮了一口咖啡。

安东有点恼怒，正想说经验的累积可以促进独立思考，话还没到嘴边，就注意到走廊深处似乎有动静，仿佛有个白色人影朝这里飘来。他听见西莉亚站起身。人影逐渐清晰，原来是个丰腴的金发护士，身穿宽松的医院制服。安东知道这名护士今晚值夜班，明晚休假。

"晚安。"护士说，露出顽皮的微笑，手拿两支针筒，走到病房门前，伸手握住门把。

"等一下，"西莉亚说，上前一步，"我得看一下你的证件，还有，你有今天的密语吗？"

护士对安东露出惊讶表情。

"除非我同事可以为你担保。"西莉亚说。

安东点了点头："进去吧，莫娜。"

护士把门打开，安东看着她走进门内。病房里黑魆魆的，安东依稀看见床边摆着仪器，被子底下有脚趾突出。这位患者很高，院方不得不调来一张加长型病床。房门关上。

"做得好。"安东说，对西莉亚笑了笑，同时察觉到她不喜欢这种态度，也察觉她认为他是大男子主义者，把年轻女同事视为低等之人。可是老天爷，她不过是个实习生，受训期间应该跟资深警察学习才对。安东身体微晃，不确定该如何处理眼前这种情况。西莉亚先开口说话：

"我刚刚说过，规定我都读过了。你的家人应该在等你回家吧？"

安东把咖啡杯凑到嘴边。她对他的婚姻状况有什么了解？难道她在暗示他跟莫娜之间有不寻常的关系？难道她知道他曾多次在莫娜下班后载她回家，而且还有进一步发展？

"你的包上有泰迪熊贴纸。"西莉亚微微一笑。

安东喝了一大口咖啡，清了清喉咙："我没什么事，今天又是你第一天值班，也许你应该利用这个机会提出疑问，你知道，不是每件事规定上都有写。"他变换站姿，希望她听出他的言外之意。

"那就恭敬不如从命啰，"西莉亚说，语气中带着二十五岁以下才有的狂妄自信，"里面那个病人是谁？"

"我不知道。规定里面有写说他的身份不能透露，必须保持匿名。"

"可是你知道内情。"

"是吗？"

"莫娜。你一定跟她聊过，才会用名字叫她。她跟你说了什么？"

安东打量西莉亚。她颇有姿色，这点可以肯定，但她不亲切，也不妩媚，对他来说身材有点太瘦。她头发凌乱，上唇仿佛被太紧的肌腱拉住，露出不整齐的门牙，但仍青春无敌。他敢打赌，她黑色制服底下的肉体肯定紧实匀称。如果他把知道的事告诉她，会不会是因为他下意识做了计算，希望顺从的态度可以让自己跟她上床的概率提高万分之一？或者是因为像西莉亚这样的女子五年内就能当上警监或警探？她们会成为他的上司，而他仍会是基层警察，位于晋升阶梯的最底层，只因德拉门命案永远会像一堵墙般挡在他前方，是个难以抹灭的污点。

"谋杀未遂案，"安东说，"大量失血，送进医院的时候几乎没有脉搏，始终处于昏迷状态。"

"为什么要派人看守？"

安东耸了耸肩："他撑过来的话可能成为证人。"

"他知道什么？"

"跟毒品有关的事，层级很高，他如果醒来，提供的线索也许可以把奥斯陆的海洛因大毒枭绳之以法，我们也可以知道当初是谁想置他于死地。"

"所以长官认为凶手可能回来把他了结？"

"对。对方如果发现他还活着，又得知他在这里，的确可能回来再度下手，这就是我们得在这里看守的原因。"

西莉亚点了点头："他撑得过来吗？"

安东摇了摇头。"院方认为他们可以帮他维持几个月的生命，可是他脱离昏迷的概率很低。反正呢……"安东又变换站姿，她追根究底的目光令他觉得不自在，"在他醒来以前我们都得守在这里。"

安东跟西莉亚道别，心情沮丧，从接待区步下楼梯，走进秋日夜晚，坐上他停在停车场的车子，这才发现手机在响。

是勤务中心打来的。

"马里达伦谷发生命案，"值班人员说，"我知道你刚下班，可是他们需要人手搜查犯罪现场，你又已经穿上制服……"

"要多久？"

"最多三小时就会让你离开。"

安东十分诧异。由于严格的规定加上预算限制，警方现在都尽量避免让人员加班，就算为了方便调度也不能破例，因此他直觉认为这起命案一定有特殊之处，只希望被害人不是小孩。

"好。"安东说。

"我会把坐标传给你。"现在警方有了新配备，那就是卫星导航仪，内部存有详细的奥斯陆各区地图和信号发报器，可让勤务中心追踪位置。值班人员一定是根据位置信息与他联络的，因为他离命案现场最近。

"好，"安东说，"三小时。"

三小时后劳拉应该已经上床睡觉了，但她想知道他会几点下班回家，于是他发短信给她，然后挂挡，朝马里达湖前进。

安东根本不用看卫星导航。伍立弗斯特路口停着四辆警车，再往前还拉起橘白相间的封锁线，说明这里就是命案现场。

他从置物箱里拿出手电筒，朝封锁线外的警察走去。树林里除了有闪光，还有刑事鉴识小组的探照灯灯光，这些亮光总让他联想到拍片现场。这些大阵仗其实一点也不愚蠢。现在鉴识人员不只拍照片，还拍摄高画质录像，除了拍摄被害人，也拍摄犯罪现场，以便日后重复观看，停格放大，查看先前以为无关案情的线索细节。

"发生了什么事？"安东问一名警察，那警察双臂交抱，在封锁线旁簌簌发抖。

"命案。"警察话声沉重，眼眶泛红，脸色异常苍白。

"我听说了。这里谁负责指挥？"

"鉴识中心的隆恩。"

安东听见树林里传来嗡嗡话声，显然鉴识中心来了很多人。"克里波和犯罪特警队还没派人来吗？"

"等一下有更多同人会来，尸体才刚发现不久。你是来接替我的吗？"

有更多同人会来。尽管如此，勤务中心却还是把他调来加班。安东仔细打量那名警察，只见他身穿厚外套，身体却抖得越来越厉害，天气应该没那么冷才对。

"你是第一个抵达现场的？"

警察点点头，默然不语，低头用力跺了跺脚。

安东心想，妈的这小子还太嫩。他吞了口口水。

"安东，是值班人员派你来的吗？"

安东抬头望去，只见两人穿过灌木丛走来，但他没听见他们发出声音。他见过鉴识人员像笨拙的舞者般扭曲身体，在犯罪现场以这种姿态走路，小心翼翼踏出脚步，仿佛是在月球上漫步的航天员。让他联想到航天员的也许是他们身上的白色连身工作服。

"对，我是来接班的。"安东对女子说。他认得这女子，警界里应该没有人不认得她，她就是鉴识中心主任贝雅特·隆恩，有"女雨人"的称号，因为她拥有超强的脸孔辨识能力，经常在指认银行抢劫犯或模糊破碎的监控摄像时派上用场。据说只要是前科犯，就算经过仔细伪装，她也还是认得出来，而且她那头金发底下的小巧脑袋储存了数千张大头照。看来这起命案一定很特殊，否则不会三更半夜惊动上级长官亲自出马。

贝雅特身形娇小，面色苍白近乎透明，但她身旁的男同事却满脸通红。他面有雀斑，脸颊上留着两片红色络腮胡，双眼略为突出，仿佛脑压过高，让他呈现出瞠目而视的表情。不过他全身上下最引人注目的，是当他除下白色兜帽时露出的一顶雷鬼帽，颜色是由绿、黄、黑组成的牙买加配色。

贝雅特拍了拍那名颤抖警察的肩膀："你先回去吧，西蒙。建议你喝点烈酒再上床睡觉，不过别跟人说是我叫你这样做的。"

西蒙点了点头，三秒钟后就消失在黑夜之中。

"现场状况是不是很可怕？"安东问道。

"你没带咖啡来？"雷鬼帽男子问，打开一个保温瓶。安东一听男子的口音就知道他来自外地，不是奥斯陆人。一如大多数出身东部地区的挪威人，安东对方言既没概念也没兴趣。

"没有。"安东说。

"来犯罪现场最好自己带咖啡，"雷鬼帽男子说，"你永远都不知道自己会待多久。"

"别这样，毕尔，他也调查过命案，"贝雅特说，"是德拉门命案对不对？"

"对。"安东说，摇晃脚跟。其实应该说他"以前"负责调查命案。他没想到贝雅特竟然会记得他。他吸了口气："是谁发现尸体的？"

"就是他。"贝雅特说，朝西蒙驾驶的那辆警车点了点头。引擎声响起。

"我的意思是谁报案的？"

"死者的老婆，因为死者外出骑自行车却迟迟没回家，"雷鬼帽男子说，"他出去了一小时，他老婆担心他心脏病发。他用了卫星导航，里面有发报器，所以一下子就找到人了。"

安东缓缓点头，想象这副情景：一男一女两名警员按下门铃，看着死者的妻子，咳了一声，神情肃穆。这表情是为了告诉这位未亡人，他们带来的是难以开口的坏消息。未亡人露出抗拒的表情，一点也不想听，但内在的情绪却如溃堤般爆发出来。

安东的脑海中浮现出妻子劳拉的容颜。

一辆救护车驶来，没开警笛，也没闪蓝色警示灯。

安东心里逐渐明白过来：警方对失踪报案快速响应，立刻追踪卫星导航仪的信号，派出大批警力并要求人员加班，还有一位警员浑身发抖无法自抑只好先行回家。

"死者是警察对不对？"他低声说。

"我猜这里的气温应该比市区低个一度半。"贝雅特说，拨打手机里的某个号码。

"我同意，"雷鬼帽男子说，把保温瓶盖凑到嘴边，喝了一大口咖啡，"皮肤还没变色，所以大概介于八点到十点之间？"

"死者是警察，"安东又说了一次，"这就是为什么会派这么多人来这里对不对？"

"卡翠娜？"贝雅特打通电话，"你能不能帮我查个资料？桑德拉·特韦滕命案，对。"

"该死！"雷鬼帽男子高声说，"我叫他们等尸袋来了再移动的。"

安东转过头去，只见两名男子抬着一副担架，费力地穿过树林。白布底下露出一双自行车鞋。

"西蒙认识死者，"安东说，"所以才抖成那样对不对？"

"西蒙说他们在厄肯区一起工作过，那时文内斯拉还没调去克里波。"雷鬼帽男子说。

"找到日期了吗？"贝雅特对手机说。

一声大叫传来。

"搞什么？"雷鬼帽男子说。

安东转过头去，只见一名抬担架的警员在小径旁的水沟里滑倒，手电筒的光束扫过担架、扫过滑落的白布，也扫过……那是什么？安东凝目望去。那是头部吗？躺在担架上的确实是一具尸体，但那真的是头部吗？安东在犯下那个"重大过失"之前，曾在犯罪特警队任职多年，也看过不少尸体，却从未看过这种状态的尸体。那个沙漏状的物体令他联想到周日家里的早餐，联想到劳拉煮的半熟白煮蛋，上面依然挂着几片蛋壳，从破掉的蛋里流出的蛋黄已干，沾在半软的蛋白上。那真的是……一颗头吗？

救护车的后车灯消失在夜色中，安东呆呆望着黑夜，不断眨眼。他突然发现这一切仿佛是回放。他见过类似的情景：身穿白衣的人员、保温瓶、白布底下露出的双脚。这些就跟刚才他在国立医院看见的情景相仿，仿佛那是预兆一般。还有那颗头……

"谢啦，卡翠娜。"贝雅特说。

"你在问什么？"雷鬼帽男子问。

"我跟埃伦在这里工作过。"贝雅特说。

"这里？"雷鬼帽男子问道。

"就在这里。当时埃伦负责调查一起命案，那应该已经是十年前的事了，死者名叫桑德拉·特韦滕，遭人强暴杀害。她年纪很小，还只是个孩子。"

安东吞了口口水。孩子。回放。

"我记得那件案子，"雷鬼帽男子说，"命运真是捉弄人，让你死在自己调查过的命案现场。你想想看，桑德拉命案不也是发生在秋天吗？"

贝雅特缓缓点头。

安东眨眼，不停眨眼。他曾经见过那样子的尸体。

"该死！"雷鬼帽男子低低咒骂一声，"你该不是那个意思吧？"

贝雅特拿过他手中的咖啡，啜饮一口，再放回他手上，点了点头。

"×。"雷鬼帽男子低声说。

3

"似曾相识。"史戴·奥纳说,望着史布伐街的雪堆。这是个十二月的早晨,天色灰暗,显然今天的白昼不会很长。他回过头来,目光越过桌面,看着坐在对面椅子上的男子。"'似曾相识'是指我们出现一种'这个场景我见过'的感觉。我们并不知道这是什么情况。"

最后这句"我们"指的是所有心理学家,而不只是心理咨询师。

"有些心理学家认为当人疲惫的时候,传送到脑部的信息会出现延迟,因此当这些信息浮现时,其实已在潜意识里存在了一段时间,因此我们会有一种曾经见过的感觉。似曾相识通常出现在一周工作快结束时,这正是人们比较疲倦的时候,也正是研究工作的着力点:周五是似曾相识的日子。"

奥纳也许想露出微笑,但笑容并不是一种专业能力,无法治愈患者,因此他想露出微笑只是因为这个房间需要一点笑容。

"我说的不是这种似曾相识。"患者说。这位患者算是奥纳的客户,也是顾客。再过大概二十分钟,他就会去柜台缴纳咨询费,这笔钱将会用来支付这家诊所的开支。这里共有五位心理咨询师执业。诊所所在的四层楼建筑平凡无奇、样式老派,坐落在史布伐街,这条街穿过奥斯陆东区颇为高级的地段。奥纳朝男子背后墙上的时钟偷偷瞄了一眼。还剩下十八分钟。

"那比较像是我一直做的一场梦。"

"像是一场梦?"奥纳的目光扫过他放在办公桌抽屉里一份打开的报纸,报纸放在这里患者看不到。近年来心理咨询师时兴坐在患者对面的椅子上,因此当这张大桌搬进诊疗室时,奥纳的同事都咧嘴而笑,并拿当代治疗理论来问他,心理咨询师和患者之间的障碍物不是越少越好吗?奥纳立刻回答说："对患者来说可能很好。"

"就是我梦到的梦境。"

"这很常见。"奥纳说，伸手捂住嘴巴，打个哈欠。他怀念那张从他的诊疗室搬出去的老沙发，现在它被放在接待室，旁边是一具杠铃架，上面放着一支杠铃。那张沙发是心理咨询师之间的笑话：患者坐在那张沙发上，心理咨询师要看报纸就更方便了。

"可是我不想梦到那个梦境。"患者忸怩地笑了笑，他的稀疏头发梳得十分整齐。

要开始进行梦境驱魔了，奥纳心想，也露出浅浅一笑，作为响应。患者身穿细直条纹西装，打着红灰相间的领带，脚踏晶亮的黑皮鞋。奥纳身穿花呢外套，双下巴底下打了个色彩活泼的领结，一双褐色鞋子已经好一阵子没清洁了。"也许你可以跟我说说梦境的内容。"

"我刚刚已经说过了。"

"是的，但你可以再说得更详细一点吗？"

"就像我刚才说的，梦境从《月之暗面》这张专辑的最后一首歌《蚀》的逐渐淡出开始，平克·弗洛伊德乐队的主唱大卫·吉尔莫尔唱着'太阳之下万物和谐'……"

"这就是你梦到的？"

"不是！对，我是说现实中这张专辑也是到这里结束，在唱了一小时的死亡和疯狂之后，以乐观的态度结束，好让你认为船到桥头自然直，最后一切都会回到和谐。可是当音乐逐渐淡出，你又会听见有个声音在背景里低声说一切都是黑暗的，你懂吗？"

"不懂。"奥纳说。根据心理治疗手册，这时心理咨询师应该问"我懂不懂很重要吗？"之类的，但他实在懒得这样说。

"邪恶之所以存在，并非因为一切事物皆邪恶。宇宙空间是黑暗的，我们生来就是邪恶的，邪恶是我们自然的起点。光亮有时会出现，但是很短暂，因为我们都必须回到黑暗之中。这就是梦里头发生的事。"

"继续说。"奥纳说，在椅子上摇晃，望向窗外的阴郁天空，只为了隐藏他的心思：他宁愿看天空，也不想看着男子脸上同时露出的自怜与自满神情。男子显然认为自己非常特别，认为心理医师都会认真看待他这个病例。他一定看过其他医生。奥纳看着有双弓形腿的停车场管理员宛如警长般大摇大摆地走在街上，心想自己还有什么别的工作能做，并立刻得出结论：没有。再说，他喜欢心理学，他喜欢扛着沉甸甸的真实知识，带着直觉和好奇，穿梭在已知和未知的领域中。至少他每天早上都这样对自己说。那他为什么还会这样坐在这里，心里巴不得眼前这人赶快闭上嘴巴，滚出他的诊疗室，滚出他的人生？他厌恶的究竟是这名患者，还是心理咨询师这份工作？他之所以被迫做出改变，全是因为英格丽德对他明确下达最后通牒，说他必须减少工时，多陪伴她和他们的女儿奥萝拉。于是他放弃旷日费时的研究工作、犯罪特警队的顾问工作和挪威警大学院的教书工作，来做上班时间固定的全职心理咨询师。给生活重心排出优先级似乎是个重大决定。而对于他所放弃的那些工作，他真的念念不忘吗？他是否怀念给那些用残酷手法杀人的病态凶手做心理分析，害得他夜里失眠，好不容易睡着又被哈利·霍勒警监给拎起来，要他立刻回复一些难以回答的问题？他是否怀念哈利把他变成哈利的分身，变成一个饥渴、疲惫、偏执的猎人，只要有人打扰他工作就大发雷霆，只因世界上只有这份工作最重要，也因此慢慢疏远了同事、家人和朋友？

妈的，他怀念那种重要性。

他怀念那种救人性命的感觉。不是拯救那些理性思考，有自杀倾向的人，因为这种人有时让他不禁想问：既然活着那么痛苦，改变又是不可能的，我们为什么不能容许这种人结束生命？他怀念那种活跃积极的感觉，怀念自己参与其中，从凶手手中救出无辜生命的感觉。他做的事没有其他人做得来，因为他——史戴·奥纳——是最棒的，就这么简单。是的，他怀念哈利。他怀念那个身材高大、性情乖戾、心胸开阔的酒鬼，这酒鬼在电话那头请他——其实应该说命令他——善尽自己的社会义务，要求他牺牲家庭生活和睡眠，协助缉捕社会上的败类。但现在犯罪特警队已没有哈利·霍勒这个警监，也没有人会打电话给他。他的目光再度扫过报纸。警方又召开了记者会。马里达伦谷发生一名警官遭谋杀的命案至今已过了三个月，警方却苦无一丝线索，也没掌握到任何嫌犯。过去警方碰到这种棘手问题都会打电话来请他协助。这起警官命案发生的地点和日期，和过去一起未破悬案一模一样，而且遇害的警官就是当初负责侦办这起悬案的警察。

一切都已成为过去，现在奥纳要面对的是一个工作过度、有睡眠障碍的生意人，而他不喜欢这个人。待会儿奥纳就会开始问一些问题，以排除创伤后压力症候群。眼前这名患者并未因为做了噩梦而失去行为能力，他只关心如何让自己的生产力回到过去的高峰而已。接着奥纳会给他一篇有关"意象预演疗法"的文章，作者是巴里·克拉科（Barry Krakow）和……他记不得其他名字了。然后再请患者写下自己的噩梦，下次带来，这样他们就能在患者心中排演这场噩梦，一起给梦境创造出一个快乐结局，好让噩梦的困扰程度降低，或完全消失。

奥纳听着患者那令人昏昏欲睡的单调声音，同时思索马里达伦谷命案的调查工作从第一天开始就陷入胶着。尽管此案和桑德拉命案具有惊人的相似度，也就是日期地点都一样，两名被害人之间的关联也昭然若揭，但克里波和犯罪特警队都无法取得重大突破，因此现在只好敦促民众仔细回想并提供线索，无论线索看起来有多不相干都没关系。这就是昨天那场记者会的重点所在。奥纳怀疑这根本就是警方哗众取宠的手法，只是要向民众表明他们有所作为，不是束手无策。尽管事实就是如此：警方高层无能为力，情急之下只好转而对民众说："不然就来看看你们能不能做得更好啊。"

奥纳看了看记者会的照片，认出了贝雅特·隆恩。犯罪特警队队长甘纳·哈根看起来越来越像修士，头顶光秃闪亮，周围却留着一圈桂冠似的茂盛头发。甚至连新上任的警察署长米凯·贝尔曼也出席了，毕竟被害者是警察自己人。米凯神情紧绷，身形比奥纳记忆中更瘦削，那头讨媒体喜欢的鬈发看起来似乎有点过长，而且头发在他历任克里波部长、欧克林处长，再当上警察署长的这一路上似乎掉了不少。奥纳回想米凯那女性化的样貌、长长的睫毛、带有白色斑纹的古铜肌肤，这些特点在照片上都不明显。警官命案迟迟难破，对这位迅速蹿升的新任警察署长而言果然是个最难堪的开始。他虽然扫荡了奥斯陆的贩毒帮派，但这功劳很快就会被遗忘。埃伦·文内斯拉这位退休警官虽然不是在值勤时遇害，也并非因公殉职，但大多数民众都看得出这起命案和桑德拉命案具有某种关联。因此米凯出动所有警力、动用所有外部人力来侦办此案，但奥纳除外，他已经被他们从人力名单上除名了。当然了，这是他自己要求的。

今年冬天来得早，从这点来看，降雪之日似乎也已不远。然而警方线索已断，目前毫无线索可言，贝雅特在记者会上就是这样说的，显然警方缺乏刑事鉴识证据。不消说，他们一定查过桑德拉命案的证据，包括证人、亲人、朋友，甚至是跟埃伦一同调查这起命案的同事，但是都没有突破。

诊疗室陷入沉默，奥纳从患者的表情得知他刚才问了个问题，正在等待心理咨询师的回答。

"嗯，"奥纳说，将下巴放在握紧的拳头上，直视患者双眼，"你认为呢？"

患者露出困惑的眼神，奥纳害怕对方其实是问他要杯水或之类的事。

"你是说她的微笑还是那道光芒？"

"两者都是。"

"有时我认为她对我微笑是因为她喜欢我，接着我又想她对我微笑是因为她想要我去做什么事。可是当她收起微笑，她眼中的那道光芒也熄灭了，我再想知道就已经太迟了，因为她已经不跟我说话了。所以我想说不定是因为扩音器的关系，或是什么的。"

"呃……扩音器？"

"对啊，"患者顿了顿，"我跟你说过啊，我爸常进我房间把那台扩音器关掉，他说我放音乐的时间太长，快要把人逼疯。我说你有没有看见开关旁边的那个小红灯逐渐熄灭，像眼睛，又像日落。然后我就觉得我失去她了，这就是为什么在梦境结束时她不再说话，她就是我爸关掉的那台扩音器，我已经没办法再跟她说话了。"

"你是不是会边放音乐边想她？"

"会啊，我常常这样，一直到我十六岁为止。而且我只放那一张专辑。"

"《月之暗面》？"

"对。"

"可是她不要你？"

"我不知道。可能吧。那时候她不要。"

"嗯。时间到了。我会给你看一份资料，为下次做准备。下次我们一起为这场梦编排一个新结局。她得跟你说几句话才行，说几句你希望听见她说的话，可能是她喜欢你之类的，你回去能想一下吗？"

"好。"

患者站了起来，拿下挂在架子上的大衣，朝门口走去。奥纳坐在办公桌前，看着计算机屏幕上亮着的行事历。行事历上的约诊时间很满，看起来十分令人沮丧。这时他发现自己又重蹈覆辙了，他又把患者的名字忘得一干二净。他在行事历上把名字找出来：保罗·斯塔夫纳斯。

"下周同样的时间吗，保罗？"

"好。"

奥纳在计算机上输入，抬头一看，保罗已经走了。

他站起身来，拿起报纸走到窗前。他们信誓旦旦的全球变暖该死的跑哪儿去了？他看了看报纸，突然又懒得读，就把报纸丢下。一天到晚啃报纸真是够了。重击致死。下手狠毒。头部遭受致命重击。埃伦·文内斯拉身后留下妻子、孩子和孙子。朋友和同事震惊万分。"他为人亲切善良。""很难不喜欢他这个人。""个性温厚、诚实、宽容，绝对没有仇人。"奥纳深深吸了口气。

　　他看着电话。警方有他的电话号码，但电话就是一声不吭，宛如保罗梦中的女子。

4

犯罪特警队队长甘纳·哈根伸手抚摸额头，再往上摸到潟湖入口，手汗沾上后脑勺那圈浓密的头发。调查组组员坐在他面前。一般命案的调查组编制是十二人，但同事遇害的案件并不寻常，因此 K2 会议室里挤满了人，座无虚席，将近有五十人。如果把挂病号的同人也算在内，这个调查组共有五十三名成员。由于媒体的压力排山倒海而来，未来挂病号的同人只会越来越多。如果要说这起命案带来了什么益处，那就是它把挪威最大的两个命案调查单位较为紧密地结合在了一起，所有钩心斗角都暂时放到一边，众人难得地抛开成见，齐心协力，只为了揪出杀害警察同人的凶手。刚开始的几周，大家都满怀热血、十分投入。尽管缺少刑事鉴识证据、目击证人、可能动机、可能嫌犯、可能或不可能的线索，但哈根确信案子很快就会被侦破，因为众志成城、因为警方撒下的罗网如此严密、因为他们手中可运用的资源那么充足，然而结果却令人大失所望。

他眼前这一张张疲惫苍白的脸孔，过去这几周以来露出的淡漠表情越来越明显。昨天召开的记者会对于提高士气更是一点用处也没有，反而像个丑陋的投降宣言。他只是在请求外界协助，不管协助来自哪里都没关系。今天又有两人缺席，而且这两人绝对是装病。除了埃伦命案之外，古斯托命案也从侦结变成了未破，因为欧雷克·樊科获释之后，外号"阿迪达斯"的克里斯·雷迪也撤回了他的自首。说到这里，埃伦命案的确带来了一个正面影响，那就是这件警察遇害的案子完全盖过了俊美毒贩古斯托·韩森遭人射杀的命案，媒体对于这起命案重启调查连一个字也没报道。

哈根的目光扫过讲台上放着的一张纸，看见上头只写着两行字。晨间会议的报告重点只有这么两行而已。

他清了清喉咙："早安，各位多半都已经知道，昨天的记者会结束之后，我们接到了一些电话，一共是八十九通，其中有几通目前正在追踪。"

至于每个人都心知肚明的事，就不必多说，那就是经过将近三个月的调查工作之后，如今警方只能退而求其次请求民众提供线索，但百分之九十五的来电只是浪费警方时间，因为来电的民众不外乎是经常打来的疯子、醉鬼、另一半跟别人跑了所以想嫁祸给情敌的人、逃避打扫义务的邻居、恶作剧者、只想获得注意力或找人说话的人。哈根口中的"几通"指的是四通电话，提供了四条线索。他所谓的"正在追踪"只是谎言，追踪早已完成，结果是他们依然在原地踏步。

"今天我们这里来了一位杰出的访客，"哈根说，话一出口就觉得听起来很有讽刺意味，"那就是警察署长，他想跟大家说几句话。米凯……"

哈根合上档案夹，放在桌上，仿佛里头夹着一沓有意思的新数据，而不是仅仅夹了一张纸。他希望直接称呼米凯的名字可以淡化刚才说的"杰出"二字，转头朝站在会议室后方门边的男子点了点头。

这位年轻的警察署长双臂交叠，倚在墙边，趁着众人回头望来的那一瞬间，立刻以简洁有力的动作离开墙边，大步走上讲台。他脸上挂着浅笑，仿佛正在思索一件很有趣的事。他脚跟一转，用从容的态度面对讲台，两只前臂放上去，倾身向前，直视众人，仿佛要强调他没带讲稿。哈根突然觉得米凯成功诠释了刚才他介绍他出场所用的"杰出"二字。

"各位当中可能有人知道我喜欢爬山，"米凯说，"每当我在今天这种天气中醒来，看向窗外，发现能见度为零，气象预报还有降雪和强风，我都会想想我征服过的一座高山。"

米凯停了一下，哈根看见这番出人意料的开场白起了作用，米凯引起了大家的注意，至少目前如此。但哈根知道小组成员十分劳累，对废话的忍耐度也达到了史上新低，而且绝对懒得掩饰。米凯还太年轻，最近才当上警察署长，对他们来说又来得太快，众人不会容许他试探他们的耐性。

"巧合的是，那座高山跟这间会议室的名称一样，你们当中也有人用这个名称来称呼埃伦命案，那就是'K2'。这是个好名字。K2 是世界第二高峰，它是一座蛮荒山峰，也是世界上最难攀登的山，攀登 K2 的登山客每四人中就有一人会失去性命。那次我们计划从南坡攻顶，这条路线又被称为'魔幻路线'，史上经由这条路线成功登顶的记录只有两次，因此走这条路线被认为跟自杀没两样。那里的天气或风势只要出现一点变动，你跟整座山就会一起被包裹在白雪之中，温度低到没有人可以存活，每立方米含氧量比水底还低。况且它位于喀喇昆仑山脉，人人都知道上面的天气和风势捉摸不定。"

他顿了顿。

"高山那么多，为什么我一定要爬这一座呢？"

他又顿了顿，这次停顿时间较长，仿佛在等人答复，脸上依然挂着浅笑。停顿持续着。太久了，哈根心想，警察可不喜欢戏剧效果。

"因为……"米凯用食指轻叩讲台桌面，"……因为它是世界上最难攀登的高峰，不论对身体还是心理来说都是如此。攀登的过程中没有一刻是愉快的，你只会觉得焦虑、劳累、害怕、恐高、缺氧。惊慌失措会招致危险，无动于衷只会引发更多危险。就算登上山顶也没时间品尝胜利的滋味，只能赶快留下登顶的证据，拍一两张照片。不能欺骗自己最糟的时刻已经过去，不能让自己陶醉在谎言中，必须保持注意力集中，处理杂事，像机器人一样井井有条，持续监控状况，随时随地监控状况。天气怎么样？身体传来什么信息？我们在哪里？我们上来多久了？其他组员状况如何？"

他从讲台后退一步。

"攀登 K2 就像是持续不断地上坡，就连下坡也跟上坡没两样，这就是为什么我们要爬这座山的原因。"

会议室陷入静默，完全的静默，没有暗示性的打哈欠，椅子底下也没有脚动来动去。天哪，哈根心想，他让他们听得聚精会神。

　　"重点在于两个特质，"米凯说，"'耐力'和'团结'。我考虑过把'野心'也包括进来，但比起另外两个特质，它反而没那么重要、没那么要紧。你们可能会问，少了目标和野心，耐力和团结有什么意义？那不就像是为战斗而战斗，是没有实质回报的荣耀？我会说，是的，为战斗而战斗，没有实质回报的荣耀。多年后大家还会谈起埃伦案，因为它是爬坡攻顶，因为它看起来绝对不可能达成。山峰太高，空气太稀薄，天气太变幻莫测，一切都可能出错。这就是爬坡攻顶的故事，日后它会成为神话，会成为营火周围流传的故事。一如大多数登山客连 K2 的山脚都到达不了，你可能工作一辈子都碰不上这种案子。这件命案如果才几周就被侦破，那么它也很快就会被遗忘。史上的传奇罪案都有什么共同点？"

　　米凯静静等待，点了点头，仿佛众人已做出回答。

　　"它们都旷日费时，它们都是爬坡攻顶。"

　　一个声音在哈根旁边低声说："他把你比下去了。"

　　哈根转过头去，看见贝雅特站在他身边，脸上露出顽皮的笑容。

　　他点了点头，看着聚集在会议室的同人。米凯使的也许是老把戏，但十分有效。几分钟前那一张张死气沉沉的脸孔，如今都被米凯注入了新的活力，仿佛死灰复燃一般。但哈根知道如果案情持续缺乏进展，火焰就算重新燃起也维持不了多久。

　　三分钟后，米凯结束激励讲话，走下讲台，脸上露出灿烂笑容，耳中听着热烈掌声。哈根尽职地跟着大家拍手，心里害怕再回到讲台上，因为他得上台扮黑脸，宣布调查组将缩编为三十五人。这是米凯做出的决定，但两人都同意不要由米凯来公布这个消息。哈根站到讲台前，放下档案夹，咳了一声，假装翻看档案，然后抬起头来，又咳了一声，露出苦笑说："各位先生女士，猫王已经离开了。"

　　一片寂静，没有笑声。

"呃，目前我们还有别的工作得处理，所以有些人会被调去执行别的勤务。"

一片死寂，火焰熄灭。

米凯走出警署中庭的电梯，瞥眼见到一个身影走进隔壁电梯。难道是楚斯？不可能吧？鲁道夫·阿萨耶夫的事件发生之后，楚斯就被停职了。米凯走出警署，费力地穿过积雪，坐上等候他的轿车。他登上大位之后得知理论上警察署长配有座车和司机，但前三任署长都没使用，因为他们认为这会释放出错误信息，让人以为他们滥用公款，以至于其他经费受到挤压。但米凯恢复使用座车，并直截了当地表示说他不会让这种社会民主主义式的狭小器量影响他的生产力，而且这么一来也可以向基层人员传达努力和晋升可以带来福利的信号。后来公关部部长把他拉到一旁，建议说日后若记者问起，他应该只回答生产力的层面，福利的部分自动省略。

"去市政厅。"米凯坐上后座说。

车子从人行道旁驶离，在格兰教堂外转了个弯，朝广场饭店和晚邮报大楼驶去。近来奥斯陆歌剧院的周围地区陆续进行拆除作业，但广场饭店和晚邮报大楼依然主导奥斯陆的小型天际线。但今天看不见天际线，只有皑皑白雪。米凯脑中冒出三个不相干的念头：该死的十二月、该死的埃伦命案、该死的楚斯·班森。

自从去年十月米凯不得不让他这位童年好友兼部属停职之后，他就再也没见过楚斯，也没跟楚斯说过话。不过上周他似乎在一辆停在富丽饭店外的车子上看见过楚斯。米凯之所以得让楚斯停职是因为他的银行账户存入了好几笔巨款，但他不能或不想提出解释，这使得米凯身为他的上司别无选择，只能让他停职。米凯当然知道那些钱是打哪儿来的，那是楚斯为毒枭鲁道夫担任烧毁者，进行证据破坏工作所获得的报酬。这白痴竟然直接把钱存进自己的户头。唯一值得安慰的是这些钱或楚斯都无法指出米凯同样涉案。世界上只有两个人能抖出米凯曾和鲁道夫合作的事，其中一人是社会事务议员，但她是共犯，另一人则躺在国立医院的封闭侧翼里，昏迷不醒。

车子穿过夸拉土恩区。米凯用陶醉的目光看着妓女头发和肩膀上的白雪衬托出她们的黝黑肤色，看着新一批毒贩进驻鲁道夫离开后所空出来的市场。

楚斯·班森。楚斯和米凯从小在曼格鲁区一起长大，他一路跟随米凯，犹如吸附在鲨鱼身上的吸盘鱼。米凯拥有头脑、口才、外表和领导力，绰号"瘰四"的楚斯则拥有拳头、无畏之心和近乎孩子般的忠诚。米凯不论走到哪里都能结交朋友，楚斯则很难让人喜欢，每个人碰见他几乎都会避开。尽管如此，这两个南辕北辙的人却凑在了一起。他们的名字总是一前一后，小时候在班上如此，后来在警大学院也是如此。米凯在前，楚斯跟在后头。后来米凯跟乌拉交往，楚斯依然跟在他背后两步的位置。时间一年一年过去，楚斯越来越落后，他在公私两方面都不像米凯那样有与生俱来的本领，到哪里都吃得开。一般来说，楚斯这个人很容易领导，也很容易预料，米凯说"跳"，他就会跳。但楚斯的双眼中有时也会浮现一股黑暗，变成一个米凯完全不认识的人。就像那次警方逮捕一名少年，结果少年却差点被楚斯用警棍打瞎。那个曾对米凯毛手毛脚的克里波警察下场也好不到哪里去。由于这名警员的无礼之举正好被同事撞见，米凯不得不采取行动，以免让大家以为他好欺负。米凯把那名警察骗到克里波的锅炉室，埋伏在里头的楚斯立刻挥动警棍一阵猛打，起初还很克制，渐渐地下手越来越重，他眼中的那股黑暗似乎扩散开来，将他占据，双眼变得又大又黑。最后米凯不得不出手制止，以免那人被活活打死。是的，楚斯的确忠心耿耿，但他也像是座不受控制的自走炮，这点让米凯感到格外忧心。米凯告诉楚斯说任命委员会决定先让他停职，直到查出那些巨款从何而来为止。楚斯听了只是耸耸肩，转身离去，仿佛没什么大不了，仿佛"瘰四"楚斯除了工作之外还有别的生活重心。当时米凯也在楚斯眼中看见那股黑暗，那感觉就像是看见引线点燃，火花沿着引线烧进矿坑，却什么事也没发生。你不知道到底是因为引线太长，还是因为火花熄了，于是你静静等待，内心忐忑不安，因为你隐约知道爆炸来得越晚，炸起来就会越猛烈。

车子在市政厅后方停下，米凯下车，走进入口。有人说其实这个入口才是市政厅的大门，挪威建筑大师阿尔内贝格（Arneberg）和波尔松（Poulsson）在二十世纪二十年代原本就是这么设计的，不料后来设计图却给弄反了。这个错误在二十世纪四十年代被发现，但木已成舟，政府只好下达封口令，将错就错，希望搭船从奥斯陆峡湾来到挪威首都的人，不会发现他们看见的其实是厨房入口。

米凯的意大利皮鞋鞋底在石砌地面上轻抚而过，朝接待处前进，柜台里的女接待员对他露出灿烂微笑。

"长官早安，议员正在等您。请上九楼，走廊尽头左边那间办公室就是。"电梯逐渐上升，米凯在镜子里照了照，镜子忠实反映出他现在的状况：步步高升。尽管埃伦命案迟迟难破，他的声势还是扶摇直上。他稍微整理了一下乌拉在巴塞罗那给他买的领带，领带打的是双温莎结。以前他在学校教过楚斯怎么打领带，但教的是比较单薄而简单的单温莎结。走廊尽头的那扇门微微开着，米凯推门而入。

办公室空荡荡的，办公桌上空无一物，书架上空空落落，墙上留有挂过画的浅色痕迹。女子坐在窗台上，她的脸蛋以传统定义来说算是好看，女人通常会说"长得不错"。虽然她留着一头有如洋娃娃般可笑的金色长鬈发，脸上却找不到一丝甜美或妩媚。她个子高大，有着运动型身材，肩膀和臀部都很宽，今天还特地穿上紧身皮裙。她跷腿坐着，脸上的男性化线条在鹰钩鼻和凶残冷酷的蓝眼珠衬托下更为明显，再加上自信、挑衅、轻佻的眼神，使得米凯第一次跟她碰面时很快就做出判断：伊莎贝尔·斯科延是个积极主动、爱好冒险的人，她就像一头美洲狮。

"把门锁上。"她说。

米凯关上门，转动钥匙锁上，走到一扇窗户前。奥斯陆市区的楼房通常都只有四五层，外观朴实，因此市政厅显得鹤立鸡群。俯瞰着市政厅广场的，是一座拥有七百年历史的阿克什胡斯堡垒，壁垒很高，上面架有曾经接受战争洗礼的古炮。古炮在冷冽强风中仿佛微微颤抖，全身起鸡皮疙瘩。雪停了，铅灰色天空下的奥斯陆仿佛沐浴在蓝白色的光线中。米凯心想，这好像尸体的颜色。伊莎贝尔的声音在四壁间回荡："怎么样，亲爱的？你觉得这片风景如何啊？"

"很漂亮。如果我没记错，前任议员的办公室比较小，所在楼层也比较低。"

"不是那片风景，"她说，"我说的是这片风景。"

米凯转头望去，只见这位新上任的社会事务议员张开了双腿，内裤放在窗台上。她常说她不明白刮了毛的女性私处究竟有什么魅力，而米凯看着那片阴毛浓密的私处，口里不断咕哝说非常漂亮时，心里想的是刮毛和不刮毛这两者之间应该可以找到一个平衡点。真令人印象深刻。

高跟鞋踏上拼花地板，她走到他面前，拂去他翻领上看不见的灰尘。她不穿高跟鞋就已经高他一厘米，这时简直高他一个头，但他并不觉得受到威胁，正好相反，她的高大身材和跋扈个性正好被他视为有趣的挑战。比起面对乌拉的纤瘦身材和柔顺个性，他面对伊莎贝尔时必须拿出更多的男子气概。"我觉得邀请你来参加这间办公室的启用典礼真是再恰当不过了，没有你的……通力合作，我是坐不上这位子的。"

"彼此彼此。"米凯说，鼻子吸入她身上的香水气味。这味道怎么这么熟悉？这是……乌拉用的香水，是汤姆·福特牌的香水，它叫什么名字来着？"黑兰花"。这香水是他去巴黎或伦敦时买回来送给乌拉的，因为挪威很难买得到。这未免也太巧合了吧。

伊莎贝尔看见米凯脸上的诧异神情，双眼不禁流露出笑意，她伸出双手钩住他的脖子，仰头大笑："抱歉，我实在克制不了自己。"

搞什么鬼？那次的乔迁派对过后，乌拉曾抱怨说这瓶香水不见了，还说一定是他邀请来家里的贵宾当中有人偷走了。当时米凯确信香水一定是他的童年好友楚斯偷的，他不是不知道楚斯从少年时代开始就为乌拉神魂颠倒，当然这件事他从未跟乌拉或楚斯提过，他也从不曾说过他认为是谁偷了香水，毕竟楚斯偷走乌拉的香水总比偷走她的内裤要好。

"你有没有想过这可能会是你的问题？"米凯说，"克制不了自己？"

伊莎贝尔娇笑连连，闭上眼睛，放开双手，又粗又长的手指沿着他的背部滑下，伸进他的皮带，用略为失望的眼神看着米凯。

"怎么啦，我的种马先生？"

"医生说他不会死，"米凯说，"最近甚至还出现苏醒的迹象。"

"什么迹象？他动了？"

"不是，他们看见他的脑波图出现改变，所以做了些神经生理检查。"

"那又怎样？"她的唇就在他唇边，"难不成你怕他？"

"我怕的不是他，而是怕他会说什么，他可能会把我们的事抖出来。"

"他干吗要做这种蠢事？他一个人孤立无援，说了对他又没好处。"

"这样说好了，亲爱的，"米凯说，把她的手推开，"只要一想到有人可以证明我们为了事业发展而跟毒枭合作——"

"听着，"伊莎贝尔说，"我们只不过是采取了经过深思熟虑的干预行动，防止市场力量坐大而已。这是经得起考验的国家社会党优良政策，我们让阿萨耶夫垄断毒品，逮捕其他毒枭，因为阿萨耶夫的货所导致的用药过量致死率比较低，相较之下，其他做法都是难以令人满意的毒品政策。"

米凯听了不禁微笑："看来你已经开始在为法庭上的辩论做准备了。"

"我们要不要换个话题，亲爱的？"她的手朝他的领带伸去。

"你应该很清楚这件事在法庭上会被怎样解读吧？我之所以可以坐上警察署长的位子、你之所以可以坐上议员的位子，全都是因为我们看起来像是亲自扫荡了奥斯陆的街头，让死亡率下降，但实际上我们却让阿萨耶夫摧毁证据，除去对手，贩卖比海洛因的强度和上瘾度都高上四倍的毒品。"

"嗯，你用这种口气说话让我心痒难搔……"她将他一把拉过来，舌头伸进他的嘴巴，大腿在他身上摩擦，磨得丝袜窸窣作响。她拉着他，踏着稳稳的脚步朝办公桌后退。

"如果他在医院里醒来，开始口无遮拦——"

"别再说了，我不是找你来聊天的。"她的手指开始解开他的皮带。

"我们得解决这个问题，伊莎贝尔。"

"我知道，可是亲爱的，现在你是警察署长了，应该懂得事有轻重缓急才对，而现在市政厅方面认为最重要的是这件事。"

米凯挡开她的手。

她叹了口气："好吧，你有什么计划？说来听听吧。"

"必须让他感受到威胁，实实在在的威胁。"

"为什么要威胁他？为什么不直接把他杀了？"

米凯哈哈大笑，直到他发现她说这话是认真的，笑声才停下来。

"因为……"米凯直视她的双眼，语气坚定，摆出半小时前他在调查组面前摆出的干练姿态，准备给出一个答案。但她抢先一步。

"因为你不敢。我们可以去电话簿里找找看有没有人提供'主动安乐死'的服务。你只要搬出警方资源受到滥用的鬼话，把警卫撤掉，这个人就能出其不意地去探病。反正对那家伙来说是出其不意。或者，你可以派出你的影武者，那个瘪四，楚斯·班森，他为了钱什么都愿意做不是吗？"

米凯不可置信地摇了摇头："首先，派警员全天候看守病房的是犯罪特警队队长甘纳·哈根。这样说好了，如果我驳回哈根的命令，患者却遭到杀害，我一定会很难看。其次，我们不杀人。"

"听着，亲爱的，政客都没有比他们的顾问好到哪里去，这就是为什么要爬到巅峰的基本前提是要在你身边安排比你聪明的人，而我已经开始

觉得你并没有比我聪明，米凯。首先呢，你连这个杀警犯都抓不到，现在
你又连一个昏迷患者这么简单的问题都不知道该如何处置，既然你不想干
我，我不得不扪心自问：'我该怎么应付这个家伙才好？'请回答我这个
问题。"

"伊莎贝尔……"

"听起来你是在说'不'，好吧，听我说，这件事我们要这样处理……"

米凯不得不佩服她，她具有冷静自持的专业态度，又喜欢拥抱风险，
捉摸不定，相形之下她的同事都显得略逊一筹。有人把伊莎贝尔视为不定
时炸弹，这样想的人一定不了解她就是爱玩那种可以创造出不确定性的游
戏。她是那种可以在短时间内飞得比别人更高更远的人，但如果失败，她
也会比别人摔得更重更惨。米凯不是没在伊莎贝尔身上认出自己，他的确
看到了，但伊莎贝尔比他更极端。然而吊诡的是，伊莎贝尔这样并没有把
他同化，反而让他行事更为谨慎。

"那家伙现在还没脱离昏迷，所以我们先按兵不动。"伊莎贝尔说，"我
认识一个来自易雷恩巴村的麻醉师，他从事地下交易，提供给我一些药品，
这些药品是身为政治人物的我在外面拿不到的。跟瘪四一样，为了钱他会
去做很多事，为了性他什么都愿意去做。说到这个……"

她坐上桌沿，张开双腿，唰的一下拉下米凯的裤子拉链。米凯抓住她
的手腕说："我们等周三到富丽饭店再做吧。"

"我们不要等周三去富丽饭店才做。"

"我投票支持周三才做。"

"哦，是吗？"她说，挣脱他的掌握，拉开他的裤子，往下看去，用
沙哑的声音说，"反对者以两票对一票获胜，亲爱的。"

5

黑夜降临,温度骤降,苍白的月光透入窗户,洒进斯蒂安·巴雷利的房间。他听见母亲在楼下客厅叫他。

"斯蒂安,找你的!"

刚才他听见座机响起,就希望电话不是找他的。他放下 Wii 游戏机的控制器。目前成绩低于标准杆十二杆,还有三洞要打,正在朝大师级玩家迈进。他玩的角色是美国高尔夫球选手里克·福勒,因为里克在《泰格·伍兹:高尔夫球名人赛》这款游戏中是唯一年纪跟他相仿(他今年二十一岁)又很酷的高尔夫球选手,而且里克跟他一样都喜欢美国饶舌歌手阿姆和反抗军乐队,也喜欢穿橘色的衣服。然而里克负担得起自己的公寓,斯蒂安却还只能蹲在家里,但这只是暂时的,等他争取到奖学金,就能去阿拉斯加读大学。在北欧少年滑雪锦标赛中拿到不错成绩的参赛选手都会去读那所大学。当然了,没有人曾因为读了那所大学而变成更棒的滑雪选手,但那又怎样?阿拉斯加有女人、有葡萄酒、有雪可滑,夫复何求?有剩余时间再去参加几场考试就好。毕业后可以找个还过得去的工作,赚的钱可以供自己一个人住。那样的生活总比现在这样好,睡在稍嫌太短的床上,墙上贴着美国高山滑雪选手伯德·米勒和挪威高山滑雪冠军阿克塞尔·伦德·斯温达尔的海报,吃母亲做的炸鱼饼,遵守父亲定下的家规,训练喜欢大声喧哗的小屁孩。那些小屁孩的"滑雪盲"父母总说,他们有可能成为未来的金牌滑雪选手谢蒂尔·安德烈·奥莫特或拉瑟·许斯。此外斯蒂安也在翠凡斯凯伐滑雪坡操作滑雪吊车,薪资低得连印度童工都不如。这就是为什么他知道电话是滑雪俱乐部的老板打来的,因为在他认识的人当中,只有这位老板不舍得打手机，原因是通话费有点贵，所以他喜欢强迫别人在还装有固定电话的老房子里跑下楼梯。

斯蒂安从母亲手中接过话筒。

"喂？"

"嘿，斯蒂安，我是巴肯，"巴肯在挪威文中意指"斜坡"，他真的叫这个名字，"有人跟我说滑雪坡的吊车现在还开着。"

"现在？"斯蒂安说，看了看表。晚上十一点十五分。打烊时间是九点。

"你可以马上去看一下吗？"

"现在？"

"除非你现在很忙。"

斯蒂安不去理会老板的刻薄语气，他知道自己的表现已经连续两季都令人失望，但老板并不认为他缺乏才能，而是认为他老是无所事事。

"我没车。"斯蒂安说。

"可以用我的车。"母亲插口说，她没离开，依然双臂交抱，站在斯蒂安旁边。

"抱歉，斯蒂安，我听到了哟，"老板简洁地说，"一定是汉明运动俱乐部的滑板客闯进去了，我猜他们觉得干这种事很好玩。"

斯蒂安花了十分钟驾车开上曲折山路，来到翠凡塔。翠凡塔是一座电视塔，外形宛如一支一百一十八米长的标枪插在奥斯陆西北方的山上。

车子在白雪覆盖的停车场上停下，他看见停车场里只停着一辆红色高尔夫汽车。他从车厢顶拿出滑雪板穿上，滑过主建筑，往上来到名为"翠凡快运"的主吊车旁，这里是整个滑雪设施的制高点，从这里可以俯瞰翠凡湖和规模较小的丁字形斯凯伐吊车。月光迷蒙，天色昏暗，他看不见吊车是否在运作，但听见下方传来机器运转的嗡嗡声响。

他往下滑去，穿过长而缓的雪坡，突然觉得自己晚上还在这里颇为奇怪。

滑雪场打烊后的一小时，场内似乎还回荡着滑雪客的欢声尖叫，包括女生过于夸张的惊惧叫声、男生渴望受到注意且充满睾酮的激昂吼声，以及钢制滑板割入硬实冰雪所发出的尖锐声响。即使泛光灯已经关闭，灯光似乎还在空气中残留了一会儿。但渐渐地四周安静下来，也暗了下来，接着又更静了些，最后寂静充满整个山谷，黑暗从森林里爬了出来，翠凡滑雪场似乎变成了一个截然不同的地方，就连对这里如指掌的斯蒂安都认不得，仿佛这是个陌生星球，寒冷阒黑、杳无人迹。

由于光线暗淡，他必须凭感觉滑雪，预测滑雪板底下的起伏地形。这正是他的特殊专长，他在低能见度、大雪、浓雾、昏暗当中表现最好，他感觉得到眼睛看不见的东西，只有极少数的滑雪者拥有这种预知能力。他从白雪上滑过，缓缓前进，延长这种愉悦感。不久之后就来到坡底，在吊车小屋前停下。

小屋的门遭到破坏。

雪地里散落着木片，木门大开。这时斯蒂安才想到自己孤身一人，现在是深夜，此地荒无人烟，而且不久之前才有人做出犯罪行为。说不定这只是恶作剧，然而他无法百分之百确定。当然这只是恶作剧，当然他只是孤零零一个人。

"有人吗？"斯蒂安抬头朝发出嗡鸣声的引擎喊道，丁字架吊车在他上方的缆绳上来来去去、唧唧作响。话才出口他立刻感到后悔。回音从山间传来，听得出他的声音充满恐惧。他心里十分害怕，因为他脑子里不断翻搅着"一个人"和"犯罪"这两个词，那则老故事也浮现在脑海。白天他不会去想这件事，但有时他值夜班而且滑雪坡没什么人时，这则老故事就会从森林里伴随着黑暗缓缓爬出。故事叙述某个十二月的深夜，天气温和，没有下雪，一名少女据推测是在市中心遭人下药，再被车子载上来，手上戴着手铐，头上罩着头套。歹徒将少女从停车场扛来这间小屋，破门而入，在里面强暴她。据说少女只有十五岁，身材娇小，如果陷入昏迷，一名或数名歹徒的确可以轻易地把她从停车场扛到这里。你只能希望少女从头到尾都处于昏迷状态。但斯蒂安也听说歹徒用两根大钉子从少女的锁骨下方把她钉在墙上，这样就可以站着强暴她，同时让自己跟墙壁、地板及少女的接触降到最低，这也是警方找不到任何 DNA、指纹或衣物纤维的原因。不过这传闻的真实性有待商榷，斯蒂安唯一可以确定的事实是警方在三个地方发现少女，分别是在翠凡湖湖底发现躯体和头部，在韦勒山滑雪赛道下方的森林发现下半身的一半，在奥吉恩湖畔发现另一半。由于后两者的发现地点相隔甚远，距离被害人遭强暴的地方也很遥远，因此警方推测强暴者可能有两人。然而警方手中掌握的也只有推测，凶手始终没有落网，而且也无法确定凶手是否为男性，因为没发现精液可以证明凶手的性别。老板巴肯和其他爱开玩笑的家伙总喜欢跟首次值夜班的俱乐部年轻员工说：据说在宁静的夜晚，那间小屋会传出惨叫声，还有钉子钉入墙壁的声音。

斯蒂安从滑雪板上解开靴子，走到门前，膝盖微弯，小腿紧绷，尽可能不去理会自己快速跳动的脉搏。

天哪，他预期自己会看见什么？鲜血和内脏？还是鬼魂？

他走进门内，伸手摸到电灯开关，打开电灯。

双眼看进被灯照亮的小屋。

只见未上漆的松木墙壁上有根钉子，钉子上挂着一名女子，身上几乎一丝不挂，只穿着黄色比基尼，遮住古铜色胴体上所谓的重要部位，月份是十二月，月历是去年的。几周前一个非常宁静的夜晚，斯蒂安曾对着这张月历图片打手枪。这位月历女郎十分性感，但最令他兴奋的是窗外经过的女生。他坐在小屋里，手里握着硬挺的阳具，和那些女生相隔仅一米之遥，特别是那些独自使用丁字架吊车的女生。她们熟练地握住硬挺的圆杆，将圆杆紧紧夹在双腿之间，让吊车拖着她们的臀部往前行进。她们微微弓背，圆杆上方的缆线连接着伸缩弹簧，缆线一往上缩，把她们往前拉，沿着吊车路线前进，逐渐远离他的视线。

斯蒂安走进小屋。毫无疑问有人进来过。电源控制器遭到破坏，塑料旋钮裂成两半掉在地上，只剩下金属轴心突出在操控台上。他用拇指和食指捏住冰冷的金属轴，试着转动，但手指太滑没法转动。他走到角落的小配电箱前，金属箱门上了锁，钥匙平常连着绳带挂在旁边墙上，如今却不见了。真是怪了。他回到操控台前，想把保护泛光灯和音乐操控器的塑料盖拉开，拆下一个塑料旋钮换上去，但又想到这么一来也得破坏旋钮才行，因为旋钮不是粘在金属轴上，就是以铸模方式制造的。他需要找个能够紧紧扣在金属轴上的东西，比如活动扳手或类似的工具。正当他拉开窗前一张桌子的抽屉时，他突然有个预感，就跟他在盲目滑雪时得到的预感一样。他感觉得到他看不见的东西：有人站在外头的黑暗中注视着他。

他抬头看去。

正好看见一张脸孔，睁着大眼回望着他。

原来是他自己的脸，他的叠影映照在窗玻璃上，双眼露出恐惧神色。

斯蒂安松了口气。可恶，他太容易害怕了。

就在此时，就在他的心脏恢复跳动之时，他的目光回到抽屉里，眼角余光却似乎看见窗外出现动静，有张脸从他在窗上的倒影上移开，往右移动，离开他的视线范围。他又迅速抬头，看见的依然是自己的叠影。又或者其实那不是叠影？

他的想象力总是过于丰富。这句话是马里欧斯和夏拉跟他说的，因为那次他说他觉得那个遭强暴的少女令他感到兴奋。当然他不是因为少女遭到强暴杀害而感到兴奋，但话又说回来，是的，强暴的部分令他兴奋……他补上一句说，他想过这件事。最主要的是那名少女看起来人很好，又很漂亮，他想象她在小屋里一丝不挂……是的，就是这个部分令他兴奋。马里欧斯说他是变态，至于夏拉那个浑蛋当然很大嘴巴地把这件事拿去到处说，最后这故事又传回他耳朵里时，里头竟然加上了"斯蒂安说他想加入强暴的行列"。真是最佳损友，斯蒂安心想，一边翻看抽屉。乘车券、印章、印泥、笔、胶带、剪刀、折刀、收据本、螺钉、螺帽。妈的！他打开下一个抽屉，里面没有扳手，也没有钥匙。这时他突然想到只要找到他们常拿去插在屋外雪地里的紧急停止装置就好了，那个棒状装置上有个红色按钮，如果发生紧急事故，只要按下按钮，吊车就会停止。游客使用吊车总会发生各种状况，像是小朋友的头撞上丁字架，或是初学者在丁字架向前拉动时仰天摔倒，身体却还钩在上面，被丁字架拉着向前拖行，或是爱显摆的白痴在吊车行经森林旁边时，用膝盖钩住丁字架，身体倾向一侧做出尿尿的动作。

他仔细翻找柜子。那装置应该很容易找到才对，它大约一米长，以金属制成，形状有如铁锹，一头是尖的，便于插在雪堆或冰层里。斯蒂安把游客遗落的手套、帽子和护目镜推到一旁。下个柜子放的是消防器材、一个水桶、几件衣服、急救箱、手电筒，就是没有紧急停止装置。

可能有员工晚上锁门时忘了把装置收回来。

他拿起手电筒，走到门外，绕了小屋一圈。

还是没找到。天哪，难道歹徒偷走了紧急停止装置不成？可是却没偷走乘车券？斯蒂安似乎听见声响，立刻转头望向森林，拿手电筒照去。

是不是鸟？还是松鼠？有时驼鹿会来这里，但它们通常不会刻意隐藏。要是能让那该死的吊车停下来就好了，他就可以听得更清楚。

斯蒂安回到小屋，感觉自己还是在屋内比较放松。他从地上捡起裂成两半的塑料旋钮，拼回到金属轴上，试着转动。没用。

他看了看表，快午夜了。他希望能在上床睡觉前打完那场奥古斯塔的高尔夫球赛。是不是该打个电话给老板？那根金属轴只要能转个半圈就好了！

他出于本能地猛然抬头，心脏仿佛停止跳动。

有个影子迅速闪过，他甚至不确定自己是否看见了什么。无论那是什么，绝对不是驼鹿。他输入老板的名字，手指剧烈颤抖，按错了好几次才终于输入正确。

"喂？"

"紧急停止装置不见了，我没办法把吊车停下来。"

"可以用配电箱……"

"配电箱锁住了，钥匙不见了。"

他听见老板低声咒骂，又无奈地叹了口气："你留在那里，我过去。"

"带个扳手之类的东西过来。"

"扳手之类的。"老板复述一次，一点也不掩饰话中的轻蔑之意。

斯蒂安早就知道老板对别人的尊重程度取决于对方在滑雪锦标赛的成绩高低。他把手机放回口袋，望向黑夜，突然想到小屋里的灯光使得他可以轻易被人看见，他自己却看不见别人。他站起身来，关上残破的木门，关闭电灯，静静等待。空荡的丁字架从山坡上输送下来，经过他头顶上方，逐渐加速，在吊车尽头转个弯，再重新爬坡上升。

斯蒂安眨了眨眼。

刚才怎么没想到这招？

他转开控制台上的每一个旋钮。泛光灯的光线洒落整片雪坡，扩音器播放出美国饶舌歌手 Jay-Z 的《帝国之心》，回荡在山谷之间。这样才对嘛，这样才比较有安心的感觉。

他轮敲手指，又朝那个金属轴望去，金属轴顶端有个小孔。他站起身来，拿起挂在配电箱旁的细绳，对折穿过小孔，在金属轴上绕一圈，小心拉动。这样说不定行得通。他再稍微用力。细绳还撑得住。再用力。金属轴动了。他猛力一拉。

吊车的机器运转声戛然而止，呻吟声拉得老长，声音也越来越大，最后来到高潮，发出一声尖锐声响。

"知道厉害了吧，你这王八蛋！"斯蒂安高声吼道。

他倾身向前，拿出手机，打算跟老板说任务完成。他想到老板一定不会同意他三更半夜把饶舌歌曲开得震天响，便把音响关掉。

他聆听电话铃声响起，耳中听见的只有铃声，四周突然变得非常安静。快啊，快接电话啊！又来了，那种感觉又出现了，他觉得这里有人，有人正在看他。

他缓缓抬头。

一阵凉意从他的后脑扩散开来，仿佛他正在化为石头，仿佛他看见的是蛇发魔女美杜莎的脸。但那张脸并不属于美杜莎，而属于一名男子。男子身穿黑色真皮长大衣，一双疯子般的眼睛瞪得老大，吸血鬼般的嘴巴张开，两侧嘴角滴下鲜血，身体似乎飘浮在半空中。

"喂？斯蒂安？你在吗？斯蒂安？"

斯蒂安没有回答，他已猛然站起，撞倒椅子，倒退着贴上墙壁，十二月的月历女郎被扯落，掉到地上。

他找到紧急停止装置了，它就插在被挂在丁字架上的男子口中。

"然后他就跟着吊车一直绕圈？"甘纳·哈根问，侧过头查看挂在他们面前的尸体。尸体的形状有点怪异，朝地面的方向拉长，宛如熔化的蜡像。

"那小子是这样跟我们说的。"贝雅特说，在雪地里跺了跺脚，抬头朝灯光下的吊车轨道望去，只见身穿白色工作服的鉴识中心同事几乎跟白雪融为一体。

"有什么发现吗？"哈根问道，口气似乎是说他已经知道答案是什么。

"一大堆，"贝雅特说，"血迹延伸了四百米，跟着吊车上到坡顶，然后下坡，又延伸四百米回来。"

"我是说除了显而易见的东西之外。"

"停车场的雪地里有脚印，有人抄了近道直接来到这里，"贝雅特说，"脚印符合被害人的鞋子。"

"他是走到这里的？"

"对，而且他是一个人来的，路上只发现了他的脚印。停车场里有一辆红色高尔夫，我们正在调查车主是谁。"

"没有凶手留下的痕迹？"

"你有什么发现吗，毕尔？"贝雅特问，转头望向侯勒姆。侯勒姆正朝他们走来，手中拿着一卷警方的封锁带。

"只发现被害人的脚印，"侯勒姆喘息说，"当然这里还有很多滑雪痕迹，但没有可见的指纹、毛发或纤维。说不定我们可以在那根牙签上发现什么，"他朝死者口中突出的紧急停止装置点了点头，"除此之外，我们只能希望病理组能有收获。"

哈根在外套里簌簌发抖："说得好像你已经知道找不到什么证据一样。"

"这个嘛，"贝雅特说，哈根认得这种口气，以前哈利·霍勒都用"这个嘛"来作为坏消息的开始词，"我们在另一个命案现场也没发现 DNA 和指纹。"

哈根不知道自己之所以发抖，究竟是因为他离开温暖被窝直奔这个天寒地冻之处，还是因为鉴识中心主任的这番话。

"什么意思？"他打起精神问道。

"意思是说我知道他是谁。"贝雅特说。

"你不是说被害人身上找不到证件？"

"对啊，我是过了一会儿才认出他的。"

"你？你对脸孔不是过目不忘的吗？"

"被害人的双颊被打得向内凹陷，让我的梭状回有点困惑，不过他的确是伯提·尼尔森。"

"他是谁？"

"这就是我打电话给你的原因，他是……"贝雅特深深吸了口气。哈根心想，别说出来。

"他是警察。"侯勒姆说。

"他任职于下埃伊克尔地区的警局,"贝雅特说,"我们一起调查过命案,就在你来犯罪特警队之前。当时尼尔森跟克里波联络,说那件命案跟他在克斯塔伐镇侦办的一起性侵案有许多相似之处,主动要来奥斯陆提供协助。"

"结果呢?"

"不了了之。他人是来了,但基本上他只是延长了整个调查行动,凶手……或者说凶手们一直没有落网。"

哈根点了点头:"命案是在哪里发生的?"

"就在这里,"贝雅特说,"少女在吊车小屋里遭到强暴分尸,尸体分别在这边的湖里、南方一公里处,还有反方向七公里外的奥吉恩湖畔被发现。这就是为什么当时我们认为凶手可能不止一人。"

"那日期……"

"……一样,正好是今天。"

"多久以前?"

"九年前。"

一台无线电通话机发出吱吱声。哈根看着侯勒姆把无线电拿到耳畔,低声说了几句话,再把无线电放下。"停车场的那辆高尔夫登记在米拉·尼尔森的名下,地址跟伯提·尼尔森一样,一定是他老婆。"

哈根发出一声呻吟,仿佛竖起了白旗。"我得把这件事回报给署长,"他说,"那个少女的命案就先别提吧。"

"媒体一样会翻出来的。"

"我知道。我会建议署长暂时先让媒体自己去臆测。"

"明智之举。"贝雅特说。

哈根微微一笑,像是表示感谢,现在他非常需要一点鼓励。他望向山腰上的停车场,望向前方的荆棘道路,再抬头朝尸体望去,又打了一阵哆嗦。

"你知道我看见高大瘦削的男人想到谁吗?"

"我知道。"贝雅特说。

"真希望他在这里。"

"他不高也不瘦。"侯勒姆说。

哈根和贝雅特同时朝他看去："哈利不高也不瘦？"

"我是说这个家伙，尼尔森。"侯勒姆说，朝挂在丁字架上的尸体点了点头，"他是一夜长高的。摸摸他的身体就知道了，感觉很像果冻。我见过这种事发生在由于严重摔伤而全身骨骼碎裂的人身上，骨骼碎裂使得身体失去支撑，肌肉会一直受到地心引力拉扯，直到尸僵现象发生。很古怪对不对？"

他们看着尸体，不发一语，直到哈根转动脚跟，径自离去。

"我说得太详细了吗？"侯勒姆问道。

"对他来说可能只是多余细节，"贝雅特说，"而且我也希望他在这里。"

"你觉得他还会回来吗？"侯勒姆说。

贝雅特摇了摇头。侯勒姆不知道贝雅特是响应他的问题还是针对这整个情况。他转过头去，看见森林边的一根云杉树枝晃了晃。一声凄凉的鸟叫在四下的宁静中回荡。

Politi

第二部

声音不太对劲。就像卧室房门的嘎吱声。
不对劲的是寂静。不对劲的是少了声音。
少了哗的声音，少了心电图仪的声音。安
东直觉地把手放在男子额头上。

6

楚斯·班森从寒冷的街道走进温暖潮湿的室内，门口上方铃声大作，门里弥漫着头发的臭味和洗发精的气味。

"剪发吗？"一名年轻男子问道，他头上顶着闪闪发亮的黑人发型，楚斯很确定他是在别家发廊剪的。

"两百？"楚斯问，拍去肩膀上的雪。三月，打破承诺的月份。他伸出拇指朝背后比了比，想确定外头的价目表依然正确：男士两百，儿童八十五，老人七十五。楚斯看到过有人把狗带进这里。

"还是一样啊，老哥。"美发师用巴基斯坦口音说，领着楚斯坐上一张空椅。发廊里只剩两张空椅。第三张椅子上坐着一名男子，楚斯立刻就把他归类为阿拉伯人。男子有一对深色眼珠，额头覆盖着刘海。男子的目光在镜中一和楚斯交接，就立刻闪避。也许他闻到了警察的味道，也许他认出了警察的眼神。倘若真是如此，那他很可能在布鲁街贩毒，但只卖哈希什。阿拉伯人行事谨慎，尽量不卖烈性毒品。男子也可能是皮条客，他身上那条金链子能提供的线索只有这么多，就算真是皮条客也只是小角色，楚斯认得所有大人物的面孔。

他围上了剪发围巾。

"头发有点长啊，老哥。"

楚斯不喜欢被巴基斯坦人叫"老哥"，尤其是被巴基斯坦娘炮这样叫，更甚的是这个巴基斯坦娘炮即将触碰他的身体。但这些娘炮有个好处，他们不会用"屁股"抵着你的肩膀，侧着头伸手拨弄你的头发，在镜中和你四目相对，问你喜欢这样还是那样。他们只是立刻开始工作，不会问你那头油腻腻的头发需不需要洗，而直接在头上喷水，忽视你可能发出的指示，拿起剪刀梳子马上开始剪，仿佛在参加澳大利亚剪羊毛大赛。

镜子下方的架子上有份报纸，楚斯看了看头版，上头写着大同小异的标题：警察杀手的动机是什么？媒体的推测多半都环绕在失心疯的仇警人士或激进的无政府主义者身上。有人说这可能是外国恐怖分子所为，但恐怖分子通常会主动出来邀功，而此事目前并未发生。由于犯案日期和地点的缘故，没人质疑这两起命案的相关性，因此警方花了一段时间清查两名死者曾经逮捕、侦讯或可能冒犯过的罪犯，但什么关联都没发现。于是警方暂时以一个假设作为基础来进行侦查，那就是杀害埃伦的凶手是他逮捕过的罪犯，为了复仇、因为嫉恨而犯案，标准型的动机。此外，杀害伯提的凶手则另有其人，也有不同动机，但他十分聪明，复制了埃伦命案的手法来欺骗警方，让警方以为有个连环杀手正在作乱，进而忽略显而易见之处。但后来警方确实去调查了所谓的显而易见之处，将两起命案视为个别案件，但结果也一无所获。

于是警方又回到原点。杀警凶手仍然逍遥法外。一如往常，媒体不断紧逼警方：为什么警方逮不到杀了两名自己人的凶手？

楚斯看见这些头条，一方面觉得满意，一方面也感到愤怒。米凯可能希望媒体到了圣诞节或新年就会遗忘这些命案，把焦点转移到别的事情上，让警方安静工作，让他继续当奥斯陆新上任的性感警察署长、金童、城市的守护者，而不是一个失败者、砸锅者，坐在镁光灯前方，脸上散发出挪威国家铁道式的无能气息。

楚斯不需要细读报纸内容，他在家里已经看过了，也对米凯所发表的调查进度大笑一番。诸如"目前不能多说"，以及"关于这点目前没有消息"这些语句都出自比耶克内斯（Bjerknes）和霍夫·约翰森（Hoff Johansen）合著的《调查方法》一书中关于应付媒体的章节。这本书是警大学院采用的课本，里面说警察应该使用这些似是而非的句子，因为记者一听见"无可奉告"就会抓狂，而且说话也要避免使用形容词。

楚斯细看照片，看米凯脸上有没有露出一丝走投无路的表情。过去在曼格鲁区，每当那些大男孩打算修理米凯这个高傲自大、矫揉造作的小鬼，使得他需要帮助时，他总会露出这种神情。他需要楚斯的帮助。当然，楚斯总是挺身而出，而且最后脸上带着黑眼圈和肿嘴唇回家的人也一定是楚斯，不是米凯。米凯那张俊俏脸庞总是躲过一劫，保留给乌拉。

"别剪太多。"楚斯说。他在镜中看着自己的头发从稍微突出的苍白额头上纷纷落下。他的额头和发达的下巴总让人觉得他很蠢。有时这有好处，但也只是有时而已。他闭上眼睛，心想他是真的在报纸的记者会照片上看见米凯走投无路的神情，抑或那只是他一厢情愿的想法。

停职。驱逐。驳回。

目前楚斯仍支领薪水。米凯曾对他表示歉意，把手搭在他肩膀上，说这样对每个人都好，对楚斯自己也好，并要楚斯等他决定好要如何处置一个不肯或不能解释账户巨款从何而来的警察。米凯甚至保证说楚斯有权保留一些津贴。因此楚斯理发不必特地去找便宜的发廊，他原本就是这家店的常客，况且他现在更喜欢这家发廊了，因为他喜欢隔壁那阿拉伯人的发型。

"你在笑什么，老哥？"

楚斯听见自己发出粗野的呼噜笑声，赶忙停止。就是这呼噜笑声给他招来"瘪四"这个绰号。不对，给他取这绰号的人就是米凯。那次在学校派对上，大家发现楚斯·班森不仅长得像 MTV 卡通里的瘪四，连声音也像，真是有趣极了！当时乌拉是不是在场？还是米凯抱着另一个女生坐在椅子上？乌拉有一双温柔的眼睛，身穿白色毛衣，玉手纤纤。曾有个周日在布尔区，她用这双手勾住楚斯的脖子，拉近他的头，在他耳边高声说话，以盖过川崎摩托车的怒吼声。她只是想问米凯在哪里。但他依然记得她双手的温度，在晨光中像是要将他融化，让他站在高速公路的桥上双腿发软。

她的气息喷上他的耳朵和脸颊，让他的感官变得异常敏锐。即使桥下那些摩托车发出的汽油臭味和橡胶烧焦味将他们包围，他依然闻得出她口中的牙膏气味、唇膏的草莓味、身上的毛衣用的是米罗柔顺剂。还有米凯亲吻过她，拥有过她。或者这一切只是他的幻想？但他清楚记得自己回答乌拉说他不知道米凯在哪里，尽管他其实知情，尽管有一部分的他想告诉她事实。他想摧毁她眼中的温柔、纯洁和天真。他想摧毁米凯。

当然了，他没这样做。

为什么要这样做？米凯是他最好的朋友，也是他唯一的朋友。告诉乌拉米凯在安杰莉卡家对他有什么好处？乌拉想要哪个男人都不成问题，只是她不要他，她不要楚斯。至少她跟米凯在一起，楚斯就有机会接近她。也就是说，他有机会搞破坏，只是缺乏动机而已。

当时没有。

"这样可以吗，老哥？"

透过娘炮美发师手里拿的圆镜，楚斯端详自己的后脑。

他呼噜一笑，站起来，丢了一张两百克朗钞票在报纸上，以免碰到美发师的手。他走进三月天里。春天就要来临的消息目前仍只是谣言。他抬头朝警署瞥了一眼，迈步朝格兰区的地铁站走去。这个发型花了九分半钟的时间就剪好了。他抬起头，加快脚步。他没有时限要赶，无事可做。哦，不对，他有件事要做，只是无须花太多工夫，而且他一如往常地拥有许多资源，包括恨意、做计划的时间、准备失去一切的决心。他朝一家亚洲食品店的橱窗玻璃望去，确认自己的外型看起来终于符合他现在的身份。

甘纳·哈根坐在椅子上，凝视着署长办公桌上方的壁纸和空办公椅。墙上有许多挂过照片的深色痕迹，照片挂在那里多久早已不可考，而且全都是历任署长的照片，也可能曾经是鼓舞人心的来源。但米凯·贝尔曼显然不需要它们，他不需要历任署长用审判的眼神看着他。

哈根想在扶手上轮敲手指，但这张椅子没有扶手。米凯连访客椅都换掉了，换成了坚硬低矮的木椅。

哈根是被叫来的，接待室的助理领他进入办公室，说署长很快就回来。

办公室门打开。

"你来啦！"米凯快步走到办公桌后，瘫坐在椅子上，双手抱在脑后。

"有什么新进展吗？"

哈根咳了一声，他知道米凯很清楚目前没有任何进展，因为米凯交代过他就算杀警案出现再小的进展都要回报。尽管如此，他还是乖乖回答这个问题，说明即使将这两起命案视为不相关，依然找不到任何线索，也找不到彼此之间有任何其他关联，唯一显而易见的关联就是两名警察遭杀害的地点都是他们曾经侦办过的未破命案的发生地点。

哈根说到一半，米凯就起身站到窗前，背对他，摇晃身子，假装正在聆听，再找机会插话。

"你得解决这个状况，哈根。"

哈根打住话头，等米凯继续往下说。

米凯转过身来，脸上的白斑浮现红色光泽。

"而且我不得不质疑你在国立医院派人全天候看守的决定，现在有两个奉公守法的警察遭到杀害，难道不应该把人手全都派去调查吗？"

哈根用惊讶眼神看着米凯："看守病房的人不是我的手下，他们是市中心警局的警员和挪威警大学院的实习生，我不认为这会让调查工作受到影响，米凯。"

"是吗？"米凯说，"但我还是想请你重新考虑这个决定，毕竟时间都已经过去这么久了，我看不出来有人要杀害这个病人的迹象，反正他们应该知道他永远都不可能出庭做证。"

"医生说病情有了起色。"

"那件案子已经不属于最优先处理的事项。"署长立刻回话,口气几乎带有怒意。他深呼吸一口气,换上亲切的表情。"不过派人看守的事还是由你决定,我不过问,明白吗?"他露出微笑。

哈根几乎脱口说出"不明白",但仍硬生生把话咽了回去,只是微一点头,试着搞懂米凯到底想说什么。

"很好。"米凯说,双手一拍,表示谈话结束。哈根的心情跟他来时一样困窘,想站起来,却仍坐在椅子上。

"我们正在考虑要换个不同的方法。"

"哦?"

"对,"哈根说,"把调查组拆成几个人数较少的小组。"

"为什么?"

"让非主流想法可以有发挥的空间。大团体的力量比较大,但不适宜跳脱框架的思考方式。"

"我们必须跳脱框架……来思考?"

哈根不理会米凯话中的讽刺之意:"我们一直在兜圈子,只能见树不见林。"

哈根看着警察署长。米凯当过警探,当然清楚这种情况,大团体可能会卡在既定路线中,原本的假设久而久之变成了事实,无法看见其他的可能性。然而米凯却摇了摇头。

"小团体会失去完整办案的能力,责任会分散,彼此会互相阻碍,同样的工作会重复进行。一个协调良好的大团体总是最好的选择,只要有个坚强果决的人来领导就可以了……"

哈根紧咬牙根,感觉白齿的凹凸表面,同时希望他心中对这句影射之语的反应在脸上看不出来。

"可是——"

"领导者改变策略很容易被解读为走投无路和承认失败。"

"可是我们的确失败了。现在已经是三月,这表示从第一起命案发生至今已经六个月了。"

"哈根,没有人会追随一个失败的领导者。"

"我的部属不盲目也不愚蠢,他们知道我们陷在难以突破的窠臼里,也明白好的领导者必须具备改变策略的能力。"

"好的领导者必须懂得激励人心。"

哈根吞了口口水,把他想回嘴的话也给吞下去。他想说的是,他在军校教领导力的时候,米凯还在四处乱跑玩弹弓呢。还有,妈的,既然米凯那么懂得激励部下,那要不要来激励他啊?但他太疲惫也太沮丧,没力气把他知道最容易激怒米凯的话给咽回去。

"你还记得吗?以前哈利·霍勒领导的独立小组都运作得很成功,不然沃斯道瑟村的命案是不可能破的——"

"我说的话你应该都听得很清楚了,哈根。我更想改变调查工作的管理阶层,因为管理阶层会影响部属的文化,而我们现在的文化似乎还不够结果导向。如果没别的事,再过几分钟我就要去开会了。"

哈根简直不敢相信自己的耳朵。他摇摇晃晃地站起来,跟跄地朝门口走去,仿佛坐在低矮木椅上的这一小段时间让他双腿血液循环不良。

"对了,"米凯在哈根背后说,他听见米凯捂嘴打了个哈欠,"古斯托案有什么进展吗?"

"你刚才不是说了吗?"哈根答道,却不转身,以免米凯看见他的脸。他的脸跟他的双腿正好相反,血液循环异常良好,血管正承受极大压力,他的声音也因为愤怒而颤抖。"这案子已经不属于最优先处理的事项了。"

米凯等哈根关上门,听见他跟接待室的秘书说再见,才在高背办公椅上瘫坐下来。他叫哈根来并不是为了询问杀警案的侦办进度,而且他怀疑哈根可能也已经发现了。他叫哈根来是因为一小时前他接到伊莎贝尔打来的电话。她在电话里当然又扯了一堆什么命案迟迟难破让他们两个人显得十分无能，还有她和他是如何的不一样，她可是有选民的支持作为后盾。米凯只是发出的单调的"嗯"和"哦"作为响应，等待她说完好把电话挂断，但她一直说到最后才投下震撼弹。

"他要脱离昏迷了。"

米凯双肘搁在桌子上，双手抱头，垂眼看着办公桌的亮光漆面，看着自己的模糊轮廓。女人认为他长得好看。伊莎贝尔就坦白说过这是她选择他的原因，她喜欢有魅力的男人。这也是为什么她会跟古斯托那个长得像猫王的家伙上床。长得好看的男人经常让别人误解。米凯想起那位曾对他毛手毛脚、想亲吻他的克里波警察，又想起伊莎贝尔和古斯托。想象他们在一起，想象他们三个人在一起。他突然从椅子上站起来，回到窗前。

一切都已经开始进行了。她就是这样说的，"开始进行"。他只要等待就可以了，这样应该可以让他感觉比较镇定，比较能应付周遭的人。既然如此，他为什么要拿刀往哈根身上插，还狠狠转动？难道只是为了看哈根露出痛苦表情吗？难道只是为了看到另一张受到折磨的脸孔，跟现在他映照在桌上的脸孔一样吗？反正这一切很快就会结束。现在所有事都在她的掌控中。该做的总得去做，然后他们就可以回到原本的步调。他们可以忘了鲁道夫、古斯托以及那个众人谈论不休的哈利·霍勒。随着时间过去，这些迟早都会被遗忘，甚至连这两起杀警案也会被遗忘。

米凯想检验这是不是真的是他要的，却又作罢。他知道这就是他要的。

7

史戴·奥纳吸了口气。他正面对疗程中的十字路口，这时他必须做出决定，也已经做出了决定。

"关于你的性欲还有些尚未解决的事。"

患者眼望着他，紧闭的嘴唇露出微笑，眯着双眼，抬起了手，异常细长的手指似乎想去调整直纹外套上的领带结，却没这么做。奥纳注意到这个动作很多次了，这让他联想到打破强迫行为的患者仍摆脱不掉一开始的起始手势，手要去做某个动作却又停下，动作没有完成，但想做什么昭然若揭。犹如疤痕、跛行。犹如回音，提醒你任何事情都不会完全消失，凡走过必以某种方式、在某个地方留下痕迹。犹如童年。犹如你曾经认识的人。犹如你吃过却难以下咽的食物。犹如你曾经有过的热情。犹如细胞记忆。

患者的手放回到大腿上，他清了清喉咙，声音紧绷刺耳："妈的这是什么意思？现在是要来弗洛伊德那套吗？"

奥纳看着男子。最近他看见一部犯罪剧集里警察对人们情绪状态的解读：肢体语言很正常，声音却透露出异常。控制声带和喉咙的肌肉十分细腻，发出的话语能产生可供辨识的不同声波。奥纳在警大学院教书时，常对学生强调说这称得上奇迹，还说人耳是更为敏锐的工具，不仅可以解读元音和子音的声波，还能听出说话者的体温、感觉和紧张程度。比如说侦讯时聆听就比观看更重要，声调的微小升高或极其细微的颤抖都是更具意义的指标，它们比交抱的双臂、紧握的拳头、瞳孔的大小，以及那些新潮流心理医师认为非常重要的因素更重要，这些因素根据奥纳的经验通常都只会带来混淆，误导警方。眼前这位患者的确说了粗话，但听在奥纳耳中仍主要呈现压力模式，告诉他这位患者处于防卫状态，而且愤怒。一般说来，这不会给经验老到的心理医师带来困扰，正好相反，强烈的情绪通常代表突破即将发生。但这位患者的问题在于事情以错误的顺序发生，他虽然定期来咨询好几个月了，但奥纳却仍未跟他建立联结，两人之间没有亲密感，也没有信任。由于疗程缺乏效果，奥纳甚至考虑要建议中止咨询，也许将他转介给其他医生。若在安全氛围中，愤怒是好事，但在现在的情况下，患者可能只会进一步地封闭自己，而且更为退缩。

奥纳叹了口气，他显然做了错误决定，但如今已然太迟，因此他决定继续前进。

"保罗。"他说。保罗的眉毛经过细心修拔，下巴还有两道小疤痕，显然动过拉皮手术，这些都让奥纳在首次咨询的前十分钟就对此人做出判断。"我们这个社会看起来容忍度很高，但压抑同性恋倾向的状况还是很常见，"奥纳仔细观察患者的反应，"我为很多警察做过咨询，其中有一位跟我说他私底下对自己的同性恋倾向十分开放，但在工作上却不能公开，否则他就会被雪藏。我问他确定真的会这样吗？压抑通常来自我们强加给自己的期望，以及我们对别人期望的解读，尤其是我们身边的亲友和同事。"

奥纳停了下来。

患者并未瞳孔放大、脸面潮红、抗拒目光相触、出现逃避的肢体语言。恰好相反，他的两片薄唇出现一丝轻蔑的微笑。奥纳反而发现自己的双颊温度升高。天哪，他恨死这个患者、恨死这份工作了！

"那这位警察，"保罗说，"他有依照你的建议去做吗？"

"时间到了。"奥纳说，根本没看时钟。

"我很好奇，奥纳。"

"我发誓过要尽保密义务。"

"那我们叫他 X 就好了。我从你的表情看得出你不喜欢这个问题，"保罗微微一笑，"他听从于你的建议，结果不是太好对不对？"

奥纳叹了口气："X 做得太过火，他误判情势，在厕所亲了一个同事，结果遭到雪藏。重点是事情有可能很顺利。下次咨询之前，你可以至少思考一下这件事吗？"

"但我不是同性恋啊。"保罗朝喉咙抬起手又放下。

奥纳微微点头："下周同一个时间？"

"我不知道。我没有好转对不对？"

"慢慢有进展了。"奥纳说，这句话是反射式的回应，就跟保罗朝领带抬起手一样。

"对，你说过好几次了，"保罗说，"可是我有种白花钱的感觉，妈的你就跟那些逮不到连续杀人犯和强暴犯的无能刑警一样……"奥纳颇感惊讶，他注意到保罗的声音渐低且安静下来。他的声音和肢体语言传达出和这句话截然不同的讯息。奥纳的大脑像是进入自动导航模式，开始分析患者为何会特别拿这件事来比喻，而答案十分明显，根本无须深入分析。自从秋天以来，奥纳的办公桌上就放着报纸，而且总是翻到报道杀警案的版面上。

"保罗，要逮到连续杀人犯不是件容易的事，"奥纳说，"我对连续杀人犯颇为了解，事实上那是我的专长，就跟做心理咨询一样。但如果你想中止咨询，或是你想试试看其他医生，都是可以的。我认识很多高明的心理医生，他们可以帮助你——"

"你是不是想摆脱我，奥纳？"保罗侧过头，有着无色睫毛的眼皮闭了起来，脸上的笑容更大了些。奥纳难以判断这个笑容是在嘲笑他的同性恋理论，还是稍微表露出真实的自己，或者两者皆是。

"请别误会。"奥纳说，心里却很清楚保罗一点也没误会。他的确想摆脱保罗，可是身为专业心理医师绝对不能把棘手患者一脚踢开。但这只是更让他备受折磨对不对？他稍微调整领结："我想治好你，但彼此信任非常重要，而现在好像——"

"我今天只是心情不好，奥纳，"保罗张开双手，为自己辩护，"抱歉，我知道你很好。你以前为犯罪特警队分析过连续杀人犯对不对？你帮那个警监逮到过在命案现场留下五芒星符号的凶手。"

奥纳观察保罗，看着他起身扣上外套。

"没错，对我来说你已经够好了，奥纳。下周见，我会想想看我是不是同性恋。"

奥纳没起身，他听见保罗在走廊上等电梯，口里哼着歌。这曲调有点耳熟。

的确，保罗说的话有些地方引人注意。他没说一般人常说的"连环杀手"，而是说警方惯用的"连续杀人犯"。他称呼哈利·霍勒为警监，一般人却连警阶都搞不太清楚。民众通常会记得报上写的凶残犯案手法，例如刻在尸体附近的五芒星，不会记得看似无关紧要的小细节。但其中最引起奥纳注意的是——这点可能对治疗非常重要——保罗把"那些逮不到连续杀人犯和强暴犯的无能刑警"拿来跟他相比。

奥纳听见电梯来了又去。他想起那是什么曲调了。他把《月之暗面》这张专辑找来听过，想看里头是否隐含着任何暗示可以用来解读保罗的梦境。这首歌叫《脑部伤害》，歌词讲述的是疯子。疯子出现在草地上、大厅里，出现在诊疗室里。

强暴犯。

遇害警察并未遭到强暴。

当然这可能是因为保罗对这件案子没那么感兴趣，所以才把遇害警察跟过去在相同地点遭到杀害的被害人搞混，或是他以为连续杀人犯总会强暴被害人，或是他梦见遭到强暴的警察，这自然可以强化他压抑同性恋倾向的理论，或是……

奥纳的手做出动作却停在半空中，他惊讶地看着自己的手正要去调整领结。

安东·米泰啜饮一口咖啡，低头看着睡在病床上的男子。他不是应该感到喜悦吗？就像莫娜说的那种喜悦，她总是称之为"扫去阴霾的日常小奇迹"。是的，医师分析可能死亡的昏迷病患突然改变心意，把自己拖回这个世界，苏醒过来。这当然是件好事。但这个躺在枕头上苍白枯槁的男子对他没有任何意义，只代表他的任务即将告一段落。当然这并不表示他跟莫娜的关系也会结束，反正他们从不曾在此处度过亲密时光。如今他们反而不用再担心当她进出病房时，同事会注意到他们注视彼此的温柔目光，也不用担心他们交谈得太久，或是一有人出现就非常突兀地停止对话。但安东有点烦恼，因为这些因素正是这段关系擦出火花的原因。秘密私通、暗度陈仓、看得到却碰不到的兴奋感。他必须等待，必须从家里偷溜出来，必须骗劳拉说他要加班。他满口谎言，谎言说得越来越溜，心里清楚这些谎言迟早会令他窒息。他也知道自己的不忠行为并未让他在莫娜眼中成为一个更好的男人，而且她想象得到未来有一天他也会用同样的借口来欺骗她。莫娜跟他说这种事曾发生在她身上，别的男人欺骗过她，当时她比现在更年轻苗条，所以如果安东想甩掉她这个臃肿的中年妇女，她一点也不会感到讶异。他说你不要这样说，就算是认真的也不要说，说这种话只会让你的魅力打折扣，也会让我的魅力打折扣，这种话会把我变成一个占便宜的人。但现在他很高兴她说了那些话，这段关系总得在某个地方打住，她已替他找好了台阶。

"你是在哪里拿的咖啡？"新来的男护士问道，他拿起挂在床尾的病历，推了推圆框眼镜，低头读着。

"走廊那边有台浓缩咖啡机，现在只有我一个人在用，不过你可以——"

"谢谢你拿咖啡来。"护士说。安东觉得这人口音有点奇怪。"可是我不喝咖啡。"护士从外套口袋拿出一张纸看了看,"我看看……他需要一些异丙酚。"

"那是什么?"

"这表示他会睡上好一阵子。"

安东打量这名护士,看着他把针头插进一瓶装有透明液体的小瓶子里。这护士有点矮,身材有点结实,长得有点像一位著名演员。这演员不以英俊著称,是少数不凭长相而闯出名号的演员,他有丑陋的牙齿,还有一个很难让人记住的意大利名字,就跟这护士一样。刚才护士自我介绍过,但安东已经忘了他叫什么名字。

"脱离昏迷的病人情况很复杂,"护士说,"也很脆弱,所以得小心地让他恢复意识才行,只要打错一针,就可能把他们送回到原来的昏迷状态。"

"原来如此。"安东说。刚才这护士向安东出示证件,说出了密语,并等候安东打电话向勤务中心确认他确实在排班表上。

"所以你在麻醉方面很有经验喽?"安东问。

"对,我在麻醉科服务过很长一段时间。"

"但你现在已经不在麻醉科了?"

"我去旅行了两三年。"护士拿起针筒对着光线,稍微推了推活塞,让针头喷出细小水珠,"这病人看起来像是有过一段沧桑的人生,为什么病历上没有名字?"

"他必须保持匿名,难道他们没跟你说吗?"

"他们什么都没跟我说。"

"他们应该说的,据说有人想置他于死地,这就是我坐在外面走廊上的原因。"

护士朝病人的脸庞倾身弯腰,闭上眼睛,看起来像是在吸入病人的气息。

安东看了不禁打个冷战。

"我见过这个人，"护士说，"他是不是奥斯陆人？"

"我发过誓必须保密。"

"我不也是吗？"护士卷起病人的袖子，拍了拍手臂内侧。这护士说话似乎有哪里怪怪的，安东一时之间也说不上来。针头插入肌肤，安东再度打个冷战。在完全的寂静之中，他仿佛听见钢针摩擦肌肤的声音，以及活塞受到压迫，将药剂挤出针筒的声音。

"他在奥斯陆住了好几年，后来搬到国外，"安东说，吞了口口水，"可是又跑了回来，据说是因为一个年轻人的缘故，那人是毒虫。"

"很悲伤的故事。"

"对啊，不过现在看来这故事会有个快乐结局。"

"现在要下定论可能还太早，"护士说，拔出针头，"很多昏迷病患的病情会反复。"

这时安东听出这护士说话哪里怪了，虽然极其细微，但他的S发音口齿不清。

两人走出病房。护士消失在走廊尽头后，安东又回到病床旁，查看心电图，聆听规律的哔哔声，这声音仿佛深水潜艇发出的声呐声。他不知道自己为何会这么做，但他模仿那个护士，倾身在病人脸旁，闭上眼睛，感觉病人的气息喷在他脸颊上。

阿尔特曼。护士离开前，安东仔细看了一下他的名牌。护士名叫席古·阿尔特曼。安东有个直觉，决定隔天去查一下这个人的背景，他可不想让德拉门事件重演，这次他不想再犯下任何错误。

8

　　卡翠娜·布莱特坐在椅子上，双脚搁在桌子上，话筒夹在肩膀和耳朵之间。电话另一头的哈根正在讲另一通电话。卡翠娜的手指在面前的键盘上飞舞。她知道背后窗外的卑尔根市正沐浴在阳光中，街道因为受到雨水洗礼而闪闪发光。这场雨下了一早上，十分钟前才停止。根据卑尔根的平均法则，待会儿应该又会再飘起毛毛细雨，但这时阳光稍稍露脸。卡翠娜希望哈根可以赶快讲完电话，回到他们的对话上。她只想交出她从卑尔根警局取得的资料，然后走进来自大西洋的新鲜空气中，这空气比她的前任长官哈根此时正在奥斯陆东区办公室里呼吸的空气要甘美多了。

　　哈根再度愤怒咆哮："还不能跟他说话？这什么意思？他到底脱离昏迷了没？……对，我知道他现在还很虚弱，可是……什么？"

　　卡翠娜希望过去这几天她找到的数据可以让哈根的心情好一点，她浏览页面，查看自己了然于心的信息。

　　"妈的我才不管他的律师怎么说，"哈根说，"妈的我也不管会诊医生怎么说，我现在就要讯问他！"

　　卡翠娜听见哈根用力挂上电话，终于回到这边的电话上。

　　"怎么回事？"她问。

　　"没什么。"哈根说。

　　"你刚刚说的是他吗？"她问道。

　　哈根叹了口气："对，是他。他要脱离昏迷了，可是医生又开了镇静剂给他，说至少要再等两天我们才能跟他说话。"

　　"这种事不是应该谨慎一点比较好吗？"

"也许吧，但你也知道，我们现在就得交出一些成绩，那两起杀警案已经搞得我们颜面无光了。"

"等个两天应该没区别吧。"

"我知道啊，可是我总得骂骂人才行，爬到主管的位子有一半原因不就是为了可以骂人吗？"

卡翠娜无言以对，她对当主管一点兴趣也没有，就算有，待过精神病院的人也不会是入主大型主管办公室的第一人选。她的诊断已经从狂躁抑郁症，到边缘型人格障碍，再到双相情感障碍且健康，至少她现在只要服用粉红色小药丸就能保持情绪稳定。用药物来治疗心理疾病一直存在诸多争议，然而对卡翠娜而言，持续服药给了她质量较好的新生活。但她发现长官一直在留意她，只有必要时才会派她去现场执行任务。反正无所谓，她喜欢坐在狭小的办公室里，面对高画质计算机屏幕，独自使用连警方都毫不知情的搜索引擎。查看、搜索、找寻。追踪看似消失在地球表面的人，从看似随机的活动中看出模式。这就是卡翠娜的专长，而且她不止一次为奥斯陆的克里波和犯罪特警队做出贡献，因此警方只好容忍这个精神病患者在办公室里活动。

"你说有资料要给我。"

"这几周部门里都很闲，所以我调查了一下那两个遭到杀害的警察。"

"是你在卑尔根的长官叫你……"

"不是不是，因为我觉得这总比看色情网站或玩接龙要有趣多了。"

"我洗耳恭听。"

卡翠娜听出哈根想让自己听起来乐观，却难掩心中的绝望。他可能已经受够了自己心中的希望再度燃起，接下来几个月又遭到摧毁。

"我搜寻过数据库，想看看马里达伦谷和翠凡湖畔发生的强暴杀人案里是不是有哪个名字一再出现。"

"谢谢你，卡翠娜，可是我们也查过，这过程简直烦死人了。"

"我知道，可是我用的方法有点不一样。"

哈根重重叹了口气："继续说吧。"

"我发现侦办这两件案子的团队不太一样，两者都参与的只有两名鉴识中心人员和三名警探，但这五个人并不完全了解究竟有谁接受过侦讯，而且这两件案子都尚未厘清、必须保密，档案也很多。"

"对啊很多，就是因为很多，所以才没有人能完全记得调查工作的每一件事，不过每一个接受过侦讯的人都会在警方的中央登记系统里留下记录。"

"这就是重点所在。"卡翠娜说。

"什么重点所在？"

"接受侦讯的人必须登记，侦讯记录也会根据相关案件来归档，但这里面有个灰色地带。比如说，如果被侦讯者已经入狱，那侦讯就会以非正式的形式在监狱里进行，被侦讯者也不用登记，因为他早就登记在案了。"

"但侦讯记录还是会留存在案件档案里啊。"

"通常是这样，除非该次侦讯主要是为了别的案件，而在那起案件中，被侦讯者是主要嫌犯，也就是说，马里达伦谷命案只是该次侦讯的一小部分，警方只是例行公事，姑且问一问。这么一来，这次侦讯就会被归到第一起案件中，后来当警方在搜寻资料时，就不会把他跟第二起案件联系在一起。"

"有意思，所以你发现了……"

"这个人是奥勒松市一起性侵案的主要嫌疑犯，他因为在奥塔镇一家旅馆攻击和企图强暴一名未成年少女而被警方找来讯问。在这次侦讯过程中，他也被问到马里达伦谷命案，但后来档案归到了奥塔镇性侵案里。有趣的是，这个人也因为翠凡湖命案被警方找来，但这次只是例行询问。"

"然后呢？"卡翠娜终于在哈根口中听见感兴趣的口气。

"这三件案子他都有不在场证明。"卡翠娜说。刚刚她才给哈根打了气，而现在她可以说是感觉到而非听到哈根像泄了气的皮球。

"原来如此，你今天还有什么来自卑尔根的有趣消息想跟我说吗？"

"还有。"卡翠娜说。

"我等一下要开会——"

"我调查了这个人的不在场证明，他在这三件案子的不在场证明都一样，有证人确认当时他在家，证人是个年轻女子，当时警方认为这个证人是可靠的，因为她没有前科，跟嫌犯没有关系，他们只是租房住在同一栋房子里。但如果你继续追踪她的名字，就会发现一些有趣的事。"

"例如？"

"例如盗用公款、窃取毒品、伪造文书。如果你再仔细搜寻后来她被警方找来侦讯的记录，就会发现同一件事，要不要猜猜看是什么？"

"虚假陈述。"

"很遗憾，我们不习惯用新的角度来看旧的案子，至少不会这样去看像马里达伦谷和翠凡湖命案这种复杂的老案子。"

"这女人到底叫什么名字？"哈根口中又出现了感兴趣的语气。

"依里雅·雅各布森。"

"有没有她的地址？"

"有，她在警方登记系统、国家户政局和其他——"

"好了，看在老天的分上，快把她给找来！"

"——比如失踪人口记录系统里都有数据。"

奥斯陆的电话那头传来一阵长长的静默。卡翠娜想出去散散步，走到布里根的渔船边，买一袋鳕鱼头，拎回她位于莫伦普里斯区的公寓，慢悠悠地煮一顿晚餐，然后观赏《绝命毒师》剧集，并希望天空再度下雨。

"很好，"哈根说，"至少你给了我们一个可以侦查的方向。这家伙叫什么名字？"

"瓦伦丁·耶尔森。"

"他在哪里？"

"这才是重点所在，"卡翠娜说，听见自己又说了一次这句话，她的手指在键盘上敲打，"我找不到他。"

"他也失踪了？"

"他不在失踪人口名单上，这点很奇怪，因为他就像是从地球表面上消失了一样。他没有地址，没有登记电话，没使用信用卡，甚至连银行账户都没有。上次选举没去投票，去年没坐过火车也没乘过飞机。"

"你有没有用 Google 搜寻？"

卡翠娜哈哈大笑，直到她发现哈根不是开玩笑，才收起笑声。

"放轻松，"她说，"我会找到他的。"

两人挂上电话。卡翠娜起身穿上外套，加快行动速度，因为云层已从奥斯古岛上空飘来。她正要关闭计算机，忽然想起哈利跟她说过的一句话：我们经常忘记去查看显而易见的地方。她快速输入几个字，等待网页显示。

接着她口中爆出几句卑尔根粗话，同时注意到开放式办公室里有许多人转头朝她望来，但她懒得跟他们保证说她并不是精神病发作。一如往常，哈利是对的。

她拿起电话，拨打号码。铃响第二声，哈根就接了起来。

"你不是要去开会吗？"卡翠娜说。

"推迟了，我正在派人去找这个瓦伦丁·耶尔森。"

"不用了，我已经找到他了。"

"哦？"

"说他从地球表面上消失一点也不为过，因为我想他真的已经从地球表面上消失了。"

"你的意思是说？"

"对，他已经死了。国家户政局已经把他标成黑白的了。抱歉我从卑尔根打了这通白痴电话给你，现在我要抱着羞愧的心情回家啃鱼头了。"

她挂上电话。窗外又开始飘雨了。

安东·米泰从咖啡杯上抬起头来，看见哈根急匆匆地走进警署六楼几乎空无一人的员工餐厅。安东已经盯着咖啡杯看了好一段时间，思索他的人生原本可能有什么发展，又想到他早已停止去设想这件事，也许这就是初老的症状。他已翻开手上拿到的牌，也看见了牌面。你不可能拿到一副新的牌，所以只能尽量把这手牌打好，并梦想着可能拿到别的牌。

"抱歉我来迟了，安东，"哈根说，在安东对面的椅子上瘫坐下来，"我刚才接到从卑尔根打来的一通蠢电话。最近怎么样？"

安东耸了耸肩："就是不停地工作啊。我上楼的时候看见有许多年轻人经过，我想给点建议，但他们并不觉得有必要听一个失意的中年大叔说话，他们似乎觉得人生就像铺在他们面前的一条红地毯。"

"那家里呢？"哈根问。

安东又耸了耸肩："很好。老婆一直发牢骚，说我太努力工作，但我待在家里的时候她也一样发牢骚，听起来是不是很耳熟？"

哈根发出不置可否的声音，让安东自行去解读。

"你还记得你结婚那天吗？"

"记得。"哈根说，稍微看了看表，他这么做不是因为他不知道现在几点，而是给安东一个暗示。

"最糟的部分是当你站在那里许下山盟海誓的时候，你的确是认真的。"安东发出空洞的笑声，摇了摇头。

"你今天是有事来找我谈吗？"哈根问说。

"对，"安东伸出食指在鼻子上摸了摸，"昨天晚上我值班的时候来了一个护士，他看起来有点可疑，我也说不上来为什么，但你知道像我们这种老手总会注意到一些地方，所以我去查了他一下，结果发现他几年前曾经涉及几宗命案，后来被释放，从嫌犯的名单中被剔除，尽管如此……"

"我知道了。"

"所以我想最好跟你说下这件事，你可以去跟医院的管理阶层说，也许能低调地把他调离。"

"我会处理的。"

"谢谢。"

"是我该谢谢你，干得好，安东。"

安东微微鞠躬。听见哈根向他道谢，他觉得很开心，因为在警界里，这位修士般的犯罪特警队队长是他唯一觉得感谢的人。那件案子发生之后，是哈根解救了他的危机，当时哈根打给德拉门市的警察首长，说他们对安东太严苛了，既然他们不需要安东的经验，那么奥斯陆警署需要。事情就是这样，现在安东在奥斯陆警署一楼服务，但仍住在德拉门市，这是劳拉定下的条件。安东搭电梯去一楼，感觉脚步轻盈多了，背也挺得更直，连嘴角都微微上扬。他觉得好事就要发生。他可以买花送给……他思索片刻……送给劳拉。

卡翠娜望向窗外，输入号码。她的公寓位于挪威人所称的"高地基楼层"，高得看不见外面的行人，但可以看见行人撑的雨伞。透过窗玻璃上在强风中颤动的雨珠，还可以望见普德峡湾大桥连接市区和洛斯弗区那一端山脚的隧道口。但这时她正看着五十英寸电视，画面中的化学老师兼癌症患者正在炼制冰毒。她觉得这剧情怪得好有趣。她之所以购买这台电视是基于她的个人口号：为什么单身男人总拥有最大的电视？她还依照非常主观的方式把 DVD 排放在马兰士播放器的下方。左方的经典老片层架上，第一张和第二张放的是《日落大道》和《雨中曲》，下方层架上放的是比较近期的电影，其中的新片竟然是《玩具总动员 3》。第三个层架上放的是 CD，虽然她已经把这些 CD 全都拷贝到了硬盘中，但由于念旧的缘故，她还是没把它们送给二手店。她的音乐品味很窄，只听华丽摇滚和前卫流行。她偏爱英国音乐，歌声最好具备雌雄同体的特质，像是大卫·鲍伊、火花乐队、高个子莫特乐队、史蒂夫·哈雷、马克·波兰、小脸乐队和洛克西音乐乐队，山羊皮乐队则是她喜欢的当代乐队。

化学老师正在跟老婆上演相同的争吵戏码。卡翠娜按下 DVD 播放器的快进键，同时打电话给贝雅特。

"我是隆恩。"电话那头传来几乎有如小女孩般的高音声调，她接起电话只说出必要的话。在挪威，对方接起电话若不报上姓氏，就代表这是个大家庭，你必须说明要找隆恩家的哪一个人才行。但在这个例子中，隆恩代表的就只是寡妇贝雅特·隆恩和她的儿子。

"我是卡翠娜。"

"卡翠娜！好久不见，你在干吗？"

"我在看电视，你呢？"

"我正在玩大富翁，被这个小男生杀得片甲不留，一边在吃比萨这种慰藉食物。"

卡翠娜思索片刻。贝雅特的儿子多大了？反正已经大到会玩大富翁，还打败母亲了，可见时间过得有多快。卡翠娜正想说自己也在吃慰藉食物——鳕鱼头，却又想到现在单身女人都喜欢说这种近似沮丧的讽刺话语，来取代原本应该说的话，那就是她觉得少了完全的自由，自己可能活不下去。这么多年来，有时她会觉得应该打电话跟贝雅特聊聊天，就像以前她会打电话跟哈利聊天一样。她和贝雅特都是三十多岁的单身警察，父亲也都是警察，智力都高于平均水平，同样都是现实主义者，不会幻想或渴望白马王子的出现。倒是白马可能还不错，可以载她们去目的地。

她们有很多话可以聊。

但卡翠娜总是没有真的打电话给贝雅特，除非有公事要谈。

她们连在这方面都很相像。

"我打来是想跟你讨论一个名叫瓦伦丁·耶尔森的人，"卡翠娜说，"他是个已经死亡的性侵犯，你记得什么关于他的事吗？"

"等一下。"贝雅特说。

卡翠娜听见手指在键盘上飞舞的声音，并记下她们又多了一个相像的地方：她们总是随时待命。

"原来是他啊，"贝雅特说，"我见过他几次。"

卡翠娜知道贝雅特把瓦伦丁的照片调了出来，显示在屏幕上。据说贝雅特脑部负责辨识人脸的梭状回中储存着每个她见过的人的面孔。对她来说，"我对人过目不忘"这句话十分贴切。此外，脑部研究员曾给她做过检查，判定她是全世界极少数拥有这种能力的三十多人之一。

"他曾因为翠凡湖和马里达伦谷命案而接受侦讯。"

"对，我对这人有点印象，"贝雅特说，"但我记得这两件案子他好像都有不在场证明。"

"有个跟他住同一栋公寓的人发誓说事发当晚他都在家。我想知道的是，你有没有采集过他的 DNA？"

"如果他有不在场证明，我们应该不会采集他的 DNA，那时候要分析 DNA 手续很复杂，成本又很高昂。除非对方是主要嫌犯，而且又找不到其他线索。"

"我知道，可是鉴识中心成立 DNA 鉴定部以后，你们不是就开始清查旧日悬案的 DNA 吗？"

"对，可是马里达伦谷和翠凡湖命案都没采集到生物迹证。还有，如果我没记错的话，瓦伦丁·耶尔森已经得到报应了，而且还加倍奉还。"

"哦？"

"对啊，他遭人杀害。"

"我知道他已经死了，可是我不知道……"

"没错，他在伊拉监狱服刑的时候遭到杀害，陈尸在囚室里，被人打成肉泥。犯人通常都不喜欢猥亵小女孩的人。凶手一直没逮到，可能也没人认真去调查。"

一阵静默。

"抱歉，我没能帮上忙。"贝雅特说，"他要我跟他玩'碰运气'游戏了，所以……"

"希望他降临在你身上啰。"卡翠娜说。

"什么?"

"幸运之神啦。"

"对啊。"

"最后一件事,"卡翠娜说,"我想找依里雅·雅各布森这个人谈一谈,她就是为瓦伦丁提供不在场证明的人,只是她失踪了,不过我做了点调查。"

"是吗?"

"她的地址没变,可是没纳税,没领社会保障金,没刷信用卡,没有旅行记录,没打手机。一个人的活动这么少,通常只有两种可能,而最常见的就是已经死亡。可是后来我又发现了一件事,那就是乐透,她买了一张乐透彩票,金额是二十克朗。"

"她玩乐透?"

"说不定她也希望幸运之神降临在她身上。反正呢,这表示她属于第二种可能。"

"是什么?"

"故意不想被人找到。"

"现在你希望我帮你找到她?"

"我手上有她最后登记在奥斯陆的地址,还有她买乐透的摊子,而且我知道她吸毒。"

"好,"贝雅特说,"我会联络我们的卧底人员。"

"谢谢。"

"不用谢。"

一阵短暂静默。

"还有什么事吗?"

"没有。有。你觉得《雨中曲》这部片子怎么样?"

"我不喜欢音乐剧，为什么这样问？"

"你会不会觉得灵魂伴侣很难找？"

贝雅特咯咯一笑："会啊，改天我们来聊聊这件事。"

两人挂上电话。

安东双臂交抱坐在椅子上，耳中聆听着寂静，双眼看着走廊。

莫娜已进入病房照顾患者，很快就会出来，给他一个淘气的微笑，说不定还会把手放在他肩膀上，抚摸他的头发。或者她会和他轻轻一吻，让他碰触她的舌头。她的舌头总是带有薄荷味。接着她会朝走廊尽头走去，以挑逗的姿态摆动性感丰臀。也许她不是刻意这么做，但他喜欢认为她是刻意的。她收紧肌肉，摇摆臀部，昂首阔步，对他——安东·米泰——卖弄身材。是的，就像人家说的，他应该心怀感激。

他看了看表。就快换班了。他正要打哈欠，就听见一声尖叫。

他立刻跳起来，打开房门，由左而右扫视病房，确定房里只有莫娜和患者两人而已。

"他是不是……"安东开口说，却没把话说完，因为他听见那声音依然存在，心电图仪依然发出刺耳声响，即使在走廊上也听得见短促规律的哔哔声，除此之外一片寂静。

莫娜的指尖抵在锁骨和胸骨的交接处，那个位置劳拉称之为"宝石窝"，因为她的心形项坠就憩息在那儿。项链是安东送她的结婚纪念日礼物，他们用自己的方式庆祝这个日子。也许当女人害怕、兴奋和喘不过气时，她们的心会上升到那个位置，因为当这种情况发生时，劳拉也会像这样把手指放在那里。跟劳拉一样，莫娜的这个位置吸引了安东的全部注意力，尽管她对他眉开眼笑地低声说话，仿佛害怕吵醒病人，而她的话声仿佛来自遥远之处。

"他说话了。他说话了。"

卡翠娜花了不到三分钟，就溜进了奥斯陆警区计算机系统的后门，这里她十分熟悉，可是要找出奥塔旅馆性侵案的侦讯录音档案甚是困难。警方已对录音带和录像带进行了全面数字化，但索引归档完全是另一回事。卡翠娜试过了所有她想得到的关键词：瓦伦丁·耶尔森、奥塔旅馆、强暴等，但却什么也没找到，正打算放弃，一个男性的尖锐声音突然充满整个房间。

"那是她要求的不是吗？"

卡翠娜感觉一阵电流窜过全身，就像那次她和父亲坐在船上，父亲冷静地宣布说鱼儿上钩了。不知为何，这时她立刻知道这就是瓦伦丁的声音。

"有意思。"另一个声音说，话声低沉，几乎像在讨好。这是警察想逼出答案的口吻。"为什么你会这样说？"

"女人总会用各种方式来要求做那档子事不是吗？事后才觉得羞愧，跑去报警，可是她们心里其实清楚得很。"

"所以奥塔旅馆的这个少女，她是自己要求做那档子事，你的意思是这样吗？"

"她会要求的。"

"你是说如果你没有在她开口要求之前就先强暴她的话？"

"我是说如果我真的去过那里的话。"

"你刚刚才承认那天晚上你去过那里，瓦伦丁。"

"那是为了引诱你对这件性侵案再多讲一点细节，你知道一天到晚坐在牢房里很无聊的，总是得……想办法找乐子。"

一阵静默。

接着瓦伦丁发出尖锐笑声。卡翠娜打个冷战，把身上的羊毛衫裹得更紧了些。

"你看起来好像很生气……那是什么表情啊，警官？"

卡翠娜闭上眼睛，回想瓦伦丁的脸。

"先把奥塔性侵案放到一边好了，说说马里达伦谷的那个女孩吧，瓦伦丁。"

"那个女孩怎样？"

"那是你干的对不对？"

这次的笑声更大了："你得再练习得更熟练一点，警官。侦讯的正面迎战阶段必须像拳击手一样给予对方重重一击，不能只是像轻轻拍头一样。"

卡翠娜觉得瓦伦丁的遣词用字比大部分犯人都更有水平。

"所以你否认喽？"

"不是。"

"不是？"

"不是。"

警官深深吸了口气，卡翠娜听得出他微微颤抖，好不容易才镇定下来，说："这表示……你承认你在九月的时候在马里达伦谷犯下强暴和杀人案？"至少这位警官经验够丰富，知道要具体陈述出他希望瓦伦丁承认的罪行，这样事后辩方律师才没办法辩称说当时被告误会了警方指的是哪件案子。但卡翠娜也听出瓦伦丁回答时口气相当轻松愉悦："这表示我用不着否认。"

"搞什么——"

"因为我有一样东西，第一个字是'不'，最后一个字是'明'。"

一阵短暂静默。

"你怎么能立刻确定那天晚上你一定有不在场证明，瓦伦丁？那已经是好一阵子以前的事了。"

"因为当时他告诉我的时候，我脑子里就想过那时我在做什么。"

"谁告诉你什么？"

"就是强暴那个女孩的家伙。"

一阵长长的静默。

"你是在要我们吗，瓦伦丁？"

"你说呢，萨克里松警官？"

"你怎么会认为我叫这个名字？"

"史纳里路四十一号，是不是啊？"

又是一阵静默。瓦伦丁又发出笑声，再度说话："你的表情看起来像是有人在你的麦片粥里尿尿一样。"

"你对这件性侵案知道些什么？"

"这座监狱专门关变态，警官。你以为我们平常都聊些什么啊？就像我们常说的一句话：谢谢分享你的故事。他自以为没有透露太多，可是我看过报纸，也记得那件案子。"

"这个人是谁，瓦伦丁？"

"那会是什么时候呢，萨克里松？"

"什么什么时候？"

"如果我告密，什么时候可以放我出去啊？"

卡翠娜很想快进，跳过不断出现的静默。

"我等一下回来。"

椅子刮擦声响起，门轻轻关上。

卡翠娜静静等待，聆听瓦伦丁吸气和呼气的声音。这时她发现一件怪事，她觉得自己呼吸困难，仿佛喇叭传出的呼吸声把她家客厅的生命力都给吸走了。

萨克里松警官离开不过几分钟，感觉却像半小时。

"好。"萨克里松说，椅子刮擦声再度响起。

"动作真快。我会获得减刑对不对？"

"你知道刑责不是我们负责的，但我们会找法官谈，好吗？所以谁可以证明你不在现场，还有谁强暴了那个女孩？"

"那天我整个晚上都待在家里，跟女房东在一起，除非她罹患阿尔茨海默病，否则她可以证明。"

"为什么你可以这么轻易地就想起来？"

"我对性侵案的发生日期都很敏感的，因为你们只要找不到嫌犯，迟早都会跑来找我问话。"

"原来如此。好了，说出那个价值不菲的答案吧，是谁干的？"

瓦伦丁刻意慢慢回答，每个音节都清楚发音："犹大·约翰森。据说他是警方的老朋友。"

"犹大·约翰森？"

"你在犯罪特警队服务，却不认得这个恶名昭彰的强暴犯吗，萨克里松？"

拖着脚步的声音传来："你怎么知道我不认得这个名字？"

"你的表情空白得像外层空间，萨克里松。除了……呃，除了我之外，约翰森是最了不起的强暴犯，而且他心里住着一个杀人犯。他自己还不知道这件事，但他心中那个杀人犯要苏醒只是迟早的事，相信我。"

卡翠娜想象自己听见萨克里松口水直流、下巴掉下来的声音。她听着静默声响和录音的吱吱声，觉得自己仿佛听见萨克里松心跳加速，眉间沁出汗水，努力抑制住自己兴奋和紧张的心情，因为他知道自己就快接近重大突破，他就要摘下警探帽子上象征荣耀的羽毛了。

"他怎么……他怎么……"萨克里松的结巴话声被一阵吼声给打断。过了一会儿，卡翠娜才明白喇叭里传出的扭曲吼声是笑声，瓦伦丁的笑声。那尖锐的大笑逐渐变成喘息的呜咽声。

"我是逗你开心的，萨克里松。犹大·约翰森是同性恋，他就住在我的隔壁囚室。"

"什么？"

"你想不想听个故事？这故事比你编出来的那个更有趣哟。犹大在干一个少年的时候被当场逮到，逮到他们的是少年的妈妈。很不幸的，少年还没出柜，他家很有钱，也很保守，所以他们就报案说犹大强暴。犹大啊！他连一只苍蝇都没杀过。不对，是苍蝇，还是跳蚤？苍蝇，跳蚤。苍蝇，跳蚤。反正呢，你要不要考虑接下这件案子，我可以告密，告诉你后来那个少年做过的一两件事。我想交换减刑的条件还是成立的吧？"

椅子摩擦地板的声音传来。椅子砰的一声往后倒落在地上。咔嗒声，接着是一片寂静。录音机被按掉了。

卡翠娜坐在原地盯着计算机屏幕看，她发现窗外的夜色已然降临，鳕鱼头已经冷了。

"对对对，"安东说，"他说话了！"

安东站在走廊上，手机抵在耳边，一边查看刚来到的两位医生的证件。医生脸上混杂着惊讶和烦躁的表情，认为安东应该认得他们才对。

安东挥手放行，他们赶紧进门查看病人。

"可是他到底说了什么？"哈根在电话那头问。

"她只听见他咕哝说了几句话，听不清楚他说什么。"

"现在他醒了吗？"

"还没，他只是发出咕哝的声音，然后又昏迷了，可是医生说他随时都有可能醒来。"

"原来如此，"哈根说，"有什么情况随时通知我，什么时间打电话给我都可以。"

"好。"

"很好很好。依照规定，病人有什么状况，医院方面都应该要跟我联络，不过……好吧，他们有他们的考虑。"

"那是当然。"

"对，他们有他们的考虑，对不对？"

"对，是的。"

"嗯。"

安东聆听接下来的静默，哈根是不是还有话要说？

这位犯罪特警队队长挂上了电话。

9

　　早上九点半，卡翠娜的班机在加勒穆恩机场降落，她搭上机场快线，直接前往奥斯陆，也就是说，直接钻入奥斯陆的地底。她在奥斯陆住过一段时间，城市风景的匆匆几瞥并未激起她的怀念之情。缺乏热情的天际线、低矮温和的覆雪山脉、单调乏味的乡间。列车内是一张张冷漠的无表情脸孔，不像在卑尔根，陌生人之间会自然而然地闲聊几句。这时这条造价昂贵的线路出现信号故障，列车在漆黑的隧道里停了下来。

　　尽管她所属的霍达兰警区仍有三起性侵案尚未侦破，但她还是申请前来奥斯陆出差，并提出充分理由。这三起性侵案的作案手法有点类似瓦伦丁曾经犯下的案件，因此她提出一个论点，那就是如果他们能证明这三件案子都是瓦伦丁干的，也许就能间接协助克里波和奥斯陆警区侦办那两起杀警案。

　　"为什么我们不能让奥斯陆警方自己去处理呢？"卑尔根犯罪特警队队长孔特·米勒-尼尔森如此反问道。

　　"因为他们的破案率是百分之二十点六，我们是四十点一。"

　　米勒-尼尔森听了哈哈大笑，卡翠娜知道机票已是囊中之物。

　　列车晃了晃，再度前进。车厢内纷纷响起叹息声，有的是代表松了口气，有的是代表烦躁，还有的是代表急切。卡翠娜在桑维卡市下车，搭出租车前往埃克斯马卡区。

　　出租车在叶兴路三十三号前停下。卡翠娜开门下车，站在灰色泥雪里。眼前这栋砖砌建筑是伊拉监狱，除了高耸的栅栏之外，看不出这里住着全挪威罪行重大的杀人犯、毒贩和性侵犯。监狱章程说明这家国立机构只收容……"需要特殊协助"的男性犯人。

需要协助，所以他们不会越狱。需要协助，所以他们不会毁坏别人的身体。需要协助，所以不知为何社会学家和犯罪学家都相信这些人有希望成为良好公民、能对人类做出贡献、能在社会上良好运作。

卡翠娜在卑尔根的精神病院住过一段不短的时间，深知一个既定事实，那就是即使是非罪犯的脱离常轨者都对社会福利没有兴趣，也缺乏和别人相处的经验，除了跟他们自己内心的恶魔相处，他们只希望不受打扰，但这不一定表示他们不会去打扰别人。

她通过安全关卡，出示证件以及她通过电子邮件收到的许可文件，然后被带进接待室。

一名狱警正在等她，他双脚张开站立，双臂交叠，身上的钥匙咔咔作响。由于访客是警察，因此他比平常更挺直腰杆、装出自信。这是因为警察算是警界里地位最高的阶层，通常狱警、警卫甚至停车场管理员都会给警察特殊待遇。

卡翠娜碰到这种情况都会比平常更加礼貌和善。

"欢迎来到下水道。"狱警说。卡翠娜很确定平常这位狱警不会用这句话来迎接访客，他显然经过细心的事前准备，因为这句话既带有黑色幽默，又对自己的工作表达适切的讽刺意味。

卡翠娜心想，下水道的这个意象用得还挺贴切的。这时她走在监狱的走廊里，也可以说走在这个监狱系统的肠道里。这里就像是法律的消化系统，把被判有罪的犯人分解成散发恶臭的褐色物质，每到一定时间就得把这些物质排泄出去。每一扇门都关着，走廊上空荡无人。

"这里是性变态者的单位。"狱警说，打开走廊尽头的铁门。

"他们有自己的单位？"

"对。把性侵犯集中在同一区，他们便不那么容易被邻居给做掉。"

"做掉？"卡翠娜语带惊讶地说。

"对，性侵犯在这里也遭受痛恨，就跟在社会上其他地方一样，不相上下。而且这里的杀人犯比你我的自制力更薄弱，所以只要哪天他们心情不好……"狱警拿起一把钥匙,用夸张的手势在脖子上划了一下。

"他们会被杀掉?"卡翠娜拉高嗓门,话声惊恐,她心想不知道自己会不会演得太过火了?但那狱警似乎不以为意。

"呃,也许还不至于被杀掉,但这些变态常常不是断手就是断脚,他们老是说自己在楼梯上或浴室里跌倒了,总不能打小报告说自己是被谁给打伤的吧?"狱警在背后锁上门,吸了口气,"你有没有闻到?这是精液在电暖器上立刻蒸发所发出的味道,好像已经渗进金属里,没办法除去。很像烧焦的人肉臭味对不对?"

"何蒙库鲁兹(Homunculus)。"卡翠娜说,吸了口气,但只闻到新粉刷的墙壁气味。

"什么?"

"十七世纪的人认为精液里含有小人,也就是何蒙库鲁兹。"她说,看见狱警对她怒目而视,心想自己可说错了话,她应该假装十分震惊才对。

"所以说,"她赶紧又说,"瓦伦丁跟他的同类一起关在这里很安全喽?"

狱警摇了摇头:"有人散播谣言说马里达伦谷和翠凡湖命案的少女都是他强暴的。对犯人来说,猥亵小孩完全是另一回事,即使是最恶名昭彰的强暴犯也痛恨儿童强暴犯。"

卡翠娜心头一震,但这次不是演出来的,只因狱警说"儿童强暴犯"这几个字时是如此漫不经心。

"所以瓦伦丁被毒打了一顿?"

"可以这样说。"

"那你们知道这谣言是谁开始散播的吗?"

"知道,"狱警说,打开下一道门,"是你们散播的。"

"我们?你是说警察?"

"有个警察来这里讯问犯人关于两起案件的事,可是他透露了太多内情。"

卡翠娜点了点头。她听说过这种事,警方确定某个犯人性侵孩童,但苦无证据，所以就用其他方式让那人受到惩罚，只要把消息透露给最有力量或最不受控制的囚犯就行了。

"你们默认这种事吗？"

狱警耸了耸肩。"我们狱警能做什么？"他又压低嗓音说，"也许对于这件案子我们并不特别排斥……"

两人经过娱乐室。

"什么意思？"

"瓦伦丁·耶尔森是个恶心的王八蛋，从里到外都邪恶无比，让你不禁会想上帝到底让这种人来世界上做什么。我们这里有个女狱警——"

"嘿，你来啦。"

这话声甚是柔和，卡翠娜往左看去，只见镖靶旁站着两名男子。她和说话的微笑男子目光相接，男子颇瘦，将近四十岁，残余的几绺金发往后梳，贴在发红的头皮上。卡翠娜心想，皮肤病。或是这里有间日光浴室，只因犯人需要特殊帮助。

"还以为你不来了呢。"男子缓缓将飞镖从标靶上拿下，目光没有离开她。他拿起一支飞镖，往标靶的红色中心射。正中红心。他咧嘴而笑，上下摇动飞镖，把飞镖插得更深，再拔出来，嘴唇发出吸吮的声音。一如卡翠娜所预料，另一名男子没笑，只是用担心的神情看着同伴。

狱警轻轻拉了拉卡翠娜的手臂，想把她拉开，但她抬起手臂，挣脱狱警的手，头脑快速转动，思索该如何反击，并否决使用有关飞镖和器官大小的暗喻。

"你的发胶里要不要少加点奇力洁马桶清洁剂？"

卡翠娜继续往前走，但注意到这句话就算没有正中红心，也相去不远。男子脸面涨红，脸上笑容更大了，并对她做了个像是致敬的动作。

"瓦伦丁有可以聊天的人吗？"卡翠娜问道。狱警打开囚室的门。

"乔纳斯·约翰森。"

"他的绰号是不是叫犹大？"

"对，他因为强暴一个男人而入狱。这种人在这里不是很多。"

"现在他在哪里？"

"他逃走了。"

"怎么逃走的？"

"不知道。"

"不知道？"

"听着，这里关了很多坏人，但不是一座高度戒护监狱，这里很多犯人都是被减刑的。以犹大的情况来说，他的刑期已经减轻了很多，像瓦伦丁也只是因为强暴未遂而被关进来，惯犯会被关在别的地方，所以我们不会浪费资源在看守这些人上面。这里每天早上都会清点人数，只有极少数的时候会人数不符，这时每位犯人都必须回房，让我们清查到底是谁不见了。但如果人数符合，就会按照日常作息运作。这就是我们为什么会发现约翰森逃走，也立刻通报警方。当时我没多想，一直到后来我们因为别的案子而忙得团团转。"

"你是说……"

"对，瓦伦丁的命案。"

"所以案发当时犹大不在这里？"

"没错。"

"你认为是谁下的手？"

"我不知道。"

卡翠娜点了点头，但这个回答给得太坚定也太快了。

"我保证不会说出去，所以我再问一次，你认为是谁杀了瓦伦丁？"

狱警发出吸吮牙齿的声音，仔细打量卡翠娜，仿佛在检查他第一次看见她时有哪里漏看了。

"这里有很多人痛恨和害怕瓦伦丁，有人可能认为迟早不是你死就是我亡，因为瓦伦丁一心想要报复。杀害瓦伦丁的人一定也很痛恨他，因为他……该怎么说呢？"卡翠娜看着狱警的喉结在领子上方上下跳动。"因为他被打成了肉酱，我从来没见过那种情景。"

"是钝器造成的吗？"

"这我不清楚，但他被打得不成人形，这点是可以确定的。他的脸变成了一团肉泥，如果不是他胸前有个吓人的刺青，我绝对认不出他来。我不是那种多愁善感的人，可是后来我做了很多噩梦。"

"他刺了什么样子的刺青？"

"什么样子？"

"对，他……"卡翠娜发觉自己忘了扮演和善的警官，因此打起精神，隐藏烦躁的心情，"他身上刺的是什么？"

"呃，天知道。那个刺青有张狰狞的脸，侧边好像被拉长，有点像是卡住了，挣扎着想要离开。"

卡翠娜缓缓点头："可是却离不开它被囚困的身体？"

"对，就是这样，你知道那——"

"不知道。"卡翠娜说。她心想，但我知道那种感觉。"后来你们没找到这个犹大？"

"是你们没找到他。"

"对。你认为我们为什么找不到他？"

狱警耸了耸肩："我怎么知道？可是我知道这个犹大不属于你们的优先侦办事项。就像我刚刚说的，他罪行不严重，会再度触法的概率也很低。其实他就快服刑期满了，真不知道这白痴是不是脑袋发烧了。"

卡翠娜点了点头。出狱引起的。随着出狱的日子越来越近，犯人开始向往自由，突然觉得在监狱里多关一天都难以忍受。

"这里有其他人可以跟我说说瓦伦丁的事吗？"

狱警摇了摇头："除了犹大之外，没人想跟他有什么瓜葛。大家都很怕他，他只要走进一个地方，整个氛围都会变得不一样。"

卡翠娜又问了更多问题，直到她发现自己只是在为申请出差和搭飞机寻找正当理由而已。

"你开始跟我说瓦伦丁做出什么事了。"她说。

"有吗?"狱警立刻说,看了看表,"哎呀,我得去……"

回程路上经过娱乐室,卡翠娜只看见那个顶着泛红秃头的瘦削男子。男子直挺挺地站着,双手垂在身侧,看着空荡的标靶,反正标靶上一根飞镖也没有。他缓缓转头,卡翠娜不由得回望着他。他脸上的笑容消失了,眼神无光,灰蒙蒙的有如水母。

男子高声喊叫,不断重复两句话,声音十分刺耳,犹如鸟儿在警告同类。接着他哈哈大笑。

"别理他。"狱警说。

卡翠娜走出监狱,吸入被雨水浸润的潮湿空气。

她拿出手机,关闭录音功能。刚才在监狱期间录音机一直开着。她打电话给贝雅特。

"我从伊拉监狱出来了,"她说,"你现在有空吗?"

"我先去打开咖啡机。"

"哈,你还没——"

"你是警察,卡翠娜,应该习惯喝咖啡机煮的咖啡吧?"

"听着,以前我常去市场街的莎拉餐厅吃饭,再说你也需要离开化验室一下。我们去吃顿午餐吧,我请客。"

"没错,你要请客。"

"哦?"

"我找到她了。"

"找到谁?"

"依里雅·雅各布森。她还活着,如果我们动作快的话。"

两人约好四十五分钟后碰面,并挂上电话。

卡翠娜利用等出租车的时候播放录音,按下快进键,回到红头皮男子发出大声警告的地方。

"瓦伦丁还活着。瓦伦丁会杀人。瓦伦丁还活着。瓦伦丁会杀人。"

"他今天早上醒来的。"安东说，他和哈根快步穿过走廊。

西莉亚一看见他们走来就站了起来。

"你可以走了，西莉亚，"安东说，"我来接班。"

"你不是再过一小时才上班吗？"

"我说你可以走了，去偷闲一下吧。"

西莉亚用打量的眼神看了看安东，又看了看哈根。

"我是甘纳·哈根，"哈根说，倾身向前，伸出了手，"犯罪特警队队长。"

"我知道你是谁，"她说，跟哈根握了握手，"我是西莉亚·格拉夫森，希望有一天能成为你的部属。"

"太好了，"哈根说，"你可以从听安东的话开始做起。"

她朝哈根点了点头："你是我的长官，当然没问题……"

安东看着她把东西收到包里。

"对了，今天是我实习的最后一天，"她说，"接下来我得专心准备考试了。"

"西莉亚是实习生。"安东说。

"我是警察学院的学生，现在叫作挪威警察大学学院了。"她说，"督察长，我有个疑问。"

"什么疑问？"哈根说，听见她把督察长这个大头衔搬出来，不禁露出苦笑。

"听说哈利·霍勒这个传奇人物以前是你的属下，大家都说他没捅过娄子，每一件他负责侦办的案子最后都破了，这是真的吗？"

安东发出谨慎的咳嗽声，看着西莉亚，试图打断她的话，但她不予理会。

哈根脸上的苦笑更大了："首先，你有办法坦然接受一件案子到最后有可能难以侦破，而不把它视为捅娄子吗？"

西莉亚没有回答。

"就哈利和未破案件来说……"哈根搓揉下巴，"好吧，这样说也许没错，但也要看你从什么角度来看。"

"从什么角度来看？"

"他从香港回来调查女友的儿子所涉及的命案，虽然他设法让欧雷克获释，也有人出面自首，但古斯托·韩森的命案一直不算完全侦破，至少不算正式侦破。"

"谢谢。"西莉亚说，浅浅一笑。

"祝你工作顺利。"哈根说。

安东目送西莉亚朝走廊另一头走去。他心想，他这样做除了因为男人总喜欢看年轻貌美的女人，也是为了稍微拖延即将发生的事，因为他注意到犯罪特警队队长哈根十分紧绷。哈根转身面对关着的房门，扣上外套，摇晃脚跟，仿佛准备接球的网球选手。

"我要进去了。"

"好，"安东说，"我在这里看守。"

"好，"哈根说，"很好。"

午餐吃到一半，贝雅特问卡翠娜她在跟哈利合作办案期间，有没有跟他上过床。

一开始贝雅特说有个卧底人员认出照片中曾经做过伪证的女子依里雅·雅各布森。卧底人员说她住在亚历山大柯兰斯广场附近，大多数时间都待在家里，那栋房子受到警方监视，因为屋里有冰毒的交易，但警方对依里雅没兴趣，她不贩毒，顶多只是购买毒品。

接着她们穿插着谈论公事、私事和美好的旧日时光。贝雅特说卡翠娜出现在警署走廊上时，犯罪特警队有半数队员为了看她脖子都差点扭到。卡翠娜对这种说法稍微提出抗议，心想女人总喜欢用强调对方以前有多美丽的方式来挫挫彼此的锐气，尤其当彼此都是美女的时候。贝雅特虽然从不曾令男人为了看她而扭到脖子，但她也不是那种暗箭伤人的人。她总是默默脸红、勤劳忠诚，从不用肮脏手段。但显然她有点变了。也许是因为她们喝了点白酒的缘故。无论如何，问出如此直接且私人的问题，一点也不像贝雅特会做的事。

卡翠娜正在开心地大口嚼食皮塔饼，因此只是摇了摇头。

"可是，"吞下皮塔饼之后她说，"好吧，我是有过这种念头。哈利跟你说过什么吗？"

"哈利几乎什么事都会跟我说，"贝雅特说，端起杯子喝完最后一口酒，"我只是在想他否认他跟你有过什么是不是说谎……"

卡翠娜招了招手，示意结账："你为什么会觉得我们交往过？"

"我见过你们看彼此的目光，听过你们对彼此说话的语气。"

"哈利跟我总是吵翻天，贝雅特！"

"我就是这个意思。"

卡翠娜大笑："那你跟哈利呢？"

"我跟他不可能啦，我们太要好了，而且我已经跟哈福森在一起了……"

卡翠娜点了点头。哈福森这位年轻警探来自斯泰恩谢尔市，他曾是哈利的搭档，也是贝雅特孩子的父亲，但不幸在一次出勤时因公殉职。

一阵静默。

"怎么了？"

卡翠娜耸了耸肩，拿出手机，把那段录音的最后一部分播放出来。

"伊拉监狱有很多疯子。"贝雅特说。

"我自己也进过精神病院，所以我知道什么叫作疯子，"卡翠娜说，"我疑惑的是，这个人怎么知道我是因为瓦伦丁的事情去的。"

安东坐在椅子上，看着莫娜朝他走来，享受眼前看见的景象，心想这可能是最后几次见到她了。

她大老远过来脸上就挂着微笑，直接朝他走来。他看着她走路时一脚踏在另一脚前方，仿佛走在隐形的直线上。很快她已来到他面前，下意识地转头查看是否有人走来，伸手拨了拨一头长发。他没站起来，只是伸出手臂抱住她的双腿，抬头看着她。

"今天也是你值班？"

"对啊，"她说，"阿尔特曼离开了，他被调回癌症病房了。"

"那我们会更常看到你喽。"安东露出微笑。

"我可不敢打包票，"她说，"测验显示他苏醒得很快。"

"反正我们还是会碰面啊。"

他用说笑的口吻说，但这句话不是玩笑话，她也心知肚明。难道这就是她看起来如此僵硬的缘故，以至于笑容变成了苦笑？以至于她把他推开，同时回头看了看，仿佛有人可能在看他们？安东放开了手。

"犯罪特警队队长在里面。"

"他在里面干吗？"

"跟他说话。"

"说什么？"

"我不能说。"他说，而没说"我不知道"。天哪，他实在太可悲了。

这时房门打开，哈根走了出来，停下脚步，看了看莫娜，又看了看安东，目光又回到莫娜身上，仿佛他们脸上写了加密信息。莫娜脸上一红，快步从哈根身旁走过，进入病房。

"怎么样？"安东说，强作镇定。这时他发现哈根的眼神显示他对他们的关系一无所知，而非心知肚明。哈根看着安东，仿佛他是火星人似的。哈根露出难以理解的表情，仿佛他所持的信念完全遭到推翻。

"里面那个人……"哈根说，用拇指朝背后比了比，"你一定要好好看着他，安东。你听见了吗？一定要好好看着他。"

哈根大踏步朝走廊另一头走去，嘴里不断亢奋地重复最后这句话。

10

卡翠娜看见来应门的人，还以为她们找错了地方，因为眼前这位面容憔悴的白发老妇不可能是依里雅·雅各布森。

"有什么事吗？"女子问道，用怀疑的眼光怒目而视。

"我刚才打过电话，"贝雅特说，"我们想请教关于瓦伦丁的事。"

女子甩上了门。

贝雅特等门内拖沓的脚步声渐去渐远，才按下门把，推开了门。

走廊上的钩子上挂着许多衣服和塑料袋。卡翠娜心想，又是塑料袋，为什么毒虫总喜欢跟塑料袋为伍？为什么他们总坚持要用这种又薄又不可靠的包装用品来存放、保护、运送所有家当？为什么他们总喜欢偷自行车、衣帽架和茶具，从不偷行李箱或包？

这间公寓虽然肮脏，但比起卡翠娜见过的大部分毒窝算是不错了。也许住在这里的依里雅对生活环境还有点要求，决定自己动手打扫。卡翠娜自然而然地认为会打扫的只有依里雅一人。她跟着贝雅特走进客厅，只见一名男子躺在长沙发上，正在睡觉，很显然是嗑了药。屋里弥漫着汗臭、烟味、被啤酒浸湿的木头味，以及卡翠娜闻不出也不想闻出的甜腻气味。墙边堆着毒虫必备的赃物，一叠又一叠的儿童冲浪板都包在透明塑料袋里，全都印着大白鲨的血盆大口，尖端还印有黑色咬痕，表示冲浪板被大白鲨咬去了一块。天知道他们要如何变卖这些玩意。

贝雅特和卡翠娜继续走进厨房，依里雅已经在小餐桌前坐下，给自己卷了根烟。桌上铺着一小块桌布，窗台上摆着一个饰以塑料花的糖碗。

卡翠娜和贝雅特在她对面坐下。

"这里车子总是川流不息。"依里雅说,朝乌蓝德街的车流点了点头,她的声音跟卡翠娜预料的一样沙哑。卡翠娜在看见这间公寓和这名有一张沧桑老脸的三十多岁女子之后,就料到她一定有一副沙哑的嗓音。"它们总是来来去去,不知道到底要去哪里?"

"回家,"贝雅特答道,"或是离开家。"

依里雅耸了耸肩。

"你也离开了家,"卡翠娜说,"登记数据上的地址……"

"我把那间房子卖掉了,"依里雅说,"那是我继承来的,对我来说太大了,又太……"她伸出又干又白的舌头,在卷烟纸上舔了舔。卡翠娜在心里替她完成这个句子:又太难以抗拒把它卖掉的诱惑,因为她领的救济金已不足以支付买毒的费用。

"那里有太多不好的回忆了。"

"什么回忆?"贝雅特问,卡翠娜却打了个冷战。贝雅特是鉴识专家,却不是侦讯专家,她问的这句话范围太广,等于是询问对方一生的悲惨遭遇,而自怨自艾的毒虫最会慢条斯理、巨细靡遗地交代自己的人生。

"瓦伦丁。"

卡翠娜坐直身子。看来贝雅特还是知道自己在做什么。

"他做了什么事?"

依里雅又耸了耸肩:"他租了那间公寓的地下室。他……在那里。"

"在那里?"

"你们不了解瓦伦丁,他很不一样,他……"

依里雅想点亮打火机,却点不亮。"他……"她又点了好几次。

"他疯了?"卡翠娜不耐烦地说。

"不是!"依里雅眉头一蹙,把香烟和打火机都丢在地上。

卡翠娜暗自咒骂自己一声,这次轮到她问出外行的诱导性问题。

"每个人都说瓦伦丁疯了!可是他没疯!他只是会……"依里雅低头

望向窗外街道，压低嗓音，"他只是会散发一种气氛，让大家都非常害怕。"

"他是不是打你？"贝雅特问。

又是个诱导性问题。卡翠娜试着向贝雅特使眼色。

"没有，"依里雅说，"他没打我，他是勒我。只要我不顺他的意，他就勒我。他力气很大，一只手就可以捏住我的脖子，捏到我觉得天旋地转。我根本扳不开他的手。"

卡翠娜认为依里雅脸上泛起的微笑代表某种面对绝望的自嘲，但她继续往下说："……奇怪的是这让我觉得亢奋，激起我的欲望。"

卡翠娜不自觉地拉长了脸。她读过脑部短时间缺氧会对某些人造成这种影响，但依里雅面对的可是性侵犯。

"然后你们发生性关系？"贝雅特问，俯身捡起地上的香烟，点燃后递给依里雅。她立刻把烟夹到口中，倾身向前，赶紧吸了几口，以免没点得很完全的烟又熄了。她呼出了烟，颓坐在椅子上，仿佛体内什么破了，仿佛她的身体是个袋子，被烟烧了个洞。

"他也不是每次都想干，"依里雅说，"完事后他会出去，我只是坐下来等他快点回来。"

卡翠娜必须刻意控制自己，才不至于发出嗤之以鼻的声音，或流露出任何轻视的态度。

"他都出去做什么？"

"我不知道。他什么都不会说，我也……"依里雅又耸了耸肩。卡翠娜心想，这就像是她对人生的态度，把认命当作止痛剂。"……可能我也不想知道。"

贝雅特清清喉咙："那两名少女遇害的晚上，你为他提供了不在场证明，就是马里达伦谷命案和——"

"对啦对啦。"依里雅插嘴说。

"可是你所供述的那两个晚上，其实他不在家对不对？"

"妈的我记不得了，而且我要遵照指示，不是吗？"

"什么指示？"

"我跟他可以说是……从开始交往的第一天晚上就……呃，你知道，就是第一次的晚上，他跟我说以后只要有人被强暴，警察就会来问我这些问题，只因为以前有件案子他是嫌犯，但警察没办法将他定罪，所以日后一有新案子发生，而他没有不在场证明，警察就会想尽办法让他背黑锅，不管他有多无辜。他说警察只要认为谁曾经逃过法网，就会用这种方式来对待他们。所以不管警察问的是什么时间，我都要发誓说他在家。他说这样可以替我们省去很多麻烦、节省很多时间。我听了觉得很有道理。"

"你真的认为在那些强暴案里他都是无辜的吗？"卡翠娜问，"尽管你知道他以前强暴过别人。"

"妈的我才不知道呢！"依里雅吼道。他们听见客厅传来低沉的呼噜声。"我什么都不知道。"

卡翠娜正要再逼问，却感觉贝雅特伸手在桌底捏了捏她的膝盖。

"依里雅，"贝雅特柔声说，"如果你什么都不知道，为什么现在又愿意跟我们谈这些事？"

依里雅看着贝雅特，挑起发白舌头上看不见的烟屑，思索片刻，做出决定。

"他被判有罪不是吗？罪名是强暴未遂。后来有一天我要把地下室租给别人，就去里面打扫，没想到却发现那些……那些……"突然间她说话有如鬼打墙般不停跳针，"……那些……"布满血丝的双眼睁得老大，泛着泪光。

"那些照片。"

"什么样的照片？"

依里雅吸了吸鼻子："女生的照片，都很年轻，都是小女生，嘴巴上绑了一种东西……"

"口塞？"

"对，口塞。她们不是坐在椅子上就是坐在床上，床单上还有血迹。"

"那么，瓦伦丁……"贝雅特说，"他在照片里吗？"

依里雅摇了摇头。

"那也可能是假装的，"卡翠娜说，"现在网络上流传的一些所谓强暴照片都是专家拍的，专门提供给有这种癖好的人看。"

依里雅又摇了摇头："她们看起来太害怕了，从眼神就看得出来。我……认得这种害怕，因为当瓦伦丁想……想要……"

"卡翠娜的意思是说拍照的人不一定是瓦伦丁。"

"鞋子。"依里雅吸了吸鼻子。

"什么？"

"瓦伦丁有一双又长又尖的牛仔靴，旁边有扣环，有张照片里这双靴子就摆在床边的地上，所以我知道那些照片一定是真的。那些强暴案可能真的是他干的，就跟他们说的一样。不过这还不是最糟的……"

"还不是？"

"照片里可以看见床铺旁边的壁纸，壁纸的花纹就跟那间地下室的壁纸花纹一样。那些照片就是在那间地下室里拍的，那张床就是我跟他……"她闭上眼睛，两颗泪珠滚落。

"结果你怎么做？"卡翠娜问道。

"你说呢？"依里雅嘶了一声，用前臂擦了擦鼻涕，"我去找你们啊！去找你们这些应该保护人民的公仆啊！"

"那我们怎么说？"卡翠娜问，再也藏不住自己的厌恶之情。

"你们说会调查，还拿着照片去质问瓦伦丁，但他当然会想办法狡辩。他说那些都是游戏，她们都不是被逼的，他也不记得那些小女生的名字，后来他再也没见过她们，不然可以去问问看有没有人报案。结果没有，事情就到此为止，也就是说，对你们来说到此为止，对我来说才只是开始……"

她小心翼翼地伸出瘦削的食指，抹了抹两只眼睛的下方，显然以为自己化了妆，想避免妆被弄花。

"哦？"

"他们在伊拉监狱一周可以打一通电话，有天我接到一通电话，说他想跟我说话，所以我就去看他。"

卡翠娜不用听也知道后来发生了什么事。

"我坐在访客室等他，他来了以后只是看了我一眼，我就觉得他的手好像又掐住了我的脖子，妈的我根本不能呼吸。他坐了下来，说只要我敢跟别人提起关于不在场证明的事，他就会杀了我，还说如果我以为他会被关很久那可就大错特错。然后他就起身离开。这么一来我就明白了，只要我知道这些事，以后不管发生任何事，一有机会他就会杀了我。我直接回家，锁上每一扇门，在家里害怕得哭了三天三夜。第四天我有个所谓的朋友打电话来借钱，她染上了一种新型海洛因的毒瘾，后来他们给它取了个名字叫小提琴。以前我都挂她电话，但这次我没有。隔天晚上她就来我家，给我注射这种玩意，让我觉得我这辈子都要拥有它。我的天哪，它真是太有帮助了。小提琴……它解决了一切……它……"

卡翠娜在这个身心俱毁的女人眼中看见逝去的爱闪耀着光芒。

"结果你也上瘾了，"贝雅特说，"所以你卖了房子……"

"那不只是为了钱，"依里雅说，"我必须逃跑才行，我必须躲开他，所有可以找得到我的线索都必须切断。"

"你再也不用信用卡，搬家也不跟户政机构报备，"卡翠娜说，"连社会保障金都不领了。"

"当然不领。"

"就算瓦伦丁已经死了？"

依里雅没答话，也没眨眼，只是坐着动也不动，夹着烟的手指被烟熏黄，香烟烧到烟屁股，烟灰上翘。卡翠娜联想到被车灯照到的动物。

"你听说他死亡的消息应该松了口气吧？"贝雅特柔声问道，意在试探。

依里雅仿佛洋娃娃般机械地点了点头。

"他还没死。"

卡翠娜立刻知道这句话是什么意思。关于瓦伦丁，刚才依里雅说的第一句话是什么？你们不了解瓦伦丁，他很不一样。这句话不是过去式，而是现在式。

"不然你们以为我干吗跟你们说这些？"依里雅在桌上按熄香烟，"他离我越来越近了，每天都更靠近一点，我感觉得到。有时候我早上醒来，都可以感觉他的手掐着我的喉咙。"

卡翠娜想说这叫作妄想症，是海洛因带来的后遗症，但突然间她没那么确定了。依里雅的声音越来越低沉，成了喃喃低语，目光在厨房的黑暗角落里来回搜寻。这时卡翠娜也感觉到了，仿佛有只手正掐着她的喉咙。

"求求你们，在他找到我之前，你们一定要先找到他。"

安东·米泰看了看表。六点三十分。他打个哈欠。莫娜随同医生来看了病人几次，除此之外没有其他事情发生。像这样坐在这里，他有很多时间可以思索。事实上时间有点太多了，因为思绪在过了一阵子之后就会出现负面的倾向。倘若他可以为这些负面思绪做点事，那还没关系，但他无法改变德拉门命案，也无法改变他在犯罪现场下方的森林里发现一支警棍却决定不回报的事实。他无法回到过去，收回曾经说出的话，改写那段他伤害劳拉的时光。他也无法改变他和莫娜共度的第一个夜晚，以及第二个夜晚。

突然他心头一惊。那是什么？好像是从走廊尽头传来的。他仔细聆听。四周又恢复安静，但刚才的确有声音传来，而这里除了心电图仪那规律又尖锐的声响之外，不应该有别的声音才对。

他静静起身，解开枪套扣带，拿出手枪，打开保险。你一定要好好看着他，安东。

他在原地等待，但没人出现。他踏出脚步，在走廊上缓缓移动，试着转动每扇门的门把，但全都上了锁，也理应全都上了锁。他拐过转角，看见下一条走廊铺展在眼前，灯火通明。这条走廊上也没人。他停下脚步，静静聆听。什么声音也没有。说不定刚才他听错了。他把枪放回枪套。

真的是听错了吗？不对，他听见了。某种东西创造出声波，传到他敏感的耳膜上，让耳膜产生反应，虽然细微，但足以让神经接收，传送信号到大脑。这是个不争的事实。但发出声音的原因可能有一千零一种，可能是老鼠，可能是灯泡砰的一声爆破，可能是夜晚温度骤降使得医院里的木材收缩，也可能是飞鸟撞上窗户。

这时他稍微平静下来，才发现自己的脉搏跳得飞快。他应该再次开始训练体能，让身材结实，恢复成那个真正的他。

他正想回去，又想既然来了，何不拿杯咖啡？他走到红色的浓缩咖啡机前，拿起唯一的绿色胶囊，只见亮晶晶的封盖上写着"馥缇奇欧"。他突然想到，那声音可能是有人偷溜进来偷咖啡而发出的。这里的咖啡胶囊昨天不是还有好多个吗？他把胶囊放进咖啡机，突然间他注意到胶囊上有个小孔，换句话说，胶囊已经用过了。不对，不可能，用过的话封盖经过挤压应该会出现棋盘状的痕迹。他开启咖啡机的电源，机器开始发出嗡嗡声，这时他才想到接下来二十秒钟，机器声会掩盖所有其他声音。他后退两步，离开机器噪声的中心。

杯子满了之后，他查看咖啡。黑色的，色泽一致。胶囊没使用过。

最后一滴咖啡滴进杯子时，他似乎又听见那个声音，跟刚才同样的声音，但这次是从另一头、从那间病房的方向传来的。难道他在走过来的路上漏看了什么？他把杯子交到左手，再度把枪拔出来，往回走，踏着间隔平均的大步，不去看杯子但保持平衡，感觉滚烫的咖啡烫着他的手。拐过转角。没人。他呼了口气，继续朝他的椅子走去，正要坐下，又停住动作，回到病房前，打开了门。

病人身上盖着被子，看不见身体。

心电图仪的信号依然稳定，他看见绿色屏幕上的细线由左而右跑动，随着哔声而跳动。

他正要把门关上。

但某样东西让他改变心意。

他走进门内，让门开着，来到病床边，低头看着病人。

是这人没错。

他蹙起眉头，把脸凑到病人嘴边。这人在呼吸吗？

有的。空气中弥漫着令人作呕的甜腻气味，可能是药品的味道。

安东回到门外，关上房门，看了看表，喝掉咖啡，又看了看表，发现自己度分如年。他希望值班时间赶快结束。

"他同意跟我说话真是太好了。"卡翠娜说。

"同意？"狱警说，"这单位里的男人绝大部分都愿意用一只右手来交换跟女人单独相处的几分钟时间。里科·贺瑞姆是个潜在强暴犯，你确定要跟他共处一室？"

"我懂得照顾自己。"

"这句话那个牙医也说过。不过呢……好吧，至少你穿的是裤子。"

"裤子？"

"那天她穿的是裙子和丝袜，在没有警员陪同下，就让瓦伦丁坐在牙医椅上，你可以想象接下来会发生什么事……"

卡翠娜想象了一下。

"她穿成那样……结果付出了代价……好了，我们到了！"狱警打开囚室的锁，推了门，"我就在外面，有事叫我就好。"

"谢谢。"卡翠娜说，走进门内。

红头皮男子坐在桌前，在椅子上旋转过来。

"欢迎光临寒舍。"

"谢谢。"卡翠娜说。

"坐这张椅子吧。"里科站了起来，把椅子抬到她面前，再回到整理整齐的床铺上坐下。这距离保持得不错。卡翠娜坐下，感觉到里科留在椅子上的体温。卡翠娜把椅子挪近一点，里科却在床上坐得后退了一点。她不禁心想，他会不会是那种心里其实害怕女人的人，所以才不强暴女人，只是观看她们，向她们暴露自己，打电话给她们说些猥亵的话语，却不敢采取行动。里科的犯罪记录看起来一点也不可怕，反而令人觉得乏味。

"你曾经对我喊说瓦伦丁没死。"卡翠娜说，倾身向前。里科又往后退缩，他的肢体语言是防卫性的，脸上的笑容却一如往常那样粗鲁无礼、充满仇恨、下流淫秽。"你说这句话是什么意思？"

"你说呢，卡翠娜？"里科以鼻音说，"就是我认为他还活着啊。"

"瓦伦丁·耶尔森被发现陈尸在这座监狱里。"

"那是大家这么以为。外面那家伙应该跟你说过他对那个牙医做过什么事情吧？"

"裙子和丝袜，显然这激发了你的想象力。"

"是激发了瓦伦丁的想象力，而且真的是这样。那个牙医以前一星期来两天，当时很多人抱怨牙齿有问题。结果瓦伦丁用牙钻逼她脱下丝袜，罩在头上，然后在牙医椅上干她。不过后来他说：'她只是躺在那里像只任人宰割的动物。'一定有人给过她遇到紧急状况时该如何应对的烂建议。于是瓦伦丁拿出打火机，没错，他拿出打火机点燃了那双丝袜。你见过尼龙布料燃烧的时候会熔化吧？跟你说，这激起了她的强烈反应，不停尖叫挣扎。她的脸被尼龙丝袜给烧焦了，那个臭味还留在墙壁上好几个星期。我不知道后来她怎么样了，但我猜想她以后应该再也不用担心自己会被强暴了吧。"

卡翠娜看着里科，心想，这是张受气包的脸，因为遭遇过无数次殴打，所以咧嘴而笑已经成为他下意识的防卫动作。

"如果瓦伦丁没死，那他在哪里？"她问说。

里科脸上的笑容更大了，他拿起被子盖在膝盖上。

"里科，如果我来这里是浪费时间，请跟我说，"卡翠娜叹了口气，"我在精神病院待过很长一段时间，现在再看到疯子已经觉得很无趣了好吗？"

"你不会以为我会免费赠送情报给你吧，警官？"

"我的警阶是特别探员。代价是什么？减刑吗？"

"下周我就出狱了。我要五万克朗。"

卡翠娜爆出哈哈笑声，而且尽量笑得很洪亮，同时看见里科的双眼浮现怒意。

"那我没办法帮你。"她说，站了起来。

"那三万，"里科说，"我身上一克朗也没有，出狱以后我得买张机票，飞得越远越好。"

"我们只有在情报给案子带来重大进展的时候才会发奖金，而且是大案子。"

"如果这就是大案子呢？"

"那我得请示长官。我认为你有些事想告诉我，但我来这里不是为了以我手上没有的筹码谈判。"她朝门口走去，伸手打算敲门。

"等一下。"红头皮男子说，声音细弱。他把被子盖到了下巴："我可以告诉你一件事……"

"我已经说过我没有东西可以给你。"卡翠娜敲了敲门。

"你知道这是什么吗？"里科拿出一个铜色器具，令卡翠娜的心跳仿佛停止片刻。有一瞬间，她以为里科掏出的是一把枪，但定睛一看，才发现那是个自制刺青器，有根钉子突出于一端。

"我是这里的刺青师，"里科说，"而且是一流的。你知道他们是怎么认出那具尸体是瓦伦丁的吗？"

卡翠娜看着里科，看着他充满恨意的小眼睛和湿润的薄嘴唇，泛红头皮在稀疏头发底下闪闪发亮。刺青。恶魔的脸孔。

"我还是没有东西可以给你，里科。"

"你可以……"他做个鬼脸。

"怎么样？"

"你可以解开上衣的扣子，让我看一下……"

卡翠娜用难以置信的眼神低头看去："你是说……这个？"

她用双手捧着乳房，同时感觉床上的里科似乎放出高热。

她听见外头的锁孔传来钥匙的咔啦声。

"警员，"她高声说，目光依然紧盯着里科，"请再给我们几分钟时间。"

她听见咔啦声停了下来，又听见狱警说了几句话，脚步声渐去渐远。

只见里科的喉结宛如小异形在肌肤底下爬上爬下，仿佛想破茧而出。

"继续说啊。"她说。

"那你先……"

"条件是这样，我不会解开上衣的扣子，但我可以把一个乳头挤出形状，让你看见，前提是你提供的情报要够好……"

"当然够好！"

"你敢动一下，交易就取消，好吗？"

"好。"

"那好，说来听听吧。"

"把恶魔脸孔刺在他胸膛上的人是我。"

"在这里？就在这座监狱里？"

里科从被子底下拿出一张纸。

卡翠娜朝他走去。

"停下来！"

她停下脚步，眼望着他，抬起右手，找寻轻薄的胸罩纤维底下的乳头，用食指和拇指捏住，用力挤压。她并未试图忽视疼痛，而是坦然迎之。她弓起了背，知道乳头充血发硬，并展示给里科看，听见他呼吸加速。

里科把那张纸递给她，她踏上一步，抽过那张纸，后退坐回到椅子上。

那是张图稿，图案符合狱警的描述，也就是恶魔的脸孔，脸的一侧被拉长，仿佛有钩子钩在脸颊和额头上，痛苦尖叫，想要挣脱。

"我以为这个刺青在他生前已经跟着他很多年了。"卡翠娜说。

"我可不这么认为。"

"什么意思？"卡翠娜细看图稿上勾勒的线条。

"我的意思是说，那刺青是他死后才刺上去的。"

卡翠娜抬起头来，看见里科的目光依然紧紧盯着她的上衣。"你是在瓦伦丁死了以后才帮他刺青的？你的意思是这样吗？"

"你聋了吗，卡翠娜？瓦伦丁没死。"

"可是……那是谁？"

"两颗扣子。"

"什么？"

"解开两颗扣子。"

她解开三颗扣子，把上衣拉到一旁，露出胸罩，让他看见依然硬挺的乳头所呈现出来的轮廓。

"犹大，"里科用粗哑的嗓音低声说，"我是替犹大刺青的。瓦伦丁把他藏在行李箱里整整三天，就这样锁在行李箱里，你能想象吗！"

"犹大·约翰森？"

"大家都以为他越狱了，但其实瓦伦丁杀了他，把他藏在行李箱里。没有人会去行李箱里找人对不对？瓦伦丁把他打得不成人形，连我都想搞不好变成肉酱的人会是我，这个代罪羔羊可以是任何人。他全身上下唯一完整的地方是胸部，好让我可以帮他刺青。"

"犹大·约翰森。原来被发现的是犹大·约翰森的尸体。"

"我把真相说出来了，这下子我死定了。"

"他为什么要杀害犹大？"

"瓦伦丁在这里是人人痛恨的对象，因为他猥亵过十岁以下的小女生。另外还有那个牙医的事，这里很多人喜欢那个牙医，狱警也是。他会发生意外只是迟早的事，像是用药过量致死，却布置得像自杀。所以他只好先下手为强。"

"他不能只是越狱就好吗？"

"这样警察一定会找到他，他必须安排得好像他已经死了才行。"

"而他的好兄弟犹大……"

"很有利用价值。瓦伦丁跟我们其他人不一样，卡翠娜。"

卡翠娜不去理会这句话把她也包括了进去。"你是共犯，为什么你要告诉我这件事？"

"我只是替死人刺青而已，况且你必须逮到瓦伦丁。"

"为什么？"

红头皮男子闭上眼睛："最近我常常做梦，卡翠娜。他一定会回来加入生者的行列，但首先他必须除掉过去，每个知道内情的人都是他的障碍，我就是其中一个。下周我就要出狱了，你一定得先逮到他……"

"……以免他逮到你。"卡翠娜帮他把话说完，目光失去焦距，因为她脑中浮现里科所叙述的场景，他在那里替死亡三日的尸体刺青。她心情起伏，没注意周遭情况，也没听见任何声音，直到她感觉脖子沾上小水滴，听见里科发出低沉喉音，低头看去，才立刻从椅子上跳起来，踉跄地朝门口走去，感觉一阵作呕。

安东·米泰醒了过来。

他的心脏剧烈跳动，张口大力吸气。

迷惑的双眼眨了好几下才能聚焦。

他看着眼前的白色墙壁，发现自己依然坐在椅子上，头倚在后方墙壁上。他睡着了。他在值勤期间睡着了。

这种事从没发生过。他抬起左手，觉得手有二十公斤重。为什么他心跳这么快，仿佛跑了半程马拉松？

他看了看表。十一点十五分。他竟然睡了一个多小时！这怎么可能？他觉得心跳逐渐缓和下来。一定是最近这几个星期压力太大，而且来这里值班，日常作息被打乱，还得应付劳拉和莫娜。

他是被什么吵醒的？难道又有别的声响？

他竖耳聆听。

没有任何声音，只有令人颤抖的寂静。他的大脑虽然还处在梦游般的恍惚状态，却隐约察觉到有什么事不对劲。这感觉就像他在德拉门的家里睡觉一样。他知道船只的引擎声在打开的窗外隆隆驶过，大脑却仿佛什么都没察觉。但只要卧室房门发出细小的嘎吱声，他就会立刻跳起来。劳拉说自从德拉门命案发生后，他就开始出现这种行为。那件案子里，警方在河边发现年轻男子勒内·卡尔纳斯。

他闭上眼睛，又再张开眼睛。天哪，他又睡着了！他站起身来，只觉得头晕目眩，便又坐下。他眨了眨眼，觉得自己的感官都像是罩在一层雾里。

他低头看了看椅子旁的空咖啡杯。他得去给自己弄杯双份浓缩咖啡才行。哦，不对，可恶，咖啡胶囊已经用完了。他得打电话请莫娜给他带一杯咖啡来，再过一会儿她就会来巡房了。他拿出手机。他将莫娜的电话储存为"国立医院联络人甘伦"。这只是以防万一，以免劳拉查看他的手机通话记录，发现他经常拨打这个号码。当然他回家时就会删去短信。安东打算等他有办法看清楚手机时再打电话给莫娜。

声音不太对劲。就像卧室房门的嘎吱声。

不对劲的是寂静。

不对劲的是少了声音。

少了哔的声音，少了心电图仪的声音。

安东挣扎着站起来，摇摇晃晃地冲进病房，猛力眨眼，想驱离晕眩，看向亮着绿光的心电图仪屏幕，看着上头水平的直线。

他跑到床边，低头看着躺在床上的苍白面孔。

他听见走廊传来跑步声，一定是心电图仪监测不到心跳，触动了值班室的警铃。安东直觉地把手放在男子额头上，感觉依然温暖。然而安东见过很多尸体，知道毋庸置疑。病人已经死了。

Politi

第三部

　　这痛苦如此强烈，如此锥心蚀骨，以至于他无法呼吸……他听见自己口中发出声音，仿佛来自一个陌生人。这声长长的号叫，在宁静的住宅区里四处回荡。

11

病人的丧礼十分简短，仪式举行得很有效率，出席者甚为稀少。牧师更是连男子生前备受爱戴，是个值得效法的楷模，身后一定会进入天堂等等这种话都省了，直接跳到说耶稣会赦免一切罪过。

甚至连自愿抬棺者的人数都不够，因此参加者只是走出维斯雅克教堂，进入雪地，把棺木留在圣坛前。来参加告别式的多半是警察，一共四人。他们坐上同一辆车，前往悠思提森餐馆。餐馆刚开门，有个心理医生已经坐在里面等候他们。四人跺了跺脚，清掉靴子上的雪，点了一瓶啤酒和四瓶水，这些瓶装水并不比奥斯陆提供的自来水更干净或更甘美。他们说了声干杯，然后依照传统咒骂死者，喝一口杯中液体。

"他死得太早了。"犯罪特警队队长哈根说。

"只是早了那么一点而已。"鉴识中心主任贝雅特说。

"愿他燃烧得炽热长久。"身穿麂皮流苏外套的红发鉴识员侯勒姆说。

"身为心理医师，我在此诊断你们都跟情感失去联结。"奥纳说，高高举起啤酒杯。

"谢谢你，医生，可是诊断结果应该是'警察'才对。"哈根说。

"那个解剖报告，"卡翠娜说，"我看不太懂。"

"他死于脑梗塞，"贝雅特说，"也就是脑中风。这种事很常见。"

"可是他脱离昏迷了啊。"侯勒姆说。

"这种事随时可能发生在我们身上。"贝雅特淡淡地说。

"谢谢你这么说，"哈根咧嘴而笑，"现在既然已经把死者送走了，我们都应该往前看。"

"可以快速应付心理创伤是低智商的迹象，"奥纳喝了口啤酒，"我只是想点出这一点而已。"

哈根凝视奥纳片刻，才继续说："我想我们在这里聚会比在警署好。"

"好，不过为什么我们要来这里？"侯勒姆问道。

"为了讨论杀警案，"哈根转过了头，"卡翠娜？"

卡翠娜点了点头，又清清喉咙。

"我会很快把事情说明一下，好让奥纳跟上进度，"她说，"目前有两名警察被杀，陈尸地点都在未侦破的命案现场，这两名警察也都参与了命案的调查工作。关于这两起杀警案，目前我们尚未掌握任何线索、嫌犯或可能动机。关于两起原始命案，我们怀疑动机可能是性，案子是有一些线索，但都不能指向特定嫌犯。也就是说，我们找了几个人来讯问，但事后都排除了嫌疑，他们不是有不在场证明，就是不符合凶手的心理侧写。不过现在呢，有一名嫌犯的不在场证明被推翻了……"

卡翠娜从包里拿出一样东西放在桌上给大家看，那是张照片，上面的男子赤裸着胸膛。照片上有日期和编号，说明这是张警方归档的罪犯照片。

"这个人叫瓦伦丁·耶尔森，曾经犯下猥亵罪，对象包括男人、女人、儿童。他第一次遭指控是在十六岁，把一个九岁女童骗到小船上加以性骚扰。来年他的邻居报案说他试图在洗衣间里强暴她。"

"他跟马里达伦谷命案和翠凡湖命案有什么关联？"侯勒姆问。

"目前他只符合凶手侧写，还有原本在命案时间为他提供不在场证明的女子已经表示说她说谎，她只是照瓦伦丁的吩咐去做而已。"

"瓦伦丁跟她说警方想让他背黑锅。"贝雅特说。

"啊哈，"哈根说，"这可能是他痛恨警察的原因。医生你说呢？有可能吗？"

奥纳咂了咂嘴："非常有可能。不过呢，就人类心理来说，我秉持的原则是，你想得到和想不到的事都是有可能的。"

"瓦伦丁因为猥亵未成年少女而入狱期间，曾经在伊拉监狱强暴一名女牙医，还把她给毁容了。他确信自己会遭到报复，于是决定越狱。要逃出伊拉监狱不是太难，但瓦伦丁的计划是假装自己已经死亡，以免别人来找他麻烦，因此他杀了一个名叫犹大·约翰森的犯人同伴，把对方打得不成人形，再把尸体藏起来。这样一来，点名的时候犹大没到，就会被当成越狱。事后他再逼迫另一个会刺青的犯人，把他身上刺的魔鬼脸孔刺在犹大身上唯一完好的地方，也就是胸部。瓦伦丁对这个刺青师说，他只要敢透露半句话，就让他全家不得好死。然后瓦伦丁在越狱的那天晚上，给犹大的尸体穿上他的囚服，放在他房间的地板上，让房门微微打开。隔天早上众人在瓦伦丁房间里发现尸体，一点也不觉得惊讶，他们或多或少料到监狱里这个最遭人痛恨的犯人，总有一天会沦落到这个下场。显然他们没核对指纹，连 DNA 也没比对。"

桌边一片静默。一个客人走进餐馆，正想在隔壁桌坐下，但哈根瞪了他一眼，他立刻换到别桌。

"所以你的意思是说，瓦伦丁活得好好的，还越狱了，"贝雅特说，"而且他跟那两起原始命案和杀警案有关。后者的杀人动机是出于对警察的报复，而且他利用先前犯下命案的地方来杀人。可是他到底是想报复什么？报复尽忠职守的警察？这样的话我们大概都会成为他的目标。"

"我不确定他的目标是一般警察，"卡翠娜说，"狱警跟我说曾经有个警察去伊拉监狱讯问瓦伦丁，后来这个警察跟一些犯人提到马里达伦谷和翠凡湖的少女命案。狱警说他不是找犯人去问关于命案的事，反而是泄露案情。这警察说瓦伦丁是个……"卡翠娜鼓起勇气，"儿童强暴犯。"

卡翠娜看着众人，就连贝雅特也不禁身子一缩。没想到一个名词竟然可以比最惨不忍睹的命案现场照片更震撼人心。

"这句话就算不是直接判了他死刑，也相去不远了。"

"这个警察是谁？"

"接待我的那个狱警说他不记得了，而且到处都找不到记录，但你们可以猜猜看。"

"埃伦·文内斯拉或伯提·尼尔森。"侯勒姆说。

"这样情况就明朗了，你们说对不对？"哈根说，"这个犹大跟两名遇害警官同样都遭受极度的暴力。医生你说呢？"

"的确，"奥纳说，"杀人犯是习惯的动物，他们会采用屡试不爽的同一个手法。"

"但对犹大来说，他这样做有个特定目的，"贝雅特说，"也就是掩饰他逃狱的事实。"

"那也要真的是事实才行啊，"侯勒姆说，"卡翠娜去问的这个犯人可称不上是世界上最可靠的证人。"

"这个嘛，"卡翠娜说，"我相信他说的话。"

"为什么？"

卡翠娜歪嘴一笑："哈利以前都是怎么说的？直觉是许多特定琐事的总和，大脑还没办法说得出这些事是什么。"

"如果把尸体挖出来检查呢？"奥纳问。

"猜猜看怎么了。"卡翠娜说。

"火化了？"

"瓦伦丁刚好在一星期前立了份遗嘱，说他死后想尽快火化遗体。"

"后来再也没人有他的消息，"侯勒姆说，"直到他杀了文内斯拉和尼尔森。"

"是的，这就是卡翠娜向我提出的假设，"哈根说，"目前为止这个假设还十分薄弱，要说它大胆都还太客气了。但现在我们的调查组正陷入泥沼，找不出其他假设，所以我想给这个假设一个机会，这就是今天我召集各位来这里的原因。我希望你们可以组成一个特别小组，只负责追查这条线索，其他的就交给大调查组。如果你们接受这个安排，就直接向我报告……"他大声地咳了一声，声音有如枪响，"而且只向我报告。"

"啊哈，"贝雅特说，"这表示？"

"对，这表示你们是秘密工作。"

"是要向谁保密？"侯勒姆问。

"每个人，"哈根说，"除了我之外绝对不能有其他人知道。"

奥纳咳了一声："特别要向谁保密？"

哈根用拇指和食指捏住颈部的一小片肌肤扭动，他垂下双目，看起来像一只在做日光浴的蜥蜴。

"贝尔曼，"贝雅特清清楚楚地说出这三个字，"警察署长。"

哈根张开双掌："我只想要结果。以前哈利还在的时候，独立小团体运作得都非常成功，可是署长坚决表示说他要采用大团体。现在这个唯一的大团体已经没有任何办案方向，我们又一定得逮到这个杀警凶手，要是逮不到将会天下大乱。反正日后你们这个小组如果遭到署长责难，我会负起全责。我会说我没告诉你们他不知道这个小组的存在。如果你们愿意被我置于这个尴尬的处境，我会很感谢，不过参不参加还是你们自己决定。"

卡翠娜注意到自己的目光和其他人一样同时朝贝雅特望去，大家都知道真正的决定权操之在她，只要她愿意，大家都会愿意，否则的话……

"他胸部的这个恶魔脸孔，"贝雅特说，拿起桌上照片，仔细查看，"看起来像是有人想离开，想离开监狱、离开自己的身体、离开头脑，就跟雪人一样。说不定他也是这类型的杀人犯。"她抬起了头，淡淡一笑，"我加入。"

哈根朝其他人望去，看众人都微微点头，表示确认。

"很好，"哈根说，"跟以往一样，我负责领导小调查组，卡翠娜会担任这个小组的正式组长，由于她属于卑尔根的霍达兰警区，所以严格来说你们这个小组不需要向奥斯陆警区报告。"

"我们要为卑尔根工作，"贝雅特说，"好吧，有何不可？来，大家为卑尔根干一杯吧！"

众人举起杯子。

一行人站在悠思提森餐馆外的人行道上，天空飘下毛毛细雨，让岩盐、石油和柏油的气味更为明显。

"我想借这个机会谢谢大家让我归队。"奥纳说，扣上巴宝莉外套的纽扣。

"无敌团队再度出击。"卡翠娜露出微笑。

"就跟以前一样。"侯勒姆说，满足地拍了拍肚子。

"几乎一样，"贝雅特说，"只少了一个人。"

"嘿！"哈根说，"我们不是说好不要再提他吗？他已经离开了，就是这样。"

"他永远不会完全离开的，甘纳。"

哈根叹了口气，朝天空看了一眼，耸了耸肩。

"也许吧。有个在国立医院值班的警大学院实习生问我说，哈利·霍勒负责的案子是不是每一件都侦破了。起初我以为她只是爱打听，只因为她上过他的案例，所以我就回答说古斯托命案不算正式侦破。今天我的秘书跟我说她接到一通警大学院的电话，请我们提供一份这起命案档案的副本，"哈根露出苦笑，"也许他毕竟还是成为传奇了。"

"哈利永远都会被记得的，"侯勒姆说，"无法超越、难以比拟。"

"也许吧，"贝雅特说，"但我们这里有四个人紧跟在后不是吗？"

他们看看彼此，点了点头，简短地握手道别，分别朝三个方向离去。

12

米凯看见有个人影出现在瞄准器中，他闭起一只眼睛，缓缓扣动扳机，聆听自己的心跳。他的心跳沉稳但有力，觉得心脏将血液输送到手指。人影没动，他只是觉得好像动了而已。他放开扳机，深呼吸一口气，再次集中注意力。人影再度进入视线。扣下扳机。人影抽动。那是正确的抽动。那人已死。米凯知道子弹击中了头部。

"把尸体送过来，我们要验尸。"他高声喊道，放下黑克勒-科赫P30L手枪，取下耳罩和护目镜。他听见电子器材和金属线发出嗡嗡声响，看见那人影摇摇晃晃地朝他们接近，在他前方半米处停下。

"很好啊。"楚斯·班森说，放开开关。嗡嗡声停止。

"还不错。"米凯说，查看靶纸，看见半身躯体和头部有多个弹孔。他朝隔壁靶道的靶纸点了点头，那张靶纸的头已被打烂。"可是没有你打得好。"

"已经足以通过测验了，听说今年有百分之十点二的人不及格。"楚斯熟练地换上新靶纸，按下开关。一个新人影发出嗡嗡声响，退了回去，在二十米外弹痕斑驳的绿色金属板前停下。米凯听见左边几个靶道外传来尖锐笑声，看见两名年轻女子挤作一团，朝他们望来。可能是认出他的警大学院学生吧。靶场的各种声音都有其各自的音频，因此即使场上枪声隆隆，米凯还是能听见靶纸的拍打声、铅弹击中金属的声音，接着是子弹掉落在容器里的细小咔嗒声。容器位于靶纸下方，用来收集打到变形的子弹。

"实际上有超过百分之十的警力无力保护自己或别人，警察署长对这件事有什么看法？"

"不是每个警察都像你做过那么多训练，楚斯。"

"你是说我时间多吧？"

楚斯发出令人厌恶的呼噜笑声。米凯看着他这位下属和童年好友，看着楚斯的一口乱牙和红色牙龈。楚斯的父母从未想过应该带他去看看牙医。一切都和过去一样，却有什么地方不一样了。难道是因为楚斯剪了新发型，或是因为停职的缘故？就算是你以为不那么敏感的人也会受到这种事的影响。这种人尤其如此，因为他们不习惯宣泄情绪，总是将其埋藏在心里，希望情绪会随时间消失，因此他们尤其容易崩溃，会对自己的脑袋开上一枪。

但楚斯看起来似乎悠然自得，还会大笑。米凯曾对他说过，他的笑声会令人惊慌，应该把这笑声改掉，练习发出比较正常且令人愉悦的笑声。结果楚斯只是笑得更大声，伸手指着米凯，一句话也没说，只是指着他，继续发出这种怪异的呼噜笑声。

"难道你都不想问吗？"楚斯问道，把子弹装进弹匣。

"问什么？"

"我账户里的钱。"

米凯变换站姿："这就是你邀请我来这里的原因？要我问你这件事？"

"你想知道那些钱是怎么来的吗？"

"为什么我现在要再去烦你这件事？"

"因为你是警察署长啊。"

"是你决定什么都不说的，虽然我认为这样做很愚蠢，但我还是尊重你的决定。"

"是吗？"楚斯把弹匣咔嗒一声装到定位，"或者你不再来烦我是因为你早就知道钱是从哪里来的，米凯？"

米凯看着他的童年朋友，这时他看出哪里不一样了，原来是楚斯眼中流露出的凶残目光。小时候每当楚斯生气，每当曼格鲁的大孩子威胁说要痛扁那个说话高调、长得像女生却又夺走乌拉芳心的小鬼，米凯把楚斯推到他前面时，楚斯眼中就会露出这种眼神。这动作就像是放出鬣狗，放出饱受鞭笞的肮脏鬣狗，这只鬣狗已遭受过那么多毒打，再被多打一顿似乎也没差别。每当楚斯眼中露出这种鬣狗的目光，就表示他视死如归，一旦他的尖牙咬上你，就死也不会放开，下巴会紧紧锁住，保持相同姿势，直到你跪倒，或他被拉开。但长久以来，米凯看到楚斯露出这种目光的机会少之又少，近期的一次是他们在锅炉室对付那个同性恋，另一次是米凯说出停职一事的时候。但现在不一样的是，那目光没有退去，一直都在，仿佛他处于某种狂热的状态。

米凯不可置信地缓缓摇头："你在说什么啊，楚斯？"

"说不定那些钱是直接从你那里来的，说不定那些钱从头到尾都是你付的，说不定是你叫阿萨耶夫来找我的。"

"你是不是硝烟味闻得太多了，楚斯。我跟阿萨耶夫没有一点关系。"

"说不定我们应该去问问他。"

"鲁道夫·阿萨耶夫已经死了，楚斯。"

"这也太巧合了吧，不是吗？每个知道真相的人都死了。"

米凯心想，每个人都死了，除了你以外。

"除了我以外。"楚斯咧嘴一笑。

"我得走了。"米凯说，取下靶纸折起来。

"哦，对，"楚斯说，"周三的约会。"

米凯身子一僵："什么？"

"我记得你以前每周三的这个时间都会离开办公室。"

米凯打量楚斯，心下只觉得奇怪，即使他认识楚斯已经三十年了，依然搞不清楚楚斯究竟是愚蠢还是聪明。"对，可是这种推测你最好放在心里，因为就目前状况来说，它只会害到你自己而已，楚斯。而且你最好不要跟别人说，如果我被当作证人传唤，会让我陷入一个尴尬处境，明白吗？"

但楚斯已把耳罩戴上，转头面对靶纸，透过护目镜凝视前方。火光闪烁一次、两次、三次。手枪似乎想脱离他的掌握，但他抓得非常之紧。那是鬣狗的握法。

米凯走进停车场时，裤子口袋里的手机发出振动。

是乌拉打来的。

"你问过灭虫公司了吗？"

"问过了。"米凯说，这件事其实他根本没多想，更别说去问谁了。

"他们怎么说？"

"他们说你觉得从阳台传出来的那个味道很可能是死老鼠造成的，但因为阳台是水泥砌的，所以没办法做什么。不管是什么东西，我们只能任由它腐烂，让味道自行消散。他们建议不要破坏阳台。"

"你应该找专业的人来建造阳台的，而不是找楚斯。"

"我已经跟你说过了，阳台他是半夜砌的，事前也没跟我说。你现在在哪里，亲爱的？"

"我要去跟一个女性朋友碰面，晚上你会回家吃饭吗？"

"会。还有，不要担心阳台的事好吗，亲爱的？"

"好。"

米凯挂上电话，心想自己说了两次"亲爱的"，多说了一次，听起来像谎言。他发动引擎，踩下油门，放开离合器，感觉让他的头紧贴头枕的美妙压力。这辆全新的奥迪轿车疾速穿越停车场。他想到伊莎贝尔，感觉身体开始血脉偾张，也想到这怪异的矛盾感觉并非虚假。就在他即将去找另一个女人的同时，他感觉到他对乌拉的爱竟前所未有地真实。

安东·米泰坐在阳台上，双眼闭着，感觉阳光只能勉强晒暖肌肤。春天正在和冬天缠斗，目前仍是冬天占上风。他睁开眼睛，目光再度落在旁边桌上的信件上，信封上印着德拉门健康中心的蓝色浮凸标志。

他知道信封里装的是什么。里面是他的血液检验结果。他抬起了手，又把手搁下，拖延拆信的动作，抬头望着德拉门河。当初他们看到欧西恩镇西区十一号公园这栋新公寓的广告小册时，毫不犹豫就付了定金。多年来要维护劳拉的父母留给她的那栋位于康纳鲁区的大型木造老宅是件辛苦差事，而且他们的孩子已经独立，要照顾庭院也不是件容易的事。再说卖掉老宅，买间大小适中的现代化公寓，照理说应该可以省下时间和金钱，去做他们已经说了好几年要做的事，像是一起旅行，造访远方的土地，体验在地球上这短暂一生的剩余时光。

那为什么搬家后他们没去旅行？为什么他连这件事也拖延了？

安东推了推太阳眼镜，玩弄那个信封，从宽松裤子的口袋里拿出手机。

难道是因为日常生活过于忙碌，时间就这么一天天流逝？难道是因为德拉门的风景已如此抚慰人心？难道是因为他害怕两人在旅途中相处那么长的时间，会让彼此露出真正的自己，揭露这段婚姻的真相？还是因为那件案子、那次失足，消耗了他的能量和动力，导致他处于现在这种状态，只能把日常工作当作逃避，避免自己完全崩溃？而就在这个时候，莫娜正好出现……

安东看着手机画面。国立医院联络人甘伦。

下方出现三个选项：拨打、传送信息、编辑。

编辑。人生也应该附有这个按键才对，那么一切都会不同，他会回报发现警棍、不会邀莫娜喝咖啡、不会睡着。

但他确实睡着了。

而且是值勤时坐在硬木椅上睡着了。通常他在值班一整天之后，躺在床上都还入睡困难，因此会发生这种事简直不可思议。事后他很长一段时间都还处于半恍惚的状态，即使是死者的脸孔和接下来的骚动都唤不醒他，他只是站在那里，像个僵尸，脑袋一片混沌，什么事也不能做，甚至连清楚地回答问题都难以做到。虽然他就算保持清醒，也不一定能救病人一命。验尸报告指出病人可能死于中风，但安东没尽到职责是事实。这事其实没人会发现，他也不会多说一句话，但他心知肚明，清楚知道自己又搞砸了。

安东低头看着按键。

拨打。传送信息。编辑。

是时候了。该做点事了。该做点正确的事了。去做就是，不要拖延。

他按下"编辑"。画面出现其他选项。

他做出选择。做出正确的选择。删除。

接着他拿起信封拆开，展信阅读。病人被发现死亡后，那天清晨他前往健康中心，表明自己的警察身份，说自己吃了成分不明的药物，觉得身体有点异样，担心是否会出现副作用使得自己无法胜任工作。起初医生建议他请病假，但安东坚持要抽血检验。

他浏览检验报告，看不懂上面的专有名词和数值所代表的意义，但医生加注了两行结语：

……硝西泮是强烈镇静剂的成分，请不要再服用这种药物，并请先征询医师的意见。

安东闭上眼睛，透过紧咬的牙齿吸入空气。

该死。

他怀疑得果然没错。他被下药了。有人对他下药。不仅如此，他还知道手法大概是什么：咖啡、走廊上的声响、盒子里只剩一个咖啡胶囊。他曾纳闷那个胶囊是不是穿了孔。镇静剂一定是利用针头穿过封盖打进了胶囊，接着歹徒只要等安东去冲泡加了硝西泮的浓缩咖啡就好。

医生说病人是由于自然因素死亡，或者说，医生没找到证据指出死因存有疑点。但医生之所以得出这个结论，有一部分是因为他提出的证词说，值班医生在病人心跳停止前两小时巡过房，在那之后就没看见有人来过。

安东知道自己该怎么做，他必须报告这件事，现在就做。他拿起手机。他必须回报说自己捅了娄子，说明他为什么没在第一时间说他睡着了。他看着手机画面。这次就连甘纳·哈根也救不了他。他放下手机。他一定会打这通电话，只不过不是现在。

米凯对着镜子打领带。

"今天你很棒。"这句话从床上传来。

米凯知道此言不虚。他看着背后的伊莎贝尔爬下床，穿上丝袜。"是不是因为他死了？"

她把鹿皮床罩盖到被子上。镜子上方挂着一对惊人的大型鹿角，墙上挂着许多萨米族画家的画作。饭店这一翼的客房都是由女性艺术家设计，也印有她们的名字，像这间客房就印有一位萨米传统吟念女歌手的名字。这些客房只有一个问题，就是有些观光客会顺手牵羊，把鹿角给偷走，因为他们坚信鹿角有壮阳的功用。前几次米凯也想过是否要服用壮阳药物，但今天就不这么想了，也许是因为那病人终于死了，令他放松不少。

"我不想知道事情是怎么发生的。"他说。

"反正我也没办法告诉你。"伊莎贝尔说，穿上裙子。

"这件事连提都别提。"

她站在他背后，在他脖子上咬了一口。

"不要一脸忧心忡忡的样子嘛，"她窃笑道，"人生不过是场游戏。"

"对你来说或许是这样，但我还得对付这些杀人凶手。"

"你不用参加选举，可是我要，但我有看起来一副忧心忡忡的样子吗？"

米凯耸了耸肩，伸手去拿外套："你要先走吗？"

她在他头上敲了一下，他微微一笑，听着她的鞋子咔嗒作响，走向门口。

"下周三我可能不行，"她说，"议会会期改了。"

"好。"他说，同时发现自己的反应就是这样——好。呃，不只是这样，他还觉得松了口气。是的，他的确松了口气。

伊莎贝尔在门口停下脚步，一如往常侧耳聆听走廊上是否有声响，确定门外没人。"你爱我吗？"

他张开嘴巴，看见镜中的自己，看见自己脸上那个黑洞没有发出任何声音，听见她发出咯咯笑声。

"我是开玩笑的，"她低声说，"是不是吓到你了？那就十分钟喽。"

房门打开又轻轻关上。

他们说好第二个出去的人要等十分钟后才离开房间。他已记不得这是他还是伊莎贝尔所提出来的方式，当时他们一定是忧心会在大厅撞见好奇的记者或熟人，但目前为止这种事还没发生。

米凯拿出梳子，梳理有点过长的头发，刚才他冲过澡，头发尾端还有点湿。伊莎贝尔从不在他们做完爱之后冲澡，她说她喜欢整天身上都有他的味道。他看了看表。今天一切都很顺利，他不用去想古斯托的事，甚至拖长了去想这事的时间。他拖了那么久，以至于如果在房里等足十分钟，去跟市议会议长开会就会迟到。

乌拉·贝尔曼看了看表。她手上戴的是摩凡陀腕表，一九四七年设计款，是米凯送给她的结婚周年纪念礼物。已经过了二十分钟。她靠在扶手椅上，扫视大厅，心想不知道自己认不认得出他。严格说来，他们只见过两次面。第一次是他们要去史多夫纳警局找米凯时，他为她开门。他是个颇有魅力、笑脸迎人的北方人。第二次是在史多夫纳区的圣诞晚餐上，他们一起共舞，而他逾矩了，和她靠得太近。她其实并不介意，那不过是单纯的调情而已，她很乐意陶醉在这种感觉中，反正米凯就坐在餐厅里某个地方，其他妻子也在跟丈夫以外的男人跳舞。除了米凯之外，还有另一个人也盯着她瞧，那人手里拿着一杯饮料站在舞池里。那就是楚斯·班森。后来她问楚斯要不要跳舞，楚斯只是咧嘴一笑说不要，还说他不会跳舞。

鲁纳。他的名字叫鲁纳。这名字悄悄溜进了她的心里。后来她再也没见过他，也没听过他的消息，直到他打电话来问今天可不可以见面。起初她回绝，说她没时间，但他说有要事跟她说。他在电话中的声音有点扭曲。

她不记得他说话是这种声音，但也许只是因为他说话夹杂了老北方口音和东部挪威语的口音，其他地方的人来奥斯陆住一阵子之后，说话常会这样。

于是她答应了，说反正那天早上她也要进城，可以很快地跟他喝杯咖啡。这并非实话，就跟米凯问她在哪里时，她回答说要去跟一个女性友人碰面一样不是实话。她并非故意要说谎，只是这个问题问得她措手不及，她也发现她应该跟米凯说自己要去跟他以前的一位同事碰面。那她为何没说？是不是因为她怀疑鲁纳要跟她说的事和米凯有关？她已经开始后悔来这里了。她又看了看表。

乌拉注意到前台接待员看了她好几眼。她脱下外套，里头穿的是毛衣和裤子，突显出她的苗条身材。她不常来市区，因此特地花了点时间化妆和整理一头金色长发。她的这头金发曾让曼格鲁区的男孩开车经过时频频回头，想看她的面貌是否和背影一样美，而且从他们的表情来看，她的确满足了他们的期望。米凯的父亲曾说她看起来像美国老牌"妈妈与爸爸合唱团"中的美女歌手，但她不知道那是谁，也没特地去找。

她看了双推门一眼。越来越多人进入饭店，其中却看不到她在等的那个目光炯炯的男子。

乌拉听见电梯门传来叮的一声低响，一名身穿皮草外套的高大女子走出电梯。乌拉心想，如果记者问女子那件皮草是不是真的，她可能会否认到底。国家社会党政治人物都喜欢跟选民说他们爱听的话。女子是社会事务议员伊莎贝尔·斯科延。米凯上任之后，她去他们家参加过派对。其实那应该算是乔迁派对，但米凯邀请的客人反而大部分都是对他事业有帮助的人，或是对"他们的"事业有帮助的人，米凯总是这样说。"他们"指的是他和她。楚斯是当晚她认得的少数客人之一，但他并不是个可以聊整晚的对象，再说她也没时间，因为她忙着扮演女主人的角色。

伊莎贝尔看了乌拉一眼，继续往前走，但乌拉已注意到伊莎贝尔露出一丝迟疑神色。那一丝迟疑表示她认出了乌拉，以至于不得不做出选择，要不就是假装没认出乌拉，要不就是得走过来跟乌拉说几句话，但她比较不想选择后者。乌拉也希望避开后者，同样，她也会避开跟楚斯说话的机会，虽然她喜欢楚斯这个人，毕竟他们从小一起长大，他也始终对她很好，而且忠诚，但她还是不想跟他说太多话。乌拉希望伊莎贝尔选择前者，放彼此一马。她看见伊莎贝尔朝双推门走去，但不知为何突然又改变心意，调了个头，满脸堆笑、昂首阔步地走来。是的，昂首阔步。乌拉觉得伊莎贝尔有如一个浮夸的大型帆船船艏雕像，迎面而来。

"乌拉！"伊莎贝尔远在几米外就拉高嗓门说，仿佛碰到久未联络的好友。

乌拉站了起来，心里已觉得很不自在，不知该如何回答接下来伊莎贝尔一定会问的问题：你来这里做什么？

"真高兴再见到你，亲爱的！那天的小派对好温馨哦！"

伊莎贝尔伸出一只手搭在乌拉肩上，凑上脸颊，使得乌拉不得不跟她贴了贴脸。小派对？那天可是来了三十二个客人。

"抱歉那天我得提早离开。"

乌拉记得那天伊莎贝尔有点疲惫，而且当她忙着招待客人时，这位迷人的女议员还跟米凯去阳台上待了好一会儿，使她心里生出一丝醋意。

"没关系，你能出席就让我们觉得备感荣幸了，"乌拉希望自己脸上的笑容没有她感觉到的那么僵硬，"伊莎贝尔。"

女议员低头看着她、打量她，仿佛在寻找什么。她在找的就是那句她还没问出口的问题的答案：你来这里做什么，亲爱的？

乌拉决定要说实话，待会儿她也会跟米凯说实话。

"我得走了。"伊莎贝尔嘴巴上这样说，身子却没移动，目光也一直盯着乌拉。

"好，我想你应该比我忙多了。"乌拉说，同时听见自己发出早已改掉的咻咻笑声，并气恼自己干吗发出这种蠢笑声。伊莎贝尔依然看着她，突然间她觉得这名陌生女子正试图逼她回答这个问题：署长夫人，你在富丽饭店的大厅做什么？天哪，伊莎贝尔是不是以为她来这里会见情夫？是不是因为这样伊莎贝尔才不想轻易把话问出口？乌拉觉得脸上的僵硬渐渐消失，笑容变得越来越自然，现在她脸上的笑容发自真心，她是真的想笑，也知道嘴角已上扬到接近眼角，就要当着伊莎贝尔的面爆出大笑。奇怪的是，伊莎贝尔看起来也似乎想大笑。

"希望很快能再见到你，亲爱的。"伊莎贝尔说，用粗大强壮的手指捏了捏乌拉的手。

伊莎贝尔转身快步穿过大厅，一名门房赶紧上前替她开门。乌拉瞥见她在穿过双推门前拿出手机。

米凯站在电梯门前。电梯距离萨米女歌手设计的那间客房只有几步路。他看了看表。伊莎贝尔只离开了不过四五分钟，但时间应该已经足够，毕竟重点是他们不能被人看见同进同出。负责订房的总是伊莎贝尔，她也会比他早十分钟抵达，做好准备，躺在床上等候。这是她喜欢的方式。然而这是他喜欢的方式吗？

幸好从富丽饭店走到议长正在等候的市议会只有短短三分钟路程。

电梯门打开，米凯走了进去，按下代表一楼的"1"按键。电梯向下移动，并在下一层楼停下，电梯门打开。

"Guten Tag.（日安。）"

德国观光客。一对老夫妇。装着旧相机的褐色皮盒。米凯感觉自己露出微笑。他心情很好。他让出空间让老夫妇进来。伊莎贝尔说得没错，他的确因为那病人死了而轻松不少。他感觉自己的长发滴下一颗水珠，沿着脖子滑下，沾湿衬衫领子。乌拉曾建议他应该为了当上署长而把头发剪短，可是为什么要这样做？他那青春的容貌不就是重点吗？他——米凯·贝尔曼——不就是奥斯陆有史以来最年轻的警察署长吗？

老夫妇迟疑地看着电梯按键。这是外国人常碰到的问题，究竟"1"代表的是一楼还是二楼？挪威使用的楼层系统到底是哪一种？

"这是一楼。"米凯用英语说，按下按键，关闭电梯门。

"Danke.（谢谢。）"老妇低声说。老翁闭上眼睛，大声呼吸。米凯心想，潜艇造成的幽闭恐惧症。

电梯静静地向下移动。

电梯门打开，三人走进大厅。米凯的大腿感到一阵振动，手机再次收到了信号。他看见一通伊莎贝尔打来的未接电话，正要回拨，手机又发出振动，这次是短信。

我在大厅碰见你老婆：）

米凯猛然停步，抬头一看，但已然太迟。

乌拉就坐在他正前方的扶手椅上，看起来十分迷人，显然比平常多做了点打扮。迷人的乌拉坐在椅子上，身子僵硬如石。

"嘿，亲爱的。"米凯高声说，耳中听见自己的声音是那么刺耳且虚假，同时也在乌拉脸上看见自己的声音有多么不堪。

乌拉紧紧盯着他瞧，脸上的一丝疑惑很快就变成别的表情。他的脑子翻腾不已，同时在吸收和处理信息，寻找关联，找出结论。他知道自己难以解释为什么发梢会湿湿的。乌拉刚刚才碰见伊莎贝尔，现在她的脑子也跟他一样高速转动。人类头脑就是这样运作，无情又有逻辑地组合所有的琐碎信息，突然间一切都说得通了。米凯看见乌拉脸上出现另一种表情取代了疑惑，那是确定的表情。她垂下双目，因此当他走到她面前时，她的目光落在他的上腹部。

她低声说了句话，他几乎认不出她的声音："你收到了她的短信，但已经有点太迟了。"

卡翠娜把钥匙插进锁孔并转动，拉了拉门把，但门卡住了。

哈根踏上前去，大力摇动门板，打开了门。

一股湿热的霉味扑鼻而来。

"就是这里，"哈根说，"自从上次用过以后，这里就没人动过。"

卡翠娜先走进去，打开电灯。"欢迎来到卑尔根警区的奥斯陆分部办公室。"她拉长声调。

贝雅特走进门内："所以我们就是要躲在这里？"

日光灯放射出冰冷蓝光，洒在方形的水泥房间里，地上铺着灰蓝色油地毯，墙上空无一物。这个没有窗户的房间里摆着三套桌椅，桌上各有一台计算机。一张桌子上放着一台沾有褐色污渍的咖啡机和一个大水壶。

"我们被分配到的是警署地下室的办公室？"奥纳目瞪口呆，大声说道。

"正式说来，你们所在之地属于奥斯陆地区监狱，"哈根说，"外面走廊的正上方是停车场，顺着铁楼梯走上去，门外就是监狱接待处。"

美国作曲家乔治·格什温的《蓝色狂想曲》奏起了第一个音，像是在回答这句话似的。哈根拿出手机，卡翠娜回头望去，看见他的手机屏幕上显示出安东·米泰的名字。哈根按下"拒绝"键，把手机放回口袋。

"调查组要开会了，我先失陪。"他说。

哈根离去后，其余的人面面相觑。

"这里好热，"卡翠娜说，解开外套扣子，"可是我没看见里面有电暖器。"

"这是因为监狱锅炉就在隔壁，"侯勒姆笑道，把麂皮外套挂在椅背上，"我们都把这个房间叫作锅炉间。"

"所以你以前来过这里对不对？"奥纳松开领结。

"对，我们来过，当时我们的团队人更少，"他朝房内的桌子点了点头，"如你所见，只有三个人，最后还是把案子给破了。不过当时的负责人是哈利……"他瞥了卡翠娜一眼，"我不是故意要……"

"没关系，毕尔，"卡翠娜说，"我不是哈利，我也不是负责人。如果你们要正式向我报告，我是无所谓，这样哈根才可以撇清关系，可是我光处理自己的事就已经焦头烂额了，所以贝雅特才是老大，她既资深，又有管理经验。"

众人都朝贝雅特看去。贝雅特耸了耸肩："如果你们都希望我来领导，又有这个需要的话。"

"当然有需要。"卡翠娜说。

奥纳和侯勒曼都点了点头。

"那好，"贝雅特说，"我们就开始工作吧。这里收得到手机信号，又有网络，还有……咖啡杯。"她从咖啡机后方拿起一个白色杯子，读出上面用签字笔写的字，"汉克·威廉姆斯？"

"那是我的。"侯勒姆说。

贝雅特拿起另一个杯子："约翰·芬提？"

"那是哈利的。"

"好，那我们来分配工作。"贝雅特说，放下杯子，"卡翠娜？"

"我会继续监视网络，目前还是没发现瓦伦丁·耶尔森或犹大·约翰森的活动。一个人要很聪明才能避开电子仪器的耳目这么久，这更巩固了越狱的人不是犹大·约翰森的假设。犹大不算是警方的头号要犯，所以他不可能只为了逃避剩下几个月的刑期而让自己活得那么没有自由，以达到完全销声匿迹的目的。相较之下，瓦伦丁要担心的比较多。无论如何，他们之中只要有一个人活着，而且在电子世界里有一点动静，我都可以发现。"

"很好。毕尔？"

"我会研究瓦伦丁和犹大曾经涉及的案件，看能不能找到跟翠凡湖或马里达伦谷命案的关联，像是重复出现的名字，或之前被忽略的鉴识证据。我正在列出所有认识他们的人，说不定他们能帮助我们找人。目前我找过的人都愿意提供关于犹大·约翰森的信息，至于瓦伦丁·耶尔森……"

"他们噤若寒蝉？"

侯勒姆点了点头。

"史戴？"

"我也会研究瓦伦丁和犹大的案子，给他们做出心理侧写，评估是否可能为连续杀人犯。"

房间立刻陷入沉默。这是第一次有人讲出"连续杀人犯"这几个字。

"在这起案件中，连续杀人犯不过是个冰冷的专有名词，不是诊断结果，"奥纳犹疑一会儿，又说，"它只是说明这个人已经杀了不止一个人，而且还可能继续犯案，这样好吗？"

"好，"贝雅特说，"至于我，我会观看有关这些案件的所有监控录像，包括加油站、全天营业的商店、快速拍照亭。我已经看过两起杀警案的很多照片，但还没完全看完，另外还有原始命案的照片。"

"看来现在的工作就够我们做的了。"卡翠娜说。

"已经够了。"贝雅特说。

四人站着彼此对望。贝雅特举起上面写有"约翰·芬提"的杯子，做了个举杯姿势，然后放回到咖啡机后方。

13

"最近好吗？"乌拉说，靠在厨房料理台上。

"哦，好啊。"楚斯说，在椅子上坐立不安，从窄小的料理台上拿起咖啡，喝了一大口，用乌拉十分熟悉的眼神看着她。那眼神糅合了恐惧和饥渴、害羞和寻找、拒绝和恳求、反对和顺从。

乌拉立刻后悔答应楚斯来看她，但楚斯突然打电话来问房子怎么样，有没有什么地方需要修理，让她措手不及。他说他被停职了，整天不知道干吗，无事可做。没有，房子里没什么地方需要修理，乌拉说了谎。哦，是吗？那要不要喝杯咖啡，聊聊往事？乌拉说她不知道……但楚斯只是充耳不闻，说他刚好经过，如果能喝杯咖啡就太好了。于是她回答说好，有何不可？你就来吧，楚斯。

"我还是单身啊，你知道的，"楚斯说，"没认识什么人。"

"你会找到人的，一定会的。"她故意看了看时钟，考虑是不是要说她得去接小孩了，但即使像楚斯这样的单身汉也应该知道现在时间还太早。

"也许吧。"楚斯说，看着杯子，没有放下，反而又喝了一口。他惴惴不安，心想这个动作就像是要鼓起勇气。

"你应该知道，我一直都很喜欢你，乌拉。"

乌拉抓住料理台。

"所以如果你碰上麻烦，需要……呃，需要找人聊一聊，可以找我。"

乌拉眨了眨眼睛。她有没有听错？聊一聊？

"谢谢你，楚斯，"她说，"可是我已经有米凯了，不是吗？"

他缓缓放下杯子："对，当然，你已经有米凯了。"

"对了，我得开始给他和小孩做晚餐了。"

"对，当然，你在厨房给他做晚餐，他却……"楚斯打住话头。

"他却怎样，楚斯？"

"却在别的地方吃晚餐。"

"我不懂你的意思，楚斯。"

"我想你懂。听着，我是来帮你的，我一向以你的利益为优先，当然还有小孩的。小孩很重要。"

"我要给他们煮顿好吃的，这种全家晚餐很花时间，楚斯，所以……"

"乌拉，我想跟你说一件事。"

"不要，楚斯，请你不要说。"

"你对米凯那么好，可是你知道外面有多少女人跟他——"

"不要，楚斯！"

"可是——"

"请你现在就离开，楚斯。这阵子希望你不要再来我们家。"

乌拉站在料理台边，看着楚斯推开栅门，走到停在碎石道旁的车子。这条道路盘绕在这栋位于赫延哈尔的新屋周围。米凯说他会动用一些关系，打电话给几个议会人士，让这条路铺上柏油，但目前为止毫无消息。她听见楚斯按下遥控器，车子哔的一声打开门锁。她看着他坐上车子，看着他坐在驾驶座上一动也不动，看着远方。他的身体似乎抽动一下，接着他开始猛力捶打方向盘，打得连方向盘都歪了。这猛烈的暴力举动让身在远处的乌拉看了不禁发抖。米凯说过楚斯会暴怒，但她从不曾亲眼目睹。米凯还说如果楚斯没当警察，一定会成为罪犯。米凯假装自己很强悍时也说自己跟楚斯一样，但乌拉不相信他的话。米凯是那么正直，那么……有适应力。可是楚斯……楚斯这个人不一样，他比较阴暗。

楚斯·班森。单纯、天真、忠诚的楚斯。毫无疑问，乌拉怀疑过，但她不敢相信楚斯竟然这么有心机，这么有……想象力。

富丽饭店。

在富丽饭店发生的事是她人生中最痛苦的一刻。她不是没想过米凯可能有外遇，尤其是自从他不再跟她做爱以后，但原因可能会有很多种，比如杀警案的压力太大……可是伊莎贝尔·斯科延？大白天的出现在饭店里，而且一脸素颜？乌拉突然想到这整件事可能是设计好的，有人知道伊莎贝尔和米凯会在那里，就表示他们经常碰面。乌拉一想到这里就想吐。

米凯在她面前突然脸色发白，露出惊恐、罪恶的眼神，像是个偷苹果被逮个正着的小男孩。他是怎么办到的？这个不忠的下流胚子是怎么办到的？怎么能表现得这只是件需要他照拂的小事？他身为三个孩子的父亲，却践踏了他们所共同建立的美好一切。为什么他可以表现得像是他才是背负十字架的人？

"我会提早回家，"米凯轻声说，"到时候我们再来处理这件事，趁孩子还没……我跟议长约了四分钟后碰面。"他的眼角是否噙着泪水？这浑蛋是不是竟敢掉下眼泪？

米凯离开后，乌拉竟很快就打起精神。也许当一个人别无选择，也不可以崩溃时，就会有这种反应。她浑身麻木地拨打那个自称是鲁纳的人的电话，但没有人接。她又等了五分钟才离去。回到家后，她打电话给她认识的一个克里波女警，对方说这是个预付卡的手机号。问题是：谁会大费周章地骗她去富丽饭店，让她目睹这一切？难道是八卦报记者？心怀好意的女性友人？站在伊莎贝尔那边、想报复米凯的人？或者这人并不是要拆散米凯和伊莎贝尔，而是要拆散米凯跟她？这人痛恨米凯或她？或是这人爱她？这人认为只要她跟米凯之间出现裂痕，他就能乘虚而入？她知道只有一个人这么爱她。

当天稍晚她和米凯谈话时，并未提到她的怀疑。米凯显然以为她会出现在那里只是巧合，就像意外被雷打到，事情就这么巧地发生了，只能称之为命运。

米凯并未说谎，辩称他不是去饭店跟伊莎贝尔见面，这点她不得不佩服他。他没有那么笨。他说她不用特地叫他结束这段逢场作戏，他在伊莎贝尔离开饭店之前就已经把它结束了。他用的就是这四个字：逢场作戏。可能是刻意选择的，让这件事听起来微不足道、肮脏污秽，只要扫到地毯下就可以了。他用的如果是"婚外情"，就是另一回事了。米凯说他在饭店就已经"把它结束"时，她一个字也不相信，因为伊莎贝尔看起来太容光焕发了。但接下来米凯说的话确实是事实，那就是这个丑闻一旦宣扬出去，受伤的不只是他，还会波及她和他们的小孩。此外，这件事还会爆发在一个最敏感的时间点，因为议长找他去谈的是从政之事，而且还想邀他入党，他们考虑在不久的未来让米凯担任要职。米凯符合他们想找的候选人资格，他年轻、成功、企图心强、人气高。当然还有一关要过，那就是杀警案，一旦米凯侦破杀警案，他们就可以好好坐下来讨论关于未来的事，米凯认为这些安排将会让他在警界和政界发挥高度影响力。目前米凯还没做出决定，但这种丑闻肯定会让他失去这个机会。

当然这件事也会影响她和孩子，比起失去家庭，事业上的影响反而是小事。乌拉在米凯的自怜式说辞还没发展得过于夸张之前就打断了他的话。她说她已经思考过了，而她的盘算跟他一样，也顾虑到他的事业、他们的孩子、他们共同拥有的生活。她说她已经原谅他了，但他必须发誓以后再也不能跟伊莎贝尔联络，除了他身为警察署长必须参加的会议，且有其他人在场。米凯看起来像是有点失望，仿佛他已做好准备大战一场，不料碰上的却只是一场平淡无趣的小冲突，以一个不用让他付出太多代价的最后通牒作结。乌拉看着楚斯发动引擎，驾车离去。她没对米凯说出她的怀疑，也没有打算这样做。因为说了又能怎样？就算她的怀疑属实，那么当米凯违背诺言，暗中监视的楚斯同样会敲响警钟。

车子离去，住家恢复静谧，只有尘烟留在空中。这时一个念头出现在她脑际，这是个疯狂且完全令人难以接受的念头，但头脑可不太会过滤自己的念头。她想到她和楚斯，就在家里，就在卧室里。当然这只是为了报复。她立刻否决了这个念头。

落在风挡玻璃上犹如灰色痰液的冻雨被雨水所取代，而且是垂直落下的倾盆大雨。雨刷奋力和水幕搏斗。安东驾车慢速前进。四周一片漆黑，大雨又模糊了一切，让他有种酒后开车的感觉。他看了看这辆大众夏朗车上的时钟。三年前他们想买新车时，劳拉坚持要买七人座的车，他打趣说难道她计划组个大家庭吗？但他知道这只是因为她不希望出车祸时自己坐在小车里。安东也不希望车祸发生。这里的路他很熟，也知道晚上这个时候会有对面来车的概率很低，但他还是小心翼翼，不想冒险。

太阳穴的脉搏剧烈跳动，主要是因为二十分钟前他接到的一通电话，但也是因为他今天没喝咖啡。他看了那份验血报告之后就完全没心情喝咖啡了。不消说，没喝咖啡真是太蠢了。如今渴求咖啡因的血管大幅收缩，使得头痛持续发作，犹如砰砰作响的扰人背景音乐。他读过咖啡瘾头的戒断症状要两周才会消退。他想喝咖啡，也希望咖啡尝起来美味，美味得有如莫娜的薄荷味舌头，但现在他喝下去的咖啡尝起来恐怕都带有安眠药的苦涩余味。

他鼓起了勇气打给哈根，打算说出病人死亡那天他被人下药，而他昏睡期间有人进过病房，即使医生说病人死于自然因素，事实上也可能并非如此，因此他们最好再做一次更彻底的验尸。他打了两次电话，哈根都没接。他努力过了，尝试过了，而且他会再试一次，因为总有一天你会承受到后坐力，就像现在，惨事再度发生，又有人遭到杀害了。他踩下刹车，转了个弯，开上通往艾克沙加的碎石路，再度加速，并听见小石子打上挡泥板的声音。

这条路更阴暗，路面凹洞还有积水。午夜即将来临。第一次命案也是在这个时间发生的，地点在接近相邻的下埃伊克尔地区的交界处，本区一名警察首先到达现场，因为有民众报案说听见冲撞声，觉得可能是车子冲进了河里。原本这位警察未经许可便闯入相邻地区就已经够糟了，没想到他还开车辗过现场，破坏了潜在线索。

安东是在一个转弯处发现警棍的。那是勒内·卡尔纳斯遇害后第四天，安东终于有一天休假，但他心情烦躁，因此独自走进森林继续搜索，毕竟南布斯克吕警区可不是每天或每年都会发生命案。他离开搜索小组仔细搜查过的地区，就在一个转弯处后方的雪杉林底下发现那根警棍。就是在那里他做出了那个蠢决定，以至于毁了他的一切。他决定不回报这件事。可是为什么？首先，警棍的所在位置距离艾克沙加的命案现场有很大一段距离，不大可能跟命案有关。后来他被问到既然他认为那个地方太远应该跟命案无关，为什么还要去那里搜索？但当时他认为一根标准警棍只会给警方带来不必要且负面的关注。勒内身上的伤痕可能是任何沉重器具造成的，或是车子坠入崖边四十米深谷时在车内翻滚造成的。无论如何那根警棍都不是凶器。勒内遭人以九毫米手枪朝脸部射击，死因毫无疑义。

几周后，安东跟劳拉提及警棍之事，劳拉劝他回报此事，因为此事是否重要不该由他做主。于是他真的回报了。他去找长官，说出他的发现。"这是个严重误判。"警察署长如此说道。结果他利用休假时间去帮忙调查命案所得到的回报，是被调离现场勤务，留在办公室接电话。就这么一个失误，导致他失去了一切。而且是为了什么？虽然没人大声说出来，但大家都认为勒内是个冷血无耻的浑蛋，他不只欺骗陌生人，还会欺骗朋友，这种人从世界上消失会比较好。但这整件事最令人感到委屈的地方，是鉴识中心并未在警棍上找到任何跟命案有关的线索。安东被雪藏在办公室里三个月后，面对三种选择：发疯、辞职或调职。因此他打电话给老朋友兼同事哈根，并通过哈根的安排调到了奥斯陆警区。正式来说，哈根派给安东的职位算是降职，但起码安东在奥斯陆可以接触人群和歹徒，而且任何调职都比待在德拉门警局的陈腐氛围中要好。德拉门警局处处模仿奥斯陆，还把他们的小警局称为"警署",甚至连地址都有抄袭之嫌:格兰街三十六号,听起来跟奥斯陆警署坐落的格兰斯莱达街颇为相似。

安东驾车朝山崖边开去,一看见光线右脚就本能地踩下刹车。轮胎咬入碎石地面,车子停下。大雨如注,洒落在车子上,几乎把引擎声给淹没。二十米外的手电筒灯光压低了。车灯照亮橘白相间的封锁线和一件警用黄色背心,穿这件背心的人就是刚才放低手电筒的警察。那警察挥了挥手,示意再向前,于是安东驾车再往前开。封锁线后方正是当初勒内的车子飞下山崖之处,后来警方找来拖吊车,利用起重机和钢索把车子残骸往河川上游拖去,在一座废弃锯木厂那儿把残骸拖上岸,又费了九牛二虎之力才取出勒内的尸体,因为引擎被撞得凹陷在车头里,卡在臀部的高度。

安东按下车窗。湿润冷冽的夜风吹了进来,豆大的雨点打在窗框上,水珠喷溅到他的脖子上。

"那个……"安东说,"在哪里?"

他眨了眨眼,不确定自己有没有把句子说完。这感觉就像是时间跳过了一小段,或是剪接得很烂的电影,他搞不清楚究竟发生了什么事,只知道自己在其中缺席。他低头朝大腿看去,看着大腿上的玻璃碎片,又抬起头来,才发现风挡玻璃的上方位置被打破一个洞。他张开嘴巴,正想出声询问,就听见一个破空之声。他察觉到那是什么,想举起手臂,却已太迟,耳中随即听见咔嚓声响。他知道这声音来自自己的头部,某种东西应声碎裂。他举起手臂,大声惊叫,伸手握住排挡杆,想打到倒挡,但排挡杆也不动。一切都以慢动作进行。他想放开离合器,踩下油门,但这只会让车子往前冲,冲向山崖,飞进深谷,坠落四十米,落入河中。这简直是……这简直是……他摇晃排挡杆,用力一拉。雨声突然更清楚地传来,冰冷夜风吹袭身体的整个左半部。有人打开了车门。离合器。他的脚在哪里?这简直如出一辙。倒挡。有了。

米凯瞪着天花板，聆听天花板传来抚慰人心的落雨声。荷兰制屋瓦，保固四十年。他心想，不知道这份保固替厂商卖出了多少片屋瓦？反正应该足以支付那些无法支撑到四十年的屋瓦的保固费用。人类最希望得到的莫过于事物的永久保固。

乌拉的头靠在他胸膛上。

他们已经谈过了，谈了很久。记忆中这是他们第一次促膝长谈。乌拉哭了，但她流下的不是他所讨厌的痛苦眼泪，而是温柔的眼泪，这种眼泪带有的痛苦成分比较少，主要是关于失落，关于失去了某个原本拥有的东西，而且再也无法重新拥有。这眼泪告诉他，他们的关系中曾有过非常珍贵的东西，因此这损失价值连城。直到她落下眼泪，他才感觉到失去，仿佛他需要她的眼泪来让自己了解这点。他们除去了一直存在的帘幕，这帘幕把米凯的想法和米凯的感觉分隔开来。一如往常，她为他们两人而哭，也为他们两人而笑。

他想安慰她。米凯抚摸她的头发，让她的泪水沾湿昨天她为他熨的浅蓝色衬衫。然后他几乎是不小心地吻了她，或者这是个有意识的动作？也许纯粹是出于好奇？好奇她会有什么反应？年轻时他当警探也有同样的好奇心，当时他依照 FBI 探员英博、里德及巴克利所定出的九大侦讯步骤，按下对方的情绪按钮，只为了想看看对方会有什么反应。

起初乌拉对他的吻没有反应，她只是僵在原地，接着才温柔地给予回应。他很熟悉她的吻，但不熟悉这种犹豫的、试探的吻。接着他更饥渴地吻她，她也接受，还把他拉到床上，扯开他的衣服。黑暗之中，那个念头再度浮现在他的脑海：她不是他，她不是古斯托。还没钻进被窝，他的勃起就消退了。

他解释说自己只是太累了，脑袋里要想的东西太多，这情况太令人困惑，他的羞愧感太重，又赶紧补上说这跟那个女人一点关系也没有，而他也能告诉自己这番话绝对是真的。

他再度合上双眼，却难以入眠。他心中有股不安的情绪，最近这几个月他总是在这股不安中醒来。那是一种隐隐约约的感觉，觉得某种可怕的事似乎已经发生或即将发生，而且有一阵子他都希望这只是梦境所残留的感觉，只不过他一直记不起究竟做了什么梦。

某个东西促使他睁开眼睛。亮光，天花板上的白色亮光，从床头柜照射上去的亮光。他翻身看了看手机屏幕。他的手机调到静音，但总是开机。伊莎贝尔提出说他们不要在晚上传短信，他同意了，至于原因是什么他没问。而且他说他们有段时间不能再见面之后，伊莎贝尔看起来还挺能接受的，尽管他认为她应该明白他真正的意思，那就是"有段时间"这几个字必须删去。

米凯看到短信是楚斯传来的，不由得松了口气，随即却又愣了愣。楚斯可能是喝醉了吧？或是短信传错了人？这短信应该是要传给某个他没提过的女人吧？短信只有三个字：

祝好眠。

安东·米泰醒了过来。

他首先察觉到的是雨声，现在雨声只是风挡玻璃上的细语呢喃。接着他察觉到引擎已经熄火，头依然很痛，双手不能动。

他睁开眼睛。

车灯依然开着，照亮前方土地，光线穿过细雨射向黑暗，射向地面乍然消失之处。风挡玻璃上的雨水让他看不见峡谷另一侧的云杉林，但他知道云杉林就在那里。无人、寂静、隐蔽。当时警方没找到目击证人。和其他命案一样没找到目击证人。

他看了看双手。他的手之所以不能动是因为被塑料束带固定在方向盘上。如今这种塑料束带已完全取代传统手铐，只要把这种细长束带套在被捕者的手腕上拉紧，再强壮的嫌犯都无法挣脱。挣扎只会让束带割入肌肤，如果继续挣扎，束带甚至会切入骨头。

安东的双手抓着方向盘，手指却麻木无感。

"醒了？"这声音听起来异常耳熟，安东转头朝副驾驶座看去，看着全罩式头套下露出的一双眼睛。那头套跟戴尔塔特种部队使用的一样。

"把它放开吧，好吗？"

戴着手套的左手握住他们之间的手刹，拉起握把。安东喜欢老式手刹的摩擦声，可以让人感觉到机械、齿轮和链带的真实运作。这次手刹被拉起又放下时，只发出一声低语、一个嘎吱声。那是齿轮的声音。车子往前移动，但只移动了一两米就停止了。安东本能地踩下刹车踏板。由于引擎已经熄火，他必须踩得很用力才行。

"反应不错嘛，米泰。"

安东望向风挡玻璃外。说话声。这个说话声。他把脚抬起。车子发出有如干涩门铰链般的声音，再度向前滑行，他只好又踩下刹车，这次踩住不动。

车内灯亮起。

"你认为勒内知道自己就快死了吗？"

安东没有答话，只是瞥了一眼后视镜中的自己。至少他认为镜中那人是自己。他的脸满是发亮的鲜血，鼻子一边肿了，可能已经断了。

"知道自己就快死了是什么感觉，米泰？你可以告诉我吗？"

"为……为什么？"安东的响应是下意识的，其实他一点也不想知道为什么，他只知道自己很冷，很想逃脱，很想回到劳拉身边，跟她说话，被她拥抱，嗅闻她的芳香，感受她的体温。

"你还是没搞清楚吗，米泰？当然是因为你们没破案的关系。我要给你们第二次机会，让你们从先前的错误中学习。"

"学……学习？"

"你知道心理研究显示稍微负面的反馈可以提升一个人的表现吗？不是非常负面，也不是正面，只是有点负面。惩罚你们，一次只杀团队里的一个刑警，你说是不是就像一连串有点负面的反馈呢？"

轮胎发出吱吱声响，安东再度踩下踏板，看着山崖，觉得自己必须踩得更用力一点才行。

"那是因为刹车油的关系，"那人说，"我在管子上戳了一个洞，刹车油快漏光了，待会儿就算踩得再用力也没用。你觉得你坠落的时候能够反省吗？你会后悔自己做过的事情吗？"

"后悔什……"安东想继续往下说，嘴巴里却仿佛塞满面粉，说不出话。坠落。他可不想坠落。

"后悔拿起那支警棍，"那人说，"后悔没好好协助调查命案，不然现在这些事就不会发生在你身上了。"

安东觉得踩踏板这个动作等于是把刹车油给挤出去，踩得越用力，刹车油就漏得越快。他稍微放开踏板，轮胎底下的碎石立刻嘎吱作响。他心头一惊，伸长了腿，背抵座椅，用力把踏板踩到底。这辆车有两个独立的液压刹车系统，说不定被戳破的只有其中一个。

"你只要忏悔，你的罪就会得到赦免，米泰。耶稣是宽大的。"

"我……我忏悔。放我出去。"

一阵低笑。"米泰，我说的是等你上天堂以后的事，我可不是耶稣，你在我这里得不到原谅。"那人顿了一下，"还有，没错，两个刹车系统我都戳了洞。"

安东觉得自己似乎听见刹车油从底盘滴落到地上的声音，过了片刻才发现原来是鲜血从下巴滴到大腿上的声音。他就要死了。突然间这成了无可动摇的事实。一阵寒意流窜全身。他的身体变得更难以动弹，仿佛尸僵现象已开始发生。可是凶手为什么还坐在他旁边？

"你怕死，"那人说，"你的身体透露出来的，它正在散发一种味道，你有没有闻到？那是肾上腺素的味道，闻起来有药物和尿液的味道，这种味道在老人院和屠宰场都闻得到。这是凡人恐惧的气味。"

安东大口吸气，觉得这个空间的空气似乎不够两个人使用。

"至于我呢，我一点也不怕死，"那人说，"是不是很奇怪？一个人居然可以失去怕死这种非常基本的人性反应。当然了，怕死有一部分跟活下去的渴望有关，但也只是一部分而已。很多人只是害怕做出不同的选择，因为另一种选择说不定更糟，所以他们一直待在不喜欢的地方，你说这样是不是很可悲？"

安东觉得自己快窒息了。他本身没有哮喘，但他看过劳拉哮喘发作的样子，也看过她脸上那种绝望与乞求的神情，而他却只能爱莫能助地待在一旁看着她惊慌失措地想吸进更多空气。他心中有一部分却相当好奇，想知道那是什么感觉，想感受处于濒死边缘的感觉，感受自己完全无能为力，只能任凭这件事发生在自己身上的感觉。

如今他终于知道了。

"我相信死亡能带你去一个更好的地方，"那人以咏叹的声调说，"可是现在我还不能跟你一起去，安东，因为我还有工作要做。"

安东再度听见碎石嘎吱声，犹如嘶哑的说话声，正在说出一个句子，而且只会越说越快。刹车踏板已无法再往下踩，它已经被踩到了底。

"再见。"

副驾驶座的车门打开，安东感到一阵寒风吹来。

"那个病人。"安东呻吟说。

他看着山崖，一切消失之处，感觉那人在副驾驶座上转头朝他望来。

"哪个病人？"

安东伸出舌头舔了舔上唇，舔到某种尝起来有甜甜金属味的液体，又舔了舔嘴唇内侧，从喉间逼出声音："国立医院的那个病人，他被杀害之前我被下了药，是不是你干的？"

车内一阵静默。安东聆听雨声。这时在他耳中听来，车外黑夜中的雨声是世界上最美妙的声音。如果可以选择，他愿意坐在这里聆听这落雨声，日复一日、年复一年，就只是静静聆听，享受他被赐予生命的每一秒钟。

旁边那人移动。安东感觉车子向上抬升，那人的重量离开了车子，车门轻轻关上。车上只剩下他一个人。车子开始滑动。轮胎在碎石地面上缓缓转动的声音宛如嘶哑的低语。手刹。手刹距离他的右手只有五十厘米。他努力想挣脱塑料束带，连肌肤磨破的疼痛都感觉不到。嘶哑低语的声音越来越大、越来越快。他知道自己太高太僵硬，无法把脚够到手刹下方，因此他俯下身子，张嘴咬住手刹，感觉握把抵住上排牙齿的内侧，再用力拽。嘴巴滑开了。再试一次。虽然心知已经太迟，但他宁愿自己是在奋力求生中死去。他扭动身体，再次咬住握把。

突然间，一切都静止了。嘶哑低语不见了，雨也突然停了。不对，雨没停，而是他正在坠落，全身都处于无重力状态，宛如跳一支华尔兹慢板舞曲般缓缓转动，就像那次他和劳拉共舞，其他人都在一旁观看一样。他依着身体的轴心旋转，轻摇慢摆，踏着一、二、三拍的舞步，只不过这次他是一人独舞。他在这诡异的寂静中坠落，伴随着雨珠一同落下。

14

　　劳拉·米泰看着他们。她来到十一号公园的前侧时，正好接到他们的电话，而这时她穿着睡袍，双臂交抱，全身冻得僵硬。第一道曙光投射在波光粼粼的德拉门河上。一个念头闪现脑际，有一刹那她仿佛不在此地，听不见他们的声音，也看不见任何东西，只看见他们后方的河流。有一刹那，她只是思索着安东从来都不是她的真命天子，她不曾遇到过真命天子，或至少不曾留住过。而她唯一留住的安东，在他们结婚那年就在外面偷吃。她从未跟安东说她早就发现这件事，因为她经不起那么大的损失。现在安东可能又有了外遇对象，因为当他搬出那堆老套说辞时，脸上又出现那种强调发生这种事很正常的夸张表情，像是长官硬要他加班、回家路上大堵车、电池没电所以手机关机。

　　对方一共是两个人，一男一女，身上穿的制服都洁净平整，仿佛刚从衣柜里拿出来穿上。他们表情严肃，眼神近乎畏惧，称呼她为"米泰太太"。没有人这样叫过她，她也不喜欢人家这样叫他。米泰是安东的姓氏，冠上这个夫姓她曾后悔过无数次。

　　他们咳了一声，显然有话要对她说，那到底还在等什么？她早就已经知道了，他们要说的话早就已经写在悲痛过火的愚蠢表情上了。她怒火中烧，愤怒到可以感觉自己的脸孔正在扭曲，扭曲成一个她不想成为的人，而这个人也被迫必须在这喜剧般的悲剧中轧上一脚。他们说了些话，是说什么来着？用的是挪威语吗？怎么她一个字都听不懂？

　　她从不想拥有一个真命天子，也从不想冠上他的姓氏。

　　直到现在。

15

　　那辆黑色大众夏朗缓缓转动，朝蓝色天际上升。卡翠娜心想，看起来好像慢动作升空的火箭。这艘火箭留下的航行轨迹不是由火与烟构成，而是由车门和后车厢流出的水所构成，这些水集结为水珠，在阳光下闪闪发光，落入河中。

　　"上次我们也是在这里把车子拖出来的。"当地警察说。

　　众人站在废弃锯木厂旁。工厂墙上的红漆斑驳剥落，小窗户的窗框破烂损坏。枯黄的草地铺在地上宛如希特勒的刘海。昨晚经过雨水梳理，青草全都倒向同一个方向。阴影底下还留着一堆堆灰色泥雪。一只太早移栖回来而注定殒命的鸟儿高唱乐观的曲调，河水发出心满意足的汩汩声响。

　　"可是这辆车卡在两块岩石之间，所以把它吊起来会比较容易。"

　　卡翠娜的目光顺着河流往下游望去。锯木厂再过去一点有座河堤，水流穿行在灰色巨石之间，车子就是卡在那里。她看见散落的玻璃碎片反射着阳光，目光被一片垂直岩面吸引过去。那是德拉门花岗岩，显然河堤是特地采用这种岩材来制造的。她看了看吊车尾部和高高突出于崖际的黄色起重杆，希望有人正确计算了起重杆的承重比。

　　"既然你们是警探，为什么没跟其他人一起上去？"警察说，他仔细查看证件，放他们穿过封锁线。

　　卡翠娜耸了耸肩，她不能说其实他们是来暗中执行任务的，他们四人并未得到正式许可，因此必须避开正式的调查团队。

　　"从这里就看得到我们要查看的东西，"贝雅特说，"谢谢你让我们进来。"

"没问题。"

卡翠娜关上 iPad，这台 iPad 依然登录在挪威监狱的网站上。她快步跟上贝雅特和奥纳，他们已穿过封锁线，朝侯勒姆的四十多年老车沃尔沃亚马逊走去。侯勒姆从坡顶的陡峭碎石路漫步而下，在这辆亚马逊前跟他们会合。这辆老车没有空调，没有安全气囊，也没有中控锁。引擎盖、车顶和车尾有两条格状赛车花纹。卡翠娜看侯勒姆气喘吁吁的样子，估计他应该通不过警大学院的入学考试。

"怎么样？"贝雅特问。

"脸部有部分毁损，但他们认为尸体可能是安东·米泰。"侯勒姆说，脱下雷鬼帽，擦去圆脸上的汗珠。

"米泰，"贝雅特说，"原来是他。"

其他人转头朝她看去。

"他是本地警察，那天去马里达伦谷接替西蒙，你还记得吗，毕尔？"

"不记得。"侯勒姆说，脸上没有一丝羞愧神色。卡翠娜心想他应该早就习惯他的长官是火星人。

"他以前属于德拉门警区，而且他跟先前发生在这里的命案调查工作略有交集。"

卡翠娜摇了摇头，惊叹不已。贝雅特一接到消息说有辆车栽进河里，而且车牌出现在警察工作志上之后，立刻就命令众人前往德拉门，因为她记得几年前勒内·卡尔纳斯就是在这个地方遭到杀害的。这是一回事。但贝雅特竟然记得一名德拉门警察跟调查工作略有交集，那就是另一回事了。

"我会这么快想起他，是因为当时他捅了个大娄子，"贝雅特说，显然她注意到卡翠娜摇头的动作，"他发现一根警棍却没回报，因为他怕那根警棍可能代表警察涉案。他们有没有提到可能的死因？"

"没有，"侯勒姆说，"从断崖上摔下去就可以置他于死地。手刹插进了他的嘴巴，再从后脑穿出。但他脸上有淤青，显示生前遭人殴打。"

"他有可能自己开车冲下山崖吗？"卡翠娜问说。

"有可能，可是他的双手被缆线束带绑在方向盘上，地上没有刹车痕迹，车子撞上靠近崖边的岩石，所以速度不可能太快，一定只是滑下来而已。"

"手刹穿过嘴巴？"贝雅特眉头一蹙，说，"怎么会发生这种事？"

"他的双手被绑住，车子滑向崖边，"卡翠娜说，"所以他应该是想用嘴巴拉起手刹。"

"可能吧。反正他是警察，又在过去的命案现场遭到杀害。"

"而且是警方没破的悬案。"侯勒姆补上一句。

"没错，可是那起命案跟马里达伦谷和翠凡湖的少女命案有许多显著差别。"贝雅特说，挥动手中的报告。这些报告是他们离开地下办公室前匆匆打印出来的。"勒内·卡尔纳斯是男人，身上没有性侵迹象。"

"还有一个更显著的差别。"卡翠娜说。

"哦？"

她拍了拍夹在腋下的 iPad："我在来这里的路上查过罪犯记录和囚犯名单，勒内·卡尔纳斯遭到杀害时，瓦伦丁·耶尔森正在伊拉监狱服短刑。"

"该死！"侯勒姆说。

"好了好了，"贝雅特说，"这也不能排除瓦伦丁，说他不是杀害安东·米泰的凶手。也许他在这里打破了作案模式，无论如何凶手依然是个疯子。史戴，你说是不是？"

三人都转头望向刚才一直异常安静的奥纳。卡翠娜注意到这个胖男子的脸色异常苍白，他倚在那辆亚马逊的车门上，胸口上下起伏。

"史戴？"贝雅特又叫了他一声。

"抱歉，"他说，勉强挤出一丝笑容，"那个手刹……"

"你会习惯的，"贝雅特说，同样不成功地企图掩饰她的不耐烦，"这是不是我们要找的警察杀手？"

奥纳直起身子："连续杀人犯是可能打破作案模式的，如果你问的是这个。我不认为这是另一个凶手干的，只是模仿上一个……呃，警察杀手的犯案手法。以前哈利常说，连续杀人犯就像一头白鲸，所以我们可以说，连续杀警犯就像一头身上有粉红圆点的白鲸，不可能有第二只。"

"所以大家都同意这是同一个凶手干的喽？"贝雅特说，"可是这么一来，瓦伦丁正在服刑这件事就推翻了我们认为是他故地重游、在过去的命案现场杀人的假设。"

"话虽这么说，"侯勒姆说，"但只有这件案子是完全复制前一宗命案的手法，死者脸部遭受重击，车子坠落河谷。这一定具有某种含意。"

"史戴？"

"说不定这表示凶手觉得自己的技术越来越纯熟，想借由完全复制命案手法来让自己的技术臻于完美。"

"别这样说，"卡翠娜斥道，"你把他说得好像艺术家一样了。"

"真的吗？"奥纳说，用疑惑的目光看着她。

"隆恩！"

众人转头望去，只见坡顶走来一名男子，身上的夏威夷花衬衫不断飘动，肚腩和鬈发不停抖动。他的步行速度快只是因为坡度陡，而不是因为体力好。

"我们快走吧。"贝雅特说。

四人挤上那辆亚马逊，侯勒姆转动钥匙却发不动引擎，转到第三次时，一根干瘦的食指敲了敲贝雅特前方的车窗。

她低低咕哝一声，摇下车窗。

"罗杰·钱登，"她说，"《晚邮报》是不是有问题要我回答'不予置评'呢？"

"这是第三件警察遭杀害的命案了，"夏威夷衬衫男子不停喘息。卡翠娜可以确定侯勒姆终于碰到一个体能比他还差的人了。"你们有发现任何线索吗？"

贝雅特微微一笑。

"不——予——置……"罗杰故意这样说，同时假装记在笔记本上，"我们一直竖起耳朵，收集小道消息。有个修车厂老板说昨天晚上很晚的时候，米泰去他那里加油。他觉得米泰是独自一人，这是不是表示……"

"不予……"

"……置评。我想你们的署长应该会叫你们从今以后手枪一定要装子弹吧？"

贝雅特挑起一眉："什么意思？"

"米泰的手枪放在置物箱里，"罗杰弯下了腰，一脸狐疑，想看看他们是不是真的连这点基本信息都不知道，"但里面没装子弹，虽然旁边就放着一盒。如果他的枪装了子弹，说不定就可以救他一命。"

"你知道吗，钱登？"贝雅特说，"我只要回答一次就够了，后面的答案都可以写'同前所述'。我希望你不要跟别人说在这里遇见我们。"

"什么？"

引擎咆哮一声，醒了过来。

"祝你有美好的一天，钱登。"贝雅特摇上车窗，但摇得不够快，无法挡住下一道问题。

"你怀念那个人吗？"

侯勒姆放开离合器。

卡翠娜看着后照镜中罗杰的身影越缩越小。

但她还是等车子经过里耶托本购物中心以后，才说出大家心里想的话。

"钱登说得没错。"

"对，"贝雅特叹了口气，"可是他已经离开了，卡翠娜。"

"我知道，但我们总得试试看啊！"

"试什么？"侯勒姆问，"把已经宣告死亡的人从坟墓里挖出来吗？"

卡翠娜看着公路旁向后倒退的雄伟巨树，心想自己曾搭乘警用直升机飞越这片挪威人口最密集的地区，并发现即使是这里也还是有大片大片的森林和荒野。这些是人们不会去的地方，是可供躲藏的地方。夜晚的房子在这里看起来只是小点，公路只是穿过深邃黑暗的细线，根本不可能看清楚一切，你必须能够嗅闻、聆听和了解。

　　车子快到亚斯克市了，车内是一片滞闷的寂静，即使卡翠娜已给出回答，大家都还忘不了那个问句。

　　"对。"她答道。

16

卡翠娜·布莱特穿过新堡大楼前的广场,这栋大楼是挪威学生协会的总部。她记得这里举办过很棒的派对、很酷的音乐会和热烈的辩论活动。他们就是在这些活动之间通过了考试。

她惊讶地发现自从她不在这里出没之后,这里的穿衣方式仍没多大改变:T恤、垮裤、书呆眼镜、复古羽绒外套和复古军外套。这些人用安全的穿衣风格来掩饰不安全感,将自己打扮得像是朝上流精英前进的"聪明鬼",害怕在社会上和职场上失败。无论如何,这些人都很庆幸自己不是广场另一头的可怜乞丐,而卡翠娜正朝那个方向走去。

有些学生走出有如监狱栅门的校园大门,朝她走来。他们身穿黑色警察制服,不管多合身,制服永远看起来都有点太大。她远远就看得出谁是一年级生,他们看起来就像是杵在制服中间,帽舌总是压得太低,不是为了隐藏自己的不安全感,就是为了躲避轻蔑甚至同情的眼神,这些眼神来自广场上正宗的学生,来自这些自由独立、爱批评社会、懂得思考的知识分子。这些学生留着油腻腻的长发,喜滋滋地躺在台阶上晒太阳,嘴里抽着烟。他们都知道警校生晓得他们抽的可能是大麻烟。

因为他们是真正的年轻人,是社会的精华,拥有犯错的权利,人生的选择仍在未来等着他们,而非已成过去。

也许有这种感觉的只有卡翠娜一个人,当时她只想大叫说他们根本不认识她,不知道她为什么选择当警察,不知道这辈子她选择要做什么。

老警卫卡斯滕·卡斯佩森依然站在门内的警卫室里,但似乎已不记得卡翠娜了,他只是查看她的证件,点了点头。卡翠娜穿过走廊,经过一间教室,又经过命案现场室。命案现场室装潢得像间公寓，里面有隔间，还有楼座，好让同学观看彼此如何进行搜索、寻找线索、解读事件发生经过。接着是健身房，里面铺着训练垫，弥漫着汗水的气味。学生就是在这里练习摔跤和上手铐。到了走廊尽头，她悄悄走进二号阶梯教室，里面正在上课，因此她静静走到后排一个空位坐下，动作很轻。前方两个女生正在窃窃私语，聊得非常起劲，根本没注意到她。

"我跟你说，她好变态哦，还在套房墙壁上贴了他的照片呢。"

"真的吗？"

"是我亲眼看到的。"

"天哪，他又老又丑的。"

"是吗？"

"难道你瞎了啊？"她朝站在黑板前的讲师点了点头。讲师背对学生，正在黑板上写字。

"动机！"讲师转过身来，说出他在黑板上写下的字，"对拥有正常情感反应、懂得理性思考的人来说，杀人所必须付出的心理代价非常高，因此背后一定有个强而有力的杀人动机。强而有力的杀人动机通常会比凶器、目击证人或刑事鉴识证据更容易也更快被找到，而这个动机会直接指向可疑嫌犯。这就是为什么每位刑警都必须从'为什么'这个问题开始着手。"

讲师顿了顿，扫视学生。卡翠娜心想，他有点像绕来绕去、将羊群聚集在一起的牧羊犬。

讲师比出食指："简单来说，找到动机，就等于找到凶手。"

卡翠娜不觉得他丑。当然他称不上迷人，不符合一般人对于"迷人"的定义，而比较偏向于英国人所谓"后天培养的品位"。他的嗓音依然低沉温厚，带有一点沧桑的嘶哑，吸引的不只是年轻的学生粉丝。

"什么事？"讲师迟疑片刻，才把发言权交给一个举手的女学生。

"既然像你这么优秀的警探，只要问几个问题，做几个排除法就能破案，那为什么还需要那么多成本高昂的刑事鉴识人员？"

女学生的口气里没有明显的讽刺意味，只带有一种近乎孩子气的真诚，再加上轻快的口音，显示她一定是北方人。

卡翠娜看见讲师脸上掠过些许情感波动，包括尴尬、认命和厌烦，并随即打起精神，回答说："这是因为要找出到底谁是犯人，证据永远都不嫌多，西莉亚。十年前奥斯陆发生过一连串银行抢劫案，当时抢劫案组有位女警只是根据抢匪戴头罩的脸孔形状，就能辨认出对方的身份。"

"贝雅特·隆恩，"那位叫西莉亚的女学生说，"现在她是鉴识中心主任。"

"没错，也因为这样，抢劫案组有八成概率可以认出监控录像中戴头罩的劫匪是谁，可是他们却苦无证据。警探把人认出来不能算是证据，无论这位警探有多么优秀都不行。今天我提出了很多简化过的论点，现在我再提出最后一个：光找出'为什么'并没有用，除非我们也找出'怎么干的'，反之亦然。现在我们在查案过程中又往前推进了一点，接下来福尔克斯塔德会为你们讲解刑事鉴识调查工作。"他看了看表，"下次我们会再深入探讨犯罪动机，不过有个问题先让大家动脑想一想：为什么人会杀害彼此？"

讲师再度扫视台下学生，脸上露出鼓励的表情。卡翠娜看见这位讲师除了脸上有一道宛如水道般从嘴角划到耳际的疤痕，身上还多了两处新疤痕。一处在脖子上，看起来像是刀子刺出来的，另一处是弹疤，位于头部侧边，与眉齐高。除了疤痕之外，他看起来比她上次见到他时气色要好多了。他一米九二的身形看起来高大灵活，金色平头上依然看不见一根白发。此外她还看见他 T 恤底下的体态，显然已长了不少肉回来。最重要的是，他的双眼流露出生命力，那种高度警觉、精力旺盛、近乎狂热的神态又回来了。她还在他脸上看见笑纹，在他身上看见健谈的身体语言，这些都是她以前没在他身上看过的，让人觉得现在他应该过得很好。倘若这是真的，那么对他来说这还是人生头一遭。

"因为可以从中获得利益。"一名男同学答道。

讲师亲切地点了点头："通常一定会这样想对不对？可是为了利益而杀人其实没有那么常见，维德勒。"

一个带有孙默勒地区口音的声音喊道："那是因为他们痛恨彼此吗？"

"埃林说的是激情犯罪，"讲师说，"像是嫉妒、厌弃、复仇。是的，这绝对可以成为动机。还有吗？"

"因为他们精神错乱。"一个高大驼背的男同学说。

"那不叫精神错乱，罗伯特。"刚才那位女同学又说话了，卡翠娜只看见她坐在前排，后脑勺扎着金发马尾，"那叫作——"

"没关系，我们都明白他的意思，西莉亚。"讲师在办公桌前坐下，伸长双腿，交叠双臂，盖住 T 恤上格拉斯哥乐队的标志，"我个人是觉得'精神错乱'这个词很棒，但它并不是个常见的杀人理由。当然有人认为杀人这个行为本身就是精神失常的证据，但其实大部分的凶手都是理性的。寻求物质上的利益是理性的，寻求情绪上的解脱同样也是理性的，因为凶手多少认为把人杀了，就能减轻来自仇恨、恐惧、嫉妒和羞辱的强烈情绪。"

"既然凶手都那么理性……"第一个发言的男同学说，"那你能不能跟我们说你遇到过多少个杀人以后觉得满足的凶手呢？"

卡翠娜心想，这小子应该是班上的聪明鬼。

"很少，"讲师说，"但即使杀人以后觉得失望，也并不代表这是个不理性的行为，只要凶手相信自己通过杀人可以得到解脱，它就是个理性的选择。不过复仇在想象中总是比较甜美，由妒生怒的驱动力在杀人之后会转变为后悔，连续杀人犯在细心计划后所得到的总是反高潮，所以他只好继续尝试。简而言之……"他站了起来，回到黑板前，"就杀人来说，有个东西凶手总是无法从中得到。下堂课我希望每个人都想出一个会驱动你去杀人的动机，我可不要你们讲出什么政治正确的狗屁答案，我要你们去检视内心深处最阴暗的角落。呃，也许比较阴暗的角落就可以了。然后我要你们去读奥纳写的关于杀人犯个性和侧写的论文，好吗？还有，是的，我会问你们问题,检查你们的进度。所以你们最好战战兢兢,做好准备。好了,下课吧。"

椅子纷纷被推开,教室里一阵嘈杂。

卡翠娜留在座位上,看着学生从她身旁离开,最后教室里只剩下三个人,包括她、正在擦黑板的讲师以及那个绑马尾的女同学。女同学站在讲师背后,双腿并立,笔记本夹在腋下。卡翠娜看得出她身形苗条,说话的声音也跟刚才在班上发言不同。

"你认为你在澳大利亚逮到的那个连环杀手,他在杀了那些女人以后有得到满足吗?"这是小女生装模作样的声音,像是想取得父亲的欢心。

"西莉亚……"

"我的意思是说,他强暴了她们,这样应该感觉很好吧?"

"你先回去读论文,下堂课再来讨论好吗?"

"好。"

她还是留在原地,双脚踮起又落下。卡翠娜心想,像是在踮脚做伸展,等对方采取行动。讲师整理讲义,放进真皮手提箱,不去注意她。最后她旋转脚跟,朝出口爬上楼梯,一看见卡翠娜就慢下脚步,打量了她一眼,然后快步离去。

"嘿,哈利。"卡翠娜静静地说。

"嘿,卡翠娜。"讲师说,头也没抬。

"你气色很好。"

"你也是。"他说,拉上手提箱的拉链。

"你有看见我来吗?"

"我有感觉到你来。"他抬起头来,微微一笑。每次他露出笑容,卡翠娜都讶异于他的脸竟然可以出现那么大的变化,笑容可以扫去他脸上辛苦、轻蔑和疲惫的表情,这些表情他挂在脸上就像穿了件破烂外套一样。而且突然间他看起来就像是个充满玩心的大男孩,满脸阳光,宛如卑尔根艳阳高照的七月天，令人期待，却罕见又短暂。

"这是什么意思。"

"意思就是说我大概猜到你会来。"

"哦，是吗？"

"是的，然后答案是不行。"他把手提箱夹在腋下，跨出四个大步爬上阶梯，抱了抱她。

她紧紧抱住他，吸入他的气息："什么不行，哈利？"

"不行，你不能拥有我，"他在她耳畔低语，"不过这你应该早就知道了吧？"

"嘿！"她说，试图挣脱他的拥抱，"要不是因为那个丑八怪小姐，我不到五分钟就可以让你拜倒在我的石榴裙下了，阳光男孩。而且我可从来没说过你有那么好看哦。"

哈利哈哈大笑，放开了她。卡翠娜发现自己心想他可以再抱久一点的。她一直都搞不清楚自己是不是真的喜欢哈利，也许是因为这件事太不实际了，因此她一直不让自己去搞清楚。后来随着时间流逝，这件事就变成了一个笑话，她的心意也变得越来越模糊不清。再说哈利又跟萝凯复合了。丑八怪小姐是卡翠娜给萝凯取的绰号，哈利也容许卡翠娜这样叫她，因为这绰号实在跟萝凯扯不上边，反而只是凸显她的美丽有多让卡翠娜觉得刺眼而已。

哈利摸了摸没刮干净的下巴。"嗯，如果你想要的不是我这副令人难以抗拒的胴体，那一定是……"他竖起食指，"因为我有个聪明绝顶的头脑。"

"这几年来你的幽默感还是没长进。"

"而且答案依然是不行，你应该也很清楚。"

"你有办公室吗？我们可以去办公室聊吗？"

"我有办公室，但那里不是讨论我要不要帮你们调查那起命案的好地方。"

"是好几起命案。"

"据我所知是一起。"

"很引人入胜对不对？"

"少来这套。那种生活我已经过够了，你很清楚。"

"哈利，这件案子需要你，你也需要它。"

这次哈利脸上的笑意并未到达眼角："我需要命案就跟我需要酒精一样，卡翠娜。抱歉，你去找别人可以节省一点时间。"

卡翠娜看着哈利，心想他毫不迟疑地就把酒精拿来跟命案相比，这也让她觉得自己怀疑的果然没错，哈利只是害怕而已，他害怕命案跟喝酒所造成的影响是一样的，一旦喝上一口他就停不下来，直到自己被吞噬殆尽。一时间卡翠娜受到良心谴责，就像毒贩不由自主地被自我厌恶的感觉攻击一样。但她开始回想命案现场，回想安东·米泰破碎的头骨。

"你是无可取代的，哈利。"

"我可以介绍几个人给你，"哈利说，"我去FBI上课的时候认识一个人，我可以打电话给——"

"哈利……"卡翠娜挽住他的手臂，领着他朝门口走去，"你办公室里有咖啡吗？"

"有，可是我刚才说过——"

"不提命案了，我们来叙叙旧吧。"

"你有时间吗？"

"我也需要消遣一下。"

哈利看着她，张口欲言，又改变心意，点了点头说："好吧。"

他们爬上楼梯，穿过走廊，朝办公室走去。

"看来你把奥纳的心理学那套偷渡到了课堂上。"卡翠娜说。一如往常，她必须小跑步才跟得上哈利的脚步。

"我尽可能多偷渡，毕竟他是最棒的。"

"就像'精神错乱'是少数同时具备精准、诗意和直观理解这些特质的医学名词，可是精准的名词总是会被当成垃圾，因为愚蠢的专业人士认为模糊的语言对病人是最好的。"

"没错。"哈利说。

"这就是为什么我已经不是狂躁，也不是狂躁抑郁症，也不是边缘型人格疾患，而是第二型躁郁症。"

"第二型？"

"你听得懂吗？为什么奥纳不教书？我以为他喜欢教书。"

"他想要更好、更简单的生活，希望能跟家人共度更多高质量的时光。这是个明智的抉择。"

卡翠娜看着他："你应该劝他来教书的，社会不应该浪费人才，尤其是在这么需要人才的领域里，你同意吗？"

哈利轻声一笑："你就是不肯放弃对不对？我觉得这里需要我，卡翠娜。而且警院绝对不会去找奥纳，因为他们希望任用更多制服讲师，而不是老百姓。"

"但你穿的是便服。"

"这就是重点所在，我已经不属于警界了，卡翠娜。这是我的选择。这表示现在我跟你已经属于不同的世界。"

"你太阳穴的那个疤痕是怎么来的？"她问道，并注意到哈利微微一惊。他还没回答，走廊上就传来一个洪亮的声音。

"哈利！"

两人停步转身，只见一扇门里走出一个矮小魁梧、留着一脸红胡子的男子。男子踏着左摇右晃的脚步朝他们走来。卡翠娜跟着哈利朝那名年长男子走去。

"你有访客啊。"双方还没到达正常的说话距离，男子就高声说道。

"对啊，"哈利说，"这位是卡翠娜·布莱特，这位是阿诺尔·福尔克斯塔德。"

"我的意思是说你办公室里有访客。"阿诺尔说，他停下脚步，深呼吸几口气，才向卡翠娜伸出布满雀斑的大手。

"阿诺尔跟我一起上命案调查这门课。"哈利说。

"他负责这门科目比较有趣的地方，所以他的人气比我高，"阿诺尔高声说，"我却得用方法论、刑事鉴识、伦理道德和法规把学生拉回地面。这世界真不公平。"

"从另一方面来看，阿诺尔比较懂得教学方法。"哈利说。

"反正这些小兔崽子也算有进步。"阿诺尔得意地咯咯笑着说。

哈利蹙起眉头："你说的这个访客该不会是……"

"放心，不是西莉亚·格拉夫森小姐，只是几个老同事，我给他们端上咖啡了。"

哈利用锐利的目光看了看卡翠娜，接着他一转身，大步朝门口走去。卡翠娜和阿诺尔望着哈利离去的背影。

"呃，我说错什么了吗？"阿诺尔讶异地问。

"我知道这可以被解读为一个钳形攻势的策略。"贝雅特说，拿起咖啡杯凑到嘴边。

"你的意思是说这不是钳形攻势喽？"哈利说，靠上椅背往后推，尽量利用这个小办公室的空间。办公桌另一头，越过堆得老高的一沓沓纸张，贝雅特、侯勒姆和卡翠娜挨挨挤挤地坐在椅子上。众人已寒暄完毕，也握了手，但并未拥抱。他们并未笨拙地去试图闲聊，因为哈利不是这种人，他是那种喜欢开门见山的人，另外他们当然也知道哈利早已料到他们为何而来。

贝雅特喝了口咖啡，果然立刻做个苦脸，露出不认同的表情，放下杯子。

"我知道你已经决定不再碰命案调查的工作了，"贝雅特说，"我也知道你比大多数的人都有更正当的理由，但问题是，不知道你愿不愿意破例一次？毕竟你是署里唯一的连环杀人案专家。国家在你身上投资了很多钱，派你去 FBI 接受训练——"

"——这些钱我已经用血汗和泪水偿还了，"哈利插嘴说，"而且不只是我自己的鲜血和泪水。"

"我没忘记萝凯和欧雷克最后被卷进雪人案的火线，可是——"

"答案是不要，"哈利说，"我答应过萝凯，我们都不会再回到过去那种生活，而且这次我决定遵守诺言。"

"欧雷克怎么样了？"贝雅特问。

"好多了，"哈利说，用机警的眼神看着她，"你也知道，现在他在瑞士的戒毒诊所。"

"很高兴知道这件事，而且萝凯在日内瓦找到了工作？"

"对。"

"她在日内瓦和奥斯陆这两个地方往返？"

"四天在日内瓦，三天在奥斯陆。欧雷克有妈妈陪在身边比较好。"

"这我可以理解，"贝雅特说，"所以说，他们在那里等于远离了所有火线，对不对？其他时候你一个人在这里，想做什么都可以。"

哈利静静笑了笑："亲爱的贝雅特，可能我说得不够清楚，这就是我要的生活，我想教书，我想把知识传递下去。"

"史戴·奥纳也在我们的团队里。"卡翠娜说。

"对他来说很好啊，"哈利说，"对你们也很好。他对连环杀人案的了解跟我一样多。"

"你确定他不是了解得比我多？"卡翠娜说，嘴角泛着一丝微笑，挑起一边眉毛。

哈利大笑："有你的，卡翠娜。好吧，他了解得比我多。"

"天哪，"卡翠娜说，"你的竞争心跑到哪里去了？"

"你们三个人跟史戴·奥纳的组合，对这件案子来说是最好的开始了。我还有课要上，所以……"

卡翠娜缓缓摇头："你到底是怎么了，哈利？"

"好事啊，"哈利说，"好事发生在我的身上。"

"信息收到，了解，"贝雅特说，站了起来，"但我还是想问问你，我们可不可以偶尔来征询你的意见？"

她看见哈利即将摇头。"请不要拒绝，"她赶紧又说，"我晚点打给你。"

三分钟后，哈利大步穿过走廊，朝阶梯教室走去。学生已坐在教室里准备上课。这时贝雅特突然想到，这也许是真的，也许一个女人的爱真的可以拯救一个男人。在这种情况下，她怀疑另一个女人的责任感是否真的可能让他回心转意，重回地狱的怀抱。但这是她的任务。哈利看起来非常健康快乐，她很希望就这样放他走，但她知道遇害同事的鬼魂很快就会再出现。接着另一个念头冒了出来：他们不会是最后的被害人。

贝雅特一回到"锅炉间"就打电话给哈利。

里科·贺瑞姆惊醒过来。

他在黑暗中眨了眨眼，直到眼睛聚焦在三排座位前的白色屏幕上，画面中的胖女人正在吹弄一匹马的生殖器。他感觉剧烈跳动的脉搏缓和下来。没必要惊慌，他还在鱼店里，吵醒他的是新来的观众发出的震动。里科张开嘴巴，想吸进更多氧气，却似乎吸不到。空气里弥漫着汗水、香烟和也许是鱼腥味的臭味。四十年来，莫恩的鱼店除了在台面上贩卖还算新鲜的各种鱼，也在台面下贩卖还算新上市的色情杂志。后来莫恩退休，把鱼店转让了，好让他能有计划地用酒把自己灌到死。新店主在鱼店地下室开了一家二十四小时戏院，播放异性恋色情片，不料却接连遇上 VHS 和 DVD 把客源抢走，于是只好专挑网络上找不到的片子来播放，至少警察不来敲门就没事。

片子的声音开得很小声，里科听得见周围的人在黑暗中打手枪的声音。有人跟他说声音开得很小是故意的，为的就是这个原因。里科早已长大，脱离少年时期集体打手枪的幻想，但这并不是他坐在这里的原因，也不是他出狱之后直接跑来这里的原因。他已经在这里坐了整整两天，只在进食、如厕、买酒的紧急时刻才离开位子。他口袋里还有四颗罗眠乐，必须妥善使用。

他当然可以下半辈子都待在鱼店，但他已说服母亲借给他一万克朗，并等候泰国大使馆延长他的观光签证，在此之前，他都会待在鱼店的隐秘黑暗空间里，以避免被找到。

他吸了口气，却觉得吸进的只有氮、氩和二氧化碳。他看了看表。夜光指针指向四。现在是早上还是晚上？戏院里是永夜，但现在应该是晚上。窒息感来了又走。他可不能幽闭恐惧症发作，现在可不是时候。他必须撑到离开挪威，远走高飞，远远离开瓦伦丁。天哪，他渴望回到囚室，渴望那里的安全感和孤独感，渴望那里可供呼吸的空气。

屏幕上的女子十分卖力，但马儿往前走了几步，她不得不跟着前进，使得画面一阵模糊。

"嘿，里科。"

里科僵在原地。那声音很低，仅仅只是耳语，但话声却如冰柱般钻进他的耳朵。

"《凡妮莎的好友》，八十年代的经典好片。你知道凡妮莎因为拍这部片而意外身亡吗？是母马把她踩死的，可能是出于嫉妒吧，你说是吗？"

里科想转头，脖子上端却被一只宛如老虎钳般的手给紧紧勒住。他想大叫，但另一只戴着手套的手已蒙住他的口鼻。里科吸入湿羊毛的刺鼻气味。

"你真令人失望，这么容易就被找到了。变态小电影院，真是太容易找了，不是吗？"一阵咯咯低笑，"看来你的湿疹变严重了，里科，你只要压力一大，湿疹就会发红，是不是啊？"

捂住他嘴巴的那只手放松了些，好让他能呼吸。手套闻起来有石灰粉和滑雪板润滑油的味道。

"有人说你在伊拉监狱跟一个女警说过话，里科。你们有什么共同的兴趣啊？"

羊毛手套离开他的嘴巴，里科大口吸气，舌头找寻唾液。

"我什么都没说，"他上气不接上气，"我发誓。我干吗要说？我那时再过没几天就要出狱了。"

"为了钱。"

"我有钱啊！"

"你把钱都拿去买大麻了，里科。我敢打赌现在你口袋里一定有货。"

"我是说真的！后天我就要去泰国了，我保证不会给你惹麻烦。"

里科听见自己的口气简直是在求饶，但他管不了那么多，他已经吓坏了。

"放轻松，里科。我才不会对我的刺青师做什么呢。你就是信任对方，才会让他把针插进你的皮肤里的，你说是吗？"

"你……你可以信任我。"

"很好。芭堤雅听起来不错。"

里科没有接话。他可没说要去芭堤雅，怎么会……那人扶着座椅，站了起来，里科稍微后仰。

"我得走了，还有工作得做。好好享受阳光吧，里科，听说阳光对湿疹很好。"

里科回过头，抬眼望去。那名男子用围巾盖住脸孔下半部，电影院里太暗，看不清楚他的眼睛。男子突然弯腰，凑到里科身旁。

"你知道他们解剖凡妮莎的时候，发现医学上前所未见的性病吗？听我的建议，不要跟其他种族的人发生关系。"

里科看着那人从出口快步离去，也看见他取下围巾。男子的脸被紧急逃生标志的绿光照亮片刻，接着就消失在黑色绒布门帘之后。氧气似乎重新充满电影院，里科贪婪地吸着空气，怔怔看着逃生标志上的人形图案。

他觉得困惑不已。

困惑于为什么自己还活着，也困惑于刚才他所看见的。他并不困惑看见忙着查看逃生路线的变态，他们总是那样，而是对于他看见的不是那人感到费解。那人的声音是他，笑声也是他，但那个被短暂照亮的脸孔不是他。那人不是瓦伦丁。

17

"所以你搬到这里来了？"贝雅特说，环视宽敞的厨房。窗外的夜色笼罩着霍尔门科伦山和附近房舍。这附近的房子每栋都不一样，而且每栋都比贝雅特在奥斯陆东区从母亲那里继承来的房子大上两倍，篱笆也是两倍高，车库有两个，信箱上也列出两个名字。贝雅特知道自己对奥斯陆西区有偏见，但是看见哈利置身在这个环境里依然有点不习惯。

"对啊。"哈利说，倒了两杯咖啡。

"这样不是……有点寂寞？"

"嗯，你跟你的小朋友不也是自己住？"

"对啊，可是……"贝雅特没把话说完。她想说的是她住在一栋舒适的黄色屋子里，屋子是"二战"结束后在挪威国父埃纳尔·基哈德森（Einar Gerhardsen）推动社会主义精神的重建时期建造的，朴实而实用，不像这栋建造得有如碉堡的木造大宅充满民族浪漫主义的富裕风格。萝凯从父亲那里继承的这栋大宅以布满黑色污渍的原木建成，即使在艳阳天都散发出永恒的黑暗和忧郁。

"周末萝凯会回家。"哈利说，端起杯子凑到嘴边。

"所以诸事顺利啰？"

"一切都非常好。"

贝雅特点了点头，打量哈利，端详他的改变。他的眼周虽然爬着笑纹，看起来依然年轻。中指被钛合金所取代，碰触杯子时叮叮作响。

"那你呢？"哈利问道。

"很好啊。也很忙。现在学校放假，小孩住在斯泰恩谢尔的奶奶家。"

"真的？时间过得真快……"哈利半闭上眼，轻轻一笑。

"对啊，"贝雅特说，啜饮一口咖啡，"哈利，我想跟你见面是因为我想知道发生了什么事。"

"我知道，"哈利说，"我一直想跟你联络，但我得先处理好欧雷克的事，还有我自己的事。"

"说吧。"

"好，"哈利说，放下杯子，"上次那件案子的调查过程，我只让你一个人知道，你也帮了我很大的忙，我欠你很多人情，贝雅特。你也是唯一一个会知道事情始末的人，不过你确定你想知道吗？这样会让你陷入进退两难的处境。"

"我从开始帮你的那一刻起就已经是共犯了，哈利。而且我们扫除了小提琴，现在它已经从街头消失了。"

"太好了，"哈利淡淡地说，"现在毒品市场再度成为海洛因、可卡因和冰毒的天下。"

"小提琴的幕后推手也消失了，鲁道夫·阿萨耶夫已经死了。"

"我知道。"

"哦？你知道他死了？你知道他陷入昏迷，用假名在国立医院躺了一年多，最近才死的吗？"

哈利挑起一道眉毛："阿萨耶夫？我以为他死在莱昂旅馆的客房里。"

"他是在那里被人发现，客房的墙上布满血迹，可是医生设法保住了他的性命，直到最近他才断气。你怎么知道莱昂旅馆的事？这些细节都完全保密。"

哈利没有回答，只是转动手中的杯子。

"哦，不会吧……"贝雅特呻吟说。

哈利耸了耸肩："我说过你可能不会想知道。"

"刺伤他的人是你？"

"如果我说我是出于自卫会有帮助吗？"

"我们在木质床架上发现一颗子弹，但他身上的刀伤又大又深，哈利。病理医生说刀子一定转了好几圈。"

哈利低头看着杯子："呃，显然我做得不够彻底。"

"说真的，哈利……你……你……"贝雅特不习惯拉高嗓门说话，这时她的声音宛如颤动的锯条。

"他把欧雷克变成了毒虫，贝雅特。"哈利低声说，目光一直盯着杯子。

两人坐着聆听霍尔门科伦区的昂贵静谧。

"朝你头上开枪的人是阿萨耶夫吗？"良久之后贝雅特问道。

哈利用手指抚摸额头侧边的新疤痕："你怎么会认为这是弹疤？"

"这个嘛，你是在质疑我对枪伤的了解吗？我可是刑事鉴识员。"

"好吧，开枪的人是阿萨耶夫的手下，"哈利说，"三发子弹以近距离射击，胸部中了两枪，头部中了一枪。"

贝雅特看着哈利，知道他说的是实话，却不是全部的实情。

"那你是怎么活下来的？"

"我穿着防弹背心活动了两天，也该轮到它发挥作用了。把我打昏的是头部那枪，而且很可能要了我的命，如果不是因为……"

"因为？"

"因为开枪的那个家伙跑到主街上的医院急诊室，拖了一个医生过去，才救了我一命。"

"什么？为什么我没听过这件事？"

"那医生在现场为我包扎，还想送我去医院，但我醒了过来，要他们把我送回家。"

"为什么？"

"我不想惹麻烦。毕尔最近好吗？有没有交女朋友？"

"这个家伙……他先是对你开枪，然后又救你一命？他到底是——"

"他不是故意要对我开枪，那是个意外。"

"意外？三枪可不是意外，哈利。"

"如果你出现毒品的戒断症状，手里又握着敖德萨手枪，这种意外是会发生的。"

"敖德萨手枪？"贝雅特知道这种枪，它是俄罗斯斯捷奇金手枪的廉价山寨版。敖德萨手枪的外形看起来像是学生在课堂上做出的蹩脚金属工艺作品，又仿佛是手枪和机关枪的差劲私生子。但俄罗斯厄尔卡和专业罪犯都很喜欢用这种枪，因为它具备单射和连发功能，只要稍微扣下敖德萨手枪的扳机，它就会突然射出两发或三发子弹。贝雅特忽然想到敖德萨手枪用的是罕见的 9 毫米 ×18 毫米马卡洛夫子弹，古斯托·韩森就是死在这种子弹之下。

"我想看看那把枪。"贝雅特缓缓说道，看着哈利的目光下意识地朝客厅一角望去。她转过了头，顺着他的目光望去，但什么都没看见，只有一具黑色的老旧转角柜。

"你还没说那家伙是谁。"贝雅特说。

"这不重要，"哈利说，"他已经不在你的辖区内了。"

贝雅特点了点头："你在保护一个差点夺走你性命的人。"

"他救了我的这件事比较值得一提。"

"这就是你保护他的原因？"

"我们总是出于谜一般的原因而选择保护某个人，不是吗？"

"对，"贝雅特说，"就拿我来说，我想保护警察。我有脸孔辨识的专长，所以我负责侦讯保持本色酒馆的酒保，阿萨耶夫手下有个毒贩就是在这家酒馆被一个高大的金发男子给杀害，据说这男子脸上有条疤，从嘴巴延伸到耳朵。我拿了几张照片给酒保看，一直跟他说话。你也知道，要操控一个人的视觉记忆是轻而易举的事，目击证人的记忆很容易就变得模糊。最后那个酒保很确定在酒馆里杀人的人，不是我拿给他看的照片中的哈利·霍勒。"

　　哈利看着贝雅特，缓缓点头："谢谢。"

　　"我本来想说你不用跟我道谢，"贝雅特说，把杯子凑到嘴边，"但我又觉得道谢还是有必要的，至于你要怎么跟我道谢，我刚好有个建议。"

　　"贝雅特……"

　　"我保护警察。你知道警察因公殉职对我来说有切肤之痛，包括杰克和我父亲。"她注意到自己下意识地摸了摸耳环，这耳环是用她父亲的制服纽扣做成的，"我们不知道谁会是下一个受害者，但我决心要尽一切力量阻止这个浑蛋，哈利。尽一切力量，你明白吗？"

　　哈利没有回答。

　　"抱歉，你当然明白，"贝雅特低声说，"你有属于你的亡者要哀悼。"

　　哈利用右手手背抚摸咖啡杯，仿佛他很冷似的。接着他起身走到窗边，站了一会儿才说话。

　　"你也知道，曾经有个杀人犯跑到这里试图杀害欧雷克和萝凯，而那全都要怪我。"

　　"那已经是很久以前的事了，哈利。"

　　"那是昨天的事。它永远都是昨天的事。一切都没有改变，但我正在努力改变我自己。"

　　"效果怎么样？"

　　哈利耸了耸肩："时好时坏。我有没有跟你说过我老是忘记买生日礼物给欧雷克？就算萝凯提前好几周跟我说，我照样忘记，因为总是会有案子或工作盖过这件事。然后我来到这里，却发现屋里装饰得五彩缤纷，正在举行生日派对，我只好又突然离席，使出老招数。"哈利牵了牵嘴角，歪嘴一笑，"我说我要去买包烟，就跳上车子，开车跑到附近的加油站，去买几张 CD 什么的。萝凯跟我早就说好了。我一进门，就看见欧雷克用黑色眼珠瞪着我，但是他还来不及搜我的身，萝凯就赶紧过来抱我，像是好几年没见到我似的，同时拿走我塞在后口袋的 CD 之类的礼物，藏在自己身上，离开客厅。然后欧雷克会过来搜我全身。十分钟后，萝凯会拿着包好的礼物出现，上面还挂着一张礼物标签。我们每次都用这招。"

"然后呢？"

"今年我给欧雷克准备了一份礼物，包装得很正式。他说他不认得标签上的笔迹，我说那是因为上面的字是我亲笔写的。"

贝雅特脸上掠过一丝笑容："很温暖的故事，最后是快乐结局。"

"听着，贝雅特，我亏欠这两个人很多很多。我依然需要他们，幸运的是他们也需要我。你自己也为人母亲，知道'被人需要'这件事是祝福同时也是诅咒。"

"对，而我一直想说的是我们也需要你。"

哈利走了回来，倚着桌子站在贝雅特面前："但不像他们那样需要我，贝雅特。在工作上没有人是不可取代的，甚至连……"

"这句话说得很对，我们会设法补上遇害警察所留下的空缺，反正其中有一个人已经退休了，而且警察人数那么多，下一个遭到杀害的警察一样有人可以替补。"

"贝雅特……"

"你看过这些吗？"

贝雅特从包里拿了许多照片出来，放在餐桌上。哈利并未低头去看。

"他们全身骨头都碎了，没有一根骨头是完好的，连我要辨识他们都有困难。"

哈利依然站着，宛如一个暗示时间已晚的派对主人。但贝雅特依然坐着，啜饮咖啡，完全没有要起身的意思。哈利叹了口气，贝雅特又喝了口咖啡。

"欧雷克从诊所回来以后想念法律对不对？然后还想报考警院。"

"你听谁说的？"

"听萝凯说的。来这里之前我跟她通过电话。"

"什么？"

"我打电话去瑞士找她，跟她说明这件事。这个举动很不好，我跟你道歉。可是就像我刚刚说的，我会尽一切力量来完成这件事。"

哈利的嘴唇动了动，仿佛静静吟唱咒语："她怎么说？"

"她说由你决定。"

"对，她可能会这么说。"

"所以现在我想请你帮这个忙，哈利。请你看在杰克·哈福森、爱伦·盖登和所有殉职警察的分上，但最重要的是请你看在还活着的警察的分上，还有未来将成为警察的新生代的分上，帮我们这个忙。"

她看见哈利的咬合肌激烈地活动。

"我没有请你为我去操控目击证人的记忆，贝雅特。"

"你一向都不用出声要求的，哈利。"

"时间晚了，所以我得请你——"

"——离开了。"贝雅特点了点头。哈利脸上的表情总是有办法叫别人服从。贝雅特起身走到玄关，穿上外套，扣上纽扣。哈利站在门口看着她。

"抱歉，"她说，"我不该来打扰你的生活。我们是当警察的，它只是份工作而已。"她听见自己的声音快要支撑不住，便赶紧把剩下的话说完，"当然你是对的，规则和界线必须遵守。再见。"

"贝雅特……"

"祝你睡得好，哈利。"

"贝雅特·隆恩。"

贝雅特打开门，准备出去，以免哈利看见她眼中的莹莹泪光。但哈利站在她背后，用手抵住了门。他的声音从贝雅特耳边传来。

"你有没有想过凶手是怎么让那些警察在旧命案发生当天自愿前往命案地点的？"

贝雅特放开门把："什么意思？"

"意思是说我看过报纸，读到尼尔森开了一辆大众高尔夫去翠凡湖，把车停在停车场，并在通往吊车小屋的积雪小路上留下足迹。还有德拉门市一家加油站的监控录像显示安东·米泰在遇害前独自驾车出门。他们都知道已经有警察在同样的模式下遭到杀害，却还是前往旧命案的现场。"

"这件事我们当然觉得疑惑，"贝雅特说，"但我们没找到正确原因。我们知道有人从命案现场附近的电话亭打电话给他们，所以猜想他们应该知道对方是谁，并认为自己有机会亲手逮到凶手。"

"不对。"哈利说。

"不对？"

"鉴识人员在安东·米泰的置物箱里发现一把没装子弹的手枪和一盒子弹，如果他认为凶手会出现，至少会先把枪装好子弹。"

"说不定他没时间，凶手在他打开置物箱之前就出手攻击——"

"他是在十点三十一分接到电话的，十点三十五分去加油，所以他接到电话以后还有时间。"

"说不定是汽油用完了？"

"不对。《晚邮报》把加油站的监视录像放到了网络上，标题是安东·米泰遭处决前的最后身影。上面显示他才加了三十秒的油，加油枪就跳了起来，表示油箱满了，这也表示他不赶时间。"

"也对，所以他有时间装填子弹，却没这么做。"

"再说翠凡湖命案，"哈利说，"伯提·尼尔森的车子置物箱里也放了一把枪，但他没带在身上。因此有两位调查过命案的警察，明明知道最近有同袍以这种方式被杀害，却还是去了悬案现场。他们明明可以把枪准备好，却并没有，而且显然他们有时间做准备。资深警察不会想去扮演英雄，这些告诉你们什么？"

"好吧，哈利，"贝雅特说，转过了身，靠在门上，把门关了起来，"这应该告诉我们什么？"

"这应该告诉你们,他们并不认为会在那里逮到凶手。"

"好,所以他们没这样想。说不定他们是要去跟美女碰面,这个美女喜欢在命案现场跟人发生性关系,觉得这样才刺激。"

贝雅特这样说只是开玩笑,但哈利眼睛眨也不眨,答说:"这也太临时了吧。"

贝雅特想了想:"如果凶手假装成记者,说要在这一连串凶案之后跟米泰聊聊其他悬案呢?还说想在晚上聊,气氛比较对?"

"要去命案现场得费一番工夫,至少去翠凡湖命案的现场是这样。我在报上看到伯提·尼尔森从下埃伊克尔开车过去,车程要三十分钟。认真的警察不会私底下花时间去让报纸登出另一条震惊社会的命案头条。"

"你说他们不会私底下花时间,难道你的意思是……"

"对,没错,我猜他们以为是去工作。"

"而打电话给他们的是同事?"

"嗯。"

"凶手打电话给他们,假装自己是在命案现场工作的警察,因为……因为那里是警察杀手可能再次犯案的可能地点,而且……而且……"贝雅特抚摸纽扣耳环,"……而且他需要他们的协助来重建原始命案!"

她觉得自己像是女学生回答老师正确答案般露出笑容,不禁脸上一红。哈利大笑。

"我们渐入佳境了。可是因为加班有限制,我猜米泰一定很惊讶自己在上班时间以外的三更半夜还被叫去工作。"

"好吧,我放弃。"

"哦?"哈利说,"同事打来什么样的电话,会让你三更半夜不管到哪儿都愿意去?"

贝雅特拍了自己额头一下。"原来是这样,"她说,"我们真是白痴!"

18

"你说什么？"卡翠娜说。他们站在白克利亚街一栋黄色屋子门口的台阶上，寒风飕飕，吹得他们全身发抖，"他打电话给被害人说杀警凶手又犯案了？"

"这招既简单又聪明，"贝雅特说，确认钥匙无误，转动门锁，推开了门，"被害人都接到某人假装成刑警的电话，这人叫他们立刻前往命案现场提供协助，因为他们熟知过去在当地发生的命案，可以趁证据还没遭到破坏时帮忙做出正确判断。"

贝雅特率先进门，她对这间屋子很熟悉，身为刑事鉴识员她不会忘记犯罪现场的环境。她在客厅停下脚步。阳光从窗外洒入，在光秃褪色的木地板上形成一个歪斜的长方形。多年来这间屋子都没什么家具，命案发生后，这家人已经把大部分的家具都搬走了。

"有意思，"奥纳说，站在窗前，眺望屋外的森林以及应该是白克高中的建筑，"凶手利用他自己创造出来的歇斯底里来当作诱饵。"

"如果我接到这种电话，一定会觉得合情合理。"卡翠娜说。

"这就是为什么被害人前往现场却没有武装的缘故，"贝雅特继续说，"他们都认为危险已经结束，警方已进驻现场，所以他们才慢慢来，途中还跑去加油。"

"可是啊，"侯勒姆说，嘴里塞满瓦莎牌饼干和鱼子酱，"凶手怎么知道被害人不会打电话给同事，发现其实没有命案发生？"

"凶手可能叫他们在接到进一步通知之前不要跟任何人提起这件事。"贝雅特说，看着掉落在地上的饼干碎屑，露出不以为然的表情。

"这也很合理，"卡翠娜说，"资深警察一定不会觉得讶异，他们知道充满疑点的命案最好能尽量维持低调行事。"

"为什么？"奥纳问。

"因为凶手认为尸体还没被发现的话就会降低警戒。"侯勒姆说，又咬了一口薄脆饼干。

"哈利只不过是看看报纸，"卡翠娜说，"就轻而易举地把这些都推敲出来了？"

"如果不是这样，他就不是哈利了。"贝雅特说，听见电车在马路上辘辘驶过的声音。她望出窗外，看见伍立弗体育场的屋顶。这栋屋子的窗户过于单薄，无法阻绝三环线公路的车声。她想起当时天气很冷，他们穿着白色连身工作服，身体都冻僵了，也想起当时她发现身处这栋屋子却无法停止发抖，并不只是气温低的缘故，也许这就是为什么这栋屋子会空这么久。潜在房客或买家可能也感觉得到屋里的寒意，而且当时有关命案的经过和谣言四处流传。

"说得也是，哈利就是哈利，"侯勒姆说，"他推敲出凶手用什么方法来引诱被害人，不过我们早就知道被害人是自愿前往现场的啊，所以这对调查工作来说也称不上是一大进步，不是吗？"

贝雅特走到另一扇窗户前，扫视这个区域。戴尔塔特种部队可以躲藏在附近的森林、地面上地铁轨道的凹陷处，或是两边的邻居房子里，简而言之，他们可以包围这栋房子。

"他总是可以在你绞尽脑汁以后提出非常简单的看法，让你觉得为什么自己想不出来。"贝雅特说，"碎屑。"

"什么？"侯勒姆说。

"饼干碎屑。"

侯勒姆低头看了看地板，又看了看贝雅特，然后撕下笔记本的一页，蹲下去把饼干碎屑扫起来。

贝雅特一抬头就看见卡翠娜询问的眼神。

"我知道你在想什么，"贝雅特说，"你在想为什么要这么小心？这里又不是犯罪现场。但这里的确是犯罪现场，每起悬案发生的地方永远都是犯罪现场，有可能发现潜在证据。"

"你真的指望在这里从锯子手身上找到线索？"奥纳问说。

"没有。"贝雅特说，查看地板，"这里的地板一定是刨过了，当时这里血迹很多，一定会渗到木头里，光擦洗是洗不掉的。"

奥纳看了看表："待会儿我要看诊，哈利还给了什么建议？"

"有件事我们从未跟媒体说，"贝雅特说，"当时我们在这间客厅里发现尸体的时候，必须先确定尸体属于人类。"

"噢，"奥纳说，"我们有必要继续听下去吗？"

"有。"卡翠娜口气坚定。

"尸体被锯成一小块一小块，乍看之下很难分辨。凶手把乳房放在那个玻璃柜的架子上。我们只在现场发现一样证据，那就是锯子刀身的碎片。还有……你们如果对其他细节有兴趣，可以看看这份报告。"贝雅特拍了拍自己的肩背包。

"哦，谢谢。"卡翠娜说，露出微笑，但又觉得自己露出的笑容过于甜美，立刻换上严肃的表情。

"在这里遭到杀害的被害人是个少女，这里就是她家，"贝雅特说，"当时我们发现凶手的作案手法跟翠凡湖命案很像，但现在对我们来说最重要的是这件案子一直没破，而且发生时间是在三月十七号。"

客厅十分安静，隐隐可以听见树林另一头的学校操场传来欢乐的喊叫声。

侯勒姆率先打破沉默："再过三天就到了。"

"对，"卡翠娜说，"哈利那个变态是不是还建议我们设下圈套？"

贝雅特点了点头。

卡翠娜缓缓摇头："为什么我们都没人想到？"

"因为我们都不知道凶手是怎么引诱被害人到命案现场的。"奥纳答说。

"关于凶手的作案手法和这里可能是下一次的犯案地点，"贝雅特说，"哈利也有可能判断错误。自从第一名警察遭到杀害以后，就已经过了好几起东部地区悬案的发生日期，但什么事也没发生。"

"可是，"奥纳说，"哈利看出了锯子手和其他命案的关联，也就是缜密的计划加上肆无忌惮的暴力。"

"他称之为直觉，"贝雅特说，"但他的意思是指——"

"根据未整理事实所分析出来的结果，"卡翠娜说，"也称为哈利法则。"

"所以他说三天后凶手会再下手。"侯勒姆说。

"对，"贝雅特说，"而且他还预言了另一件事。就跟史戴一样，他指出凶手上次作案时把被害人绑在车上，再让车子滑下山崖，手法跟原始命案更为相像，这显示凶手的杀人技术越来越纯熟。从逻辑上来推断，凶手下次作案应该会选择同样的凶器。"

"锯子。"卡翠娜倒抽一口凉气。

"这是典型的自恋型连续杀人犯。"奥纳说。

"哈利确定事情会在这里发生？"侯勒姆问，做个怪脸，环视四周。

"事实上这是哈利最不确定的一点，"贝雅特说，"因为其他命案现场凶手都可轻易到达。这栋屋子虽然空了很多年，没人愿意住进锯子手曾经作案的地方，但大门上了锁。凶手虽然曾经在翠凡湖的吊车小屋破门而入，但这栋房子有左邻右舍，把警察引诱来这里的风险相对提高很多，因此哈利认为凶手可能改变作案模式，把被害人引诱到别的地方。但我们还是会在这里设下圈套，看看警察杀手会不会打电话来。"

众人听完都陷入沉默，因为贝雅特用了报纸上给凶手冠上的绰号"警察杀手"。

"那可能的被害人是？"卡翠娜问道。

"这里有，"贝雅特说，又拍了拍肩背包，"锯子手凶杀案调查人员的名单在我这里，他们都接到通知说当天要待在家里，手机开着，不管谁接到电话都要保持冷静，答应对方他们会前往指示的地点，这样就好。接着他们会通知勤务中心，说明自己要去的地方，然后我们就会开始行动。如果地点不在白克区，而是在其他地方，戴尔塔小队会立刻出动。"

"所以如果连续杀人犯打电话来，我们必须保持冷静？"侯勒姆说，"我不知道我有没有办法演得那么好。"

"其实不需要特地把惊慌隐藏起来，"奥纳说，"正好相反，如果一个警察接到同袍遇害的电话，声音却不颤抖，对方才会感到奇怪。"

"我比较担心戴尔塔小队和勤务中心。"卡翠娜说。

"我知道，"贝雅特说，"这么大规模的行动很难避开贝尔曼的耳目，所以现在哈根正在告知他这件事。"

"那他发现我们这个小组以后要怎么办？"

"如果行动成功，这只是一桩小事而已，卡翠娜。"贝雅特不耐烦地抚摸垂坠在耳垂底下的纽扣，"我们走吧，没必要冒着可能被看见的风险，一直待在这里。还有，不要在这里留下任何东西。"

卡翠娜朝门口踏出一步，却愣在原地。

"怎么了？"奥纳问。

"你们没听见吗？"她低声说。

"听见什么？"

她抬起一脚，眯起双眼，看了贝雅特一眼："那个嘎喳嘎喳的声音。"

贝雅特发出令人意外的轻笑声，接着又重重叹了口气。来自史盖亚村的侯勒姆拿出笔记本，又蹲了下来。

"哎呀……"

"怎么了？"

"这不是饼干屑，"侯勒姆说，倾身向前，朝桌底望去，"而是嚼过的口香糖，原本粘在桌子底下，可能因为太干了，所以有一部分脱落下来。"

"会不会是凶手粘在那里的？"奥纳打个哈欠说，"一般人会把口香糖粘在电影院或巴士的座位底下，但不会粘在自己家里的餐桌底下。"

"很有意思的理论，"侯勒姆说，拿起口香糖碎块就着窗前光线查看，"如果只是嚼过以后几个月，我们还可以从里面的唾液找出 DNA，但这个已经完全干掉了。"

"快点，大侦探，"卡翠娜咧嘴一笑，"把它放到嘴里咬一咬，告诉我们是什么牌子的——"

"够了你们，"贝雅特插口说，"快出去吧。"

阿诺尔·福尔克斯塔德放下茶杯，看着哈利，抓了抓自己的红胡须。哈利看见阿诺尔来上班时从胡须里挑出云杉的针叶，因为他住在森林里的小屋，骑自行车来上班，那片森林竟然还离奥斯陆市中心很近。有些同事给阿诺尔贴上激进环保人士的标签，只因为他留长胡子、骑自行车，还住在森林里，但阿诺尔大加驳斥。其实他只是个喜欢安静的吝啬怪胎而已。

"你最好叫她自制一点，"哈利说，"这样比较……"他找不到言辞来精准表达自己的意思，可能这个词并不存在，如果存在的话，应该介于"恰当"和"不会让人觉得尴尬"之间。

"难道哈利·霍勒竟然会害怕一个喜欢坐前排又爱上讲师的小女生？"阿诺尔咯咯笑说。

"……恰当而且不会让人觉得尴尬。"

"这件事你得自己解决，哈利。你看，她来了……"阿诺尔朝学校餐厅窗外的广场点了点头。西莉亚·格拉夫森独自站在一群正在谈天嬉笑的学生旁边几米，抬头看着天空，目光正跟随某样东西。

哈利叹了口气："也许我应该过一阵子再处理这件事，统计数据显示，这类对老师的迷恋事件，百分之百都很短暂。"

"说到统计数据，"阿诺尔说，"听说哈根派人在国立医院看守的那个病人死于自然因素。"

"听说是这样。"

"FBI统计过这些数据，他们调查了在接到正式传唤和开庭的这段时间，检方关键证人死亡的案例，发现在被告面临十年以上刑期的重大案件中，证人有百分之七十五的比例死于所谓的非自然因素。这个数据促使许多证人的尸体被重新检验，结果数字一口气提升到百分之九十四。"

"所以呢？"

"你不认为百分之九十四的这个比例很高吗？"

哈利凝视着广场，只见西莉亚依然看着天空，阳光洒落在她仰起的脸庞上。

他低低咒骂一声，喝完剩下的咖啡。

甘纳·哈根坐在贝尔曼办公室的靠背椅上，抬头看着警察署长，一脸讶异。他刚才跟米凯说他违抗命令设立了一个小组，并计划在白克区设下圈套。他之所以讶异是因为署长罕见的好心情竟然没被这个消息破坏。

"太好了，"米凯高声说，拍了拍手，"我们终于可以先发制人。那我可以把这个计划和地图交代下去，好让我们大干一场了吗？"

"我们？你是说你要亲自——"

"对，我想这场行动由我来领导比较合理，甘纳。这种大规模行动的决策会涉及高层——"

"只不过是一栋房子和一个人——"

"这场行动牵涉的范围那么广泛，我身为最高领导人当然要亲自出马，而且这场行动一定要保密，这点非常重要，你明白吗？"

哈根点了点头，心想之所以必须保密是为了避免无功而返。但话又说回来，如果这场行动成功逮捕到凶手，媒体一定会大幅报道，到时米凯就能顺势居功，告诉媒体说这场行动是由他亲自领导的。

"明白，"哈根说，"我会跟进这件事。那么锅炉间的小组也可以继续工作喽？"

米凯哈哈大笑。哈根心想究竟是什么事可以一夕之间让米凯心情大好？他看起来似乎年轻了十岁，减轻了十公斤，自从上任以来就深深蹙起的有如一道深沟的眉头也舒展开来。

"你可别得寸进尺，甘纳。我喜欢你的构想并不代表我喜欢下属违抗命令。"

哈根耸了耸肩，但仍直视署长那冰冷嘲弄的目光。

"我要先冻结你这个小组的一切活动，等待进一步通知，甘纳。这场行动结束以后，我们得好好谈一谈。在这期间，如果我发现你们进行一次计算机搜索或打一通手机电话来调查这件案子……"

哈根心想，我年纪比他大，也比他优秀。他继续抬眼看着米凯，知道心中升起的反抗和羞愧情绪使得他脸颊泛红。

他提醒自己说，制服上的金色阶级标识只不过是装饰品。

接着他垂下双目。

夜色已深，卡翠娜·布莱特看着面前的报告。她不该做这件事的。刚才贝雅特打电话来说哈根要他们停止所有手边工作，这是米凯直接下达的命令。因此卡翠娜现在应该在家里，躺在床上，手边有杯菊花茶，身边有个爱她的男人，观赏她爱看的电视剧。现在她却坐在"锅炉间"里看命案档案，找寻可能的瑕疵或线索，指出有哪里不对劲，或是有暧昧不明的联结。这联结是那么的暧昧不明，跟愚蠢只有一线之隔。但真是这样吗？通过警方的计算机系统很容易就能调出安东命案的报告。关于车辆搜索的描述非常详细，让人看了昏昏欲睡，那么她为何会停在这个句子上？警方从安东车上找出的可能证据包括一把雪铲、一个打火机，再加上一块粘在驾驶座底下的口香糖。

报告里附上了安东身后留下的遗孀劳拉·米泰的联络方式。

卡翠娜迟疑片刻，还是拿起电话拨打这个号码。接起电话的女性声音听起来十分疲惫，带有一种安眠药所带来的昏沉。卡翠娜自我介绍，并出言询问。

"口香糖？"劳拉缓缓复述，"没有，他不吃口香糖的，他习惯喝咖啡。"

"那么开那辆车的其他人有没有吃？"

"那辆车就只有安东在开。"

"谢谢你。"卡翠娜说。

19

夜幕低垂，奥普索乡这栋黄色木屋的厨房窗户里灯火通明。贝雅特刚和儿子通完每日电话，随后又跟婆婆说既然儿子还有点发烧，又还在咳嗽，那就晚几天再回来。她的公婆自然巴不得孙子在斯泰恩谢尔多住几天。贝雅特取下挂在水槽下方柜子里的厨余袋，正要丢进白色垃圾袋，这时电话响了起来。是卡翠娜打来的，而且她一点也不浪费时间在寒暄上。

"米泰车上的驾驶座底下有一块口香糖。"

"是吗……"

"它被取下了，但还没送去化验 DNA。"

"如果是粘在驾驶座底下，我也不会送去化验，那应该是米泰吃的。听着，如果要化验犯罪现场发现的每一样东西，那化验室的排队时间就会——"

"可是这件事史戴说对了，贝雅特！一般人不会把口香糖粘在自己家里的餐桌底下，也不会粘在自己的车上。米泰的妻子说他不吃口香糖，而且那辆车只有他一个人在开。我想留下口香糖的人当时正倾身在驾驶座上。根据报告所说，凶手是坐在副驾驶座上，靠过去把米泰的双手绑在方向盘上。那辆车虽然曾经泡在河水里，可是毕尔说口水里的 DNA 可以——"

"我知道你想说什么，"贝雅特插嘴说，"你得打电话给贝尔曼的大调查组，告诉他们这件事。"

"难道你还不明白吗？"卡翠娜说，"这玩意儿可以带我们直接找到凶手。"

"我当然明白，它只会带我们直接下地狱。我们已经被命令不能再碰这件案子了，卡翠娜。”

“我可以顺道去证物室，把口香糖拿去化验，”卡翠娜说，“然后再进行比对，如果比对不出结果，谁都不用知道这件事，如果比对出结果，那我们就破了这件案子，这么一来，谁都不能指责我们用了什么样的手段。是的，现在我的自我意识高涨，这是我们争取荣耀的大好机会，贝雅特。天哪，你我身为女人值得这份荣耀。”

“对，听起来很诱人，又不会破坏别人的工作，可是——”

“别再可是了！这次我们大可尽力出招，还是你宁愿眼睁睁看着贝尔曼又一次抢走我们的功劳，脸上还挂着沾沾自喜的笑容？”

一阵静默，长长的静默。

“你刚才说谁都不用知道这件事，”贝雅特说，“可是要从证物室领出可能的刑事鉴识证据，都要送交申请单，还必须登记。如果他们发现我们去动米泰的档案，很快就会写张字条送到贝尔曼桌上。”

“嗯，我知道你的意思，”卡翠娜说，“但如果我没记错，鉴识中心主任有证物室的钥匙，因为主任有时得在证物室的关闭时间拿证据去化验。”

贝雅特大声呻吟一声。

“我保证不会惹出任何麻烦，”卡翠娜迟疑片刻，又补上一句，“听着，我现在就去找你，跟你借钥匙，找出那块口香糖，切下一小块来，再原封不动地放回去，明天早上拿去鉴识中心化验。如果他们问起，我就说是别的案子的。这样好吗？可以吗？”

鉴识中心主任在心中权衡利弊，很容易就得出答案：这样可以才怪。她深呼吸一口气。

“哈利以前常说，”卡翠娜说，“反正去做就是，看在老天的分上。”

里科·贺瑞姆躺在床上看电视，这时是凌晨五点，但他生物钟混乱，无法入睡。电视正在回放他昨天看过的节目，一头科莫多巨蜥正在沙滩上懒洋洋地爬行，长长的舌头如闪电般伸出，扫过一圈，又缩了回去。它正在跟踪一头水牛，已经跟踪了好几天，这头水牛曾被它咬了一口，但显然没造成什么伤害。里科把电视声音关小，耳中只听见冷气发出的呼呼声响。这冷气不管再怎么吹，似乎都没办法给这间旅馆客房降温。他在坐飞机来这里的途中就已开始鼻塞，这是非常典型的状况。穿上夏季服装飞往热带国度，一路上都在吹冷气，头痛、流鼻涕和发高烧很快就来假期里报到。但他有的是时间，他有好一阵子不会返回家乡。为什么要回去？他可是在芭堤雅，对逃亡的变态和罪犯而言，这里是人间天堂。他要的一切都在这里，都在旅馆外头。透过装有纱窗的窗户，他听见车声和口操外语的叽里咕噜说话声。泰语。他一个字也听不懂。但他用不着听懂，因为她们是来服侍他的，而不是倒过来。从机场前来旅馆的路上，他就看见她们了。她们在脱衣酒吧门口排排站，一个比一个年轻。小巷里她们拿着托盘卖口香糖，年纪更小。等他康复下床，她们还是会在那里。他聆听浪涛声，即使他知道自己下榻的这家廉价旅馆距离海滩很远。但浪涛声就在外头，炙烈的阳光也在外头，还有各种酒类和其他白人，泰国人都称呼白人为"法郎"（Farang）。他们来这里的原因跟他一样，可以给他一些建议，让他知道在这里该怎么混，以及该如何对付科莫多巨蜥。

昨晚他又梦见了瓦伦丁。

里科伸手从床边桌拿起一瓶水，这水尝起来有他自己的嘴巴、死亡和病菌的味道。

旅馆提供西式早餐，附上一份两天前的挪威报纸。早餐他动也没动，报上依然没有瓦伦丁被捕的消息，为何如此不难推测，因为瓦伦丁已不再是瓦伦丁。

他心想是不是该告诉他们？是不是该打电话给那个叫卡翠娜·布莱特的警察？告诉她说瓦伦丁变了。里科发现在泰国只要去私人诊所花个一千多块挪威克朗就能搞定这种事。他要打电话给布莱特，留下一则匿名留言，说他曾在鱼店附近看见瓦伦丁，而且瓦伦丁动过大型整形手术。他通报这个消息并不求回报，只是为了协助警方逮到瓦伦丁，让他可以一夜好眠，不必再梦见这个人。

科莫多巨蜥在水坑旁几米处蜷伏下来，水牛已浸入水坑的冰凉泥水里，一点也不在意那只三米长的肉食怪物就趴在不远处守株待兔。

里科觉得一阵作呕，双脚一晃下了床。他全身肌肉酸痛。天哪，这感冒也太严重了吧。

他走出厕所时，喉咙仍因沾有胆汁酸而感觉热烫烫的。他做了两个决定。第一，他要找家诊所，叫医生开些在挪威不可能开给病人的强效感冒药给他。第二，等吃了药，感冒好一点之后，他就会打电话给布莱特，描述瓦伦丁的容貌，让自己可以睡个好觉。

他拿起遥控器，调高电视音量。一个热烈的声音传了出来，用英语解说过去有很长一段时间，大家都以为科莫多巨蜥是用含有细菌的唾液来杀害猎物，它们会在猎物身上咬一口，把唾液注入猎物的血管。然而现在科学家发现其实科莫多巨蜥的腺体会分泌毒液，注入血管后会造成猎物的血液无法凝固。猎物虽然只是被咬一口，感觉没什么大碍，但最后却会慢慢失血过多而死。

里科打个冷战，闭上眼睛想睡一会儿。罗眠乐。他突然想到，这可能根本就不是感冒，而是戒断症状，而芭堤雅的旅馆客房服务菜单上说不定有罗眠乐。他突然双眼睁大，因为他觉得难以呼吸，惊慌不已。他扭动身体，仿佛在抵抗一个隐形的攻击者，就跟那次在鱼店里一样，怎么吸都吸不到氧气！过了片刻，他的肺脏终于吸到氧气，身体跌回床上。

他看着房门。

门是锁着的。

这里没有别人，一个人也没有，只有他自己。

20

卡翠娜在夜色中爬上坡道，苍白孱弱的月亮挂在她背后的天空上。警署大楼的外墙并未反射月亮投下的微弱光芒，反而像是黑洞般把光线全都吸了进去。她看了看表，十一点十五分。这只精巧又专业的腕表是父亲留给她的。她父亲是个身败名裂的警察，有个名副其实的外号叫"铁面人拉夫妥"。

她拉开警署大门，这扇门具有奇特的小窗和不友善的重量，仿佛进了这里你就开始有嫌疑。

她朝值班警察的方向挥了挥手，警察坐在左边角落的隐蔽处，但仍看见了她，并打开通往中庭的门。她经过无人柜台，走向左边的电梯，前往地下一层。她走出电梯，在微弱光线中跨过水泥地面，耳中聆听自己和别人的脚步声。

白天证物室的铁门是开着的，门内就是柜台。她掏出贝雅特给她的钥匙，插进门锁转动，把门打开，踏入门内，竖耳聆听。

然后她从背后把门锁上。

她打开电灯，抬起活动柜板，走进黑暗。房里的黑暗似乎特别浓密，手电筒的光线似乎得花点时间才有办法穿透，并找到一排排大架子，上面放着无数的雾面透明箱子，隐约可以看见里面的东西。负责管理证物室的人一定有个井井有条的头脑，因为证物箱整齐地排在架上，较短的那一侧朝外，形成连绵不断的表面。卡翠娜沿着架子行走，查看证物箱上贴着的案件编号。证物箱从房间最左边开始依照日期顺序朝房间内侧排列，一旦里面储存的证物归还给物主或销毁，有时效性的案子侦结，后方的证物箱就会往前递补空位。

　　她走到将近中排架子的尽头时，手电筒光束落在她要找的证物箱上。箱子放在最下层的架子上，她把它拉出来，使得箱子摩擦旁边的砖墙。她打开箱盖，看见里面放的东西符合报告所述，包括一把雪铲、一张椅垫，一个塑料封存袋里有几根头发，另一个封存袋里装着口香糖。她放下手电筒，打开封存袋，用镊子夹出口香糖，正准备切下一块，却感觉湿冷的空气出现流动迹象。

　　她低头朝前臂看去，在手电筒的光线中看见自己起了鸡皮疙瘩，寒毛在皮肤上投下影子。她抬起双眼，拿起手电筒朝墙壁照去，看见天花板下方有个嵌入式风扇。由于风扇是嵌入式的，不太可能造成她刚才确定感觉到的空气流动。

　　她侧耳凝听。

　　没有声音，安静无声，只听见自己耳朵里的血管搏动声。

　　她再度把注意力放在发硬的口香糖上，用她带来的瑞士刀切下一小块，这时她全身一僵。

　　那声音来自门口附近，感觉十分遥远，耳朵无法分辨那是什么声音。是不是钥匙的咔咔声？还是柜台的碰撞声？说不定其实没什么，这么大一栋建筑总是会有各种奇奇怪怪的声音。

　　卡翠娜按熄手电筒，屏住气息，在黑暗中眨眼，仿佛这样可以帮助自己看得更清楚。证物室里非常安静，安静得有如……

　　她逼自己不要继续往下想。

　　接着她脑中冒出另一串思绪，这些思绪可以让她的心跳缓和下来：到底事情最糟会怎样？她被逮到逾越工作权限，害他们全都被痛骂一顿？搞不好她还会被送回卑尔根？很烦人，但应该不至于让她的心脏像是胸腔里有气钻般跳得这么剧烈。

　　她静静等待，仔细聆听。

什么都没听见。

依然安静无声。

这时她突然想到这里一片漆黑，如果真的有人进来，应该会把灯打开才对。她咧嘴一笑，笑自己真是太蠢了，并感觉心跳慢了下来。她按亮手电筒，把证物放回箱子，再把箱子摆回原位，对齐其他箱子，然后朝门口走去。这时她脑子里浮现一个念头，这意外出现的念头令她惊讶。她想打电话给他，她就是想这么做，打去跟他说她做了什么。突然间她猛然停步。

手电筒的光线扫过一样东西。

她的第一个直觉是继续往前走，有个怯弱的细小声音叫她赶紧离开这里。

但她把光线照回刚才那个地方。

不整齐。

有个证物箱没有对齐。

她走上前去，照亮箱上的标签。

哈利似乎听见关门声。他摘下耳机。耳机正传出美好冬季乐队的最新专辑，目前为止这张专辑还没令他失望。他侧耳聆听，但什么也没听见。

"阿诺尔？"他高声说。

没有回应。警大学院的这个侧翼通常傍晚时只有他一个人，当然也有可能是清洁人员忘了东西。他马上看了看表，发现已经入夜。他朝桌上还没改的一沓作业瞥了一眼。大部分的学生都用图书馆的回收纸来打印作业，这些纸沾有很多灰尘，因此哈利回家时指尖总像是给烟熏黄，萝凯还特地叫他先去洗手才可以碰她。

他望出窗外。又大又圆的月亮挂在空中，映照在窗户上，以及基克凡路和麦佑斯登区的屋顶上。往南可以看见竞技场电影院旁的毕马威会计师事务所大楼闪着绿色微光的轮廓。这景色并不特别壮观美丽，但他几乎一辈子都在这座城市里居住和工作。他住在香港时，曾有几个早上在香烟里掺了些鸦片，爬上重庆大厦的楼顶，边抽边看日出。他坐在黑暗中看着那座即将醒来的城市，心中希望那其实是属于他的城市，是朴实谦逊的低矮建筑，而不是那些令人望而生畏的钢筋巨塔。他希望自己看见的是翠绿柔和的山脉，而不是香港那些险峻陡峭的黑沉山峰。他听见电车的当啷行驶声和刹车声，以及丹麦渡轮进入峡湾的鸣笛声，得意扬扬地昭告世人它今天也成功跨越腓特烈港和奥斯陆之间的海洋。

哈利低头看着桌灯光线照亮的一张纸，这亮光目前是房间里唯一的光源。当然他可以把东西都带回霍尔门科伦区，伴随咖啡和叽里呱啦的收音机，那里的窗外同样会吹入树林的芬芳。但他决定不去深入思索为何他更喜欢独自坐在这里，而非独自坐在霍尔门科伦区的大宅里，可能因为他隐约知道答案是什么。因为在那栋大宅里他并非真的单独一人。那栋黑色木造堡垒的大门上了三道锁，每扇窗户前方都设有洒水器，但这些都无法把怪物挡在外头。鬼魂就坐在阴暗角落，用空洞的眼窝看着他。手机在他口袋里发出振动。他拿出手机，看见亮起的屏幕上出现短信。短信是欧雷克传来的，没有文字，只有一串数字：665625。哈利微微一笑。这数字比起斯蒂芬·克罗格曼（Stephen Krogman）在一九九九年创下的俄罗斯方块传奇世界纪录1648905还差很长一段距离，但欧雷克玩这种有点年代的计算机游戏早已打破哈利创下的最高分数。史戴·奥纳坚称俄罗斯方块的分数在厉害和凄惨之间有一条界线，而欧雷克和哈利早已跨越这条线。但没人知道他们也跨越了另一条界线，一条生与死之间的界线。当时欧雷克坐在哈利床边的椅子上，哈利全身发高烧，正在对抗欧雷克击发的子弹所造成的伤害。欧雷克不断哭泣，身体因为戒断症状而不停发抖。两人没说太多话，但哈利依稀记得他们用力握住彼此的手，有一度甚至握到发痛。两个男人相互依偎、不想放手的这个画面，永远都会烙印在哈利心中。

哈利回了短信说：我会回来的。用五个字响应一串数字，便足以知道

对方仍在，即使下次见面是好几周以后的事。哈利把耳机戴回头上，寻找
欧雷克寄来但没附上任何评语的音乐。这个团体名叫压轴乐队，比较合乎
哈利的口味而非欧雷克的。哈利较偏爱重口味的音乐。他听见一把芬达吉
他发出一声纯粹温暖的拨弦声，用的是真空管扩音器，而非固定箱式扩音器，
也可能用的是非常优质的箱体，发出的声音好得逼近真空管。他俯身在下
一份作业前。这位学生写道：在二十世纪七十年代命案发生率突然升高之后，
数字达到了一个新的高峰，每年挪威会发生大约五十起命案，大约一周发
生一件。

哈利觉得空气有点闷，应该打开窗户。

这位学生记得挪威的破案率约为百分之九十五，并判断说过去二十年
来约有五十件悬案，过去三十年来共有七十五件悬案。

"五十八。"

哈利从椅子上跳了起来。这声音比香水味更早传到他的大脑。医生说
他的嗅觉，或应该说嗅觉器官，已被多年的抽烟和酗酒习惯给破坏了。但
这不是他过了一分钟才闻出这种香味的原因。这款香水名为"鸦片"，是
圣罗兰牌的香水，它就放在霍尔门科伦路那栋木造大宅的浴室里。他取下
耳机。

"过去三十年来应该有五十八件才对，"她说，她化了妆，身穿红色洋装，
打着赤脚，"但克里波的统计数据不包括在国外遭到杀害的挪威公民。要
是算上这个部分，就得使用挪威统计局的数据，这样一来总共就有七十二件。
这表示挪威的破案率比较高，警察署长常拿这件事来向社会大众自夸。"

哈利用手推开椅子，远离她："你是怎么进来的？"

"我是班长，所以有钥匙。"西莉亚·格拉夫森在桌子边缘坐了下来，"不
过重点是国外发生的命案大部分都是攻击案，所以我们可以假设歹徒不认
识被害人。"她的裙子往上缩，露出晒过太阳的膝盖和大腿，哈利心想她
最近一定去度过假，"如果拿和挪威相近的国家来对比，就这类命案来说，

挪威的破案率比那些国家都低，而且是低得吓人。"她头一侧，一头潮湿的金发越过脸庞，流泻而下。

"哦，是吗？"哈利说。

"是的。挪威只有四个警探拥有百分之百的破案率，你是其中之一。"

"我不确定这是对的。"哈利说。

"我确定。"她露出微笑，眯起双眼，眼中仿佛闪烁着午后阳光，一双赤足缓缓摇晃，仿佛坐在码头边。她直视哈利的双眼，像是要把他的眼珠给吸出来。

"这么晚了你在这里干吗？"哈利问道。

"我在健身房做体能训练。"她指了指地上的背包，屈曲右臂，露出明显的二头肌。哈利想起技击教练曾说她把好几个男生打到躺平。

"这么晚了还一个人做训练？"

"总得尽量学习啊，也许你可以为我示范要如何撂倒嫌犯？"

哈利看了看表："告诉我，你不是应该在……"

"睡觉？我睡不着，哈利，我一直在想……"

哈利看着她，只见她嘬起嘴唇，伸出一根手指抵在晶亮的红色嘴唇上。哈利觉得心中烧起一把怒火。"你在用脑筋想，很好，西莉亚，保持下去。我要继续……"他指了指桌上的作业。

"你还没问我在想什么，哈利。"

"告诉你三件事，西莉亚。我是讲师，不是接受告解的神父。你没有事先约定不能来这个侧翼。还有我姓霍勒，不是哈利，好吗？"他知道自己的口气有点太严厉，抬头一看，却发现西莉亚圆睁一双大眼，露出不可置信的表情。她放下抵在唇上的手指，嘬起的嘴巴也收了回去，再开口时声细如蚊。

"我是在想你，哈利。"

接着她哈哈大笑，笑声尖锐。

"我建议这个话题到此打住，西莉亚。"

"可是我爱你啊，哈利。"又是一阵大笑。

她是不是嗑药嗑嗨了？还是醉了？是不是刚离开狂欢派对？

"西莉亚，不要……"

"哈利，我知道你有义务要尽，我也知道讲师和学生之间有规矩要遵守，可是我知道我们能怎么做。我们可以去芝加哥，你可以在那里上有关连续杀人犯的课，我可以去上课，你可以——"

"别再说了！"

哈利听见自己的吼声在走廊上回荡。西莉亚弓起身子，仿佛被打了一拳。

"我送你出去，西莉亚。"

她一脸惊愕，对哈利猛眨眼睛："怎么回事，哈利？我是年度校园美女第二名，在这里我想要谁都可以，包括讲师在内，可是我把自己留给了你。"

"别说了。"

"你想知道我在洋装底下穿的是什么吗，哈利？"

她把一只赤足放在桌上，打开大腿。哈利以迅雷不及掩耳的速度把她的脚打落桌面，她根本来不及反应。

"除了我以外，没人可以把脚放到这张桌子上，谢谢。"

西莉亚垂下了头，把脸藏在双手之中，又把头埋在前臂之间，仿佛想躲进她修长健壮的手臂里。她开始静静啜泣。哈利让她这样坐着，直到啜泣声逐渐消退。他想把手放在她肩膀上，又改变主意。

"听着，西莉亚，"他说，"你可能吸食了些什么东西，我不知道，可是没关系，这种事人人都会碰到。我的建议是：你现在就离开，我们假装这件事从来没发生过，我也一个字都不会对别人说。"

"你是害怕人家会发现我们吗，哈利？"

"没有'我们'这件事，西莉亚。听我说，我是给你一个机会。"

"你是不是怕有人发现你上了学生？"

"我没有要上谁，我是为了你着想。"

西莉亚放下手臂，抬起头来。哈利吓了一跳。她的妆哭花了，从眼睛流出的仿佛是黑色血液，她的双眼闪烁着野蛮的光亮，又突然露出饥渴掠食者的笑容，让哈利联想到曾经在大自然节目上看到的动物。

"你骗人，哈利。你在上萝凯那个贱人，你也没有为我着想，完全不是你说的那样，你这虚伪的浑蛋。不过你可以想我，把我想成一块你可以上的肉，现在就可以上。"

她离开桌子，朝哈利踏上一步。一如往常，哈利瘫坐在椅子上，双腿伸直。他抬头看着她，觉得自己好像在一出即将上演的戏里，不对，是在已经上演的戏里，天哪。她优雅地向前将手放在他的膝盖上，向上抚摸，来到他的皮带，倚在他身上，手消失在他的T恤底下。她发出低沉的颤音。"嗯……六块腹肌很不赖哦，老师。"哈利抓住她的手，弹离椅子，扭转她的手腕到其背后，逼迫她抬高手臂，将她的头往地面的方向下压。她尖声大叫。接着他把她的身子转向门口，抓起她的背包，把她推出办公室，来到走廊上。

"哈利！"她呻吟道。

"这招叫作半尼尔森式，很多人称之为警察擒拿术。"哈利嘴上说着，脚下不停，推着她走下楼梯，"学起来考试可以派得上用场，如果你撑得到考试那天的话。希望你明白你已经把我逼到不得不呈报这件事的地步。"

"哈利！"

"并不是因为我觉得受到骚扰，而是因为我质疑你的心理状态是否有足够的稳定度可以当警察，西莉亚。这点就让学校当局去评估吧，你必须说服他们这只是一时失足而已。你觉得这样做算是公道吧？"

哈利用空着的那只手打开大门，把她推到门外。她转身瞪着哈利，露出愤怒和凶暴的赤裸眼神。这确认了哈利对西莉亚的看法，她不应该被赋予警察的权利，在民众之间活动。

哈利看着她蹒跚地穿过栅门，越过新堡大楼广场。广场上有个学生正在抽烟，大楼里隐约传出的砰砰音乐声暂时停歇。那学生身穿二十世纪六十年代的古巴军外套，倚着街灯，用刻意的淡漠表情看着西莉亚，等她走过之后，又转头看她。

哈利站在走廊上，大声咒骂，感觉脉搏缓和下来。他拿出手机，拨打其中一个联络人的电话。他手机里的联络人清单很短，有些人只用一个字母来表示。

"我是阿诺尔。"

"我是哈利。西莉亚·格拉夫森刚才跑来我办公室，这次她做得太过火了。"

"是吗？说来听听。"

哈利挑重点说了。

"这可不妙，哈利。而且可能比你想象的还糟糕。"

"她可能嗑药了，看起来像是刚离开派对，不然她就是有冲动控制的问题。可是我需要听听你的建议，看要怎么做。我知道我该报告这件事，可是——"

"你不明白。你还在大门前吗？"

"对，怎么了？"哈利说，颇为吃惊。

"警卫应该已经回家了，你有没有看见任何人在场？"

"任何人？"

"谁都可以。"

"呃，新堡大楼广场上有个家伙。"

"他有没有看见她离开？"

"有。"

"太好了！快过去问他的姓名地址，把他留住，我立刻过去载你。"

"什么？"

"我等一下再解释。"

"你是要我坐在你的自行车后座吗？"

"我得承认我有辆车。我二十分钟就到。"

"早……呃，早安？"毕尔·侯勒姆咕哝说，看了看表，不太确定自己是不是还在做梦。

"你还在睡觉？"

"没有没有。"侯勒姆说着，靠上床头板，把手机按在耳朵上，仿佛这样就可以把她拉得更近。

"我只是想跟你说，安东·米泰的车子座椅上粘的那块口香糖，我切了一小块下来，"卡翠娜说，"我想那应该是凶手吃过的，当然这只是姑且一试。"

"是。"侯勒姆说。

"你的意思是说我在浪费时间吗？"

侯勒姆觉得她的口气颇为失望。"你才是警探啊。"他说，并立刻后悔自己没说句更激励人心的话。

接下来的静默之中，他心想她在哪里？在家？或者也在床上？

"哦，好吧。"她叹了口气，"对了，我去证物室的时候发生了件怪事。"

"是吗？"侯勒姆说，并听见自己的口气过于热心。

"我好像听见里面还有别人，说不定是我听错了，但我要出去的时候看见有人动过架上的一个证物箱。我看了看标签……"

侯勒姆认为她应该躺在床上，她的声音有种慵懒的感觉。

"发现那是勒内命案的证物箱。"

哈利关上沉重的大门，把柔和的晨光挡在外头。

木造大宅里阴暗凉爽。他来到厨房，瘫坐在椅子上，花了点时间解开衬衫纽扣。

先前那个身穿军外套的家伙一看见哈利走过来就十分警觉，哈利问他是否可以等一位警察同僚到来。

"你知道这只是一般香烟而已！"那人说，把烟递给哈利。

阿诺尔来了以后，他们请那学生在证词上签名，然后坐上一辆年份不明的老菲亚特轿车，直接前往鉴识中心。由于最近发生的杀警案，鉴识中心里仍有人员在工作。哈利脱下衣服，有人把他的衣服拿去化验，另有两名男警用灯光和接触纸来采集生殖器官和双手上的微迹证，接着他们又拿了一个空塑料杯给他。

"尽量试试看吧，霍勒，这杯子应该够大。厕所就在走廊那头。想些美好的事物吧。"

"嗯。"

哈利离开房间，虽然没听见什么声音，却感觉到那些人忍住的笑意。

想些美好的事物。

哈利用手指抚摸放在厨房料理台上的报告复印件。这份报告是他私下请哈根寄来的，上面写着大量的拉丁文医学术语。他看得懂一些，足以知道鲁道夫·阿萨耶夫的死亡原因神秘难解，就跟他生前的行事风格一样。由于找不到任何证据显示其中涉及犯罪行为，他们不得不做出结论说鲁道夫死于脑梗塞，也就是中风，这十分常见。

倘若身为警探，哈利一定会跟他们说这种事不可能恰巧发生，关键证人不会"恰巧"死亡。阿诺尔怎么说来着？如果某人因为关键证人的证词而可能被判重刑，那么关键证人的死亡有百分之九十四的概率是被谋杀。

矛盾的是如果鲁道夫出面指证，哈利的确可能面临牢狱之灾，而且是严重的牢狱之灾。那么何必大费周章？何不干脆表达感激之意，鞠躬下台，继续安稳过日子？答案很简单：他出现机能失常。

哈利把报告丢到橡木长桌另一头，决定早上再把它丢进碎纸机。现在他需要睡个觉。

想些美好的事物。

哈利站起身来，脱下衣服，走进浴室站在莲蓬头底下，把水龙头完全转到热水，感觉肌肤热烫刺痛，惩罚他自己。

想些美好的事物。

他擦干身体，躺上双人床的干净白色床单，闭上眼睛，希望睡意赶快降临，但思绪抢先一步到来。

先前他想到的是她。

当他站在鉴识中心的厕所隔间里，双眼紧闭，集中精神，努力想些美好的事物时，脑子里想到的是西莉亚，想到的是她柔嫩的日晒肌肤、她的嘴唇、喷在他脸上的炙热气息、圆睁的愤怒双眼、健壮的身躯、身体的曲线、结实的肌肉、青春洋溢的美貌。

该死！

她的手放在他的皮带上，放在他的腹部。她的身体就要触碰到他。半尼尔森式。她的头几乎被压制到地上、抗议的呻吟声、背部弓起、臀部朝他抬起、身材宛如雌鹿般修长。

该死！该死！

他在床上坐起来。萝凯正对他露出温暖微笑，就在床边桌上的相框里。温暖、聪慧、识人。但她真的了解他吗？如果她可以进入他的头脑五秒钟，看看他究竟是什么样的人，她会不会尖叫逃跑？还是每个人都一样有病？区别只在于谁把心中的怪物释放出来，谁却没有？

他想到的是她。想到的是他在办公桌上满足她的愿望，推倒学生作业，让纸张在办公室里犹如蝴蝶般翻飞。粗糙的纸张粘在他们的肌肤上，上面写着蝇头小字，归类出各种谋杀类型：性、酒精、激情犯罪、家族仇恨、名誉杀人、贪婪杀人。他站在厕所隔间里想着她，把小杯子几乎装满。

21

贝雅特·隆恩打个哈欠，眨了眨眼，望出电车车窗。早晨的阳光蒸发了维格兰雕塑公园的雾气，被露水打湿的网球场空荡无人，只有一个憔悴的老人茫然地站在以页岩粉末铺成的球场上，场地尚未为新球季挂上球网。老人看着电车，两条瘦腿从老式短裤里伸出，蓝色衬衫的纽扣扣错，球拍拖在地上。贝雅特心想，他在等待永远不会出现的球伴。也许因为他跟球伴约的时间是去年这个时候，而球伴已不在人世。她明白他的心情。

电车经过公园大门，停了下来。她看了看生命之柱。

其实她有个男性朋友，昨晚卡翠娜去家里拿证物室的钥匙以后，她就去找他。这就是为什么现在她会在奥斯陆的另一头、坐在电车上的原因。他是个平凡男人。她会如此给他归类。他不是那种女人会梦想的男人，只是个偶尔会需要跟他在一起的男人。他的小孩在前妻家，贝雅特的儿子则住在斯泰恩谢尔的爷爷奶奶家，因此他们有时间可以多相处。然而贝雅特发现自己拨出来跟他碰面的时间有限，基本上他的存在只是提供给她一个选项，而非真的要花时间在一起。他无法取代哈福森，但无所谓，她没有要找替代品，她要的就是这种没有承诺的关系，就算失去了也不会让她损失太多。

贝雅特望着窗外，看着从旁边驶过的对向电车。安静的车厢中，她听见邻座少女的耳机传来低微的音乐声，并听出那是九十年代烦人的流行歌曲。当时她还是警院里一个安静的女学生，脸色苍白，十分害羞，有人看她就会脸红，所幸不是太多人会看她，看她的人也很快就把她忘了。贝雅特的脸孔和磁场可以让她变得很普通，犹如鱼缸里的鱼，犹如视觉上的不粘锅。

但她记得他们。

每一个都记得。

这就是为什么她看见隔壁电车上的乘客，就知道自己见过他们的时间和地点。有的是昨天一起搭同一班电车，有的是二十年前在学校操场上见过，有的可能在银行抢劫案的监视录像上看过，有的可能是她去史丁斯卓百货公司买衬衣时在电扶梯上遇过。无论他们容貌变了或老了、化了妆或留了胡子、换了发型或打了肉毒杆菌或植入硅胶，她都还是认得出他们，仿佛他们真正的脸孔会浮现出来，仿佛他们的真面目就像永远不变的 DNA 编码里的十一个数字。这是她的祝福也是诅咒，有些心理医生想给她贴上阿斯伯格综合征的标签，其他医生则认为她有轻微的脑部损伤，使得大脑中负责辨识脸孔的梭状回试图补偿。其他比较聪明的医生则不给她贴上任何标签，只是陈述说她的大脑会储存每张脸孔的独特性，犹如计算机储存 DNA 编码的数字，作为日后辨识的依据。

这就是为什么贝雅特在看见对向列车上的一名男子之后，大脑就开始高速运作，这对她来说是很寻常的事。

但不寻常的是她无法立刻认出男子。

他们之间相距一米半。男子之所以会吸引贝雅特的注意是因为他在起雾的车窗上写字，因此转头面对车窗，也正好面对她。她见过这个人，但用来把这张脸和姓名连接起来的 DNA 标记数字却隐而不现。

也许是因为窗玻璃的倒影，也许是因为落在男子双眼上的阴影。正当她打算放弃时，电车开始前进，光影有了变化，男子抬眼和她四目交接。

一股电流窜过贝雅特全身。

男子的眼神是爬虫类的眼神。

那是杀人犯的冰冷眼神，而且一眼就认出她是警察。

男子是瓦伦丁·耶尔森。

贝雅特立刻明白自己为什么无法在第一时间认出他来，也明白他是如何躲藏的。

贝雅特站起来想下车，但邻座少女只是闭着眼睛，跟随音乐点头。贝雅特推了推她，她抬起头来，露出厌恶的神情。

"借过。"贝雅特做出口型。

少女挑起一道画过的眉毛，不动如山。

贝雅特拉开少女的耳机。

"我是警察，我要下车。"

"电车已经开了。"少女说。

"立刻给我移动你的肥臀！"

其他乘客纷纷转头来看，但贝雅特没有脸红，她已不再是那个安静的女学生。她身形依然娇小，皮肤苍白近乎透明，头发颜色浅得犹如未下水的干燥意大利面。但过去那个贝雅特已不复存在。

"停车！我是警察！快停车！"

她从乘客之间挤过，朝司机和出口的方向前进，耳中听见尖锐的刹车声。她亮出警察证，不耐烦地等待。电车又晃动一下，终于停了下来。站立的乘客拉着拉环，身体不由自主地往前晃了晃。车门砰的一声打开。她纵身一跃，跳下电车，奔越横过马路的电车轨道，透过单薄的鞋底感觉到草地上的露水。对向电车开始移动，她听见铁轨发出低沉的吟唱声，声音越来越高。她尽可能向前狂奔。瓦伦丁很可能身上没带武器，电车上人那么多他绝对跑不掉，她只要挥动警察证，大声叫出"你被逮捕了"就行，但前提是她必须赶上电车。然而跑步不是她的强项，诊断她有阿斯伯格综合征的医生是这样说的，这类患者的身体协调性通常不佳。

她在湿答答的草地上稍微一滑，但仍设法稳住身形。只剩几米而已。她追上电车尾端，伸手拍打车身，高声喊叫，挥动她的证件，希望司机在后视镜里看见她。也许司机真的看见了，但看见的却是个睡过头的上班族，没命地挥舞月票。轨道的鸣声又高了一度音，电车抛下她加速驶去。

她停下脚步，看着电车消失在麦佑斯登区。她回过头去，看见刚才搭乘的电车往福隆纳广场驶去。

她静静咒骂一声，拿出手机，穿越马路，靠在网球场的铁丝网上，输入号码。

"我是侯勒姆。"

"是我，我刚才看见瓦伦丁了。"

"什么？你确定吗？"

"毕尔……"

"抱歉。在哪里看到的？"

"在一列经由福隆纳广场开往麦佑斯登区的电车上看到的，你在上班吗？"

"对。"

"那是十二号电车，查出它要开去哪里，把车拦截下来，不能让他跑了。"

"好。我会查出电车经过的车站，把瓦伦丁的长相描述发送给所有警车。"

"这个没用。"

"哪个没用？"

"长相描述没用，他不一样了。"

"什么意思？"

"他动过大型的整形手术，所以才能在奥斯陆来来去去不被发现。告诉我那列电车在什么地方被拦下来，我亲自过去指认他。"

"收到。先挂了。"

贝雅特把手机放回口袋，这时才发现自己气喘吁吁。她面前的晨间车阵只前进了几寸，仿佛什么事也没发生，仿佛刚才有个杀人犯露出行迹跟它们一点关系也没有。

"他们是怎么了？"

贝雅特离开铁丝网，转头朝颤抖的说话声望去。

那老人看着她，露出询问的眼神。

"他们都跑哪儿去了？"他又问了一次。

贝雅特看见老人的痛苦，喉头一阵酸苦，立刻吞了口口水。

"你想……"老人说，稍微挥了挥球拍，"他们是不是去别的球场了？"

贝雅特缓缓点头。

"对，可能是这样，"他说，"我不该来这里的，他们在另一个球场，他们在那里等我。"

贝雅特看着老人瘦弱的背影朝栅门蹒跚走去。

接着她快步朝麦佑斯登区移动。尽管她的脑子动个不停，思索瓦伦丁要去哪里，从哪里来，他们逮到他的概率有多高，老人的孱弱话声却在她脑中挥之不去。

他们在那里等我。

米雅·哈维森看着哈利·霍勒。

她双臂交叠，半转过身，肩头对着哈利。这位病理医生的周围放着许多蓝色塑料盆，里头装着肢解的人体。学生才刚离开国立医院一楼的法医学研究所，哈利这位旧识就冲了进来，腋下夹着阿萨耶夫的病理报告。

米雅之所以摆出轻蔑的肢体语言，并不是因为她不喜欢哈利，而是因为哈利是麻烦的代名词。过去哈利担任警探时，每当他出现，通常就代表额外的工作、紧迫的期限、不少捅娄子被笑的机会，而这些娄子根本就不关他们的事。

"我们给鲁道夫·阿萨耶夫验尸，"米雅说，"验得非常彻底。"

"还不够彻底。"哈利说，把报告放在晶亮的金属桌上，刚才那班学生才在这张桌子上切割大体。一条白布底下露出一只强壮的手臂，手臂被从肩膀处割开。哈利看了看手臂上褪色的刺青：想死嫌早。这人可能是灰狼帮的骑士，灰狼帮是阿萨耶夫一心想除之而后快的敌对帮派。

"那你为什么认为我们还不够彻底啊，霍勒？"

"第一，你们找不出死因。"

"有时尸体就是无法提供任何线索，这你应该知道，但这不表示死者不是死于自然因素。"

"这个案例最自然的死因是有人谋杀了他。"

"我知道他是可能的关键证人，可是验尸程序是固定的，不会受这种情况影响。我们发现的就是这样，仅此而已，病理学可不是直觉的科学。"

"科学就是根据假设检验对不对？"哈利说，在米雅的桌子上坐了下来，"建立一套理论，然后验证它是真是假，对不对？"

米雅摇了摇头，并不是因为哈利这番话说得不对，而是因为她不喜欢这段对话的走向。

"我的理论是，"哈利继续说，露出天真的笑容，看起来像是小男孩正在说服母亲要一枚原子弹当作圣诞礼物，"杀害阿萨耶夫的这个人清楚知道你们的验尸程序，以及用什么手法可以让你们什么都验不出来。"

米雅改变站姿，用另一侧肩头对着哈利："所以呢？"

"所以说，换作你，你会怎么做，米雅？"

"我？"

"你知道所有的窍门，你会怎么做来骗倒你自己？"

"我是嫌犯吗？"

"那要等进一步通知。"

米雅正要发作，却看见哈利嘴角上扬。

"凶器呢？"她问道。

"针筒。"哈利说。

"哦？何以见得？"

"可以注射麻醉类的药物。"

"原来如此。每一种药物我们几乎都有办法验出来，尤其是这件案子很快就开始验尸。我认为唯一的选择是……"

"是什么？"哈利露出微笑，仿佛他已得逞。这男人真烦，不知道是该甩他一巴掌还是吻他才好。

"注入空气。"

"意思是？"

"史上最古老的方法，也是目前为止最棒的方法。先把针筒抽进空气，再把空气注入血管，在血管里形成气泡，进而产生空气栓塞。如果栓塞形成的时间够久，血液无法流到重要器官，例如心脏或大脑，就会造成死亡。这方法又快又不会产生化学残留物。空气栓塞不需要外力介入就可能在体内形成。结案。"

"可是注射痕迹可以看得见。"

"如果用的针很细，就得把每厘米的皮肤都检查过才可能找得到。"

哈利喜上眉梢，宛如打开礼物的小男孩，认为里面是颗原子弹。

米雅亦一脸欣然。

"那你们有没有检查——"

"有，"这句话等于甩了哈利一巴掌，"每厘米都检查过，甚至连点滴都检查过，因为通过点滴也可以注入空气。可是我们连个蚊虫咬伤都没发现。"米雅看见哈利眼中的炽烈光芒消失了，"抱歉，哈利，可是我们的确注意过死因可能有疑点。"口气强调"的确"这两个字。

"我得准备上下一堂课了，所以——"

"那不是皮肤的地方呢？"哈利问。

"什么？"

"如果针头是插在别的地方呢？那些孔洞。嘴巴、直肠、鼻孔、耳朵。"

"很有趣的想法，可是鼻子和耳朵没什么适合的血管。直肠是有可能，可是避开重要器官的机会就会降低，而且你必须非常熟练才能在盲目的状况下找到血管。嘴巴还算有可能，因为嘴里有血管，通往脑部的距离又很短，很快就能导致死亡，可是我们一定会检查嘴巴，而且嘴里遍布黏膜，针头插入一定会肿起来，很容易发现。"

米雅看着哈利，感觉他的脑子仍不停转动，寻找解答，但最后他还是放弃，点了点头。

"很高兴再见到你，霍勒。如果你还有其他想法就再来试一次吧。"

米雅转身走到一个容器前，把一只手指张开的灰白色手臂按进酒精里。

"再来……试一次。"她听见哈利咕哝地说，于是叹了口气。这男人真的很烦。

"他可能再试一次。"哈利说。

"在哪里呢？"

"你说通往脑部距离很短的地方，从后面注射，他可能把注射痕迹藏在后面。"

"后面哪里？"她陡然住口，朝哈利指的地方望去，闭上眼睛叹了口气。

"抱歉，"哈利说，"可是 FBI 数据显示，对关键证人进行二次检验，会把谋杀概率从百分之七十五拉高到百分之九十四。"

米雅摇了摇头。哈利·霍勒。额外的工作、不少捅娄子被笑的机会，而这些娄子根本就不关他们的事。

"这里。"贝雅特说。出租车在人行道旁停下。

电车停在韦勒文餐厅前的电车站，前后各停了一辆警车。侯勒姆和卡翠娜倚着那辆亚马逊轿车。

贝雅特付了车钱，跳下车。

"怎么样？"

"三名警察在电车上，不准任何人离开。我们都在等你。"

"这辆电车上面写着十一号，我说的是十二号。"

"它过了麦佑斯登区的十字路口就会变换号码，电车还是同一辆。"

贝雅特快步走到电车前门，用力在门上敲了敲，举起警察证。车门发出喷气声，打开来。她爬上电车，对制服警察点了点头，那警察手里拿着黑克勒 - 科赫 P30L 手枪。

"跟我来。"她说，开始穿过挤满人的电车。

她一路走到电车中段，细看每张脸孔，继续前进，看见一扇起雾的车窗上画着涂鸦，感觉心跳越来越快。她对警察打个手势，朝座位上的一名男子比了比。

"不好意思！对，就是你。"

男子抬起头来，面对贝雅特，他露出惊恐神情，脸上长了许多发红的痘痘。

"我……我不是故意的，我把交通卡忘在家里了，以后再也不敢了。"

贝雅特闭上眼睛，暗暗咒骂一声，朝警察点了点头，表示继续跟着她。他们一直走到电车车尾，没有其他发现。贝雅特高声叫司机打开后门，步下电车。

"怎么样？"卡翠娜说。

"不见了。问问看乘客有没有人看见他，如果他们还没忘记，再过一小时也会忘记。提醒你们，他大约四十来岁，身高大概一米八，蓝色眼珠，但现在有点变成丹凤眼。他留褐色短发，颧骨高耸，嘴唇很薄。不准让人碰那扇他写字的车窗，去采集指纹，拍下照片。毕尔？"

"是？"

"你去询问从这里到维格兰雕塑公园的每一站，可以问附近店家的工作人员，看他们是否知道符合这个描述的人。搭早班电车的人通常每天都会走同样路线，可能是去上班、上学、去健身房或经常光顾的咖啡馆。"

"所以我们还是可能有机会找到他。"卡翠娜说。

"对，可是要小心，毕尔，先确认你去问的人不会跑去警告他。卡翠娜，你去问问看我们能不能借几个警察去搭早班电车，再找几个警察搭今天其他时段的电车，说不定瓦伦丁会从同一个路线回去，好吗？"

卡翠娜和毕尔去找其他警察，分派工作。贝雅特抬头看着那扇车窗。瓦伦丁在雾气上画下的线条晕了开来，他画的是重复的图案，有点像蕾丝花边，先画一条垂直线，再接着一个圆圈，一排接一排，组成一个方形矩阵。

这涂鸦可能不是很重要。

但哈利以前常说："事情可能不重要或没关联，但每样事物一定都代表着什么，所以我们从已经摊在阳光下、已经可以看出些什么的地方开始搜寻。"

贝雅特拿出手机，拍下车窗，这时她突然想起一件事。

"卡翠娜！过来一下！"

卡翠娜听见呼唤，把简报工作交给侯勒姆。

"昨天晚上怎么样？"

"很顺利，"卡翠娜说，"我今天早上把口香糖拿去送验了，登记在一起性侵悬案的案件编号底下。现在他们都优先处理杀警案，可是他们答应说会尽快。"

贝雅特若有所思地点点头，伸手抹了抹脸："尽快是多快？我们不能让疑似为凶手所有的 DNA 排在最后，只为了获得赞美。"

卡翠娜单手叉腰，看着贝雅特。贝雅特对警察比了比手势。"我认识里头的一个女性人员，"卡翠娜扯了个谎，"我可以打电话请她催一下。"

贝雅特看着她，迟疑片刻，还是点了点头。

"你确定你不是一厢情愿地希望那个人是瓦伦丁·耶尔森？"奥纳说，他站在窗边，低头看着诊所楼下的繁忙街道，看着行色匆匆的路人，看着可能是瓦伦丁的每一个人，"缺乏睡眠的人经常出现错觉，过去四十八小时以来你睡了多久？"

"我会算一下，"贝雅特回答，口气清楚地向奥纳表达她其实不用去算，"我之所以打给你是因为他在电车车窗上画了些东西，你有没有收到我的短信？"

"有。"奥纳说。他才开始进行一节咨询，就接到贝雅特的短信，手机在打开的抽屉里亮了起来。

看照片。很紧急。再打给你。

奥纳心中浮现一种近乎反常的窃喜心情，他看着保罗·斯塔夫纳斯的惊愕表情，告诉他说有通电话他非接不可，也看见对方收到了他的言外之意：这件事比你发的牢骚重要多了。

"你说过心理医生可以分析反社会人格者的笔迹，推断出他们的潜意识。"

"这个嘛，我说的可能是格拉纳达大学发展出一套方法，可以通过艺术来研究精神病人格疾患，可是研究对象是接到指示去画出特定的东西，你说的更像是文字而不是图案。"奥纳说。

"是吗？"

"至少我可以看出 i 和 O，这比图案要有意思多了。"

"怎么说？"

"清晨在电车上，头脑昏沉，潜意识会支配你写出的东西，而潜意识就像密码或画谜，有时根本难以理解，有时却意外地简单，甚至可以说是平淡无奇。我有个病人以前常害怕自己会被强暴，她常做同一个梦，而且被吓醒，梦里有根坦克车的炮管从卧室窗外伸进来到她的床尾，炮管上挂着一张纸条，上头写着 P+N+15。奇怪的是她自己竟然解不开这个非常简单的密码，可是大脑经常会伪装自己真正的想法，原因可能是安逸、罪恶感、恐惧……"

"i 和 O 代表什么意思？"

"可能代表他觉得搭电车很无聊。请不要高估我的能力,贝雅特。当初我之所以选择念心理学,是因为对太笨而无法成为医生或工程师的人来说,这是个不错的选择。我想一下再回你电话,现在我有病人。"

"好。"

奥纳结束通话,又低头看着街道。对街往玻克塔路方向的一百米处有家刺青店,十一号电车行经玻克塔路,而瓦伦丁身上有刺青。这个刺青可以用来辨识他,除非把刺青除去,或是去刺青店做修改。只要加几个简单的线条,图案就可以出现大幅改变。例如,在一个半圆的图案上加上一条直线,就可以构成 D,或是在 O 上面画一条斜线,就会变成 Ø。奥纳在窗户上哈了一口气。

他听见背后传来不耐烦的咳嗽声。

他依照贝雅特传来的图片,在雾气上简单地画一条垂直线,再画一个圆圈。

"你这样我可不想付全额咨询费——"

"你知道吗,保罗?"奥纳说,接着又加上一个半圆和一条斜线。他把这个字念出来:DØ。也就是"死"的意思。他把这个字从窗户上擦去。"这节咨询免费。"

22

里科·贺瑞姆知道自己大限将至。其实他一直都知道。不过新鲜的是，他知道自己在三十六小时内就会死亡。

"炭疽病。"泰国医生用英语又说了一次，美式发音的卷舌音发得很清楚。这个小眼睛的医生一定是在美国攻读医学院，并在这家私人诊所谋得一职，这里可能只有外国人或观光客会来看病。

"我很遗憾。"

里科用氧气罩呼吸，即便如此仍呼吸困难。三十六小时。医生说三十六小时。医生还问里科是否希望他们替他联络家属，现在搭上飞机可能还来得及。还是要找神父来？他是天主教徒吗？

医生一定是看见里科一脸困惑，才觉得必须进一步解释。

"炭疽病是一种由细菌引起的疾病，这种细菌在你的肺里，你可能是几天前吸进去的。"

里科还是不懂。

"如果你只是吃下去或是沾到皮肤，我们可能还有办法救，可是在肺里面就……"

细菌？他会因为细菌而死？这细菌是他吸进去的？从哪里吸进去？

这些念头在他脑子里不断盘旋，宛如医生这番话的回音。

"你知道是在哪里吸进去的吗？警察会希望知道，避免其他人暴露在这种病菌中。"

里科闭上眼睛。

"贺瑞姆先生，请你回想看看，这样可以救其他人……"

可以救其他人，却救不了他自己。三十六小时。

"贺瑞姆先生？"

里科想点头表示他听见了，却无法办到。一扇门打开，许多双鞋子咔嗒咔嗒走了进来，接着又听见一名女子气喘吁吁、压低嗓音说话。

"我是挪威大使卡莉·法斯塔，我们一接到消息就立刻赶来了，他是不是……"

"他的血液已经停止循环，快进入休克状态了。"

到底是在哪里感染的？是不是他搭出租车从曼谷前往芭堤雅时，中途在路边的肮脏餐馆进食而感染的？或是在泰国人称之为厕所，其实却只是地上一个臭气熏天的洞，在那里如厕感染的？还是在旅馆感染的？细菌不是经常通过空调系统传播吗？但医生说最初的发病症状跟感冒一样，而他在飞机上就已经出现症状了。如果细菌存在于飞机上的空气中，其他旅客也会感染才对。他又听见那女子的声音响起，这次她用挪威语低声说："炭疽病，天哪，我以为这种病只存在于生物武器中。"

"并不尽然，"一个男子的声音说，"我在来这里的路上用Google搜索过，炭疽杆菌的潜伏期可能长达好几年，是种很难缠的小浑球。它以孢子的形态扩散，就跟以前美国发生的炭疽攻击事件中，信件上所带有的粉末一样，你还记得吗？大概是十多年前的事。"

"你认为有人寄了含有炭疽杆菌的信给他？"

"他有可能在任何地方感染，但最常见的状况是接触牲畜，我们可能永远不得而知。"

但里科知道，突然间他心中雪亮。他把手移到氧气面罩上。

"有没有联络他的亲属？"

"有。"

"怎么样？"

"他们说尽管让他去死。"

"好。他是恋童癖？"

"不是，但他的犯罪史很长。嘿，他在动。"

里科移开面罩，试图说话，发出的却只是嘶哑难辨的气息声。他再试一次，看见那个顶着金色鬈发的女子低头看着他，脸上表情糅合了忧虑和恶心。

"医生，这样会不会……"

"不会，这种病不会在人与人之间传染。"

不会传染，所以只有他感染而已。

女子的脸靠近了些。即使死期将近，或正因为死期将近，里科贪婪地吸入女子的香水味，就跟那天他在鱼店吸入空气一样，透过那只羊毛手套吸入空气，闻到湿羊毛和石灰粉的味道。粉末。当天那个男人用围巾围住自己的口鼻，其实不是为了把脸遮住，而是因为细小的孢子会在空气中乱飞。

"我们可能还有办法救，可是在肺里头就……"

里科用尽力气，发出声音，说出了六个字。他突然想到这六个字就是他的遗言。接着无尽的黑暗降临在里科身上，犹如一出演了四十二年、悲惨苦痛的戏码来到尾声，布幕落下。

猛烈的暴雨打在车顶，仿佛想钻入车内。卡莉·法斯塔不由自主打个冷战。她的肌肤总是附着一层汗水，人家说这种情况到了十一月左右雨季结束就会改善。她很想返回大使官邸。她讨厌来到芭堤雅，但这已经不是第一次来了。她当初的职业规划并不包括处理人渣，正好相反，她想象自己会参加有趣的鸡尾酒派对，遇见知识分子，和人谈论崇高的政治和文化话题。她期待的是个人发展，以及对重大议题有更深入的了解，岂料却一头栽进这充满琐事的困惑情境。例如，该如何为挪威的性掠食者找个好律师，也许再将他遣返，送进具有三星旅馆等级的挪威监狱。

雨突然降下也突然停止。车子穿过热气蒸腾的柏油路面。

"你刚才说贺瑞姆说了什么来着？"大使秘书问道。

"瓦伦丁。"卡莉答道。

"不是，我是说其他几个字。"

"听得不是很清楚，可能是三个字，听起来有点像腌肉松。"

"腌肉松？"

"好像是。"

卡莉看着种植在公路旁的橡胶树。她想回家，回到故乡的家。

23

哈利奔越警院的走廊，经过挪威画家弗兰斯·维德贝里（Frans Widerberg）的画作。

她就站在健身房门口，身穿紧身运动服，准备进行技击训练。她双臂交叠，倚着门框，目光跟随哈利移动。哈利正要对她点头打招呼，却听见有人大叫："西莉亚！"她便进门而去。

哈利来到二楼，把头探进门内，看见了阿诺尔。

"课上得怎么样？"

"不错啊，但学生好像非常想念你那些来自所谓现实世界，又跟课程无关的骇人范例。"阿诺尔说，继续按摩他那只有毛病的脚。

"反正谢谢你帮我代课。"哈利露出微笑。

"没问题，你去忙什么事那么重要？"

"我得去病理组跑一趟，那个病理医生同意掘出鲁道夫·阿萨耶夫的尸体进行二次检验。我把你说的 FBI 统计数据用在死亡的证人身上。"

"很高兴我说的话派上用场。对了，你又有访客来了。"

"不会是……"

"不是，既不是格拉夫森小姐，也不是你以前的同事。我请他在你办公室稍等。"

"那是谁？"

"应该是你认识的人，我给他泡了咖啡。"

哈利直视阿诺尔，微微一点头，转身离去。

哈利办公室里坐在椅子上的男人看上去没什么变化，只是体重增加了点，鬓角多了几丝白发，但依然留着稚气刘海。他身上穿的西装看起来像是借来的，目光机敏锐利，阅读一页文件只要四秒钟时间，有必要的话还可以在法庭上引用每一个字。简而言之，尤汉·孔恩就是贝雅特所说的法律上的解决之道，即使挪威法律是对手，这位律师都有办法打赢官司。

"哈利·霍勒。"孔恩说，声音听起来相当年轻。他站起身来，伸出了手，"好久不见。"他用英语说。

"还不够久，"哈利说，跟孔恩握了握手，用钛金属手指捏住他的手掌，"每次你出现都代表有坏消息，孔恩。咖啡还可以吗？"

孔恩也用力回捏哈利的手掌，他所增加的那些体重一定来自肌肉。

"咖啡很好喝，"他露出会意的微笑，"一如往常，我带来的都是坏消息。"

"哦？"

"我不常亲自出马来见对方，但我希望在一切都化为白纸黑字之前先跟你私下碰面。事情是有关西莉亚·格拉夫森，你的学生。"

"我的学生。"哈利复述。

"难道不是吗？"

"从某方面来说是的，但你的口气听起来好像她是属于我个人的学生。"

"我会尽量挑重点说，"孔恩说，噘起嘴唇，露出微笑，"她直接来找我，而不是去报警，因为你们出于恐惧一定会彼此声援。"

"你们？"

"就是警察。"

"我已经不属于——"

"警方雇用了你很多年，而且身为警大学院员工，你依然是警务体系的一分子。重点是她怕警方会劝阻她，叫她不要对这起性侵案提告，而且她如果起身对抗，有可能对她的事业造成长期的伤害。"

"你在说什么啊，孔恩？"

"难道我说得还不够清楚吗？昨天晚上将近午夜的时候，你在这间办公室强暴了西莉亚·格拉夫森。"

接下来的静默中，孔恩仔细观察哈利。

"我不是刻意针对你，霍勒，可是你脸上一点吃惊的表情都没有，更加强化了我客户的可信度。"

"这还需要什么强化？"

孔恩十指相触："我希望你认识到这件事的严重性，霍勒。我们如果告发这起强暴案，将案件公之于世，会让你的生活天翻地覆。"

哈利想象法庭上的模样，孔恩身穿律师袍，伸出手指指着坐在被告席上的他，字字句句都在控诉他的不是，一旁的西莉亚勇敢地拭去眼泪。非职业法官一个个都不可置信地张开了嘴，一副义愤填膺的模样。旁听席上冷锋压境，速记员手中的铅笔在本子上永无止境地书写。

"现在之所以是我坐在这里，而不是两个警察拿手铐准备押着你穿过走廊，从你的同事和学生面前走过，唯一的原因是这个方式也会让我的客户付出代价。"

"什么代价？"

"我相信你知道是什么代价，她永远都会背负着送警察同袍进监狱的恶名，大家都会说她是个告密者。我知道警界里有这种潜规则。"

"你电影看太多了吧，孔恩。警方很乐于厘清强暴案，才不会去管嫌犯是谁。"

"再说打官司对一个年轻女生来说是很折磨的，尤其是大考就要到了。况且她不敢去报警，又得深思熟虑一番才来找我，很多刑事鉴识证据和生物迹证都流失了，这代表官司会打得更久。"

"那你手上有什么证据？"

"淤青、抓痕、撕破的衣服。如果我要求对这间办公室进行地毯式搜索，一定可以找到跟她衣服上同样的微迹证。"

"如果?"

"对。我不只是带来坏消息而已,哈利。"

"哦?"

"我还带来了另一个选择。"

"我想应该是魔鬼的选择吧。"

"你是个聪明人,霍勒。你知道我们没有掌握绝对证据,可是强暴案通常都是这样的不是吗?总是双方各执一词,最后双方都成了输家。被害人受到怀疑,大家都认为她行为不检点、做出不实指控。加害人则被认为是侥幸逃脱。有鉴于这个双输局面,西莉亚·格拉夫森向我提出一个愿望、一个提议,我毫不犹豫地就支持她。先让我卸下原告律师的角色,霍勒,我建议你也支持这个提议。因为她清楚表示,除此之外只有一条路可以走,那就是去报警。"

"哦?"

"是的。既然将来她想成为维护法纪的警察,因此现在她认为自己有责任善尽公民义务,让强暴犯受到惩罚。但惩罚不一定要由法官来做,这点对你来说比较遗憾。"

"所以她还是很有原则的喽?"

"换作我,我会少说点带刺的话,多说点感恩的话,霍勒。我大可以建议她去报警的。"

"你到底想怎样,孔恩?"

"简而言之,就是请你辞去警大学院的教职,以后再也不要跟警界有任何关系,让西莉亚可以在这里安心完成学业,不受你打扰。日后她当上警察了也是一样。你只要说一句不利于她的话,这个协议就宣告无效,我们会立刻报案。"

哈利把双肘放在桌上,双手抵着头,按摩头部。

"我会做好协议书，"孔恩说，"你的辞职可以换取她的沉默，双方对此事都必须保密。如果你打破保密协议也很难伤害到她，她做的这个决定会得到同情和了解的。"

"而我如果同意协议，就会被认为有罪。"

"你可以把它视为止损，霍勒。以你的背景，很快就能找到工作，比如说去当保险调查员，薪水还比在警大学院当老师更优渥，这你得相信我。"

"我相信你。"

"很好，"孔恩打开手机盖，"这几天你什么时候有空？"

"明天就有空。"

"很好，明天下午两点在我公司碰面。你以前去过，还记得在哪里吗？"

哈利点了点头。

"太好了。祝你有美妙的一天，霍勒！"

孔恩从椅子上跳了起来。哈利猜想他平常在做提膝、卧推和引体向上。

孔恩离开后，哈利看了看表。今天是周四，这周萝凯会提前一天回来。班机下午五点半降落，哈利说他会开车去机场接她。一如往常，她说了两次"不用啦，你不用来接我了"，就接受并道谢。哈利知道她很享受回家的四十五分钟路程，享受两人的闲聊、静谧的气氛，为美好的夜晚揭开序幕。随着乡间景致在车窗外掠过，她会用兴奋的语调述说《国际法院规约》规定只有国家才能向海牙国际法庭提交裁决的真正用意是什么，或是谈论联合国所拥有和缺乏的合法权力。或是他们会谈起欧雷克，比如他最近做了些什么，每天看起来都有起色，昔日的欧雷克渐渐回来了，他打算念法律，去考警大学院。他们也会谈起他们有多么幸运，幸福有多么脆弱。

他们想到什么就说什么，不会拐弯抹角，几乎什么都说。但哈利从不会说自己有多害怕，害怕做出他无法实现的承诺，害怕自己无法成为他想成为的那种人，为了他们必须成为的那种人。他惶惶不安，不知道他们会不会永远都对他这么好，不知道别人是否真能让他快乐。

他觉得自己现在能跟萝凯和欧雷克在一起，只是一时的机缘巧合而已，对于能否维持下去他没有信心，也觉得这像是个难以置信的美梦，随时可能醒来。

哈利揉了揉脸。也许美梦只能做到这里而已，醒来的时候到了，无情的刺眼晨光终于亮起，现实终于来临，一切都会回到过去那样，冰冷、艰苦、孤寂。哈利打了个冷战。

卡翠娜·布莱特看了看表。九点十分。外面可能是乍暖的春夜，但地下室里还是冷冽潮湿的冬夜。她看见侯勒姆抓了抓红色络腮胡，奥纳正在本子上写字，贝雅特捂嘴打了个哈欠。他们围坐在一台计算机前，观看贝雅特拍下的电车车窗照片。他们讨论过车窗上的涂鸦，认为无论它有什么含意，都不太可能帮助他们逮到瓦伦丁。

接着卡翠娜又跟他们提起她在证物室里觉得有别人一事。

"应该是那里的工作人员吧，"侯勒姆说，"不过，呃，好吧，他们不开灯是有点怪。"

"要复制一把钥匙是很简单的。"卡翠娜说。

"说不定不是字母，"贝雅特说，"而是数字。"

众人朝她望去，她仍凝视着计算机。

"是1和0，不是i和O，就像二进制代码。1代表是，0代表否，是不是这样，卡翠娜？"

"我不是程序设计师，"卡翠娜说，"不过你说得没错，1代表开，0代表关。"

"1代表行动，0代表不做，"贝雅特说，"做、不做、做、不做、1、0，一排又一排。"

"就像法国菊的花瓣。"侯勒姆说。

众人坐着沉默不语,只听得见计算机风扇运作的声音。

"矩阵停在 0,"奥纳说,"不做。"

"如果他打算停手,"贝雅特说,"那他做完这件案子以后就会收手。"

"有时连续杀人犯会停止杀人,"卡翠娜说,"就此消失,再也没有消息。"

"那是例外,"贝雅特说,"0 或非 0。谁认为警察杀手打算停手,奥纳?"

"卡翠娜说得没错,这种事的确会发生,但这家伙恐怕会继续犯案。"

恐怕,卡翠娜心想。她差点冲口而出说她怕的正好相反,眼看凶手就近在咫尺了,她怕他会停手。这个险值得一冒。是的,在最糟糕的状况下,她愿意牺牲一位警察同袍来逮到瓦伦丁。她的这个想法虽然令人不悦,却是事实。再死一名警察是可以容忍的,让瓦伦丁逍遥法外却难以容忍。她说出无声的咒语:再干一次,你这浑蛋,再下手一次。

卡翠娜的手机响了起来,她看见屏幕显示病理组来电。

"嘿,我们化验了强暴案的这块口香糖。"

"是……"卡翠娜感觉心跳加速。那些微不足道的推测都滚到一边去吧,这可是具体证据。

"恐怕我们找不到任何 DNA。"

"什么?"这感觉就像被人浇了一桶冰水,"可是……可是那里面充满唾液啊。"

"有时结果就是这样。当然我们可以再化验一次,但现在这些杀警案……"

卡翠娜结束通话。"他们在那块嚼过的口香糖里什么都没找到。"她低声说。

侯勒姆和贝雅特点了点头。卡翠娜似乎察觉到贝雅特有点松了口气的感觉。

门上传来敲门声。

"来了！"贝雅特高声说。

卡翠娜看着那扇铁门，非常确定来的人是他。

那高大的金发男子回心转意了，他来拯救他们了。

铁门打开。卡翠娜咒骂一声。来人是甘纳·哈根。"怎么样了？"

贝雅特高举双臂："今天下午在十一号和十二号电车上都没发现瓦伦丁的踪影，探访民众也没查到任何有用的线索。今晚我们派了警察搭上电车，可是明天清晨的可能性比较高。"

"大调查组的人来质问我为什么派警员去电车上，他们想知道这是怎么回事，是不是跟杀警案有关。"

"流言传得可真快。"贝雅特说。

"有点太快了，"哈根说，"一定会传进贝尔曼的耳朵里。"

卡翠娜盯着屏幕瞧。模式。这正是她的专长，过去她曾发挥这个专长，协助追查到雪人。所以说，1 和 0，两个数字一组，会不会是 10 ？一组号码同时出现好几次。好几次。好几……

"所以今天晚上我得跟他报告瓦伦丁的事。"

"这对我们的小组会有什么影响？"贝雅特问道。

"瓦伦丁出现在电车上不是我们的错，很显然我们必须行动，然而这也让我们这个小组完成了任务，我们确定瓦伦丁还活着，提供给了警方一个主要嫌犯。如果不逮到他，他可能会出现在白克利亚街的那栋房子里。各位，现在就让其他警察接手吧。"

"会不会是 poly-ti ？"卡翠娜说。

"你说什么？"哈根柔声问道。

"奥纳说我们会把潜意识里想的东西写出来，瓦伦丁写了很多个 10，一个接一个。'很多'的另一个说法是'poly'，数字 10 是 ti，所以是

poly-ti，跟 politi 很像，也就是警察。这可能表示他打算杀更多警察。"

"她在讲什么？"哈根问说，转头望向奥纳。

奥纳耸了耸肩："我们正在解读瓦伦丁在电车车窗上的涂鸦，我的解读是他写的是'死'，但如果他喜欢用 1 和 0 呢？人脑是个四次元迷宫，每个人都进去过，但每个人都找不到路。"

卡翠娜穿过奥斯陆的街道，朝基努拉卡区的警察宿舍走去，完全没注意到周遭的日常活动和笑声，兴奋的人们正赶着去庆祝短暂的春天和周末，人生苦短，应及时行乐。

如今她知道为什么他们都那么执着于这个白痴的"密码"，因为他们都迫切地希望一切都可以串起来，具有某种意义。但更重要的是，因为他们没有其他线索可以继续追查，所以明知道白费力气还是一直往里头钻。

她的视线落在前方人行道上，用鞋跟在柏油路面上跺脚，配合她不断复诵的咒语节拍："再干一次，你这浑蛋，再下手一次。"

哈利将她的长发握在手里。长发依旧乌黑亮泽，十分浓密，感觉像是握着一捆绳索。他把长发拉向自己，让她头向后仰，低头看着她纤细后弯的背、宛如蛇般弯曲的脊椎、沁出汗水而散发光泽的肌肤。他再度冲刺。她的呻吟声仿佛是来自胸腔的低频轰鸣，是一种愤怒又沮丧的声音。有时他们的做爱过程十分温和、冷静、慵懒，有如一支曳步慢舞。有时则像战斗，就像今晚。她放肆的情欲似乎只会引发更多情欲，就像现在。这感觉就像拿汽油去灭火，只会助长火势，让它一发不可收拾。他经常会想，天哪，这绝对不会有什么好下场。

她的洋装躺在床边地上。那是一袭红色洋装。她穿红色洋装非常诱人，几乎达到罪恶的地步。她打赤脚。不对，她不是打赤脚。哈利倾身向前，吸入她散发出来的芬芳。

"不要停。"她呻吟说。

鸦片。萝凯跟他说鸦片的苦涩气味来自这种阿拉伯植物表皮所流的汗珠。不对，不是汗珠，而是眼泪，是为了禁忌之爱而逃离至阿拉伯的公主所流下的眼泪。密耳拉公主。密耳拉（Myrrha）这个名字就是没药（Myrrh）之意。她的生命在悲伤中走到尽头，而圣罗兰为了制作一升眼泪得付出高昂成本。

"不要停，握住……"

她拉起他的手，放在自己脖子上。他小心翼翼地捏住，感觉她纤细颈部的血管和绷紧的肌肉。

"再用力一点！用——"

他依她所言捏得更用力，她的声音突然中断。哈利知道现在氧气已停止运送到她的脑部。这是她的癖好，这样做也令他无比兴奋，因为他知道这可以令她无比兴奋。但这时有些地方不太一样，他感觉她在自己股掌之间，他可以对她为所欲为。他低眼望向她那件红色洋装，感觉压力在体内攀升，再也忍耐不住。他闭上眼睛，想象着她。她张开四肢，缓缓转过身来看着他，她的头发变了颜色，他看清楚原来她是谁。她双眼上翻，脖子满是淤青，刑事鉴识员用手电筒照射就能看得一清二楚。

哈利放开手，但萝凯已到达高潮，她肌肉紧绷，犹如鹿倒地似的全身颤抖。接着她像死了一般，额头抵着床单，口中发出苦涩的呜咽声，就这样跪倒在原地，仿佛正在祈祷。

哈利抽了出来。她发出抱怨的声音，转头用谴责的目光看了他一眼。通常他会等到她准备好要分开之后才抽出。

哈利很快地吻了吻她的脖子，轻轻下床，拿起她在某个机场给他买的保罗·史密斯内裤，从挂在椅子上的威格牛仔裤里拿出一包骆驼牌香烟，下楼到客厅，在椅子上坐下，看着窗外。夜色甚黑，但尚未黑到看不见天幕下的霍尔门科伦山轮廓。他点了根烟，背后传来她啪嗒啪嗒的脚步声，接着便感觉一只手抚摸他的头发和脖子。

"怎么了吗？"

"没有啊。"

她在椅子扶手上坐下，把鼻子抵在他的脖子上。她的肌肤依然温热，散发出萝凯和做爱的气味，以及密耳拉公主的泪水气味。

"鸦片，"他说，"香水取这个名字挺惊人的。"

"你不喜欢？"

"没有，我喜欢，"哈利朝天花板喷了口烟，"只不过味道还满……强烈的。"

她抬头看着他："到现在你才跟我说？"

"以前我从没这样想过，现在我其实也没多想。"

"是不是因为酒精的关系？"

"什么？"

"是不是因为香水里的酒精味？"

他摇了摇头。

"可是一定有什么地方不对劲，"她说，"我了解你，哈利。你心烦意乱。看看你抽烟的样子，像是要吸起世界上最后一滴水。"

哈利微微一笑，抚摸她背部起的鸡皮疙瘩。她在他脸颊上轻轻一吻："既然不是戒酒的事，那就是另一方面的事。"

"另一方面？"

"警察那方面。"

"哦，那个啊。"他说。

"是因为杀警案对不对？"

"贝雅特来找我谈过，她说她已经先跟你说过了。"

萝凯点了点头。

"她还说你的口气听起来是同意的。"哈利说。

"我说由你决定。"

"难道你忘了我们的承诺吗？"

"没有，但我不能逼你信守承诺，哈利。"

"如果我答应加入调查呢？"

"那你就打破了承诺。"

"那么后果是？"

"对你、我和欧雷克来说，我们关系破裂的机会大增。对三起杀警案的调查工作来说，则是破案的概率大增。"

"嗯，前者是一定的，萝凯。至于后者是个很大的问号。"

"也许吧，但你很清楚无论你要不要替警方工作，到最后我们的关系可能还是会破裂。这条路的陷阱很多，其中之一是你觉得没办法发挥天生所长，脾气变得很暴躁。我听说过有男人在秋天的打猎季节来临前正好家庭关系破裂。"

"你是说猎驼鹿季，而不是鸟类？"

"对，这对猎物来说是一大福音。"

哈利吸了口烟。他们说话的声音低沉而冷静，仿佛在讨论购物的事。他们都是这样说话的，他心想，她喜欢这种说话方式。他把她拉过来，在她耳畔低语。

"我想保有你，萝凯。我想保有这一切。"

"是吗？"

"是的，这样很好。我认为这是世界上最棒的事。而且你知道什么事情会激发我。你还记得史戴的诊断：上瘾的人格特质，接近强迫症。不管是酗酒还是打猎，都没什么差别，我的头脑会依循既定的轨道打转。我只要一打开门，立刻就会去那里，萝凯。可是我不想去那里，我想待在这里。该死，我光是说说而已就已经要飞到那里去了！我这样做不是为了欧雷克和你，是为了我自己。"

"好啦好啦，"萝凯抚摸他的头发，"那我们说说别的事好了。"

"好。所以他们说欧雷克可以提早出院？"

"对，戒断症状已经消失了，他的斗志似乎从来没这么强烈过。哈利？"

"是。"

"他跟我说过那天晚上发生的事了。"她的手持续地抚摸他。他希望她的手可以永远抚摸着他。

"哪天晚上？"

"你知道的，医生治疗你的那天晚上。"

"哦，他跟你说了？"

"你跟我说你是被阿萨耶夫的药头开枪打伤的。"

"这样说也没错，欧雷克的确是他们的一分子。"

"我比较喜欢原来的版本。也就是欧雷克后来在犯罪现场发现你身受重伤，沿着奥克西瓦河跑去急诊室。"

"可是你没相信过这个版本吧？"

"他说他冲进急诊室，用枪把一个医生押去那里。"

"那医生一看到我的状况就原谅了欧雷克。"

萝凯摇了摇头："他说他还想告诉我其他的事，但那段时间的事他已经记不清楚了。"

"海洛因的确会造成这种结果。"

"但我想现在你可以把其他的部分补上了，你说呢？"

哈利抽了口烟，憋住一秒再吐出："我希望说得越少越好。"

她拉了拉哈利的头发："那时我相信你是因为我希望相信你。我的老天，哈利，欧雷克开枪打伤你，他应该去坐牢才对。"

哈利摇了摇头："那是个意外，萝凯。这些事都已经过去了，只要警方找不到那把敖德萨手枪，没有人能把欧雷克跟古斯托命案或其他人联系起来。"

"什么意思？那件案子欧雷克已经被无罪释放了，你的意思是说结果他还是涉案吗？"

"不是，萝凯。"

"那你是在说什么，哈利？"

"你确定你想知道吗，萝凯？真的想知道吗？"

她认真地看着哈利，不发一语。

哈利静静等待，望向窗外，看着山脉的轮廓环绕这座平静安全的城市。其实这座山是休眠火山，整座城市就建筑在其边缘。其实很多事只不过看你从哪个角度去看，看你知道多少真相。

"不想。"她在黑暗中低声说，拉起他的手放在她的脸颊上。

哈利心想，保持无知、快乐过生活比较简单。关键就在于压抑，压抑关于敖德萨手枪的谎言，管它是否为谎言，反正通通锁在柜子里就好了。压抑无须他负责的三起命案。压抑一个红色洋装拉到她的腰际、遭拒绝学生的憎恨眼神。不就是这样吗？

哈利按熄香烟。

"我们回床上去好吗？"

凌晨三点，哈利从梦中惊醒。

他又梦见了她。梦中他走进一个房间，发现她在里面。她躺在地上的一张脏床垫上，正在用一把大剪刀乱剪身上穿的红色洋装。她旁边放着一台携带型电视，正以晚了两秒的速度转播她的一举一动。哈利环目四顾，却没看见摄影机。接着她拿一片亮晃晃的刀刃抵在大腿内侧，张开双腿，低声说："别这样做。"

哈利朝背后摸索他刚才关上的门，虽然摸到门把，却上了锁。接着他发现自己全身赤裸，朝她走去。

"别这样做。"

听起来仿佛是来自电视的回音，晚了两秒钟。

"我只是要去拿钥匙。"他说，但声音听起来仿佛是在水底说话，而他知道她没听见。她把两根、三根、四根手指放进阴道，他看着她整只纤长的手没入阴道。他又朝她踏出一步。她的手抽了出来，手中拿着一把枪指着他。那是把闪亮亮、湿答答的手枪，上头有条线宛如脐带般延伸到她体内。"别这样做。"她说，但他已跪在她前方，倾身向前，感觉枪口冰凉愉悦地抵着他的额头。他低声说："做吧。"

24

侯勒姆驾驶他那辆沃尔沃亚马逊开到维格兰雕塑公园门口，停在大门旁的一辆警车前。公园里的网球场都有人在打球。

贝雅特跳下车，脑袋十分清醒，尽管她昨晚只稍微睡了一下。在陌生人的床上很难入睡。是的，她依然认为他是陌生人。她认识他的身体，但他的内心、习性和想法对她而言依旧是个谜，而她不确定自己是否有足够的耐心或兴趣去探索。因此每次她早上在他的床上醒来都扪心自问：你真的要这样继续下去吗？

两名倚着警车的便衣警察直起身，朝贝雅特走来。她看见警车前座坐着两名制服警察，另有一名男子坐在后座。

"就是他？"她问道，感觉心跳加快的美妙感受。

"对，"一名便衣警察说，"素描画得很好，简直一模一样。"

"电车呢？"

"我们让它继续往前开，上面几乎爆满。不过我们记下了一位女士的联络数据，因为当时出现了一点骚动。"

"哦？"

"我们亮出证件，要他跟我们走的时候，他跳上走道，抓起一台婴儿车挡住我们，还大叫要电车停下。"

"婴儿车？"

"对，难以置信对不对？怎么会有人做出这种事。"

"他恐怕还干过更坏的事。"

"我是说，怎么会有人在早上的高峰期推婴儿车上电车。"

"好吧。不过后来你们逮捕他了？"

"婴儿的母亲大声尖叫，死命抓住他的手臂，我才有办法赏他一拳。"那警察秀出流血的右手指节，"既然拳头有用，何必亮出手枪，你说对吧？"

"很好。"贝雅特说，尽量让口气听起来是认真的。她俯身朝警车后座望去，但只看见自己在早晨阳光中的倒影。"可以降下车窗吗？"

车窗无声地降下，她冷静呼吸。

她立刻认出他来。他没看她，只是直视前方，双眼半闭，看着奥斯陆的早晨，仿佛还在做梦，不想醒来。

"有没有搜他的身？"她问道。

"第三类接触，"便衣警察咧嘴而笑，"他身上没带武器。"

"我是说，你们有没有在他身上搜到毒品？有没有检查他的口袋？"

"呃，没有，为什么？"

"他叫克里斯·雷迪，外号阿迪达斯，因为贩卖冰毒而前科累累。既然他想逃，那他身上一定有毒品，所以把他脱光搜身吧。"

贝雅特直接走回亚马逊。

"我以为她会辨认指纹，"她听见便衣警察对刚才走过来加入他们的侯勒姆说，"没想到她还认得出毒虫。"

"奥斯陆警署档案库里的每个人她都认得出来，"侯勒姆说，"下次看仔细一点好吗？"

侯勒姆坐上车子，看了她一眼。贝雅特知道自己看起来一定活像头性情乖戾的老牛，双手交抱，怒气冲冲，瞪视前方。

"星期天我们会逮到他的。"侯勒姆说。

"希望如此，"贝雅特说，"白克利亚街那边都布置好了？"

"戴尔塔小队勘查过现场，找到了适当的位置，他们说四周都是森林，要搞定很简单，不过他们也进驻了附近的房子。"

"参与原始命案的每位人员都接到通知了？"

"对，他们整天都会在电话旁待命，接到电话就会回报。"

"也包括你，毕尔。"

"还有你也是啊。对了，为什么哈利没有侦办那件案子？当时他还是犯罪特警队的警监。"

"嗯，当时他不适合。"

"在酗酒？"

"卡翠娜要怎么安排？"

"她会驻守在白克森林，在那里可以把房子看得一清二楚。"

"她在那里的时候我要定时跟她用手机联络。"

"我会跟她说。"

贝雅特看了看表。九点十六分。他们驾车驶上托马斯海芬提街和碧戴大道，并不是因为这是前往警署最近的一条路，而是因为这条路风景最美，还能打发点时间。贝雅特又看了看表。九点二十二分。再过两天就是行动日。星期天。

她的心跳依然很快。

已经开始跳得很快。

一如往常，约定时间到了之后，尤汉·孔恩让哈利在接待室等了四分钟才出现，他先跟接待员交代了几句明显多余的话，才把注意力放到坐在接待室里的两个人身上。

"霍勒，"他说，很快地打量哈利的脸色，判断对方的心情，才伸出手，"你带了自己的律师过来是吗？"

"这位是阿诺尔·福尔克斯塔德，"哈利说，"他是我同事，我请他一起过来见证我们的谈话和协议。"

"明智之举，"孔恩说，口气和表情却显示他其实不这么想，"请进请进。"

他在前领路，很快地看了看表。他的手表甚是娇小且女性化，令人意外。

哈利明白这个暗示：我是个忙碌的律师，处理这种小事的时间有限。办公室十分宽敞气派，弥漫着真皮的气味，哈利心想这味道应该来自书架上依时间先后排得满满的《挪威判例期刊》精装本。此外哈利还闻到熟悉的香水味。西莉亚坐在一张椅子上，半朝向他们，半对着孔恩的大办公桌。

"这品种快绝迹了吧？"哈利问道，坐下前伸手抚摸办公桌面。

"标准柚木。"孔恩说，在办公椅上坐下，仿佛坐在雨林里的驾驶座上。

"以前是标准，现在已经要绝迹了。"哈利说，朝西莉亚微微点头。她的回应是缓缓合上眼皮又张开，仿佛她的头绝对不能移动。她扎着马尾，头发绑得非常紧，使她的眼睛被拉得比平常更细小了些。她身穿套装，看起来像是要去上班，神色似乎颇为冷静。

"那我们就开始办正事吧？"孔恩说，十指相触，摆出一贯的姿势，"格拉夫森小姐表示当晚大约午夜的时候，她在警大学院你的办公室里遭到强暴。目前的证据包括抓痕、淤青和撕裂的洋装。这些都已拍照存证，可当作呈堂证供。"

孔恩看了西莉亚一眼，确定她支撑得下去，才继续往下说。

"性侵危机中心的验伤报告的确未发现任何撕裂伤或挫伤，但通常很难发现，只有百分之十五到三十的案例才算是暴力攻击事件。此外没有发现精液的痕迹，因为你头脑很清楚，知道要在体外射精，也就是射在格拉夫森小姐的肚子上，然后你叫她穿上衣服，把她推到门口撵出去。很可惜她不像你头脑那么清楚，没有留下一些精液当作证据，反而在莲蓬头底下哭了好几个小时，尽力洗去所有的污秽痕迹。对一个年轻女生来说，这种反应不令人意外，可以理解，而且十分正常。"

孔恩的声音带有一丝愤慨的颤抖，哈利认为这应该发自肺腑，并非刻意做作，同时用来表示这番证词在法庭上将会多有效果。

"但性侵危机中心的人员必须用几句话来描述被害人的心理状况，这些人员都是专业人士，非常熟悉强暴案被害人的行为反应，而这些描述法官一定会非常重视。相信我，本案的心理观察支持我客户的声明。"

孔恩脸上掠过一丝几乎是抱歉的笑容。

"在仔细讨论详细证据之前，我想先知道你是否考虑过我的提议，霍勒。如果你认为我的提议是正确之举，而且我非常希望你这样认为，那么我已经把协议书写好了。不用说，这份协议书将保密。"

孔恩递了一个黑色真皮档案夹给哈利，同时用强有力的眼神看了看阿诺尔。阿诺尔缓缓点头。

哈利打开档案夹，扫视那张 A4 大小的纸。

"嗯，我要从警大学院辞职，以后不再跟警务事宜有牵扯。而且无论在任何情况下我都不能谈论有关西莉亚·格拉夫森的事。只等签名了，我看。"

"这一点也不复杂，所以如果你经过深思熟虑，知道怎么做最好……"

哈利点了点头，朝西莉亚望去，只见她坐在那里，身体十分僵硬，回望着他，脸白如纸，毫无表情。

阿诺尔轻咳一声，孔恩把注意力转到他身上，露出友善目光，同时刻意以一种随兴姿态调整一下手表。阿诺尔递出一个黄色档案夹。

"这是什么？"孔恩问道，接过档案夹，扬起双眉。

"这是我们对协议书的建议，"阿诺尔说，"你可以看见，我们建议西莉亚·格拉夫森立刻终止在警大学院的课程，日后无论在任何情况下都不得从事和警务事宜有关的工作。"

"你是在开玩笑吧……"

"而且无论如何她都不能再跟哈利·霍勒联络。"

"这太荒谬了。"

"为了双方着想，我们提出的交换条件是，我们将不会对这次的不实指控和企图勒索警大学院员工之事提出起诉。"

"这样的话，我们法庭上见，"孔恩说，连刻意的夸大口气都免了，"即使你们会因此而自食恶果，我还是很期待提出起诉。"

阿诺尔耸了耸肩："到时候你恐怕会有点失望，孔恩。"

"那就看看到时候失望的人是谁。"孔恩已站了起来，扣上西装外套的一颗扣子，表示他要去开会了，这时他和哈利目光相对，迟疑片刻。

"什么意思？"

"如果不是太麻烦的话，"阿诺尔说，"请你看一下协议书的附件。"

孔恩又打开档案夹，翻阅附件。

"你可以看到，"阿诺尔继续说，"你的客户在警大学院上过有关强暴的课程，非常清楚强暴案被害人在心理上会有什么反应。"

"这又不代表——"

"可不可以请你少安毋躁，再看下一页呢，孔恩？你会看见一份暂时算是非正式的签名证词，当晚有个男学生站在门口外面，目睹格拉夫森小姐离开，他说格拉夫森小姐看起来很愤怒，而不是害怕，且并未提到任何有关衣服被撕破的事。相反，他说她看起来衣着整齐，也没有受伤的样子。而且他承认他非常仔细地打量过她，"阿诺尔转头望向西莉亚，"我想这应该算是种赞美吧……"

西莉亚依然僵直坐着，但双颊发红，双眼眨个不停。

"如你所见，格拉夫森小姐从这位男同学面前经过之后，最多不到一分钟或是六十秒，哈利·霍勒就走上前去，站在男同学旁边，直到我抵达校门口，把霍勒载到鉴识中心，这是在……"阿诺尔做个手势，"下一页，对，就是那里。"

孔恩看了之后在椅子上瘫坐下来。

"报告指出霍勒身上没有任何犯下强暴案之后会附着在身上的东西，指甲底下没有皮肤细胞，双手和生殖器上都没有别人的生殖器分泌物或阴毛。这表示格拉夫森小姐所言的抓伤和侵入的声明完全是谎言。此外，霍勒身上也没有任何痕迹显示格拉夫森小姐曾经反抗过他。唯一的发现只有他衣服上有两根头发，既然她曾经靠在他身上，这是很自然会发生的事，请看第三页。"

孔恩并未抬眼，翻到下一页，目光在页面上跳动，三秒后嘴唇做出咒骂的口型。于是哈利知道挪威法律界的传说是真的，孔恩阅读一页 A4 文件的速度无人能及。

"最后，"阿诺尔说，"你可以看看霍勒在据称的强暴行为过后短短半小时内，射精量仍有四毫升，通常男人在半小时后第二次射精量不到十分之一。简而言之，除非哈利·霍勒的睪丸非常特别，否则他不可能在格拉夫森小姐所声称的那个时间射精过。"

在接下来的静默中，哈利听见窗外的汽车喇叭声、吼声、笑声和咒骂声，显然路上堵车严重。

"这一点也不复杂，"阿诺尔说，胡子里的嘴巴露出试探的微笑，"所以如果你经过深思熟虑，而且……"

刹车被放开，液压系统发出喷气声。这时西莉亚猛然站起，椅子发出巨响，她离开办公室，砰的一声把门甩上。

孔恩低头坐在椅子上，片刻之后才抬头，直视哈利。

"抱歉，"他说，"身为辩护律师，我们必须接受客户之所以说谎是为了脱罪。可是这个……我看人应该更精准一点才对。"

哈利耸了耸肩："你又不认识她，不是吗？"

"对，"孔恩说，"可是我认识你。经过了这么多年，我应该认识你才对，霍勒。我会请她签字。"

"如果她不签呢？"

"我会跟她解释做出不实指控的后果，还会被警大学院退学。她又不笨，你知道的。"

"我知道，"哈利说，站起身来，叹了口气，"我知道。"

外头的车辆又开始移动了。

哈利和阿诺尔走在卡尔约翰街上。

"谢谢你，"哈利说，"但我还是很纳闷你的反应怎么会那么快。"

"我有过一些 OCD 的经验。"阿诺尔微微一笑。

"什么？"

"就是强迫症，有这种倾向的人只要做出决定，无论如何都不会善罢甘休，行动远比后果来得重要。"

"我知道什么是 OCD，我有个心理医生朋友就说我也快接近强迫症了。我的意思是说，你怎么那么快就想到我们需要找个证人，还得去鉴识中心？"

阿诺尔咯咯一笑："这我不知道可不可以跟你说，哈利。"

"为什么不行？"

"我可以说的是，以前我处理过一件案子，那件案子里有两个警察把一个男人打得半死，那人打算提出起诉，但是那两个警察做了类似我们这次做的事，最后扳倒了他。其中一个警察烧毁不利于他们的证据，使得剩下的证据变得很不充足，于是那人的律师建议他放弃起诉，因为这样只会徒劳无功而已。我想同样的手法也能应用在这次的案子上。"

"好了，你把我说得好像我真的强暴了她一样。"

"抱歉，"阿诺尔大笑，"我只是隐约料到会发生这种事而已。那个女人是个嘀嗒作响的定时炸弹，学校的心理测验应该在准许她入学之前就先把她刷掉才对。"

两人越过伊格广场。哈利的脑际闪现出许多画面，包括某年五月一位女友的笑容，那时他还年轻，此外还有躺在圣诞锅前的一具尸体。这座城市充满回忆。

"那两个警察是谁？"

"有一个层级很高。"

"这就是你不肯跟我说的原因？而且你也有份？良心不安？"

阿诺尔耸了耸肩："任何不敢为正义挺身而出的人都会良心不安。"

"嗯，这个警察有行使暴力的历史，还有烧毁证据的嗜好。这种人可不多。我们在说的这个警察不会叫楚斯·班森吧？"

阿诺尔不发一语，但他矮胖的身体突然一震，这便足以让哈利明白了。

"班森是米凯·贝尔曼的影武者，你所谓层级很高的人就是指贝尔曼吧？"哈利朝柏油路面吐了口口水。

"我们聊点别的好吗？"

"好，没问题。去施罗德吃午餐？"

"施罗德？他们真的有……呃，提供午餐吗？"

"他们提供汉堡，还有用餐环境。"

"这看起来很眼熟，莉塔。"哈利对女服务生说。莉塔在他们面前放下两个烧焦的汉堡，上头铺着苍白的煎洋葱。

"这里什么都没变，你知道的。"她笑了笑，转身离开。

"楚斯·班森，没错。"哈利说，转头望去。这个方形空间里几乎只有他和阿诺尔两个人，尽管禁烟令已经颁布好几年了，餐厅里依然有烟味。"我认为他埋伏在警界担任烧毁者已经很多年了。"

"哦？"阿诺尔用怀疑的目光打量摆在桌上的动物尸体，"那贝尔曼呢？"

"当时他负责缉毒，我知道他跟一个叫鲁道夫·阿萨耶夫的人打过交道，这家伙贩卖一种名叫小提琴、类似海洛因的毒品。"哈利说，"贝尔曼同意阿萨耶夫垄断奥斯陆的毒品市场，条件是毒品走私率、街上的毒虫数量和用药过量致死率必须下降，这些都让贝尔曼风光一时。"

"风光到当上警察署长？"

哈利犹豫地咬下第一口汉堡，耸了耸肩，意思是说"也许吧"。

"那你怎么不把你知道的这些事说出来？"阿诺尔小心翼翼切了一块应该是肉的物体，之后索性放弃，看着哈利。哈利只是眼神空洞地回望着他，嘴巴不停嚼动。"怎么不伸张正义？"

哈利吞下食物，用餐巾擦了擦嘴："我手上没证据。再说，那时我已经不干警察了，那些都不关我的事了，现在还是不关我的事，阿诺尔。"

"嗯，我想也是，"阿诺尔叉起一块肉，拿起来检视，"但既然这些都不关你的事，你也已经不干警察了，那病理医生为什么还把鲁道夫·阿萨耶夫的验尸报告寄来给你？"

"嗯，你看到了？"

"因为我去信箱拿信的时候都会顺便帮你拿，因为我也爱管闲事。"

"味道怎么样？"

"我又还没吃。"

"你就放胆试试看嘛，又不会少块肉。"

"这句话奉还给你，哈利。"

哈利微微一笑："他们查看眼球后方，结果找到了我们一直想找的东西，有根大血管上有个小针孔，有人趁阿萨耶夫昏迷时把他的眼球压到旁边，从眼角的地方注入空气。这会立刻导致失明，接着是脑部出现血块，而且难以留下痕迹。"

"吃起来还算不坏，"阿诺尔露出苦笑，放下叉子，"你是说你们已经证明阿萨耶夫是被人谋杀的？"

"不是，死因依然难以断定，但针孔证明了可能发生过什么事。这当中的谜团当然是怎么有人能够进入病房。值班警察坚称他看守的那段时间没看见有人经过，没看见医生，也没看见任何人，而注射的行为却是在那个时候发生的。"

"上锁病房之谜。"

"或者事情其实很简单，比如说这位警察离开岗位或睡着，却不承认，这是很可以理解的。再不然就是他间接或直接涉及了谋杀。"

"如果是警察开小差或睡着，那凶手不就得碰运气？通常凶手应该不会去碰运气吧？"

"对，阿诺尔，应该不会。但这个警察有可能被诱离岗位，或是遭人下药。"

"或是被贿赂。你得把这个警察叫来讯问才行！"

哈利摇了摇头。

"为什么不行？"

"第一，我已经不干警察了。第二，这名警察已经死了。他就是在德拉门市郊死在车里的那个警察。"哈利自顾自点点头，拿起咖啡啜饮一口。

"该死！"阿诺尔倾身向前，"那第三呢？"

哈利打个手势，请莉塔买单："我有说还有第三吗？"

"你刚才说'第二'的口气好像是还有下文。"

"嗯，我得把挪威语说好一点才行。"

阿诺尔侧过了头。哈利在这位同事的眼中看见疑惑的目光，仿佛是说，既然你没有要办这件案子，为什么还讲了这么多关于这件案子的事？

"快吃啊，"哈利说，"待会儿我还要上课。"

太阳划过苍白天际，以优雅姿态落在地平线上，把整片云彩染成橘色。

楚斯·班森坐在车上，心不在焉地听着警用频道，等待夜幕降临，等待上方那栋屋子亮起灯光，等待看见她，即使是一瞥也足够。

有什么事正在酝酿。他从通话方式就听得出来，就在低调的例行公事进行之际，有件事正在发生。频道里出现简短而口气强烈的零星回报，仿佛他们被告知除非必要否则不要用无线电联络。重点不在于他们说了什么，而在于他们没说什么，以及那种避而不谈的方式。频道里可以听见断断续续的对话，内容关于监视和运输，却没提及地址、时间或人名。以前大家常说警用频道是奥斯陆人气第四高的当地电台，但那是在频道加密之前。然而今晚警方说话的方式就好像害怕泄露什么一样。

又来了。楚斯调高音量。

"呼叫○一，这里是戴尔塔○二，没有动静。"

戴尔塔小队。精英特种部队。这是个武装行动。

楚斯拿起望远镜，对准客厅窗户。要在新房子里看见她比较困难，因为客厅外的阳台会挡住视线。过去在旧房子，楚斯只要站在树林里，直接就可以看见客厅，看见她赤足盘腿坐在沙发上，拨开金色鬈发，仿佛知道自己正被人观看似的，美得令他泫然欲泣。

奥斯陆峡湾上方的天空从橘色变成红色又转变成紫罗兰色。

那天晚上他把车子停在奥克班路的清真寺旁，天际一片漆黑。他走到警署，别上证件，以免值班警察看见他。他打开通往中庭的门，从容地走到地下室的证物室，用三年前他复制的钥匙把门打开，戴上夜视镜。过去他替鲁道夫·阿萨耶夫担任烧毁者的时候，曾打开证物室的灯，结果引起警卫的注意，于是后来他都使用夜视镜。他手脚很快，找到该日期的证物箱，打开封存袋，拿出从勒内·卡尔纳斯的头部取出的九毫米子弹，换成他外套口袋里的子弹。

他唯一觉得奇怪的是他觉得证物室里似乎还有别人。

这时他看着乌拉。她是否也感觉到了？是不是因为这样她才不时从书上抬头望向窗外？仿佛外头有什么东西正在等着她。

警用频道又传来说话声。

他明白他们在说什么。

也明白他们在计划什么。

25

行动日即将结束。

无线电对讲机沉寂下来。

卡翠娜·布莱特在单薄的防潮布里扭动身体，再度拿起望远镜，望向白克利亚街的那栋房子，只见它漆黑寂静，如同过去将近二十四小时以来一般。

一定有事情会发生。再过三小时就是明天，日期也将变换。

她打个冷战。不过事情可能更糟。白天没下雨，气温大约九摄氏度，但太阳西下之后气温骤降，她便开始觉得冷，即使全副武装穿上御寒内衣和外套也还是觉得冷。那店员说这件外套是"美标八百，而不是欧标"。她不知道八百指的是隔绝材质还是羽毛，只知道现在她希望自己有比八百更暖和的东西，比如说有个男人可以依偎……

他们没派人守在房子里，因为不希望被看见有人进出，即使是负责侦查的人员也把车停得老远，再悄悄接近房子，每次不超过两人，而且绝对只穿便服。

她被分派到的地点位于白克森林的小山丘上，就在戴尔塔小队驻守之处的后方。她知道戴尔塔小队的所在位置，但是用望远镜看去什么也看不见。不过她知道那里有四个狙击手，负责房子的各个方位，另外还有十一名队员可以在八秒内冲入门内。

她又看了看表。剩下两小时五十八分钟。

警方所能推断原始命案的发生时间是在当天快要结束之时，但难以推断死亡时间，以及尸体被分割成数个不到两公斤重尸块的时间。无论如何，目前看来这个模仿杀手的手法算是符合原始命案，因此目前为止什么事都没发生是在预料之中。

云层从西方飘来。天气预报说不会下雨，但天色可能会更暗，能见度更低。从另一方面来说，说不定气温会上升一些。她应该带个睡袋来的。手机发出振动，她接了起来。

"有没有发生什么事？"来电的是贝雅特。

"没什么可以回报，"卡翠娜说，搔了搔脖子，"除了全球变暖的确是事实，才三月就有蠓了。"

"你是说蚊子吧？"

"不是，是蠓，它们是……呃，反正卑尔根很多。你有没有接到什么有趣的电话啊？"

"没有，只有吉士玉米脆条、无糖百事可乐跟加布里埃尔·伯恩。告诉我，他是性感，还是有点老？"

"性感啊，你是不是在看《扪心问诊》？"

"第一季、第三片 DVD。"

"难道你不知道高卡路里零食、DVD 和运动裤很容易让人堕落吗？"

"而且松紧带非常宽松。小朋友不在，我可以享乐一下嘛。"

"那要不要跟我交换？"

"不要。我得挂电话了，以免白马王子打电话来，有事回报喽。"

卡翠娜把手机放在无线电对讲机旁，拿起望远镜，查看房子前方的道路。原则上凶手可能从任何方向接近，但不太可能从地铁轰然驶过的轨道另一头翻越栅栏过来。但如果他是从水坝广场过来，那么就可能穿过森林里许多小径中的任何一条。他也可能穿过白克利亚街上任何一户人家的庭院，尤其现在云层聚集，天色越来越暗。但如果他很有自信，就可能直接走大马路。只见有人骑着一辆旧脚踏车爬上山坡，左摇右晃，说不定还喝了点酒。

不知道今晚哈利在做什么。

没人真的知道哈利在做什么，即使你坐在他对面也是一样。神秘的哈利。

他跟别人不一样。他跟侯勒姆不一样，侯勒姆心直口快，不会掩饰自己的感觉。昨天侯勒姆跟她说，他会一边等电话，一边听默尔·哈德格（Merle Haggard）的专辑，吃来自史盖亚村的自家制驼鹿肉汉堡。她听了皱起鼻子。侯勒姆又说，等这件案子结束，他要请她吃他母亲做的驼鹿肉汉堡和薯条，介绍她"贝克斯菲尔德之声"乡村音乐的秘密所在。他很可能只有这张专辑而已吧，难怪他还是孤家寡人一个。她婉拒之后，他看起来像是后悔提出邀约。

楚斯·班森驾车驶过夸拉土恩区，现在他几乎每天都开车来这里，慢慢兜风，上坡下坡，这里那里到处跑。卓宁根街、教会街、船运街、下史洛兹街、托布街。这曾经是他的城市，未来也会再度成为他的城市。

他们在警用频道里喋喋不休地对话，说些以前会对他——楚斯·班森——说的密语。他们想排挤在外的人是他，而这些白痴可能还以为他们成功了，以为他什么都听不懂。但他们可骗不了他。楚斯调整后视镜，看了看放在前座外套上的警用手枪。一如往常，受到愚弄的人是他们，而不是他。

街上的妓女对他视而不见，她们认得他的车，知道他不会购买她们提供的服务。一个身穿过紧长裤又化妆的男孩在"禁止停车"标志的柱子前扭腰摆臀，仿佛在跳钢管舞。他翘起臀部，对楚斯做个飞吻，楚斯回以中指。

黑暗似乎越来越浓密。楚斯倾身向前，越过风挡玻璃往上看。云层从西方飘来。他在红绿灯前停下车子，看了看后座。他已经愚弄过他们很多次，也将要再愚弄他们一次。这是他的城市，没有人可以从他手中夺走。

他把手枪放进置物箱。手枪是杀人武器。那是很久以前的事了，但他依然记得他的脸。勒内·卡尔纳斯。长得柔弱又娘娘腔。楚斯用拳头敲了一下方向盘。快变绿灯啊，我的老天！

他先用警棍打那家伙。

接着他掏出手枪。

即使他的脸鲜血长流，残破不堪，楚斯依然在上面看见求饶的神情，听得见哀求的喘息声犹如穿了孔的自行车轮胎。令人无言。没用的家伙。

他拿枪指着那家伙的鼻子，扣下扳机，看见那家伙身子一抖，仿佛这是在电影里似的。接着他把车子推下山崖，驾车离去，在稍远之处的路边把警棍擦一擦，丢进森林。他家卧室的柜子里还有好几支警棍，以及枪支、夜视镜、防弹背心，甚至连警方以为还保存在证物室里的马克林步枪都是他的收藏品。

楚斯驾车穿过隧道，进入奥斯陆的腹地。汽车游说团基于参政权利，把这条新落成的隧道称为首都的重要动脉，环保游说团的代表则回应说这条隧道应该叫作首都的肠子，虽然重要，但输送的依然是粪便。

他驾车穿过笔直道路和环路，路标按照奥斯陆传统建置，你必须是本地人才不会被交通部的恶作剧给作弄。车子来到较高的地势。奥斯陆东区。属于他的这个区域。警用频道传出急促的说话声，其中一个声音被嘎嗒嘎嗒的声响给淹没。那是地铁的声音。这些白痴，难道他们以为说些幼稚的密语就能瞒得过他吗？他们在白克利亚街，就在那栋黄色房子的外面。

哈利躺了下来，看着烟雾袅袅升到卧室天花板，形成数字和脸孔。他知道那些是谁的脸孔，每张脸孔他都叫得出名字，他们都是已故警察俱乐部的一员。他吹一口气，他们就消失了。他已做出决定。他不知道自己是什么时候做出决定的，只知道这将改变一切。

有那么一会儿他还试图说服自己其实这样做风险不高，只是被他夸大了而已，但他酗酒多年，很容易就发现有欠思考的判断会令人付出高昂代价。在他说出他要说的一番话之后，他和躺在他身旁的这名女子的关系将完全改变。他觉得胆战心惊。反正把话说出来就是了，伸头是一刀，缩头也是一刀。

他深呼吸一口气，但她却开口阻挠。

"我可以抽一口吗？"萝凯低声说，在他身旁依偎得更紧了些。她的赤裸肌肤有种瓷砖壁炉的光泽，总是在最惊异的时刻令他渴求。被子底下十分温暖，表面却甚为冰冷。白色枕被套，她用的总是白色，没有其他颜色能像白色这样令人感到真切的寒冷。

他把那根骆驼牌香烟递给她，看着她用笨拙的姿势夹着烟。她眯眼看着香烟，双颊凹陷，仿佛要好好留意这根烟，以策安全。他思索着他所拥有的一切。

亦即他可能会失去的一切。

"明天我要送你去机场吗？"他问道。

"不用啦。"

"我知道，可是我明天第一堂课比较晚。"

"那就送我吧。"她在他脸颊上一吻。

"有两个条件。"

萝凯侧翻过身，用戏弄的目光看着他。

"第一是你抽烟的样子要永远都像个参加派对的少女。"

她低声窃笑："我会试试看。第二呢？"

哈利吞了口口水，知道这会是他人生中最后的快乐片刻。

"我想……"

哦，该死。

"我在考虑要打破一个承诺，"他说，"这个承诺主要是我对自己许下的，但我怕它可能也影响到了你。"

他感觉到而非听到她的呼吸节奏在黑暗中出现改变，变得短而急促。恐惧浮现。

卡翠娜打个哈欠，看了看表。夜光秒针正在倒数。侦办过原始命案的警探都没回报接到电话。

随着最后时限的接近，她应该觉得越来越紧张才对，但正好相反，她已经开始处理自己失望的情绪，逼自己正面思考。她思索着待会儿回家要泡个热水澡，明天一大早要喝咖啡，迎接充满可能性的一天。每天都有新鲜事，一定会有。

她看见三环线高速公路上一对又一对的车灯，奥斯陆的日常生活正遵循既定轨道运作着，无可阻挡。云层在月亮面前拉上一道帘幕，夜色变得更为深沉。她正想转身，却僵在原地。有个声音传来。是噼啪声。是树枝发出来的声音。就在这里。

她屏住呼吸，侧耳凝听。她分派到的位置四周都被浓密的草丛和树木给包围，从小径上绝对看不见，但小径上并没有任何树枝。

又是噼啪一声，这次更为靠近。卡翠娜下意识地张开口，仿佛流经血管的血液需要更多氧气。

她伸手去拿无线电对讲机，却来不及。

他的行动一定快如闪电，但他喷在她脖子上的气息却相当平静，他在她耳畔低语的声音也十分镇定，几乎是兴高采烈的。

"情况怎么样？"

卡翠娜转头过去看他，长长地嘘了口气："什么事都没有。"

米凯·贝尔曼拿起卡翠娜的望远镜，查看山丘下方的那栋房子："戴尔塔小队在铁轨内侧这里设置了两个驻扎点对不对？"

"对，你怎么——"

"我也有一份行动地图，"米凯说，"所以才找得到这个观察点，我得说这里藏得很好。"他拍了一下额头，"怎么三月会有蚊子？"

"那是蠓。"卡翠娜说。

"才不是呢。"米凯说，依然把望远镜拿在眼前查看情势。

"呃，其实都没错啦，蠓跟蚊子很像，只是体形比较小而已。"

"你说错了——"

"有些蠓的体形因为非常小，所以不会吸人血，而是吸其他昆虫的血，或对它们的体液下手。"卡翠娜知道自己因为紧张而说个不停，却不知道自己为什么紧张，也许因为米凯是警察署长的缘故吧，"当然了，昆虫没有——"

"——并不是什么事都没发生，有辆车停在那栋房子外面，有一个人下车走过去了。"

"如果蠓……你说什么？"

卡翠娜一把抢过米凯手中的望远镜。管他是不是警察署长，这可是她的观察点。米凯说得没错，她在街灯下看见有一个人穿过栅门，朝大门走去。那人身穿红衣，手里拿着一样东西，但她分辨不出来是什么。卡翠娜觉得口干舌燥。他出现了，这件事真的发生了，而且是现在进行式。她抓起手机。

"我不是个会轻易打破承诺的人。"哈利说，看着她递回给他的香烟，希望还能够抽一大口。他会需要抽这口烟。

"你说的承诺是什么？"萝凯的声音听起来细小、无助、孤单。

"这是我对自己许下的承诺……"哈利说，唇间含着滤嘴，吸了一口，品尝烟味。不知为何，这根烟的最后一口跟第一口的滋味截然不同。"……那就是绝对不要请你嫁给我。"

接下来的静默中，他听见一阵风吹过落叶树木，窸窣作响，宛如兴奋、惊诧、窃窃私语的听众。

她给出回应，短得有如无线电对话。

"再说一遍。"

哈利清了清喉咙："萝凯，你愿意嫁给我吗？"

风继续吹，夜里的一切静谧而安详。这份宁静包围着哈利与萝凯。

"你是在戏弄我吗？"她稍微挪动，离开他的身体。

哈利闭上眼睛，觉得自己正在自由坠落："我不是在开玩笑。"

"你确定？"

"为什么我要开玩笑？你希望这是个玩笑吗？"

"第一，哈利，你的幽默感烂到家了。"

"这我同意。"

"第二，我还得考虑欧雷克，你也是。"

"我觉得我们结婚的话，欧雷克是一大加分。"

"第三，就算我愿，结婚还得要处理一大堆复杂的法律程序。我的房子——"

"我打算采取财产分开制，我可不想把我的财产用银盘捧着送到你手上。我可以给的承诺不多，但我可以承诺的是世界上痛苦指数最低的离婚。"

萝凯咯咯一笑："但我们相处得很好不是吗，哈利？"

"对，我们可以失去的是那么多。那第四呢？"

"第四，求婚可不是这样的，哈利，躺在床上，手里还夹着根烟。"

"呃，如果你要我下跪，我得先把裤子穿上。"

"好。"

"你说的好，是要我穿上裤子呢？还是好，我愿——"

"对啦，你这个白痴！好！我愿意嫁给你。"

哈利的反应是下意识的，他在漫长的警察生涯中做过无数次的排练。他转过身去，看了看表，记下时间。23：11。时间是一大重点，无论是写报告、抵达犯罪现场、执行逮捕，还是开枪的时候。

"哦我的老天哪，"他听见萝凯咕哝说，"我说了什么啊？"

"平复情绪的时间再过五秒结束。"哈利说，转身面向她。

她的脸靠他这么近，他只看见她睁大的双眼闪烁着微光。

"时间到，"他说，"你这笑容是什么意思？"

这时哈利内心也浮现出相同感觉，一抹笑容在他脸上逐渐扩散开来，宛如刚打在平底锅上的一颗鸡蛋。

　　贝雅特横躺在沙发上，看着加布里埃尔·伯恩在椅子上坐立难安。她心想加布里埃尔之所以性感一定是因为那对睫毛和爱尔兰口音。那对睫毛跟米凯·贝尔曼的一样，爱尔兰口音则欢快如诗。这些特点跟她约会的那个男人一个都没有，但这不是问题所在，他有哪里怪怪的。首先，他的反应很强烈，他无法理解既然今晚只有她一个人在家，为什么不能过去找她。其次是他的背景，她逐渐发现他说过的话有点凑不起来。

　　也许这其实没那么不寻常：你想给对方留下好印象，结果话说得太过头。

　　但话又说回来，也许不对劲的人是她，毕竟她还用 Google 搜索过他，结果什么都没发现，却又继续搜索演员加布里埃尔·伯恩，兴味盎然地阅读关于他的生平，发现他以前当过给泰迪熊装眼睛的工人，最后才看见她真正想知道的。妻子：艾伦·芭金（1988—1999）。乍看之下她还以为加布里埃尔是鳏夫，跟她一样伴侣过世了，仔细一看才发现这年份写的应该是婚姻所持续的时间。这么说来，加布里埃尔单身的时间比她还长喽，或者维基百科的资料不是最新的？

　　电视里的女患者恣意地挑逗加布里埃尔，但他不为所动，只是微微露出苦恼的笑容，用温柔的眼神看着她，说了几句无关紧要的话，但从他嘴里说出来却如同叶慈的诗句。

　　桌上闪起亮光，贝雅特觉得心跳几乎停止。

　　是她的手机。手机响了。可能是瓦伦丁打来的。

　　她拿起手机，看了看来电显示，叹了口气。

　　"卡翠娜，怎么样了？"

　　"他出现了。"

　　贝雅特一听卡翠娜兴奋的口气，就知道她所言不虚，鱼儿上钩了。

　　"告诉……"

"他现在站在门口。"

门口！鱼儿不只是上钩，根本就已经可以钓起来当晚餐。天哪，他们已经把那栋房子给团团包围了。

"他只是站在那里犹豫着。"

贝雅特听见背景传来无线电的吱喳声。快逮人啊，快上前逮人啊。卡翠娜回应了她的祈祷："已经下令行动了。"

贝雅特听见背景传来另一个声音，说了几句话，声音听起来很耳熟，但她一时想不起来是谁。

"他们要冲到房子前面了。"卡翠娜说。

"拜托说详细点。"

"戴尔塔小队，都穿着黑衣，手里拿着自动步枪，天哪，他们跑步的姿态……"

"少描述他们的外形，多描述行动的内容。"

"四个队员从小径跑过去，用强光把他照得什么都看不见，其他队员依然躲着，查看他有没有后援。他丢下了他手里拿的……"

"他有没有掏出武——"

尖锐高频的铃声传来。贝雅特呻吟一声，门铃响了。

"他没时间掏武器，他们已经扑上去，把他扭倒在地上了。"

太棒了！

"他们好像在搜他的身。他们拿起了一样东西。"

"是武器吗？"

门铃又响了起来，访客把门铃按得既用力又坚持。

"看起来像是遥控器。"

"哦！有炸弹？"

"不知道，反正他们逮到他了。他们做了个手势，表示一切都受到控制。等一下……"

"我得去开门，再回你电话。"

贝雅特跳下沙发，跑到门前，心想该怎么跟他解释才好，因为这种行为是要不得的，她既然说想独处就是真的想独处。

她打开门时，心里想到自己这一路走来成长不少，原本她只是个安静、害羞、愿意自我牺牲的少女，后来从父亲曾经念过的警院毕业，如今她已成为一个不仅知道自己要什么，也知道该如何达到目标的女人。这是一段漫长且辛苦的道路，但成果丰硕，苦尽甘来。

她看着站在面前的男子，男子脸上反射的光线击中她的视网膜，转换为视觉信号，将数据输送到她的梭状回。

她听见加布里埃尔令人安心的声音从背后传来，好像是说："别惊慌。"

这时她的大脑已认出眼前那张脸孔。

哈利觉得即将达到高潮，他自己的高潮，一种甜美的受苦。背部和腹部肌肉收缩。他关上意识之门，睁开眼睛，低头看着萝凯。萝凯用迷茫的眼神看着他，额头爆出青筋。他每冲刺一次，她的身体和脸庞就抖动一次。她似乎想说什么。他发现她脸上露出的并不是通常她在高潮前会露出的那种痛苦且受到冒犯的神情，而是别的表情。她的眼神流露出恐惧，而他只记得见过一次她的这种眼神，同样也是在这个房间里见过。他发现她的双手抓住他的手腕，想把他的手从脖子上拉开。

他等待片刻。不知为何，他不肯把手松开。他感觉她的身体开始反抗，看见她双眼凸出。这时他才赶紧把手放开。

他听见她吸入空气的咻咻声。

"哈利……"她的声音颇为沙哑，几乎认不出来，"你在干吗？"

他低头看着她。他自己也没有答案。

"你……"她咳了好几声，"你不能勒那么久！"

"抱歉，"他说，"我有点恍神了。"

接着他的身体有一种感觉浮现，不是高潮，而是某种类似的东西。一种痛苦的感觉从胸部上升到喉咙，再扩散到他的眼睛后方。

他在她旁边瘫倒下来，把脸埋在枕头里，感觉泪水流出。他翻身背对她，深呼吸几口气，对抗这种感觉。他到底是怎么了？

"哈利？"

他没有答案，也说不出来。

"有什么不对劲吗，哈利？"

他摇了摇头。"我只是累了。"他对枕头说。

他感觉她的手温柔地抚摸他的脖子，接着放在他胸膛上，身体依偎着他的背。

他脑子里浮现出一个念头，他早就知道这个念头迟早会冒出来：他怎么能要求他深爱的女人跟他这种人共享人生？

卡翠娜趴在地上，张口结舌，聆听无线电里怒气冲冲的对话。米凯在她背后出言咒骂。门口那人手里拿的不是遥控器。

"这是刷卡机。"一个喘息不已的粗嘎声音说。

"那袋子里装的是什么？"

"比萨。"

"再说一遍？"

"妈的这家伙看起来是送货员，他说他是比萨快递的员工，四十五分钟前接到这个地址的订单。"

"好，我们会查证。"

米凯倾身向前，拿起无线电对讲机。

"我是贝尔曼，他是故意叫这家伙来清除地雷的，这表示他就在附近，看得见这里的情况。我们有没有带警犬出来？"

一阵停顿。吱嗄声响起。

"这里是○五小队，我们没带警犬，十五分钟内可以送来。"

米凯又低低咒骂一声，才按下通话钮："把警犬送来，再把配备泛光灯和热像仪的直升机派来。请确认。"

"收到，请求直升机支持，但直升机上应该没有装热像仪。"

米凯闭上眼睛，低声骂了句"白痴"，才又回答说："直升机上有装热像仪，他只要在森林里就找得出来。整个小队呈网状散开，往森林的北方和西方搜索。他要逃跑一定会往这两个方向。○五小队，你的手机号码多少？"

米凯放开通话钮，对卡翠娜比个手势，她手里已拿着手机，一听见对方报出号码就输入，再把手机递给米凯。

"○五小队？傅凯？听着，这仗我们打输了，我们人员不够，没办法有效搜索森林，所以只好姑且一试。显然他已经疑心我们守在这里，而且他可能有办法窃听警用频道。直升机的确没装热像仪，但如果现在他相信有，而且我们会往北方和西方散开搜索，那么……"米凯聆听对方说话，"没错，把你的手下派到东边，不过还要留下几个人，以免他跑来屋子查看。"

米凯结束通话，把手机递回给卡翠娜。

"你认为呢？"卡翠娜问道。手机屏幕暗了下来，米凯脸上的白色条纹仿佛在黑暗中蜡动并发出光芒。

"我认为，"米凯说，"我们被摆了一道。"

26

他们七点钟从奥斯陆驾车出发。

进城的高峰车潮回堵在路上，静默无声。车内同样也静默无声，因为他们早已很有默契，九点以前没必要的话尽量不说话。

车子驶过收费站时，天空飘下毛毛细雨，雨刷一开似乎就把细雨滴给吸收了，而非刷去。

哈利打开收音机，聆听新一节的新闻报道，但依然没听到。今天早上那则新闻应该充斥在每个网站和电台才对：警方在白克区逮捕疑似涉及杀警案的嫌犯。挪威对阿尔巴尼亚的体育新闻播报结束后，电台播放的是帕瓦罗蒂和流行歌手的对唱歌曲。哈利赶紧关上收音机。

车子开上卡利哈根区的山坡。萝凯把手放在哈利的手背上，他的手一如往常放在排挡杆上。哈利正在等待她说些什么。

他们即将分开一周，她对昨晚的求婚却半句话都还没说。是不是她心里还有不确定？她不是那种会随口答应的人。车子开到勒恩斯库的岔道，他才突然想到也许她认为他心里还有不确定，那么只要装作这件事没发生过，它就会真的石沉大海，真的没发生过。反正最糟不过是把它当成一场荒谬的梦罢了。该死，也许这件事他只是梦见而已。过去他抽鸦片的那段时间，时常跟别人说些他确信曾经发生过的事，换来的却只是狐疑的眼神。

车子驶上利勒史托的岔道时，他打破不说话的默契："这样的话六月怎么样？二十一号是星期六。"

他看了她一眼，但她只是看着起伏的山林，沉默不语。哦，该死，她后悔了。她……

"六月可以啊，"她说，"但我很确定二十一号是星期五。"他在她的口气中听见笑意。

"那要大宴宾客还是……"

"还是只有我们跟见证人？"

"你希望这样吗？"

"你来决定，可是最多不要超过十个人，我们的餐具只有十人份，而且你可以邀请五个人，这样你联络人名单上的每个人都能邀请到。"

哈利大笑。这样安排会很好。

"如果你想叫欧雷克当伴郎，他很忙。"她说。

"了解。"

哈利把车子停在出境航站楼前，打开后车厢，吻了吻萝凯。

回程路上他打电话给爱斯坦·艾克兰。爱斯坦是出租车司机，也是哈利唯一的童年好友兼酒友，他的声音听起来醉醺醺的。话说回来，哈利还真不知道爱斯坦清醒时说话是什么声音。

"伴郎？×，哈利，我好感动，你竟然找我当伴郎。该死，看来我的微笑要跳表计费了。"

"六月二十一号，那天你有事吗？"

爱斯坦听了这句话咯咯乱笑，笑声变成了咳嗽声，再变成酒瓶的咕嘟咕嘟声："我真感动，哈利，可是我得说不。你需要的是一个能在教堂里站得直挺挺的人，还要能在宴会上说话清楚。我需要的是桌边有个美女、喝到饱的酒、不需要负担任何责任。我保证会穿我最好的西装出席。"

"骗人，你从来没穿过西装，爱斯坦。"

"所以西装才保存得那么好，因为不常用到，就跟你的哥们一样，哈利。你有时可以打电话来啊，你知道的。"

"我想是吧。"

两人结束通话。哈利驾车在拥堵的车阵中朝市中心前进，同时在很短的名单中找寻下一个伴郎候选人。事实上候选人只有一个。他拨打贝雅特的号码，五秒钟后，电话进入语音信箱，他留了言。

车阵以龟速前进。

他打给侯勒姆。

"嗨，哈利。"

"贝雅特在吗？"

"她今天休假。"

"贝雅特休假？她从来不休假的，感冒了？"

"不知道，昨晚她发短信给卡翠娜，说她生病。你听说白克区的事情了吗？"

"哦，我都忘记这件事了，"哈利说谎，"结果怎么样？"

"他没出手。"

"真可惜。你继续追查，我打去她家。"

哈利结束通话，拨打贝雅特家里的电话。

电话响了两分钟没人接听，哈利看了看表。距离课堂开始还有很多时间，奥普索乡也顺路，于是他驾车在赫斯菲区转了个弯。

贝雅特的房子是母亲留给她的，令哈利想起他自己从小到大的老家。那是栋二十世纪五十年代兴建的典型木屋，看起来有如一个朴素的箱子，提供给认为苹果园不再专属于上流阶级的中产阶级居住。

除了垃圾车轰隆作响，沿着坡道挨家挨户收垃圾之外，四周十分宁静。大家都去上班、上课、上幼儿园了。哈利停好了车，穿过栅门，经过一台锁在栅栏上的儿童脚踏车、一个堆满黑色垃圾袋的垃圾箱、一个秋千。他跳上台阶，台阶上放着一双他认得的耐克球鞋。他按下门铃，门铃上方的陶瓷门牌写着贝雅特和她儿子的名字。

他静静等待。

他又按了一次。

一楼有扇窗户开着，他猜想应该是其中一间卧室的窗户。他叫唤贝雅特的名字。她可能没听见，因为垃圾车的钢铁活塞正在压缩垃圾，机器声十分嘈杂，而且越来越近。

他转动门把。门是开着的。他走了进去，在一楼高声叫唤。无人回应。他已无法再继续忽视早已存在心中的不安感。

这不安感来自那则没有播报的新闻。

来自贝雅特没接手机。

他爬上楼梯，逐个房间查看。

空无一人，物品安放原位。

他奔下楼梯，进入客厅，站在门口，环目四顾。他清楚知道刚才自己为什么没有直接进门，但他不愿意去认真思考这件事。

他不愿意告诉自己说，现在他眼前看见的疑似犯罪现场。

以前他来过贝雅特家，但这时他发现这个客厅似乎有点空，也许是早晨阳光的缘故，也许只是因为贝雅特不在家的缘故。他的目光停留在桌上，桌上放着一部手机。

他听见自己嘘了口气，觉得放松不少。贝雅特一定是出去买个东西，把手机留在家里，连门都懒得锁，可能是去药房买个阿司匹林什么的。对，一定是这样。哈利想起台阶上那双耐克球鞋。那又怎样？女人的鞋子不可能只有一双。只要再等个几分钟，她就会回来。

哈利改换站姿。沙发看起来很诱人，但他不想坐上去。他的目光落在地上。咖啡桌附近的电视旁有个深色痕迹。

显然贝雅特拿走了小地毯。

最近才拿走的。

哈利觉得自己的肌肤在衬衫底下发痒，仿佛他刚才光着身子在草地上打滚流汗。他蹲了下来，闻到拼花地板传来微弱的氨气气味。除非他记错了，否则木地板不喜欢氨气。他站起身来，挺直腰背，穿过走廊来到厨房。

空荡无人，物品整齐。

他打开冰箱旁的高大柜子。二十世纪五十年代建造的这种房子似乎有种不成文的规定，一定要设置这种大柜子来存放每样东西，包括食物、工具、重要文件，必要时还可放置打扫工具。柜子底下有个篮子，里面放着一块折叠整齐的布。第一个层架放着三块抹布和两卷白色垃圾袋，一卷未开封，一卷已开封。此外还有一瓶水晶绿皂和一罐波纳地板蜡。他弯腰阅读标签。

拼花地板专用，不含氨。

他缓缓直起身来，站着不动，仔细聆听，嗅闻气味。

他有点生疏了，但他努力吸收一切，记住自己看过的每样事物。第一印象。他在课堂上一再强调，对于犯罪现场的第一印象通常是最重要也最正确的，你应该趁自己的感官还处于高度警觉、尚未被刑事鉴识小组干巴巴的事实给钝化和抵消时，尽量收集资料。

哈利闭上眼睛，聆听这栋房子在告诉他什么，有什么细节他忽略了，这细节可以告诉他他想知道的事。

倘若房子真的对他说话，也已被打开的大门外的垃圾车噪声给淹没。他听见垃圾车操作员的说话声、尾门打开的声音、大笑声。无忧无虑。仿佛什么事都没发生。也许真的什么事都没发生。也许贝雅特很快就会回来，她会吸吸鼻子，把脖子上的围巾包得更紧，露出笑颜，虽然惊讶但很高兴见到他。待他问她是否愿意担任他和萝凯的婚礼见证人，她会更惊讶且开心。接着她会大笑，然后满脸红晕，就像有人看她时那样。过去她曾把自己关在痛苦之屋，也就是警署的影音室里，一坐就是十二小时，正确辨识出银行监控录像中的蒙面抢匪。后来她当上鉴识中心主任，颇受属下爱戴。哈利吞了口口水。

这听起来像是丧礼致辞。

别再想了，她就快回来了！哈利深呼吸一口气，听见栅门关上，垃圾车的辗碎机开始翻腾，轰轰作响。

这时他突然想到。细节。细节不吻合。

他看着柜子。一卷用了一半的白色垃圾袋。

外头垃圾箱里的垃圾袋是黑色的。

哈利拔腿狂奔。

奔越走廊，冲出大门，穿过栅门，奋力向前冲，他的心脏跳得比他跑得还快。

"停车！"

一名清洁队员抬头望来，他单脚站在垃圾车尾的平台上，车子已开始朝下一栋房子前进。垃圾车的大钢牙发出咀嚼声，那声音哈利听起来仿佛来自自己的脑袋。

"别再压垃圾！"

他跃过栅门，双脚落在柏油路面上。清洁队员立刻按下红色的停止按钮，拍打垃圾车车身。垃圾车发出愤怒的喷气声，停了下来。

碾碎机安静下来。

清洁队员注视着哈利。

哈利朝他的方向走去，目光集中在一个地方，也就是打开的大钢牙。车尾内部传出阵阵恶臭，但哈利没闻到，他只看见遭辗碎一半的垃圾袋爆破了，渗出液体，把金属染成红色。

"这家伙脑袋不正常。"清洁队员低声说。

"什么事啊？"司机说，把头探出了驾驶座。

"看来又有人把狗当垃圾丢了。"清洁队员说，看了看哈利，"这是你的吗？"

哈利没有回话，只是踏上平台，进入半开的液压钢牙内。

"嘿！你不能进去！很危险——"

哈利甩开清洁队员的手，踩上红色液体，立刻滑了一跤，手肘和脸颊撞上滑溜的钢制平面，尝到并闻到存放一天的血液的熟悉味道。他挣扎着跪起来，扯开一个垃圾袋。

里头的物体倾泻而出，流到倾斜的平台上。

"我的妈呀！"背后的清洁队员倒抽一口凉气。

哈利扯开第二个垃圾袋，然后是第三个。

他听见清洁队员跳下车，大吐特吐，呕吐物全洒在柏油路上。

在第四个垃圾袋里，哈利找到了他想找的。其他尸块有可能属于任何人，但这个部分不可能。这头金发不可能属于别人，这个再也不会脸红的苍白脸庞不可能属于别人，这双有办法对人过目不忘的圆睁双眼不可能属于别人。脸庞虽然已经破碎，但哈利心中没有一丝怀疑。他用手指抚摸那个用制服纽扣做成的耳环。

这痛苦如此强烈，如此锥心蚀骨，以至于他无法呼吸，以至于他只能弯下身体，犹如尾刺被拔掉的垂死蜜蜂。

他听见自己口中发出声音，仿佛来自一个陌生人。这声长长的号叫，在宁静的住宅区里四处回荡。

Politi

第四部

他不必低头也知道枪在那里。

不必回想行动顺序也知道自己一定会记得。

他稍微闭上眼睛，想象将会发生的事。这时一种感觉浮现，过去他当警察时曾经多次有过这种感觉。恐惧。

27

贝雅特·隆恩被安葬在旧城区墓园，就葬在她父亲旁边。她父亲之所以葬在这里，并不是因为这里是他的教区，而是因为这里离警署最近。

米凯·贝尔曼调整领带，握住乌拉的手。公关顾问建议他带妻子出席，因为最近这起杀警案发生之后，他警察署长的位子已经岌岌可危，因此需要帮助。公关顾问说他身为警察署长应该表现出更多的个人承诺和同理心，目前为止他的态度有点太专业了。乌拉挺身而出，她当然会挺身而出。她穿上精心挑选的服装前往丧礼，美得令人惊叹。对米凯来说，她是个好妻子，这点他不会忘记，很久都不会忘记。

牧师滔滔不绝地述说他所谓的大哉问：人死之后会去哪里？当然真正的大哉问不是牧师口中说的那个，而是贝雅特死前到底发生了什么事，以及到底是谁杀了她。过去这六个月以来，到底是谁杀了连她在内的四名警察？

这是媒体的大哉问。最近媒体一直对冰雪聪明的鉴识中心主任致敬，同时严词批评做起事来竟嫩到不行的新任警察署长。

这是奥斯陆议会的大哉问。议会召唤米凯去开会，要他报告他对这些命案的处理方式。他们已表明不会手下留情。

这是调查组的大哉问，无论是对大调查组，还是对哈根私底下成立的小调查组来说都是如此。如今米凯已承认这个小组，至少它找出了一条可以追查的确切线索：瓦伦丁·耶尔森。然而这个推论的薄弱之处，在于它是基于一名目击证人指称这些命案背后的鬼影杀手瓦伦丁还活着，而这名目击证人如今已进了圣坛旁的棺材。

刑事鉴识组、警方调查组和病理医生的报告，都搜集不到足够细节来指出犯案经过，但一切证据都指向这起命案酷似白克利亚街的命案。

若假设两起命案的其余细节都一样，那么贝雅特是在最惨无人道的状态下死去的。

尸块里并未检验出任何麻醉剂的成分。病理医生的报告写道："肌肉和皮下组织大量内出血。""感染组织出现发炎反应。"也就是说，贝雅特不仅在身体遭肢解时是活着的，很不幸，遭肢解之后她还是活着的。

切割表面显示凶手用的是刺刀锯而非线锯来肢解身体。鉴识员猜想凶手用的可能是所谓的双金属刀，这种十四厘米的细齿刀可以切穿骨头。侯勒姆说在他家乡，这种刀叫作驼鹿刀。

贝雅特可能是在玻璃咖啡桌上遭到肢解的，因此事后很好清理。凶手可能自行携带了氨和黑色垃圾袋，因为这两样东西在犯罪现场都找不到。

警方还在垃圾车里发现小地毯的破片，上面沾满血迹。

至于不属于那栋房子的指纹、足迹、纤维、头发或其他 DNA 物质，警方一概没发现。

屋子同样也没发现闯入痕迹。

卡翠娜说贝雅特之所以和她结束通话，是因为门铃响了。

贝雅特似乎不太可能自愿让陌生人进入家门，更何况她正在执行任务。因此警方推断凶手用武器威胁她，强行进入。

当然还有第二个推论，那就是来者不是陌生人，因为贝雅特家的大门很坚固，上面还装了门链。门上有很多刮痕，显示门链经常使用。

米凯低头朝一排排座位上的哀悼者望去。甘纳·哈根，毕尔·侯勒姆和卡翠娜·布莱特。一名老妇带着一个小男孩，应该是贝雅特的儿子，怎么看他都跟贝雅特长得很像。

此外还有另一个鬼魂，哈利·霍勒，旁边是萝凯·樊科，有一头深色头发，一双深色眼睛闪烁光芒，几乎跟乌拉的眼睛一样美，真不知道像霍勒这种家伙是怎么追到她的。

后面坐着伊莎贝尔·斯科延。市议会一定得派代表出席，如果缺席一定会受到媒体抨击。进入教堂前，伊莎贝尔不顾乌拉也在场，把他拉到一旁，问他到底要躲她的电话到什么时候。他回答说他们已经结束了。她表现出来的态度像是准备踩死一只昆虫，还说她才是甩人的，而他是被甩的。这点他很快就会晓得。他走回乌拉身边，让乌拉挽住他的手臂，同时觉得伊莎贝尔的目光紧跟在后。

其余座位坐的应该是亲友和同事，大部分的同事都没穿制服。他听见他们尽量彼此安慰：没有受折磨的迹象，大量失血可能表示她很快就昏迷了。

他的目光跟某人稍微接触，立刻移开，仿佛没看见对方似的。楚斯·班森。他来干吗？他应该不会在贝雅特寄圣诞卡片的名单上。乌拉轻轻捏了捏他的手，用询问的目光看着他，他对她笑了笑。很公平，他心想，在死亡面前我们都是同袍。

卡翠娜错了，她还没哭完。

自从贝雅特被发现之后，她数度以为自己已经没有眼泪可以再流，却还是有。她大哭了好多次，身体疲惫、眼睛酸痛，却仍挤得出眼泪。

她哭到身体拒绝再哭，甚至呕吐。她哭到睡着，因为实在太累了，醒来又继续哭。而现在她又哭了。

她睡觉时不断被噩梦骚扰，被她和魔鬼打的交道所折磨，亦即她愿意牺牲一位同袍来逮捕瓦伦丁。她曾说出这个咒语：再干一次，你这浑蛋，再下手一次。

卡翠娜放声哭泣。

响亮的哭泣声惊醒了楚斯，他赶紧坐直身子。刚才他睡着了。他穿着那套该死的廉价西装，坐在磨得光滑的教堂长椅上十分滑溜，让他很容易往下滑。

他把目光锁定在圣坛的装饰品上。耶稣头上放射出阳光的万丈光芒，宛如汽车头灯，也象征原谅罪愆，实在是巧夺天工。宗教的销路曾有一度不是太好，一旦人们有了钱，就必须面对来自四面八方的诱惑，很难遵守所有的戒律。因此神职人员想出一个概念、一个卖点，那就是你只要相信就够了。这就跟赊账机制一样带来亮眼营收，让人几乎觉得救赎是免费的，但就跟赊账这种行为一样，欠款很容易就如同滚雪球般越滚越大，人们一点也不在乎，他们只是用宝贵的生命去从事罪恶之事，反正只要相信就好了。因此在中世纪时期，神职人员必须紧缰绳，植入催收账款的机制，发明灵魂下地狱被火焚烧的说法。那些罪人很快就被吓得赶快跑回教堂，缴清欠款。于是教堂变得非常有钱。太好了，神职人员打了漂亮的一仗。这就是楚斯对宗教的看法。尽管如此，他相信自己总有一死，而且死了就死了，罪愆不会被原谅，也没有地狱的存在。但如果他的看法错了，那么他的麻烦可就大了，这点十分明显。原谅一定有个限度，而楚斯曾经做出的一些事耶稣肯定难以想象。

哈利怔怔看着前方，心思却跑到别处，飞到了痛苦之屋里，看见贝雅特正指着屏幕进行说明，直到耳边传来萝凯的细语声，他才回过神来。

"你得去帮甘纳他们，哈利。"

他心头一惊，用惊愕的眼神看着她。

萝凯朝圣坛点了点头，只见有几个人已在棺材旁边站定，包括哈根、侯勒姆、卡翠娜、奥纳和哈福森的弟弟。哈根说过，哈利担任抬棺人的位置是跟哈福森的弟弟并排，因为他俩在抬棺人中最高。

哈利站了起来，赶忙踏上走道，匆匆上前。

你得去帮甘纳他们。

这句话就像昨晚她说过的话的回音。

哈利向其他人微微点头，站到空位上。

"数到三。"哈根轻声说。

管风琴的演奏声激昂了起来。

他们把贝雅特抬进阳光之中。

悠思提森餐馆挤满了刚参加完丧礼的人。

音响播放着哈利听过的一首歌，博比菲勒四人乐队演唱的《我对抗法律》（*I Fought the Law*），不断用乐观的曲调唱着："最后法律赢了。"

刚才他送萝凯去搭机场快线，这期间许多他以前的同事喝得酩酊大醉。他像个清醒的局外人，看着大家几乎是疯狂灌酒，仿佛坐在一艘即将沉没的船上，有好几桌的警察还跟乐队一起高唱法律赢了。

哈利朝卡翠娜和其他抬棺人坐的那桌比个手势，表示他去厕所，马上回来。他才刚开始小解，隔壁就走来一个男人。他听见拉链拉开的声音。

"这里是警察来的地方，"那人带着鼻音说，"你跑来干吗？"

"小便啊，"哈利说，头也没抬，"那你呢？你是来烧毁什么吗？"

"你少来惹我，霍勒。"

"我真要惹你的话，你早就失去自由了，班森。"

"别多管闲事，"楚斯低声说，另一只手靠着小便斗上方的墙壁，"我可以把命案安在你头上，你很清楚。保持本色酒馆的那个俄罗斯人。警署里大家都知道是你干的，不过只有我能够证明，所以你最好别来惹我。"

"班森，我只知道那个俄国人是毒贩，他试图从背后刺杀我。如果你认为自己比他还要厉害，那你就来试试看，反正你以前不是没打过警察。"

"什么？"

"你跟贝尔曼打过一个男同性恋警员，不是吗？"

哈利仿佛听见楚斯的嚣张气焰嘶嘶的一声熄灭。

"你又开酒戒了吗，霍勒？"

"嗯，"哈利说，扣上纽扣，"现在一定是痛恨警察的季节。"他走到水槽前，在镜子里看见班森没再次开始小便。他洗了洗手，把手擦干，走到厕所门口，听见班森嘶声说："我警告你，你可别耍什么花样，你敢动我，我就把你一起拖下水。"

哈利回到餐馆内。那首歌快唱完了。他突然想到，人生真是充满巧合。一九六六年博比·富勒被人发现死在自己的轿车上，全身都是汽油，有人认为他是遭到警察杀害。那年他二十三岁，跟勒内·卡尔纳斯同样年纪。

另一首歌开始播放。超级幼苗乐队的《被条子逮到》（*Caught by the Fuzz*）。哈利微微一笑。加斯·库姆斯高唱被条子逮到，条子要他把内幕消息全抖出来。二十年后，警察却放这首歌来对自己致敬。真是抱歉了，加斯。

哈利环目四顾，思索昨天他和萝凯的促膝长谈，思索人生中你可以躲避和逃避的事，以及你终究躲不开的事。因为这些事就是人生，这些事就是存在的意义。它们才是首要的，其他像爱、平静和喜乐是伴随而来的。昨天几乎都是她在说话，说明他必须怎么做才行。贝雅特之死所带来的阴影是如此庞大，笼罩着整个天空，尽管阳光歇斯底里地放射光芒，也让人感受不到。他必须这么做才行，既为了他们两人，也为了他们每一个人。

哈利挤过人群，朝抬棺人那桌走去。

哈根站了起来，拉开一张椅子，这张椅子是特地为他保留的。"怎么样？"他问道。

"我加入。"哈利说。

楚斯站在小便斗前，依然因为哈利所说的那句话而难以动弹。现在一定是痛恨警察的季节。难道他知道了？胡扯，哈利什么都不知道。他怎么可能知道？如果他知道了，不可能就这样脱口而出，把它当成像是挑衅的言语。但哈利知道克里波的那个同性恋警察，那个被他们痛打一顿的家伙，他怎么可能知道？

那家伙对米凯毛手毛脚，试图在厕所里亲吻他。米凯认为可能有人看见这个举动。后来在锅炉室里，他们在那家伙头上罩上头套，让楚斯把他痛打一顿。一如往常，米凯只是站在一旁观看，只在楚斯下手过重之际才出言阻拦，叫他停手。不对，那时他早已下手过重。他们离开锅炉室时，那家伙还躺在地上无法动弹。

事后米凯很害怕，怕那家伙受伤太重，可能会兴起起诉他们的念头，于是楚斯第一次接到担任烧毁者的任务。他们利用警方的蓝色警示灯，驾车狂飙到悠思提森餐馆，插进在吧台前排队的队伍，要求说要付清半小时前点的两瓶孟克荷姆啤酒。酒保点了点头，说很高兴遇见这么诚实的人。楚斯给了酒保一笔优渥小费，让他留下深刻印象，接过注明了时间和日期的收据，然后载米凯前往鉴识中心。楚斯知道鉴识中心有个新人亟欲成为警探，便对那新人解释说有人想把一起攻击案栽赃到他们身上，希望他能对他们进行检查，证明他们与案子无关。那新人快速而潦草地检查了他们的衣服，表示并未发现任何 DNA 或血迹。接着楚斯把米凯载回家，再返回克里波的锅炉室，并发现那家伙已不见踪影，但地上的血迹显示他设法自行爬了出去。这么看来说不定没什么问题。但楚斯依然除去了所有潜在证据，再驾车前往哈纳罗格大楼，把警棍丢入大海。

隔天一位同事打电话给米凯，说那家伙在医院跟他联络，打算告他们重伤害。于是楚斯前往医院，趁医生去巡房时告诉那家伙说现场没有任何证据，只要他敢吭一声或再去上班，他的职业生涯就完了。

后来他们再也没看见那位克里波警员，也没听说他的消息。这一切归功于他，楚斯·班森。所以去他妈的米凯·贝尔曼。救了米凯的人可是楚斯，至少直到现在为止是如此。如今哈利知道了这件小事。哈利就像座自走炮，可能带来危险，他太危险了。

楚斯看着镜中的自己。恐怖分子。没错，他就是恐怖分子。

而且只是刚起步的恐怖分子。

他离开厕所，加入其他人，正好听见米凯的最后一部分演说。

"……希望贝雅特·隆恩的坚毅果敢可以成为警界的榜样。现在我们必须证明每位警察都跟她一样，而我们纪念她的唯一方式就是给予她想要的荣耀，那就是逮到凶手。干杯！"

楚斯看着他的童年好友，看着大家高举酒杯，犹如一群战士在酋长的一声令下举起长矛。他看见众人的脸孔发亮、严肃、坚定，看见米凯点了点头，仿佛上下一条心。他看见米凯被这一刻所感动、被自己的话语所感动、被驱动餐馆里每一个人的力量所感动。

楚斯回到厕所前的走廊上，站在公共电话前，拿起话筒，投下硬币，拨打勤务中心的电话。

"警局你好。"

"我要提供匿名线报，关于勒内·卡尔纳斯命案的子弹，我知道子弹是从哪把枪击发……击……"楚斯努力想把话说清楚，知道这通电话会被录音，之后会被拿来播放，但他的舌头就是不听大脑使唤。

"那你应该跟犯罪特警队或克里波的警探联络，"值勤人员说，"可是他们今天都去参加丧礼了。"

"我知道！"楚斯说，听见自己的声音不必要地拉高，"我只想把这件事通报给你们知道而已。"

"你知道？"

"对，听着——"

"我看见你是从悠思提森餐馆打电话来的，你应该在那里就能找到他们才对。"

楚斯瞪视着公共电话，明白自己喝醉了，而且犯了大错。警方如果追查这件事，并知道这通电话来自悠思提森餐馆，那么只要把去过餐馆的警察都叫来，播放录音带，问问看是否有人认得里头的声音就好。这个风险太大了。

"我只是开玩笑的，"楚斯说，"抱歉，我们啤酒喝得有点太多了。"

他挂上电话离开，直接穿过餐馆，目光直视前方，不东张西望。但就在他打开餐馆大门，感觉冷雨哗啦落下之际，他停下脚步，转过身去，看见米凯的手搭在一位同袍的肩膀上，看见一群人围在哈利·霍勒那个尿尿艺术家的身旁，一名女警甚至上前拥抱他。楚斯回过身来，看着大雨。

停职。驱逐。

他感觉一只手搭上他的肩膀，转头望去。那张脸甚模糊，仿佛他是从水中观看似的。难道他真的那么醉？

"没关系，"那张脸用温柔的声音说，那只手捏了捏他的肩膀，"悄悄离开吧，今天我们大家心情都不好。"

楚斯下意识地拨开那只手，踏入黑夜，脚步重重踩在街道上，感觉雨水打湿外套肩部。让他们见鬼去吧，让他们全都见鬼去吧。

28

有人在灰色金属门上贴了一张纸，上面写着"锅炉间"。

甘纳·哈根在里面看了看表。时间刚过早上七点。他确认四人全数到齐。第五人不会出现，她的椅子也没人坐。新加入的成员从警署楼上的会议室拿了把椅子下来。

哈根检视每位成员。

侯勒姆看起来仿佛昨天受到重大打击，卡翠娜也是一样。奥纳和往常一样整齐地穿着花呢外套、打着领结。哈根特别仔细地看了看新成员。昨天哈根比哈利先离开悠思提森餐馆，当时哈利只喝咖啡和无酒精饮料，但这时他却瘫坐在椅子上，面色苍白，胡子没刮，闭着眼睛。哈根不确定哈利是不是大开酒戒。这个小组需要的是警探哈利，而不是醉鬼哈利。

哈根抬眼望向白板，他们为哈利在白板上写下了案情概要，包括被害人姓名、时间线、命案现场、瓦伦丁·耶尔森这个名字、指向原始命案及日期的箭头。

"所以说，"哈根说，"马里达伦谷命案、翠凡湖命案、德拉门命案，以及最后一起发生在被害人家中的命案。四名调查过未破命案的警察在同一天遇害，其中三人在同一个地点遇害。其中三起原始命案是典型的性侵杀人案，虽然案发时间相隔甚远，但当时这三起命案就有相似之处。唯一例外的是德拉门命案，被害人勒内·卡尔纳斯是男性，身上没发现性侵迹象。卡翠娜？"

"如果我们假设这四起原始命案和四起杀警案都是瓦伦丁·耶尔森干的，那么卡尔纳斯是个很有意思的例外。他是个同性恋者。毕尔和我去德拉门的夜店查访过，那里的人说卡尔纳斯的性关系复杂，他不仅迷恋年长人士，还把他们当成老色狼一样剥削，而且他在夜店一有机会就卖身从事性交易。只要有赚钱的机会，他几乎什么都感兴趣。"

"有这种行为和干这行的人，遭人杀害的概率很高。"侯勒姆说。

"没错，"哈根说，"但这会使得凶手是同性恋者或双性恋者的机会提高吗，史戴？"

奥纳咳了一声："像瓦伦丁·耶尔森这种性掠食者因为性欲强，经常会有复杂的性关系。引发他们的是想要掌控、喜欢施虐、渴望挑战极限的需要，而不是被害人的性别和年龄。但杀害勒内·卡尔纳斯也可能是出于嫉妒，被害人身上没有性侵迹象或许可以支持这一点。此外也可能是出于愤怒。他是四个被害人之中，唯一跟遇害警察一样受到钝器攻击的。"

一阵静默，每个人都朝哈利望去。哈利半斜躺在椅子上，眼睛依然闭着，双手交叠在肚子上。卡翠娜以为他睡着了，直到他咳了一声。

"有人发现瓦伦丁跟卡尔纳斯之间的关联吗？"

"目前没有，"卡翠娜说，"没有电话联络的记录，夜店或德拉门市都没有信用卡刷卡记录，也没有任何电子迹象显示瓦伦丁曾经接近卡尔纳斯的所在地点。此外也没有人知道卡尔纳斯曾经听说过瓦伦丁这个人，或是见过任何酷似瓦伦丁的人。但这并不代表说他们不曾……"

"这是当然，"哈利说，紧闭双眼，"我只是纳闷而已。"

锅炉间陷入沉默，众人都看着哈利。

他睁开双眼："干吗？"

没人答话。

"我可不会飘浮起来，或是在水面上行走，也不会把水变成葡萄酒。"

"不是不是，"卡翠娜说，"你只要让这四个瞎眼的灵魂重见光明就好了。"

"这我也办不到。"

"我以为领导人应该要让追随者相信一切都是可能的。"侯勒姆说。

"领导人?"哈利微微一笑,在椅子上坐起来,"你跟他们说过我的身份了吗,哈根?"

哈根清了清喉咙:"哈利已经不具有警察的身份和权力,所以他只是以顾问的身份加入我们,就跟史戴一样。这表示他不能申请搜索票、不能携带武器,也不能执行逮捕任务。这也表示他不能领导警方的行动。这些原则我们都必须遵守,这点非常重要。试想一下,如果我们逮到瓦伦丁,又找到一大堆证据,结果被告律师却发现我们没有依法行事,那可就令人扼腕了。"

"这些顾问……"奥纳说,做个苦脸,在烟斗里塞紧烟草,"听说他们按小时计费,费率让心理医生看起来好像傻瓜,所以我们还是好好利用在这里的时间,说些比较聪明的话,哈利。"

哈利耸了耸肩。

"是啦,"奥纳说,微微苦笑,把尚未点燃的烟斗塞进嘴巴,"我们已经说出我们所能说的最聪明的话了,而且我们已经原地打转好一阵子了。"

哈利低头看着双手,最后重重叹了口气。

"我不知道这个想法有多聪明,而且它还不完整,但我一直在想的是……"他抬起头,看见四双眼睛睁得老大。

"我知道瓦伦丁是嫌犯,问题是我们找不到他,所以我建议我们找一个新嫌犯。"

卡翠娜不敢相信自己的耳朵:"什么?我们得去怀疑一个我们不认为他是凶手的人?"

"我们不去'认为',"哈利说,"我们只是去怀疑各种程度的可能性,并依照资源密集程度去衡量这些可能性,再确认或否决这些怀疑。就像我们考虑月球上有生命的概率可能比格利泽581d系外行星低,这颗行星跟它的太阳之间有着完美的距离,水不会蒸发也不会结冰,但我们还是先去查看月球。"

"哈利·霍勒第四诫，"侯勒姆说，"从有光的地方开始搜寻。还是第五诫？"

哈根咳了一声："我们收到的命令是找出瓦伦丁，其他都是大调查组的责任，贝尔曼不容许我们调查其他的事。"

"恕我直言，"哈利说，"贝尔曼就别管他了。我并不比你们更聪明，但我是新加入的，这让我们有机会用新鲜的眼光来看这些案子。"

卡翠娜哼了一声："说什么屁话，不比我们更聪明什么的，你只是说说而已吧。"

"不是，但我们先假装是好了，"哈利说，眼睛眨也不眨，"我们从头再来一次。动机。谁会想杀害未能破案的警察？因为这是公分母对吧？快点，你们来告诉我吧。"

哈利交叠双臂，滑下椅子，闭上眼睛等待。

侯勒姆最先打破沉默："被害人的亲属。"

卡翠娜也加入："不被警察相信的强暴案被害人，或是被害人的案子未受到妥善调查。凶手惩罚警察，因为警察未能清查其他性侵凶手。"

"可是勒内·卡尔纳斯没被强暴，"哈根说，"如果我认为我的案子没受到妥善调查，我只会杀害和案子有关的警察，而不是所有的警察。"

"继续说啊，我们再一个一个否决，"哈利说，坐直身子，"史戴？"

"遭受冤狱的人，"奥纳说，"他们入狱服刑，受到侮辱，失去工作，失去自尊，也不再尊重别人。自尊受辱的狮子最危险，他们不觉得需要负任何责任，心中只有仇恨和苦涩，反正他们的生命受到了贬抑，那么他们愿意付出一切代价来复仇。身为群体动物他们觉得已经没什么可以失去，驱使他们每天早上爬起来的动力是把加诸在他身上的痛苦还给让他痛苦的那些人。"

"那就是复仇的恐怖分子喽。"侯勒姆说。

"很好，"哈利说，"去调查被告没有认罪、案子也不清不楚的每一件强暴案，而且被告服了刑，目前已经出狱。"

"或者凶手不是被告本人，"卡翠娜说，"被告依然被关在牢里，或是一生都陷入绝望，而他的女友或兄弟或父亲誓言复仇。"

"出于爱，"哈利说，"很好。"

"×，你不是认真的吧。"侯勒姆插嘴说。

"为什么不是？"哈利说。

"出于爱？"侯勒姆的声音犹如金属般坚硬，脸孔扭曲成怪异的弧度。"你不会认为这些屠杀跟爱有关吧？"

"我的确是这么认为。"哈利说，滑下椅子，闭上眼睛。

侯勒姆站了起来，涨红了脸："你是说一个心理有病的连续杀人犯，出于爱而做出……"他声音嘶哑，朝那张空椅点了点头，"……这种事？"

"看看你自己。"哈利说，睁开眼睛。

"什么？"

"看看你自己，感觉一下。你满腔怒火，心里全是恨意，你想看见这个恶徒被痛苦地吊死，对不对？因为你跟我们一样，都爱原本坐在那张椅子上的女人。所以你恨意的来源是爱，毕尔。就是这份爱，而不是恨，让你愿意付出任何代价、不择手段地手刃歹徒。坐下吧。"

侯勒姆坐了下来，哈利站起来。

"这些命案也给我同样的感觉，凶手大费周章地重现原始命案，而且他还甘冒奇险，所以我不确定这一切的背后纯粹只是嗜血的欲望或仇恨。请记住凶手所投注的是如此大量的心力。嗜血的凶手会去杀害妓女、儿童或其他容易得手的目标，单纯只有恨意而缺少爱的人不可能投入如此极端的心力，所以我认为我们要找的是一个爱得比恨得还多的人，那么问题来了，就我们所认识的瓦伦丁·耶尔森而言，他真的有能力付出这么多爱吗？"

"也许吧，"哈根说，"我们对他了解不完全。"

"嗯，下一件未破命案的日期是哪一天？"

"距离现在还有一段时间，"卡翠娜说，"在五月，十九年前发生过一件命案。"

"还有一个多月。"哈利说。

"对，但其中没有性的因素，比较像是家族世仇，所以我查了一下看起来像命案的失踪人口案，发现有个少女在奥斯陆失踪，过了两周都没人看见她之后，她被报案失踪。大家之所以没有早点反应是因为她发短信给几个朋友，说她要搭廉价航空去享受阳光，需要一点时间和空间。有几个朋友回了她的短信，但她没有回复，所以他们认为她想离开一切意味着她也暂时不想碰手机。她被报案失踪之后，警方调查了每一家航空公司，但是都没发现她的登机记录。简而言之，她就这么人间蒸发了。"

"那手机呢？"侯勒姆问。

"最后传送到基地台的信号出现在奥斯陆市中心，之后就停止了。一定是没电了。"

"嗯，"哈利说，"那条短信，短信上说她生病了……"

侯勒姆和卡翠娜都缓缓点头。

奥纳叹了口气："可以说得清楚一点吗？"

"他的意思是说这件事也发生在贝雅特身上，"卡翠娜说，"我也接到一条短信说她生病了。"

"原来如此。"哈根说。

哈利缓缓点头："比如说凶手可能查看手机最近的通话记录，发短信给那些联络人，以延缓警方的追查。"

"这表示要在犯罪现场找到线索会更加困难，"侯勒姆补充说，"因为凶手掌握了通话记录。"

"短信是什么时候发送的？"

"三月二十五号。"卡翠娜说。

"那就是今天。"侯勒姆说。

"嗯,"哈利揉揉下巴,"我们手上有一件可能的性侵杀人案和日期,但没有地点。负责的警探是谁?"

"由于这件案子始终算是失踪人口案,所以没有进行调查,也一直没有升级为命案。"卡翠娜看着笔记本,"不过最后这件案子被送到了犯罪特警队,分派给一名警监,就是你。"

"我?"哈利蹙起眉头,"通常我都会记得我经手过的案子。"

"这件案子就发生在雪人案之后,后来你跑去了香港,没再出现,连你自己也成了失踪人口。"

哈利耸了耸肩:"好吧。毕尔,你去失踪人口组调查后来他们怎么处理这件案子,还有提醒他们慎防来家里按门铃的人,以及白天接到的神秘电话,好吗?我想我们应该追踪这件案子,尽管没有尸体也没有犯罪现场。"哈利拍了拍手,"好了,这里谁负责泡咖啡?"

"嗯,"卡翠娜用低沉嘶哑的声音说,在椅子上瘫坐下来,张开双腿,闭上眼睛,搓揉下巴,"我想应该是新来的顾问吧。"

哈利噘起嘴唇,点了点头,跳了起来。自从贝雅特被发现以来,这是锅炉间第一次传出笑声。

市议会的会议室里气氛凝重。

米凯·贝尔曼坐在桌子最远的一端,主席坐在桌子的另一头。米凯知道大部分议员的名字,他当上警察署长之后首先要做的事情之一,就是记住议员的姓名和长相。"下棋不能不了解棋子,"前任警察署长对他说,"你必须知道他们的能力和限度。"

这位资深署长曾经给过他这个善意的建议,但现在这位已退休的署长为什么也坐在会议室里?难道是来担任顾问吗?无论这位前任署长多会下棋,米凯怀疑他是否使唤得动坐在与主席隔两个位子上的高大金发女子。

目前这女子正在说话，她是皇后，也就是社会事务议员伊莎贝尔·斯科延。甩人的。她的声音有一种冰冷的官腔官调，显示她知道会议内容都会被记录下来。

"奥斯陆警署似乎无力阻止这些命案的发生，使得我们越来越不安。碰到这种情况，媒体自然会对我们施压，而且也已经施压了一段时间，希望我们拿出一番作为，但是更重要的是现在连市民都失去了耐性。我们不能让市民对政府机关的不信任感一直升高，而这里的政府机关指的是警方和市议会。由于这属于我的权责范围，所以我召开这次的非正式听证会，好让市议会能对警察署长的问题做出反应。我们假定问题确实存在，因此必须评估替代做法的可能性。"

米凯在流汗。他讨厌在制服里流汗。他试图和前任署长目光相触，却徒劳无功。他到底在这里干吗？

"我希望我们对替代做法都能尽量敞开心胸、发挥创意。"伊莎贝尔以吟诵的声调说，"我们都知道这次的事件对新上任的年轻警察署长是过于庞大的负担，而且很遗憾的是，他才刚上任不久就得处理如此需要丰富经验和知识的事件，如果这个责任落在前任警察署长的肩膀上应该会理想很多，毕竟他累积了那么多年的经验，达到过那么多的优良绩效。我很确定在场每个人，包括两位警察署长，都会同意这个看法。"

米凯心想他没有听错吧？她的意思是……难道她是要……

"是这样吗，贝尔曼？"

米凯清了清喉咙。

"抱歉打个岔，贝尔曼，"伊莎贝尔说，戴上一副普拉达眼镜，低头看着面前的一份文件，"我在看的是上次针对杀警案的会议记录，你说：'我向议会保证，我们已经掌控了这件案子，而且有信心很快就会有结果。'"她取下眼镜，"为了节省大家的时间，而且显然我们迫切需要争取时间，也许你可以不用再复述之前说过的话，直接告诉我们现在你打算怎么做，而且是比之前更有效率的做法？"

米凯转动肩膀，希望衬衫不要粘在身上。该死的汗水。该死的贱人。

晚上八点，哈利打开警院大门，觉得十分疲累。显然他已经疏于长时间集中精神，而且小调查组也没什么进展。他们浏览了报告，思索已经想过十几次的想法，原地打转，拿头撞墙，希望墙壁迟早会被撞破。

这名前警监对清洁工点了点头，爬上楼梯。

他满心疲惫，却意外地保持警觉，而且兴高采烈，蓄势待发。

他经过阿诺尔的办公室，听见有人叫他，便转过身，探头进去。阿诺尔一头乱发，双手抱在脑后："我只是想知道你再度成为警察有什么感觉。"

"感觉很好，"哈利说，"我只是来改上次的刑事侦查考卷。"

"别担心，我已经改好了，"阿诺尔说，轻扣面前的一沓试卷，"你只要专心逮到凶手就好了。"

"好，谢了，阿诺尔。"

"对了，学校里有人非法入侵。"

"非法入侵？"

"有人闯入健身房，器材柜被撬开，只有两根警棍被偷走。"

"该死，从前门吗？"

"前门没有闯入痕迹，这表示应该是内鬼干的，或是某个员工开门让歹徒进来，或是借给他们通行证。"

"没办法查出是谁吗？"

阿诺尔耸了耸肩："学校里又没什么好偷的，所以就没把预算花在复杂的门禁系统、监视系统或二十四小时警卫上。"

"学校里也许没有武器、毒品或保险箱，但一定有比警棍更值钱的东西吧？"

阿诺尔嘻嘻一笑："你最好去看看你的计算机是不是还在。"

哈利走进自己的办公室，看见东西似乎都没人动过，便坐了下来，思索该做什么才好。他空出晚上的时间就是为了改考卷，现在回家也只有幢幢黑影在等着他而已。这时他的手机响了起来，仿佛回应他的思绪。

"卡翠娜？"

"嗨，我查到了一些东西，"她的口气颇为兴奋，"你还记得我说过贝雅特跟我去找过依里雅，就是那个把地下室租给瓦伦丁的女人吗？"

"就是替他做伪证的那个？"

"对，她说她在公寓里找到一些强暴和虐待的照片，还在其中一张照片里认出瓦伦丁的鞋子和卧室的壁纸。"

"嗯，你的意思是说……"

"……虽然概率不高，但那里可能是犯罪现场。我联络过新屋主，现在他们一家人住在附近，等房子装修完成。他们不介意我们借钥匙进去看看。"

"我以为我们已经同意不去找瓦伦丁了。"

"我以为我们同意只要有光的地方就去搜寻。"

"说得对，布莱特你真聪明。芬伦区离这里很近，你有地址吗？"

哈利记下地址。

"你走路就到了。我现在就过去，你要来吗？"

"好，可是我一直很紧张，结果忘了吃东西。"

"好，吃完了就来吧。"

晚上八点四十五分，哈利踏上石板小路，走到空屋前。只见墙边放着用完的油漆罐，防水布下堆放着一摞摞的塑料和木板。他依照屋主的指示，走下小石阶，穿过后方的石板路，打开地下室的门。胶水和油漆的气味扑鼻而来，但其中还夹杂着另一种气味，这气味屋主刚才提过，这也正是他们决定重新装修的原因。屋主说他们搞不清楚气味是从哪里来的，可是它弥漫整间屋子。他们找过灭虫员来看，对方说这么强烈的气味一定来自不止一只死老鼠，可能得撬开地板、掀开墙壁才找得到来源。

哈利打开电灯。走廊地上铺着透明塑料垫，上面有许多厚重靴子的鞋印。木箱子里装满工具、锤子、撬棒和沾了油漆的钻子。墙上有些木板被拆下，可以直接看见隔绝材料。除了走廊之外，这间房子有一厨一卫一厅，以及被帘子遮住的卧室。显然装修工程还没进行到卧室，其他房间的家具都被暂时存放在卧室里。为了避免家具沾染灰尘，原本的珠帘换上了雾面塑料帘片，令哈利联想到屠宰场、冷藏室和封锁的犯罪现场。

他吸入溶剂和腐臭的气味，跟灭虫员做出同样的判断，这气味绝对不止来自一只死老鼠。

床铺被推到了角落，空出空间来摆放家具。由于卧室堆满家具，很难看出当初这里是怎么发生强暴案，少女又是如何被拍下照片的。卡翠娜说她会再去找依里雅，看能不能问出新线索，但如果瓦伦丁是杀警凶手，那么哈利已经知道一件事：他绝对不会留下任何证据显示自己曾经躺在这里。哈利扫视卧室，从地板到天花板，又回到窗前，透过自己的倒影望向黑暗中的庭院。这个房间具备一些激发幽闭恐惧症的元素，但如果这里真的是犯罪现场，那么它并未对哈利说话。总之时间已经过了很久，这里也发生了很多事情，如今只留下壁纸和腐臭气味。

哈利放任目光游走，又回到天花板上，定在那儿。幽闭恐惧症。为什么在这里才有这种感觉？客厅就没有？他站直身体，伸展一米九二的身高，再加上手臂的长度，指尖正好可以碰到天花板。天花板由石膏板构成。他回到客厅，重复相同动作，却碰不到天花板。

所以卧室天花板比较低，这是二十世纪七十年代为了节省暖气开销的常见做法。而旧天花板和新天花板之间应该有个夹层空间，这空间可以藏东西。

哈利走进走廊，从工具箱里拿出一根撬棒，回到卧室。他的视线落在窗户上，突然停下动作。他的眼睛注意到窗外出现动静。他静静站了两秒钟，注视并聆听，但什么也没发现。

他的注意力再度回到天花板上。没有地方可以插入撬棒，但石膏板很好处理，只要切下一大块，之后再补上一块，加些填充料，再油漆整个天花板就好了，如果动作快的话半天就可以完成。

哈利爬上一张椅子，用撬棒瞄准天花板。哈根说得没错：警探在缺少蓝单、也就是搜索票的情况下，没取得屋主同意就撬开天花板所找到的证据，法官一定会判定无效。

哈利用力一击，天花板发出病恹恹的呻吟声，撬棒穿了过去。白色的石膏碎片洒落在他脸上。

而哈利甚至连警探都不是，他只是个平民顾问，不属于调查组，只是独立个体，因此打破天花板可能会被判犯下暴力罪行，但他愿意付出这个代价。

他闭上眼睛，把撬棒往后拉，感觉细碎的石膏落在他的肩膀和额头上。一股恶臭扑鼻而来。这里味道更重。他再次挥动撬棒，把破洞扳得更大一点，然后环视四周，找个东西来垫在椅子上，好让他可以把头探进洞里。

又来了。窗外又出现动静。他跳下椅子，奔到窗边，以手遮眉挡住光线，倚在玻璃上，却只在黑暗中看见苹果树的轮廓，几根树枝正在晃动。难道起风了？

哈利回到客厅，找到一个宜家的大型塑料箱，把它放到椅子上，正要爬上去，就听见走廊传来声响。那是阵咔嗒声。他静静站着，侧耳凝听，却没再听见其他声音。哈利耸了耸肩，应该只是因为起风了，所以老木造房子发出了噼啪声。他在塑料箱上站稳脚步，小心翼翼地站直身体，两只手掌抵在天花板上，把头探进石膏板的破洞中。

恶臭相当浓烈，他的眼睛立刻就泌出泪水，他必须憋住呼吸才行。这股恶臭闻起来很熟悉。尸体在这个腐烂阶段所释放出来的气体似乎有害身体健康。他只闻过一次如此浓烈的恶臭，当时警方在阴暗的地下室发现一具尸体被包在塑料袋里长达两年，他们在袋子上穿了好几个洞。不对，这不是死老鼠所散发出来的气味，甚至不是鼠类尸体发出来的。夹层里很暗，他的头挡住了光线，但他看见有个东西躺在他面前。他等待瞳孔缓缓扩张，接收夹层里的微弱光线。接着他看见了那样东西。那是一把钻子，不对，是锯子，但还有别的东西，就在锯子后方，看不清楚，他只是觉得那里有个东西，有个……这时他喉头突然紧缩，因为他听见了声音。那是脚步声，从下方传来。

他想把头缩回来，但破洞却像是收缩了一样，收紧在他的颈部，把他封锁在死亡的氛围里。他感觉心中浮现惊慌的情绪，硬把手指塞进脖子和天花板的破洞之间，拉开石膏板，把头缩回来。

脚步声停了下来。

他颈部的血管剧烈跳动。他等自己完全平静下来，才从口袋里拿出打火机，把手伸进破洞，打亮打火机，正要把头再伸进去，却注意到隔开卧室和外头的塑料帘片上出现一个人影，有人隔着帘片正在看他。

哈利咳了几声："卡翠娜？"

没有回应。

哈利的目光找到他放在地上的撬棒，尽量安静地爬下椅子，一脚踏上地板。这时他听见帘片打开的声音，便知道自己来不及拿到撬棒了。那说话声听起来几乎是开心的。

"我们又见面了。"

哈利抬头一看，在微弱光线中花了几秒钟才辨认出对方的脸孔。他低低咒骂一声。他的头脑正在设想接下来几秒钟可能发生的情境，同时发出疑问：接下来会他妈的发生什么事？但他却找不到答案。

29

她肩膀上背着一个袋子,她把袋子放到地上,发出令人意外的沉重声响。

"你来这里干吗?"哈利粗声问道,并发现这句话他曾经问过,而她的回答也大同小异。

"刚才我做了些武术训练。"

"这不是回答,西莉亚。"

"这是啊。"西莉亚·格拉夫森说,翘起一边臀部。她身穿单薄的运动上衣、黑色紧身裤、球鞋,头上扎着马尾,脸上露出狡狯的微笑。"我刚做完训练,看见你离开学校,就一路跟踪你过来。"

"为什么?"

她耸了耸肩:"可能是为了再给你一次机会。"

"什么机会?"

"让你做你想做的事。"

"什么事?"

"我想我应该不用说得那么明白吧?"她侧过了头,"我在孔恩的办公室看见了你的表情,哈利,你想上我。"

哈利朝西莉亚的袋子点了点头:"既然你在做训练,那袋子里是不是有忍者装备,还有拐杖刀?"他口干舌燥,声音粗哑。

西莉亚看了看卧室:"差不多。这里还有床啊。"她提起袋子,从哈利面前走过,拉开一张椅子,把袋子放在床上,试图移开挡在中间的一张大沙发,但沙发卡住了。她倾身向前,抓住沙发背部往后拉。哈利看着她的臀部,正好她的上衣往上缩,只见她的腿部肌肉紧绷,并听见她发出低低呻吟："你不来帮忙吗？"

哈利吞了口口水。

妈的，该死。

他看着金色马尾在她脑后摆动，犹如一支该死的把手。紧身裤凸显出她的臀部。她停下动作，只是站在原地，仿佛察觉到什么。她察觉到他在想些什么了。

"喜欢这样吗？"她轻声说，"你喜欢我这样吗？"

他没回答，只是逐渐勃起，宛如腹部被打了一拳，延迟的疼痛感逐渐浮现，从胯间的一个点向外扩散。他的头仿佛开始冒泡，泡泡不断升起又爆破，咝咝作响。他向前踏出一步，又停了下来。

她半转过头，垂下眼看着地面。

"你在等什么？"她柔声说，"你……你想要我做些抵抗吗？"

哈利吞了口口水。他并不是无意识地在做这些动作。他知道自己在做什么。这就是他。他就是这种人。即使这时他对自己大声说话，他还是会去做，难道他不想吗？

"对，"他听见自己说，"阻止我。"

他看见她抬起臀部，突然想到这就像动物世界里的交配仪式，也许他体内的程序已经设定好了要做这件事。他把手放在她的腰背部，放在那个弧形地带，感觉紧身裤上方露出的汗湿肌肤，把两根手指伸进松紧带里。他只要把裤子拉下来就好了。她一手放在椅背上，一手放在床上的袋子上。袋子是打开的。

"我试试看，"她柔声说，"我试试看。"

哈利长长地、颤抖地吸了一口气。

他注意到动静。事情发生得快如闪电，他几乎没时间反应。

"怎么了？"乌拉把米凯的外套挂到嵌入式衣柜里。

"什么怎么了？"他反问道，用双手揉了揉脸。

"说来听听吧。"她说，牵着他走进客厅，让他在沙发上坐下，站到他背后，把手指放在他肩膀和脖子之间的交界处，找到斜方肌的中央位置，捏下去。他大声呻吟。

"怎么样？"她说。

他叹了口气："是伊莎贝尔·斯科延，她提议让前任警察署长协助我们，直到破案为止。"

"原来如此。这样不好吗？你自己说过你需要更多资源的。"

"但实际上这表示他才是真正的警察署长，我只有在一旁泡咖啡的份。这等于是对我投下不信任票，我不能接受，你一定看得出来吧？"

"但这只是暂时的不是吗？"

"那之后呢？由他来掌舵，等这件案子破了以后呢？到时候难道议会会说现在事情结束了，你可以复职了？噢！"

"抱歉，这里比较紧，放轻松，亲爱的。"

"当然了，这是她的复仇，你知道的。被甩的女人……痛！"

"哎呀，我是不是又按到酸痛点了？"

米凯扭动身体，离开她的双手："最糟的是我什么都不能做。她很会玩这种游戏，我还只是新手。要是我有多一点时间就好，这样就可以建立一些盟友，看清楚是谁在照应谁。"

"你得运用你手上的盟友。"乌拉说。

"最重要的盟友都在她那边，"米凯说，"妈的都是些政客，他们不像我们会去思考后果，对他们来说最重要的是选票，还有愚蠢选民眼中所看见的角度。"

米凯低下了头。她的手又开始动作，这次比较轻柔。她给他按摩，抚摸他的头发。就在他的头脑即将神游之际，他突然踩了刹车，回到她刚才说的那句话：你得运用你手上的盟友。

一时之间哈利什么都看不见，他的手下意识地离开西莉亚，转过身去。塑料帘片被拉到一旁，他直视那道白光，举起手来遮住眼睛。

"抱歉，"一个熟悉的声音说，手电筒低了下去，"我带了手电筒来，我想你可能没……"

哈利呼了口气，咕哝一声："天哪，卡翠娜，你吓到我了！呃……我们。"

"哦，对，你不是那个学生吗……我在警大学院见过你。"

"我已经不是那里的学生了。"西莉亚的声音十分镇定，口气听起来几乎像是觉得很无聊似的。

"哦？所以你在这里干吗？"

"搬家具，"哈利说，做出嗅闻的动作，指了指天花板的破洞，"我想找个比较坚固的东西踩上去。"

"外面有梯子啊。"卡翠娜说。

"是吗？我去拿。"哈利快步从卡翠娜身旁走过，穿过客厅。妈的，该死，该死！

梯子倚在墙边，两旁是许多油漆罐。

他回到卧室，里面一片沉默。他推开扶手椅，把铝梯放在破洞下方。看来她们似乎完全没交谈。两个女人都双臂交叠，面无表情。

"是什么东西那么臭啊？"卡翠娜问。

"把手电筒给我。"哈利说，爬上楼梯，拉开一片石膏板，先把手电筒放上去，再把头伸进去，伸手去拿那把绿色锯子。刀身已经碎裂，他用两根手指拿起来，递给卡翠娜。"小心，上面可能有指纹。"

他再拿手电筒朝里头照，往内看去。尸体呈侧躺姿势，挤在新旧天花板之间。哈利心想自己真是活该在这里吸入腐尸臭味，不对，他应该自己变成腐尸才对。他是个变态男人，非常变态的男人。他如果没有被当场击毙，就需要寻求协助。刚才他打算放手去做对不对？或者他停了下来？或是这一切只是他的幻想，而他只是停止幻想，不让自己继续疑惑而已？

"有没有看见什么？"卡翠娜问。

"有。"哈利说。

"我们需要找鉴识组来吗？"

"看情况而定。"

"看什么情况？"

"看犯罪特警队要不要调查这起死亡事件。"

30

"这有点难以启齿。"哈利说，在窗框上按熄香烟，让正对史布伐街的窗户保持开启，回到椅子上。清晨六点的时候奥纳接到哈利的电话，说他又陷入混乱，于是奥纳说他可以在八点第一个患者约诊的时间前过来。

"你以前也来这里说过难以启齿的事。"奥纳说。就哈利记忆所及，他一直是犯罪特警队队员遭遇难题时的求助对象，不仅是因为他们有他的电话号码，也因为奥纳是少数了解他们日常工作的心理医生，而且他守口如瓶。

"对，但那些是关于酗酒的事，"哈利说，"这次……很不一样。"

"是吗？"

"你不认为吗？"

"我认为既然你做的第一件事是打电话给我，那么你也许认为它们是差不多的。"

哈利叹了口气，在椅子上倾身向前，把额头靠在交叠的双手之上："也许吧。我总觉得我喜欢挑一个最糟的时间点开始喝酒，我总是在最需要保持警觉的时候屈服，好像我心里住着一个恶魔，它希望毁灭一切，希望把我毁灭。"

"恶魔就是专干这种事啊，哈利。"奥纳捂嘴打个哈欠。

"如果是这样，那这只恶魔太厉害了。我本来打算强暴一个女孩。"

奥纳的睡意瞬间消失："你说什么？这是什么时候发生的事？"

"昨天晚上。这个女孩是我在警大学院的学生，她已经休学了。我去搜查瓦伦丁住过的公寓时她突然出现。"

"哦？"奥纳摘下眼镜，"有找到什么吗？"

"找到一把刀身碎裂的锯子，一定是放在那里好几年了。当然了，那也可能是给夹层天花板施工的工人留下来的，但他们正拿锯子的锯齿边缘去比对在白克利亚街发现的锯子碎片。"

"此外还发现了什么？"

"没了。不对，有，还发现一只死獾。"

"獾？"

"对，看起来它好像是在那里冬眠。"

"哈哈，我们以前也养过一只獾，牙齿很尖利，幸好它只待在院子里。所以它是在冬眠中死亡的？"

哈利苦笑："如果你有兴趣的话，我可以叫鉴识人员去调查。"

"抱歉，我……"奥纳摇了摇头，又戴上眼镜，"那个女孩出现，你觉得想强暴她，是这样吗？"

哈利高举双臂："我才刚向我在这世界上最深爱的女人求婚，我只希望我们能一起共度美好人生。就在我说出这些话的时候，恶魔又跳了出来……"他放下双臂。

"你为什么不说了？"

"因为我只是坐在这里捏造出这个恶魔的存在。我知道你会怎么说，你会说我必须为自己所有的行为负责。"

"难道不是吗？"

"当然是啊。他不过就是同样的家伙，只不过换上了新衣服。我以为他叫作金宾，我以为他叫作母亲早逝或工作压力，或是睾酮或酗酒基因。说不定这些都是真的，但如果把这些衣服全都脱掉，他还是叫作哈利·霍勒。"

"你是说昨天晚上哈利·霍勒差点强暴了这个女孩？"

"这个梦我已经做了好一阵子了。"

"你是说强暴？"

"不是，我是说这个女孩，她要求我这样做。"

"她要求你强暴她？严格说来，这不算强暴，不是吗？"

"第一次她只是要求我干她。她挑逗我，但我没有办法，因为她是警大学院的学生。事后我开始幻想强暴她。我……"哈利用手抹了抹脸，"我从没想过我带有这种因子，强暴者的因子。我是怎么了，史戴？"

"所以你有强暴她的意图和机会，可是你选择克制自己？"

"是有人打断了我们。这算强暴吗？我不知道，可是她邀请我进行角色扮演，而我愿意扮演这个角色，史戴，非常愿意。"

"对，但我还是不认为这是强暴。"

"也许从法律上来看不是，可是……"

"可是什么？"

"可是如果我们继续下去，而她要求我停止，我不知道自己停不停得下来。"

"你不知道？"

哈利耸了耸肩："你有诊断结果了吗，医生？"

奥纳看了看表："我需要再听你多说一点，可是我的第一个患者已经在等我了。"

"我没时间做心理咨询，史戴，有个杀人凶手等着我们去追捕。"

"这样的话，"奥纳说，在椅子上摇晃他的圆肚，"你就暂且先听听我还不成熟的看法。你来找我是因为你感受到一种你辨识不出来的感觉，而你之所以辨识不出来是因为这种感觉正在伪装自己，因为它是一种你不想去感受的感觉。这是典型的否认机制，就像男人拒绝承认自己是同性恋一样。"

"但我没有否认我是潜在的强暴者啊！请你就直截了当地说了吧。"

"你不是强暴者，哈利，一个人不会一夕之间变成强暴者。我想你的状况也许有两种可能，或者两者并存。第一，你对这个女孩可能感觉到某种侵略性，但它其实跟自我控制有关。说得白话一点，这就是惩罚性性交。这样你觉得有接近吗？"

"嗯，也许吧。第二种是什么？"

"萝凯。"

"什么？"

"吸引你的其实不是强暴行为也不是这个女孩，而是不忠，对萝凯的不忠。"

"史戴，你——"

"先冷静下来，你来找我是因为你需要有人大声而清楚地告诉你其实你早已察觉到的事，因为你没办法告诉自己这件事，你不希望有这种感觉。"

"什么感觉？"

"就是你非常害怕对她做出承诺，结婚这件事把你逼到了恐慌边缘。"

"哦？为什么？"

"经过这几年，我应该算是对你有点了解。我认为就你的情况来说，这和你害怕对其他人负起责任有关，因为你有过不好的经验……"

哈利一时语塞，感觉胸腔里有个东西正在膨胀，仿佛是个快速生长的肿瘤。

"……你身旁的世界只要一开始仰赖你，你就会开始酗酒，因为你不想负起责任，你希望事情化为乌有。这就好像叠纸牌屋，快完成的时候压力大到令你难以负荷，于是你无法坚持下去，反而把它弄倒，干脆让失败赶快发生。我想这就是你现在正在做的事。你想尽快让萝凯失望，因为你深信这种事迟早都会发生，你无法忍受漫长的折磨，所以干脆先发制人，先把这该死的纸牌屋弄倒。你就是把你跟萝凯之间的关系看成纸牌屋。"

哈利想说几句话，但胸腔的肿块已经膨胀到喉咙，堵住了发声的管道，只能勉强说出一句："毁灭性。"

"你的基本态度是建设性的，哈利。你只是害怕而已，害怕这会深深伤害你们两个人。"

"我是个懦夫,你是这个意思对吧?"

奥纳看着哈利,吸了口气,似乎想纠正这句话,却又作罢。

"对,你是个懦夫。但我认为你之所以胆怯是因为这是你真正想要的,你想要萝凯,你想跟她搭上同一艘船,你想把她绑在桅杆上,跟她一起航行,或跟她一起沉没。当你很罕见地做出承诺,你就会这样,哈利。那首歌是怎么唱的?"

哈利咕哝了几句像是不退缩或不投降。

"就是这样,这就是你。"

"这就是我。"哈利低声复述。

"你想一想吧,今天下午在锅炉间开完会以后我们可以再聊。"

哈利点了点头,站起身来。

走廊上坐着一名身穿运动服的男子,他满身大汗,双脚不耐烦地乱动,看了看表,又怒视哈利。

哈利踏上史布伐街。他一整晚都没睡,也没吃早餐。他需要来点什么才行。他想了想,觉得自己需要来一杯,但又赶紧抛开这个念头,走进靠近玻克塔路交叉口的一家餐厅,点了一杯三份浓缩咖啡,在吧台一饮而尽,随即又点了一杯。背后传来笑声,但他没回头。第二杯他慢慢喝,拿起吧台上一份报纸,看了看头版的标题,再往下翻。

记者罗杰·钱登怀疑市议会将因杀警案而让警署人事重新洗牌。

奥纳让保罗·斯塔夫纳斯进来之后,坐到了办公桌后方。保罗走到角落换上干的T恤。奥纳趁这个时候打个大哈欠,打开第一格抽屉,放进手机,就放在视线所及的位置。他抬起头来,看着患者赤裸的背部。最近保罗都骑自行车来做咨询,所以得在诊疗室换上T恤。他总是背对奥纳换衣服。唯一不同的是刚才哈利抽烟的那扇窗户依然开着。由于光线的关系,使得奥纳在窗户的倒影上看见保罗赤裸的胸膛。

保罗很快地拉下 T 恤，转过身来。

"你的咨询时间——"

"——必须安排得更好一点，"奥纳说，"我同意，下次不会再发生了。"

保罗抬眼望来："怎么了吗？"

"没什么，我只是比平常早起而已。让窗户开着好吗？这样空气比较流通。"

"这里面的空气已经很流通了。"

"你高兴就好。"

保罗正要关上窗户，却停下动作，只是站着看着窗户，然后缓缓转身面对奥纳，嘴角泛起一丝微笑。

"觉得呼吸不顺畅吗，奥纳？"

奥纳发觉疼痛从胸部和手臂传来，这些都是心脏病发的常见征兆，只不过这些疼痛不是心脏病发所导致的，而是纯粹且全然的恐惧所引起的。

奥纳努力让自己冷静地说话。

"上次我们谈到你播放《月之暗面》这张专辑，你父亲走进房间，关掉扩音器，你看着红灯熄灭，你心里想的那个女人也死了。"

"我说她不再说话，"保罗不悦地说，"没说她死了，这两者是不一样的。"

"对，不一样，"奥纳说，小心翼翼地朝抽屉里的手机伸出了手，"你希望她说话吗？"

"我不知道。你在冒汗。你不舒服吗，医生？"

保罗又用这种嘲弄的口气说话，脸上露出令人厌恶的微笑。

"我没事，谢谢。"

奥纳的手指放到了手机上。他必须让患者继续说话，避免对方听见他发短信的声音。

"我们还没谈过你的婚姻，要不要说说你的妻子？"

"没什么好说的。为什么你想谈她？"

"因为她是你的亲属。你似乎不喜欢亲近你的人，你会说你'鄙视'他们。"

"原来你还是有用心啊，"保罗发出简短阴沉的笑声，"我鄙视人们是因为他们软弱、愚蠢、倒霉，"更多笑声，"这三种特点都烂透了。告诉我，后来你把X治好了吗？"

"什么？"

"就是那个警察啊，那个想在厕所亲同事的同性恋者，他痊愈了吗？"

"并不尽然。"奥纳按下按键，暗暗咒骂自己肥得像香肠的手指。他越紧张就越觉得自己手指肿大。

"既然你认为我跟他很像，你怎么会认为你可以把我治好？"

"X有精神分裂症，他会幻听。"

"那你认为我就比较好？"保罗发出苦涩笑声。与此同时奥纳继续打字，趁患者说话的时候继续输入，并用鞋子摩擦地板的声音来掩盖打字的声音。再一个字。再一个就好。可恶的手指。好了。这时他发现患者沉默了下来。患者。保罗·斯塔夫纳斯。不知道这名字是从哪儿来的。新名字总是可以再取，旧名字总是可以舍弃，只有刺青可没那么容易除去，尤其如果刺青很大，覆盖整个胸膛的话。

"我知道为什么你在冒汗，奥纳，"患者说，"刚才我换衣服的时候，你刚好在窗户上看见我的倒影对不对？"

奥纳觉得胸部越来越痛，仿佛他的心脏无法下定决心，不知道是要跳得更快，还是干脆停止跳动。他希望自己脸上做出的"听不懂"表情十分逼真。

"什么？"他高声说，掩盖他按下"传送"键的声音。

患者把 T 恤拉到脖子。

胸膛上那张无声尖叫的脸孔看着奥纳。

那是恶魔的脸孔。

"好了，说吧。"哈利说，把手机放在耳边，喝完第二杯咖啡。

"锯子上有瓦伦丁·耶尔森的指纹，"侯勒姆说，"锯刀的切割表面也吻合。这把锯子就是白克利亚街命案用过的锯子。"

"所以瓦伦丁·耶尔森就是锯子手。"哈利说。

"看来是这样，"侯勒姆说，"令我惊讶的是他竟然会把凶器藏在家里，而不是丢掉。"

"因为他打算再用。"哈利说。

哈利觉得手机发出振动，表示收到一条短信。他看了看屏幕，发送人是Ｓ，也就是史戴·奥纳。哈利阅读短信，立刻又读了第二遍。

瓦伦丁在这里 SOS

"毕尔，派警车去奥纳在史布伐街的诊所，瓦伦丁在那里。"

"嘿？哈利？嘿？"

哈利已拔腿狂奔。

31

"被人揭穿总是很尴尬，"患者说，"但有时揭穿者的处境更尴尬。"

"揭穿什么？"奥纳说，吞了口口水，"不过就是刺青，那又怎样？又不犯法，很多人都有……"他朝恶魔的脸孔点了点头，"……这样的刺青。"

"是吗？"患者说，拉下 T 恤，"所以你看见它的时候才一副像是要昏倒的样子？"

"我不懂你的意思，"奥纳用紧绷的声音说，"我们要不要谈谈你的父亲？"

患者放声大笑："你知道吗，奥纳？我第一次来的时候你没认出我，我都不知道是该引以为傲还是该失望才好。"

"认出？"

"以前我们见过，当时我被控性侵，你负责判断我的心智是否正常。你经手过的这种案子一定有数百件，反正你只花了四十五分钟的时间。不过呢，从某方面来说，我希望我给你留下了更深刻的印象。"

奥纳看着患者。他对眼前的这个人做过心理评估？要记得每位患者是不可能的，但通常他至少会记得他们的长相。

奥纳打量他。下巴底下有两道小疤痕。原来如此。他曾以为这位患者动过拉皮手术，但贝雅特说瓦伦丁一定动过大型整形手术。

"可是你让我印象深刻，奥纳。你了解我。你不会在细节上拖延，你只是继续往下钻，问到对的事，也问到丑陋的事。你就像是个好按摩师，知道哪里找得到肌肉纠结的地方。你找到了痛点，奥纳。这就是我回来找你的原因，我希望你能再一次地找到痛点，找到那个在我心里翻搅的东西，把它驱逐出去。你办得到吗？还是你已经失去耐性了，奥纳？”

奥纳清了清喉咙：“如果你骗我的话，我就办不到，保罗。”

“可是我没骗你啊，奥纳。除了工作和老婆之外，其他都是真的。哦，对了，还有我的名字。除此之外……”

“平克弗洛伊德乐队？那个女人？”

奥纳面前的男子摊开双手，微微一笑。

“为什么你现在要告诉我这些，保罗？”

“你不用再叫我这个名字了，叫我瓦伦丁就好。”

“瓦什么？”

患者略咯一笑：“抱歉，可是你的演技真的很差，奥纳。你明明知道我是谁，你在窗户里看见刺青的时候就知道了。”

“为什么我应该知道？”

“因为我是瓦伦丁·耶尔森，我就是你们都在找的那个人。”

“都在找？”

“你忘了上次你在电话里跟那个警察说瓦伦丁·耶尔森在电车车窗上涂鸦，我就坐在这里听吗？当时我还跟你抱怨，结果那节咨询你算我免费，难道你忘了吗？”

奥纳闭上眼睛几秒钟，把一切都屏除在外，告诉自己哈利很快就来了，他不可能走得太远。

“对了，这就是为什么我改成骑自行车来做咨询，”瓦伦丁说，“我想电车应该会有警察监视才对。”

“尽管如此你还是来做咨询。”

瓦伦丁耸了耸肩，朝背包伸出了手：“只要戴上安全帽和护目镜，几乎谁都认不出来，不是吗？你也没起疑心啊，你认为我只不过是保罗·斯塔夫纳斯。再说我也需要咨询，奥纳。所以我觉得很遗憾，咨询必须告一段落了……”

奥纳看见瓦伦丁的手从背包里伸出来，不由得捂住嘴巴，倒抽一口凉气。钢质金属在光线下闪烁光芒。

"你知道这叫作求生刀吗？"瓦伦丁说，"对你来说这个名字可能不是太贴切，可是它的用途很多元。比如说这个……"他用指尖抚摸锯齿状的刀锋，"……大多数的人都不知道这是干吗用的，只是觉得看起来令人毛骨悚然。可是你知道吗？"他再度露出丑陋的浅笑，"他们觉得害怕是对的。当你拿这把刀划过喉咙，就像这样……它会钩住你的肌肤，然后撕扯，接着下个锯齿会撕裂里面的组织，比如说血管周围的薄膜。如果主动脉被扯开……那可就精彩得很，我告诉你。不过你不用害怕，我保证你不会有什么感觉。"

奥纳觉得一阵天旋地转，几乎希望这只是心脏病发。

"所以只剩下一件事，史戴。我可以叫你史戴吗？既然我们已经快走到了尽头。你的诊断是什么？"

"诊……诊……"

"诊……断。诊断（Diagnosis）在希腊文里面的意思就是'通过知识'不是吗？我到底是哪里不对劲，史戴？"

"我……我不知道。我——"

瓦伦丁接下来的动作迅雷不及掩耳，奥纳就算想试着举起一根手指也来不及。瓦伦丁从他眼前倏然消失，接着话声就从背后传来，就靠在他耳边。

"你当然知道，史戴。你行医多年，见过很多像我这样的人，当然不是完全像，可是很相似，我们都是瑕疵品。"

奥纳已看不见那把刀，而是感觉到它。它抵着他因为鼻子用力喷气而不停颤动的双下巴。人类可以移动得这么快简直违反常理。他不想死，只想继续活下去。他脑子里只有这个念头，没有空间容得下其他思绪。

"你……没什么不对劲，保罗。"

"我叫瓦伦丁，放尊重一点。我站在这里，准备让你流血至死，我的老二却充血勃起，你还敢说我没什么不对劲？"他在奥纳耳边大笑，"快点，诊断是什么？"

"不折不扣的疯子。"

他们同时抬起头来，朝门口望去。这句话是从门口传来的。

"时间到了，出去记得付钱，瓦伦丁。"

那个占满门口、肩膀宽阔的高大人影走了进来，手里还拖着一样东西。奥纳过了片刻才看出那是什么，原来是接待区沙发上方的杠铃。

"你这个条子少管闲事。"瓦伦丁嘶声说。奥纳感觉刀子紧紧抵住脖子。

"警车就快到了，瓦伦丁。一切都结束了，快把医生放开。"

瓦伦丁朝那扇面对街道打开的窗户点了点头："我可没听见警笛声。滚开，不然我立刻就杀了医生。"

"我不这么认为，"哈利说，举起杠铃，"没了他你就没了挡箭牌。"

"这样的话，"瓦伦丁说，奥纳觉得手臂被折到背后，令他被迫站起，"我就带医生跟我一起走。"

"那我跟他交换。"哈利说。

"为什么？"

"因为我是比较理想的人质，他很可能因为惊慌过度而昏倒。再说你挟持我以后，就不用担心我会玩什么花样。"

一阵静默。窗外传来微弱的声音，可能是遥远的警笛声，也可能不是。刀子上的压力减弱。奥纳终于又可以呼吸了。突然他觉得微微刺痛，并听见有个东西被割断。那东西掉落地上。是他的领结。

"你敢动的话就会像这样……"瓦伦丁在他耳边低声说，接着又对哈利说，"那就照你说的做吧，条子。可是你要先把杠铃放下，然后面对墙壁站着，双脚张开——"

"我知道该怎么做。"哈利说，放开杠铃，转过身去，双掌高高贴在墙壁上，张开双腿。

奥纳只感觉手臂一松，接着就看见瓦伦丁站在哈利后方，把哈利的手臂折到背后，用刀子抵住他的喉咙。

"走吧，帅哥。"瓦伦丁说。

他们走出了门。

奥纳终于可以大口吸气。

窗外传来随风起伏的警笛声。

哈利看见接待员面露惊恐之色。他和瓦伦丁朝她的方向走去，宛如一只双头巨怪，再从她面前经过，不发一语。哈利在楼梯间故意放慢脚步，但身体侧胁立刻一阵刺痛。

"你敢耍花招，这把刀就会刺进你的肾脏。"

哈利加快脚步。他感觉不到血，因为血跟肌肤的温度是一样的，但他知道鲜血正在衬衫里头往下流。

两人来到一楼，瓦伦丁踹开了门，把哈利推出去，始终用刀子抵着他。

两人站在史布伐街上。哈利听见警笛声传来。一名戴着太阳眼镜的男子牵着一条狗从他们面前走过，看也没看他们一眼，手中的白色拐杖不断敲打人行道。

"站在这里。"瓦伦丁说，指了指禁止停车的标志，柱子旁锁着一辆越野自行车。

哈利站在柱子旁，他觉得衬衫变得黏黏的，身体侧胁阵阵作痛。刀子抵住了他的背。他听见钥匙声响，接着是自行车锁的咔咔声。警笛声越来越近。接着刀子突然不见，但哈利还来不及反应、跳离现场，他的头就被往后一扯，脖子上箍住了一个东西。他的头敲上柱子，眼前一阵金星乱冒，不由得挣扎着吸气。钥匙声响再度传来。压力松开，哈利下意识地抬起了手，把两根手指插在他的喉咙和箍住他脖子的东西之间。天杀的。

瓦伦丁在哈利眼前从容地跨上自行车，戴上护目镜和安全帽，伸出两根手指对他行了个礼，双脚踩动踏板。

　　哈利看着瓦伦丁的黑色背包消失在街上。警笛声的距离剩下不到两条街。一名自行车骑手从哈利面前经过，头戴安全帽，背上背着黑色背包。接着又是一名自行车骑手，没戴安全帽，只背黑色背包。妈的，该死。警笛声像是从他脑子里传出来似的。哈利闭上眼睛，想着古老的希腊逻辑游戏：有样东西正在靠近，距离一公里、半公里、三分之一公里、四分之一公里、百分之一公里。倘若数列是无穷尽的，那么这样东西永远不会抵达。

32

"所以你只是站在那里，被脖子上的自行车锁锁在柱子上？"侯勒姆用不可置信的口气问道。

"该死的禁止停车标志。"哈利说，低头看着空了的咖啡杯。

"真是讽刺。"卡翠娜说。

"他们还得派人去拿大钢剪来。"

锅炉间的门打开，哈根大步走入："我刚才听说了，情况怎么样？"

"警车正在那附近找他，"卡翠娜说，"每个自行车骑手都拦下来检查。"

"只不过他一定已经抛弃自行车，搭上了出租车或公共交通工具。"哈利说，"瓦伦丁虽然罪大恶极，却不笨。"

犯罪特警队队长哈根在椅子上重重坐下，气喘吁吁："他有没有留下什么线索？"

一阵静默。

哈根惊讶地看着一张张露出指责表情的脸孔："怎么了？"

哈利咳了一声："你坐到贝雅特的椅子了。"

"是吗？"哈根跳了起来。

"他留下了运动上衣，"哈利说，"毕尔已经拿去鉴识中心了。"

"衣服上有汗水、毛发，所有好料都在上面。"侯勒姆说，"我想只要一两天就能确认保罗·斯塔夫纳斯和瓦伦丁·耶尔森是同一个人。"

"除此之外还有吗？"哈根问道。

"没有可以指出未来杀人计划的皮夹、手机、笔记本或行事历，"哈利说，"只有这个。"

哈根下意识地接过哈利递给他的东西，一看是个没拆封的小塑料袋，里头有三根棉花棒。

"他用这些要干吗？"

"杀害某人？"哈利简洁提议道。

"棉花棒虽然是用来清洁耳朵的，"侯勒姆说，"但其实它们是用来给耳朵抓痒的对不对？皮肤受到刺激，你只会抓得更用力，结果耳屎就越多，突然间你需要更多棉花棒。棉花棒就像是耳朵的海洛因。"

"或是用来化妆。"哈利说。

"哦？"哈根说，检视小塑料袋，"你的意思是说……他化妆？"

"这个嘛，应该说是伪装。他已经动过整形手术。史戴，你近距离看过他。"

"这我没想过，但我想你说得可能没错。"

"要让容貌看起来不一样，不需要用到太多睫毛膏和眼线笔。"卡翠娜说。

"很好，"哈根说，"我们对保罗·斯塔夫纳斯这个名字有什么发现？"

"很少，"卡翠娜说，"根据他提供给奥纳的出生日期，国家户政局查不到保罗·斯塔夫纳斯这个人。全挪威叫保罗·斯塔夫纳斯的只有两个人，已经被其他地区的警局排除嫌疑。他给的住址住着一对老夫妻，他们也从没听过保罗·斯塔夫纳斯或瓦伦丁·耶尔森。"

"我们不习惯检查患者给的联络数据，"奥纳说，"而且每次咨询结束后他都付清费用。"

"饭店、民宿、收容所，"哈利说，"这些地方现在都会请房客做登记。"

"我来查。"卡翠娜在椅子上旋转半圈，开始在键盘上敲打。

"这种数据网络上找得到？"哈根用怀疑的口气问。

"找不到，"哈利说，"可是卡翠娜用的是一些你会希望它们不存在的搜索引擎。"

"哦，为什么？"

"因为它们能穿透程序代码，这表示即使是世界上最强的防火墙也无用武之地。"侯勒姆说，越过卡翠娜的肩膀看去，只见她的手指在键盘上飞舞，宛如一群在玻璃桌上乱蹿的蟑螂。

"这怎么可能？"哈根说。

"因为它们跟防火墙用的程序代码一样，"侯勒姆说，"那些搜索引擎就是防火墙本身。"

"看来不是很乐观，"卡翠娜说，"到处都找不到保罗·斯塔夫纳斯。"

"但他一定住在某个地方，"哈根说，"他是用这个名字去租房子的吗？你能查到吗？"

"我想他一定不会是普通房客，"卡翠娜说，"现在的房东都会调查房客背景，比如说用 Google 搜索、查看报税资料。瓦伦丁知道如果房东到处都找不到他的数据，一定会起疑。"

"饭店。"哈利说，他起身走到白板前。哈根朝白板看去，乍看之下觉得上面画的是自由联想的表格和箭头，仔细看才发现上面写着被害人姓名，其中一人只写着 B。

"饭店刚才你已经说过了，亲爱的。"卡翠娜说。

"三支棉花棒，"哈利继续说，弯腰从哈根手中拿回小塑料袋，"这种包装在商店里买不到，只能在提供迷你卫浴用品的饭店浴室里拿到。卡翠娜你再找一次，这次用犹大·约翰森的名字去找。"

不到十五秒钟搜索就完成了。

"没有。"卡翠娜说。

"可恶。"哈根说。

"还没完，"哈利说，聚精会神看着小塑料袋，"这上面没有制造商的名称，但通常棉花棒用的会是塑料棒，这些用的却是木棒，追踪一下应该可以找到供货商和进货的饭店。"

"饭店用品。"卡翠娜说，她昆虫般的手指再度蹿跃起来。

"我得走了。"奥纳说，站了起来。

"我送你出去。"哈利说。

"你们找不到他的。"奥纳说，走到警署门外，低头看着布兹公园。公园正沐浴在冰冷耀眼的春天阳光中。

"你应该是指'我们'吧？"

"也许吧，"奥纳叹了口气，"我觉得我好像没做出什么贡献。"

"贡献？"哈利说，"你帮我们找到了瓦伦丁啊。"

"可是他跑掉了。"

"现在每个人都知道他的化名了，我们更接近他了，为什么你不说我们可以逮到他？"

"你自己也跟他交过手了，你说呢？"

哈利点了点头："他说他去找你是因为你为他做过心理分析，当时你认为从法律的角度来看，他心智正常，是不是？"

"对，但你也知道，具有严重人格异常的人也是会被判刑的。"

"当时你是在评估他有没有严重的精神分裂症和精神病之类的，是不是？"

"对。"

"但他可能有躁郁症或精神病，更正，是第二型躁郁症或反社会人格。"

"正确的名称是反社会型人格障碍。"奥纳接过哈利递给他的香烟。

哈利给两人点烟："他知道你为警方工作却还是去找你做咨询，这点可以理解，但为什么他在知道你参与追捕行动之后却还是继续去找你？"

奥纳抽了口烟，耸了耸肩："我一定是个棒得不得了的心理医生，才会让他愿意冒这种风险。"

"还有其他可能吗？"

"呃，他可能喜欢寻求刺激。许多连续杀人犯都会用各种借口来接近调查行动，体验愚弄警方的胜利感。"

"瓦伦丁知道你晓得他胸部有刺青，却还是脱下 T 恤，如果你是命案嫌犯，冒这个风险也未免太大了。"

"你这话是什么意思？"

"嗯，是啊，我这话是什么意思？"

"你的意思是说他的潜意识想被逮到，他希望我认出他，而当我没能认出他，他的潜意识就帮助我揭露他的刺青。"

"但是当他达到目的之后，反而却急着想逃跑？"

"因为这时他的表意识接手了。这个观点可能给杀警案带来全新视角，哈利。原来瓦伦丁是个有强迫行为的杀人凶手，他的潜意识想住手，希望自己受到惩罚，或希望获得驱魔，好阻止他内心的恶魔。因此当他犯下原始命案却没被逮到之后，他就跟许多连续杀人犯一样提高风险因素。以他的案例来说，他把目标对准第一次没能逮到他的警察，因为他知道警方为了逮到杀害自己同袍的凶手，会投入无限的资源，最后他甚至还把刺青秀给参与调查行动的心理医生看。我想你说得可能没错，哈利。"

"嗯，不知道这可不可以归功于我。但如果换成是比较简单一点的解释呢？瓦伦丁并不像我们所以为的那么小心，因为他其实没有害怕那么多东西。"

"我不懂你的意思。"

哈利吸了口烟，从嘴巴把烟呼出，再用鼻子吸入。这个技巧是他住在香港时，一个吹奏迪吉里杜管的德裔白人乐手教他的。"同时呼气和吸气，老兄，这样一根烟就能抽两次。"

"回家休息吧，"哈利说，"今天辛苦你了。"

"谢谢，但我可是心理医生，哈利。"

"今天有个杀人犯拿刀抵住你的喉咙啊。抱歉，医生，你不能用理性思考来看待这件事。噩梦正在排队等着你，相信我，我是过来人。所以请接受你同事的建议，而且这是命令。"

"命令？"奥纳脸部抽动一下，仿佛是个微笑，"你是说现在你是老大了，哈利？"

"难道你怀疑过这点吗？"哈利从口袋里掏出手机，"什么事？"

他把抽了一半的香烟丢在地上："帮我把烟踩熄好吗？他们有了发现。"

奥纳看着哈利穿过警署的门，低头看着在柏油路面上闷烧的香烟，轻轻把鞋子踩在上面，增加压力，转动脚掌，感觉香烟被单薄的鞋底踩扁，也感觉怒意升起。脚掌转动得更用力，把滤嘴、烟灰、烟纸和烟草都踩到柏油路面中。他丢下自己那根烟，重复相同动作。这感觉很好同时又很糟。他觉得自己想尖叫、打人、大笑、哭泣。他尝到了香烟的各种滋味。他还活着。妈的他还活着。

"罗洛街的卡司巴饭店，"哈利还没关上门，卡翠娜就说，"利用这家饭店的多半是各国大使馆，他们在为员工安排好长期住处之前，会先让员工住在这里。费用合理，房间不大。"

"嗯，为什么你特别挑出这家饭店？"

"只有这家饭店采用这种棉花棒，而且它位于市区靠近十二号电车站牌的地方。"侯勒姆说，"我打电话去问过，他们的房客登记簿里没有姓斯塔夫纳斯、耶尔森或约翰森的，不过我把贝雅特画的肖像传真过去了。"

"结果呢？"

"柜员说有个房客看起来很像他，名叫萨维茨基，自称是白俄罗斯大使馆的员工。他以前都穿西装去上班，但最近开始穿运动服和骑自行车。"

哈利已经把电话拿在手里："哈根？我们需要立刻派戴尔塔小队出动。"

　　"所以你要我做什么？"楚斯说，用手指转动啤酒杯。他们坐在坎本餐馆里，米凯说这是家好餐厅。这家时髦餐馆位于奥斯陆东区，许多"重要人物"喜欢来光顾这里，这群人的文化资产大于财富资产，薪水低得只能维持学生般的生活，但仍不至于让自己看起来太悲惨。

　　楚斯一辈子都住在奥斯陆东区，却从没听说过这家餐馆。"而且我为什么要去做？"

　　"你的职务，"米凯说，把剩下的矿泉水倒进杯子，"我可以让你复职。"

　　"哦？"楚斯用不信任的眼神看着米凯。

　　"没错。"

　　楚斯喝了口啤酒，用手背擦了擦嘴，尽管啤酒的泡沫早已消退。他好整以暇地说："既然这么简单，为什么你之前不让我复职？"

　　米凯闭上眼睛，吸了口气："其实并不简单，但我想这样做。"

　　"因为？"

　　"因为如果你不帮我的话，我就惨了。"

　　楚斯嗦嗦地笑："没想到情势竟然逆转得这么快，是不是啊，米凯？"

　　米凯朝两边看了看。餐厅客满，但他选择在这里碰面是因为警察不常来这家餐厅，而且他不该被人看到跟楚斯在一起。他觉得楚斯知道他心里打的算盘，但那又如何？

　　"怎么样？我可以去找别人。"

　　楚斯粗声大笑："你可以才怪！"

　　米凯环视四周。他不想叫楚斯小声点，但是……多年来米凯大致都能够预料楚斯的反应，也能够哄骗他帮自己做事，但现在的楚斯看起来不太一样。现在他这位童年好友似乎比较阴险邪恶，难以预料。

"我需要你的回答，这件事很急。"

"好，"楚斯说，喝完啤酒，"复职没问题，但我要再加上一个条件。"

"什么条件？"

"一件乌拉的内裤，没洗过的。"

米凯看着楚斯。他是不是醉了？抑或他那双迷蒙眼睛中的凶残神色已成为他的基调？

楚斯笑得更大声，将酒杯重重放在桌上。有些重要人物转头来看。

"我……"米凯开口说，"我看看有没有办法——"

"我是开玩笑的啦，你这白痴！"

米凯干笑几声："我想也是。这表示你愿意？"

"我的老天，我们从小就是朋友了不是吗？"

"当然，你不知道我有多么感恩，楚斯。"米凯挤出微笑。

楚斯伸手越过餐桌，重重搭在米凯肩膀上。

"对啊，我也很感恩。"

他的手劲太重了，米凯心想。

现场没有经过事先勘查，他们也没查看平面图上的出口或可能的逃脱通道。没有警车绕个圈挡住路口，让戴尔塔小队的全地形车驶入。他们只做了短暂简报，西韦特·傅凯便开始大声下达命令，车子后座的重装队员不发一语，这表示他们明白状况。

关键在于时间。倘若鸟儿已然飞走，那么再缜密的行动计划也无用武之地。

哈利坐在九人座车子上，竖耳聆听，心里知道他们没有世界上第二或甚至第三周详的计划。

　　傅凯问哈利的第一个问题是他认为瓦伦丁是否有武器。哈利回答说勒内·卡尔纳斯是被手枪击毙的，他也认为贝雅特曾遭枪支胁迫。

　　哈利看着前方的戴尔塔小队队员，这些人都是自愿来参加这次武装行动的。他知道这些队员只能领到微薄的加班费，也知道纳税人认为他们可以要求戴尔塔小队出动，但这要求实在过于沉重。他曾听过无数次人们放的马后炮，批评戴尔塔小队怎么不冲锋陷阵？怎么没有第六感可以告诉他们紧闭的门扉后面发生了什么事？无论是在遭挟持的飞机上还是在树林丛生的海滩上，怎么不赶紧往前冲？对一名戴尔塔小队队员来说，平均一年会出四次任务，在二十五年的职业生涯中大约会出一百次任务，叫他们不顾一切往前冲只会让他们因公殉职而已。但重点仍在于：在第一火线上阵亡只会让其他队员暴露在危险中，并且保证任务一定会失败。

　　"里面只有一部电梯，"傅凯吼道，"二号和三号你们负责。四、五、六号负责主楼梯。七号和八号负责逃生梯。霍勒，你跟我负责外面，以免他破窗逃逸。"

　　"我身上没枪。"哈利说。

　　"给你。"傅凯说，递给哈利一把格洛克十七型手枪。

　　哈利把枪握在手中，感觉它的沉重和平衡。

　　他向来无法理解枪支迷，也无法理解车迷，或是大肆装修室内来装设音响系统的发烧友。但他从未真正反对握有枪支，直到去年为止。他想起上次他握枪的时候，想起那把放在柜子里的敖德萨手枪。他把这些念头甩掉。

　　"到了。"傅凯说。车子停在一条安静的街道上，旁边是一扇栅门，门内是一栋奢华的四层楼砖屋。这地区的房子差不多都长这个样子。哈利知道这些房子有些是上一代传承下来的，有些新盖的房子则想让自己看起来有点历史，其他则是大使馆、大使宅邸、广告公司、唱片公司和小型船运公司。门柱上低调的黄铜标志显示他们到达了正确地址。

　　傅凯举起手表。"无线电通话。"他说。

队员依序报出编号，编号正是他们头盔上漆的白色数字。他们拉下全罩式头套，拉紧 MP5 冲锋枪的皮带。

"数到一就行动。五、四……"

哈利不知道究竟是他自己的肾上腺素还是其他队员的肾上腺素所造成的影响，但空气中弥漫着一种独特味道，又苦又咸，宛如玩具手枪的空包弹火药味。

车门打开，哈利看见一排黑色背影奔越栅门，再奔入十米外的饭店入口，隐没其中。

哈利跟着下车，调整身上的防弹背心，底下的肌肤早已被汗水湿透。傅凯取下车钥匙，从副驾驶座跳下。哈利依稀记得有一次在警方逮捕行动中，歹徒利用钥匙还插在车上的警车逃亡。哈利将那把格洛克手枪还给傅凯。

"我的用枪执照都过期了。"

"我特此发给你暂时执照，"傅凯说，"这是紧急情况，没记错的话，是根据警字第某某号规定。"

哈利装填子弹，大步踏上碎石径。这时一名歪着脖子的年轻男子跑了出来，喉结上下跳动，仿佛正在进食。哈利看了看黑西装翻领上的名牌，正是刚才和他通过电话的饭店接待员。

接待员在电话里说他不确定该房客是否在房里或在饭店其他地方，但他可以去查看。哈利严词要求他千万不要去查看，而且必须继续执行日常工作，就像什么事也没发生一样，这样他和其他人就不会受伤。但显然这名接待员在看见七名全副武装的黑衣队员鱼贯进入之后，很难再继续假装什么事也没有。

"我把万能钥匙给他们了，"接待员口操东欧口音，"他们叫我出来，我就——"

"站到我们的车子后面，"傅凯低声说，用拇指朝背后比了比。哈利离开他们，手里握枪，绕到饭店后方，那里有座绿叶成荫的苹果树园，一直延伸到隔壁房子的围栏前。一名老翁坐在隔壁露台上，正在阅读《每日电讯报》。他放下报纸，透过眼镜望来。哈利指了指防弹背心上的黄色"警察"字样，又把食指放在嘴唇上，向老翁点了点头，然后把注意力集中到四楼窗户上。柜员跟他们说那个自称是白俄罗斯人的房客住在走廊尽头的房间，窗户面对饭店后侧。

哈利调整耳机，静静等待。

几秒钟后，震撼弹的沉闷爆炸声传来，接着是玻璃碎裂的声响。

哈利知道爆炸所产生的空气压力不至于让房间内的人暂时耳聋，但爆炸加上刺眼强光，再加上队员的进击，即使是经过精良训练的人也会在爆炸过后的三秒之内暂时瘫痪，而戴尔塔小队需要的就是这三秒。

哈利静静等待，耳机传来压低的说话声。结果跟他预期的一样。

"占领406号房，里面没人。"

但接下来那句话不禁让哈利破口大骂。

"看来他回来收拾过行李。"

卡翠娜和侯勒姆抵达时，哈利双臂交叠站在406号房外的走廊上。

"起脚射门，打中门柱？"卡翠娜说。

"球门无人防守，却没射中。"哈利说，摇了摇头。

两人跟着哈利进入客房。

"他直接回来这里，收拾完行李就走了。"

"东西全都拿走了？"侯勒姆问说。

"只在垃圾桶里找到两根用过的棉花棒和两张电车票，再加上这张足球赛票根。我想我们这场比赛应该赢了才对。"

"我们？"侯勒姆问，环视这间普通客房，"你是说瓦勒伦加队？"

"上面写的是挪威对斯洛文尼亚。"

"是我们赢啦，"侯勒姆说，"里瑟在加时赛得分。"

"好变态啊，你们男人怎么都会记得这种事啊？"卡翠娜说，摇了摇头，"我连白兰恩队去年是赢得大赛还是被降级都不记得。"

"我才不变态呢，"侯勒姆抗议说，"我之所以会记得是因为当时就要踢成平手，我却接到出任务的电话，结果里瑟就——"

"反正你就是记得啊，雨人。你——"

"嘿，"他们转头望向哈利，他正盯着那张票根看，"你还记得是为了什么事吗，毕尔？"

"嗯？"

"你是去出什么任务？"

侯勒姆抓了抓络腮胡："我想想看，那时候是傍晚……"

"不用想了，"哈利说，"那天是埃伦·文内斯拉在马里达伦谷遇害。"

"是吗？"

"那天晚上挪威队在伍立弗体育场出赛，票根上面有日期，七点钟开赛。"

"啊哈。"卡翠娜说。

侯勒姆露出痛苦表情："别这样说，哈利。千万不要说瓦伦丁·耶尔森去看了那场球赛。如果他在看球赛——"

"——那他就不是凶手，"卡翠娜帮他把话说完，"可是我们非常希望他是凶手，哈利。所以请你说些激励人心的话。"

"好吧，"哈利说，"为什么这张票根没有跟棉花棒和电车票一起丢在垃圾桶里？为什么他收拾了所有东西，却把票根留在桌上，好让我们一定会看到？"

"他是留下自己的不在场证明。"卡翠娜说。

"他把票根留在桌上，就是为了让我们像现在这样站在这里，"哈利说，"突然满腹疑窦，不知该如何是好。但这只是张票根，并不能证明他的确去看过球赛，而且正好相反，这反而启人疑窦，因为当时他不只正好去看足球赛，竟然还把票根留下，况且球场里的球迷通常都不会记得彼此。"

"票根上有座位号码，"卡翠娜说，"说不定坐在他旁边或后面的人会记得他在场，或是那个位子有没有人坐。我可以去搜索座位号码，说不定可以找到——"

"好，交给你，"哈利说，"不过这种事我们以前也碰到过，嫌犯宣称去看表演或看电影，可是三四天后观众根本不记得旁边坐的人长什么样子。"

"你说得对。"卡翠娜说，消沉下来。

"国际赛事。"侯勒姆说。

"国际赛事怎样？"哈利问，朝厕所走去，裤子拉链已拉下一半。

"国际赛事必须遵守国际足球联合会的规定，"侯勒姆说，"以免暴力行为发生。"

"对哦，"哈利在厕所门后喊道，"干得好，毕尔！"接着把门关上。

"什么？"卡翠娜高声问，"你们在说什么啊？"

"监控录像，"侯勒姆说，"国际足球联合会要求主办单位必须拍摄观众席，以免发生暴动。这个规定是在二十世纪九十年代的一连串暴动事件之后制定的，用来协助警方揪出闹事者，并提出起诉。主办单位会全程用高画质摄影机拍摄观众席，以便日后放大，辨识每一张脸孔。现在我们手上已经有瓦伦丁所坐的区、排和座位号码。"

"他没坐在那里！"卡翠娜叫道，"妈的他不准给我出现在监控录像中好吗！不然我们又回到原点了。"

"监控录像说不定已经被删除了，"侯勒姆说，"那场比赛没有出现暴动，我想数据管理方针一定会规定影片要保存多久——"

"数据管理方针……"

"如果影像是用电子方式储存，那他们只要按下删除键，档案就会消失。"

"要永久删除档案就像要把球鞋踩到的狗屎完全清掉一样，是很难的。你以为我们是怎么在那些变态自愿提供的计算机里找出儿童色情片的？他们还以为档案已经永久删除了呢。相信我，只要那天晚上瓦伦丁·耶尔森出现在球场里，我一定可以把他找出来。埃伦·文内斯拉的推定死亡时间是什么时候？"

他们听见马桶冲水声。

"七点到八点半之间，"侯勒姆说，"换句话说，正好是球赛刚开始，亨里克森踢成平手的时候。马里达伦谷离球场不远对不对？文内斯拉一定可以听见欢呼声。"

厕所门打开。"这表示他可以先去马里达伦谷犯案，再去看球赛。"哈利说，扣上最后一颗扣子，"他到球场以后可以做些让周围的人记得的事，制造不在场证明。"

"瓦伦丁没有去看球赛，"卡翠娜说，"如果他去了，我会把该死的监控录像从头看到尾，他只要敢离开座位我就计时。去他妈的不在场证明。"

这些大型独栋洋房全都静悄悄的。

这是富豪和奥迪轿车从挪威大企业下班回来前的宁静，楚斯心想。

他按下门铃，环目四顾。

庭园建造得很不错，也照顾得很好。如果你是退休的警察署长，也许就有时间来打理这些事。

前门打开。他看起来老了一些，蓝色眼眸依然十分有神，但脖子上的肌肤松弛了点，背也没有以前挺得那么直。他一点也不像楚斯记忆中那么英姿焕发。也许是因为他身穿褪色的家居服，也许是因为他的工作不再需要他保持警戒的缘故。

"我是欧克林的班列森。"楚斯亮出证件，心想就算这老头真的看见证件上写的是班森，也会以自己听见的为准。说谎总是要有辅助工具。但这位前警察署长连看也没看，只是点了点头："我想我见过你，有什么事吗，班列森？"

前署长看来并没有邀请楚斯入内的意思，反正楚斯觉得没差别，这里没人看得见他们，也没什么背景噪声。

"是有关于令郎松德的事。"

"他怎么了？"

"最近我们正在执行逮捕阿尔巴尼亚皮条客的任务，因此必须留意夸拉土恩区的动静并拍照。我们辨识出搭载妓女的车牌号码，打算找车主来讯问，如果他们肯提供关于皮条客的有用情报，就可以交换减刑。我们拍到的其中一辆车是令郎的。"

前署长扬起两道浓眉："什么？松德？不可能吧。"

"我也是这么想，所以才想来找您商谈。如果您认为这是一场误会，他载的人不是妓女，那我们就会把照片丢进碎纸机。"

"松德婚姻美满，而且他是我一手教出来的，懂得是非善恶，相信我。"

"这是当然，我只是想确认您是怎么看待这件事的。"

"天哪，他为什么要去街上……"楚斯面前的这个男人像是咬到烂葡萄似的，"……买春？这样容易得病很危险。他还有小孩。不可能不可能。"

"看来我们都同意没必要继续追查下去，虽然我们有理由怀疑那名女子是妓女，但令郎也有可能把车子借给别人，我们也没拍到驾驶人的照片。"

"所以你们根本没证据嘛。不行，你们最好忘了这件事。"

"谢谢，我们会照您的吩咐去做。"

前署长缓缓点头，仔细打量楚斯："你说你是欧克林的班列森？"

"对。"

"谢谢你，班列森，你们干得很好。"

楚斯容光焕发："我们只是尽力而已，祝您有美好的一天。"

"之前你是怎么说的？再说一次。"卡翠娜说，看着面前的黑色屏幕。锅炉间里的空气浓稠得像是要把人蒸发似的，这时外头已是下午。

"我说根据数据管理方针，监控录像很有可能已经被删除了，"侯勒姆说，"你看，我说得没错吧。"

"那后来我说了什么？"

"你说档案就跟球鞋踩到的狗屎一样，"哈利说，"不可能完全清掉。"

"我没说'不可能'。"卡翠娜说。

小调查组的四名成员围坐在卡翠娜的计算机前。先前哈利打电话给奥纳叫他过来加入他们，奥纳听起来像是松了口气。

"我是说'很难'，"卡翠娜说，"一般来说一定会有个映像档存在某个地方，而聪明的计算机人一定可以把它找出来。"

"或是女计算机人？"奥纳说。

"不对，"卡翠娜说，"女人不会停车，不会记得足球赛结果，而且根本懒得去学计算机。这种事只有穿乐队T恤、性生活少之又少的怪男人才办得到，而且自从石器时代以来就是这样。"

"所以你没办法——"

"我一直拼命解释说我不是计算机专家，史戴。我可以用搜索引擎找到挪威足球协会的档案，可是所有的影像都被删除了，恐怕接下来我没什么用武之地。"

"要是你肯听我的话，就能节省一点时间，"侯勒姆说，"现在该怎么办？"

"但我可没说我完全没用，"卡翠娜，依然对着奥纳说话，"是这样的，我还是具有一些良好美德，像是女性魅力、不像女人的干劲，还有厚脸皮。这些美德对宅男来说很有吸引力。告诉我这些搜索引擎的家伙帮我跟一个叫'非主打歌'的印度信息人牵线，一小时前我打电话到海得拉巴，请他帮忙。"

"然后呢？"

"然后影像在这里。"卡翠娜说，按下返回键。

屏幕亮了起来。

众人凝神注视。

"是他，"奥纳说，"他看起来很孤单。"

瓦伦丁·耶尔森，又名保罗·斯塔夫纳斯，就坐在他们眼前的画面中，双臂交叠，兴趣缺缺地看着比赛。

"可恶！"侯勒姆低声骂道。

哈利请卡翠娜快进。

她按下快进键，瓦伦丁周围的观众开始快速抖动，右下角的定时器快速前进。画面中只有瓦伦丁一人静静坐着，宛如没有生命的雕像坐在活生生的蠕动人群之间。

"再快一点。"哈利说。

卡翠娜又按了一下，观众的动作变得更加快速，身子前后移动、站起身来、高举双臂、离开位子、回来时手里拿着热狗或咖啡。接着很多蓝色椅子空了出来。

"一比一，中场休息时间。"毕尔说。

球场再度挤满了人，观众的各种动作更多了。画面角落的定时器快速前进。观众摇头晃脑，显然十分沮丧。突然之间，大家都高举双臂，画面似乎凝结了数秒。接着人们从椅子上跳起来欢呼，上下跳跃，相互拥抱，只有一个人除外。

"里瑟在加时赛罚球射门成功。"侯勒姆说。

球赛结束。

观众开始离席。瓦伦丁只是坐在位子上动也不动，等大家都走光之后才起身离开。

"可能他不喜欢排队。"侯勒姆说。

屏幕再度陷入黑暗。

"所以说，"哈利说，"我们看见了什么？"

"我们看见我的患者去看足球赛，"奥纳说，"应该说'前'患者才对，他应该不会再来找我做咨询了。很显然，这场球赛很精彩，只有他觉得不好看。我熟悉他的肢体语言，所以我大概可以确定他对这场球赛不感兴趣。当然这就产生一个疑问：那他干吗要去？"

"而且他不吃东西也不上厕所，整场比赛都只是坐在椅子上，"卡翠娜说，"就跟盐柱一样杵在那里，这也未免太诡异了吧，好像他知道我们会把这段监控录像调出来看，所以为了制造不在场证明，连十秒钟都不愿意离开位子。"

"他如果打过手机就好了，"侯勒姆说，"这样我们就可以放大，说不定还可以看见他拨的号码，或是用他拨出的时间去比对伍立弗体育场附近基地台的拨出电话——"

"他没打手机。"哈利说。

"我是说如果——"

"他没打手机，毕尔。无论瓦伦丁·耶尔森去伍立弗体育场看球赛的动机是什么，埃伦·文内斯拉在马里达伦谷遇害的时候，他是坐在球场里的，这是事实。另一个事实是……"哈利抬头看着光秃的白色砖墙，"……我们又回到了原点。"

34

奥萝拉坐在秋千上，看着阳光从洋梨树的叶缝之间洒下。反正她父亲总是很固执地说那些是洋梨树，尽管从来没人看见树上结过洋梨。奥萝拉今年十二岁，身形对于荡秋千而言有点太大，对于要相信父亲告诉她的每一件事，年龄也有点太大。

她刚放学回家，做完功课，走进院子。母亲出去买东西了。父亲不会回家吃晚餐，因为他又开始长时间工作了，尽管他曾答应她和母亲说现在他会跟其他人的父亲一样，不会在夜里协助警察办案，只会在诊所做心理咨询，正常下班回家。但现在他又开始替警察工作了。他们两人都不肯告诉她，父亲究竟在做什么工作。

她在 iPod 里找到一首她要找的歌。蕾哈娜在耳机里唱道："如果他喜欢她，就应该来带她去散步"。奥萝拉伸直长腿，让秋千荡得快一点。她的腿已长得很长，不是得弯起来，就是得高高伸直，以免拖到地面。很快她就会长得跟母亲一样高。她头往后仰，感觉浓密长发垂挂在头皮上的重量。这感觉很好。她面对透过树叶洒下的阳光，闭上眼睛，摇荡秋千，听着蕾哈娜的歌，听见秋千荡到最低点时座椅就发出咯吱声，同时也听见另一个声音。栅门打开，碎石径上传来脚步声。

"妈咪。"她叫道，不想睁开眼睛，也不想把脸从阳光下移开，因为那温热的感觉十分美妙。但妈咪没有响应，她想起自己没听见车子停下的声音，也没听见母亲的蓝色小车发出躁动的运转声。

她把脚跟拖在地上，让秋千慢下来，直到停止。她的眼睛依然闭着，不希望离开美妙的音乐、阳光和白日梦。

她感觉一道影子落在她身上，立刻觉得寒冷，仿佛冷天里一朵云从太阳前方飘过。她睁开眼睛，看见一个人站在她旁边，看上去只是个天幕底下的侧影，头部正好对着太阳的位置，放出光晕。她眨了眨眼，脑子里突然冒出一个念头，令她觉得困惑。

是不是耶稣回到人间了，就站在我面前？这表示爸妈都错了，上帝真的存在，我们的罪都会被赦免。

"哈啰，小妹妹，"一个声音说，"你叫什么名字？"

没想到不得已时耶稣竟然会说挪威语。

"我叫奥萝拉。"她说，眯起双眼，把他的脸看得清楚些。反正他没留胡子，也没留长发。

"你爸爸在家吗？"

"他在工作。"

"这样啊。所以只有你一个人在家吗，奥萝拉？"

奥萝拉正要回答，但不知为何没这么做。

"你是谁？"她反而问道。

"我想找你爸爸聊聊天，不过既然这里只有我们两个人，我想我们也可以聊聊天，你说对不对？"

奥萝拉没有回答。

"你在听什么音乐？"男子问道，指了指她的 iPod。

"蕾哈娜。"奥萝拉说，把秋千往后面推，不只是为了离开男子的影子，也为了把他看清楚一点。

"哦，对了，"男子说，"我家有很多她的 CD，你想不想借一些去听？"

"我没有的歌只要用 Spotify 听就有了。"奥萝拉说，心中判断男子看起来颇为正常，至少他没有一个地方看起来像耶稣。

"哦，对，Spotify，"男子说，蹲了下来，让身高比她的高度还低一些。这样感觉好多了，"你想听什么音乐里面都有。"

"几乎吧，"奥萝拉说："可是我用的 Spotify 是免费的，歌曲之间有很多广告。"

"你不喜欢吗？"

"我不喜欢有人说话，把气氛都搞坏了。"

"你知道有些专辑里头有人说话，可是歌还是很棒吗？"

"不知道。"奥萝拉说，侧过了头，心想这人为什么要这样轻声细语？这应该不是他平常说话的声音。她朋友埃米莉每次有事相求也会用这种声音说话，比如说要跟她借她喜欢的衣服。但奥萝拉不喜欢借人衣服，因为事情到最后都会搞得一团乱，不知道衣服究竟会跑到哪里去。

"你应该听听看平克·弗洛伊德。"

"那是谁？"

男子环视四周："我们可以进去你家，我在计算机上找给你看，一边等你爸爸。"

"你可以拼出来给我听，我会记得。"

"我可以直接找给你看啊，顺便喝杯水。"

奥萝拉看着他。男子在她旁边坐下，阳光又洒在她脸上，但她不再觉得温暖。男子露出微笑。她看见他的牙齿之间有什么东西闪闪发光，仿佛他的舌尖忽隐忽现。

"走吧。"男子说，站了起来，伸手到头部高的地方握住秋千的绳子。

奥萝拉离开秋千，从男子的手臂下穿过，朝屋子走去。她听见脚步声从背后跟来，男子的声音又响了起来。

"我保证你一定会喜欢的，奥萝拉。"

他话声温柔，仿佛牧师在执行坚信礼。这是她父亲常用的形容词。说不定男子真的是耶稣？但无论他是不是耶稣，她都不希望他踏进家门。但她依然往前走。她该怎么跟父亲说才好？说她不准他的一个朋友进来喝杯水？不行，她不能这样做。她放慢脚步，让自己有时间思考，找个借口不让男子进屋。但她找不到。由于她走得慢了些，因此男子更为靠近，她听得见他的呼吸。呼吸粗重，仿佛从秋千走来的这几步已让他喘息不已。而且男子口中有种怪味，令她联想到洗甲水的气味。

再五步就到门口了。快找个借口。两步。台阶到了。快点啊。糟了，已经走到门口了。

奥萝拉吞了口口水。"门好像锁起来了，"她说，"我们要在外面等。"

"哦？"男子说，站在第一级台阶上环视四周，仿佛在看她父亲是不是在围篱外，或是四周有没有邻居。他伸出手臂，越过她的肩膀。她感觉到他的手臂所散发出来的热度。他抓住门把，往下一压，门就开了。

"呃，哈啰，"他说。他的呼吸速度变快，话声也有点颤抖，"看来我们运气很好。"

奥萝拉面对门口，看着阴暗的玄关。只要给他一杯水，再听听那个有人说话的音乐，虽然她一点也不感兴趣。远处传来除草机的声音，愤怒、激进、强烈。她踏进门口。

"我要……"她开口说，猛然停步。这时她感觉他的手搭上她的肩膀，仿佛他已跨过了界线。她在上衣和肌肤接触边缘感觉到男子的体温，感觉自己小小的心脏剧烈跳动。又是另一具除草机的声音传来。不对，那不是除草机，而是小引擎发出的兴奋颤动声。

"妈咪！"奥萝拉大叫，扭动身体，离开男子的手，从旁边蹿了出去，跳下台阶，踏上碎石径，向前狂奔，一边回头大叫，"我要去帮忙拿东西！"

她奔向栅门，同时聆听是否有脚步声从后面跟来，但她的球鞋踩在碎石径上发出震耳欲聋的吱喳声。转眼间她已跑到栅门前，一把拉开栅门，看见母亲从停在车库前的蓝色小车上下来。

"嗨，亲爱的，"母亲说，露出疑惑的笑容看着她，"你怎么跑得这么快？"

"有人来找爸爸，"奥萝拉说，发现这条碎石径似乎并不短，她已跑得上气不接下气，"他在台阶上。"

"哦?"母亲说,从后座拿了个购物袋递给她,关上车门,跟女儿一起穿过栅门。

台阶上空无一人,但前门还开着。

"他进去了吗?"母亲问道。

"不知道。"奥萝拉说。

她们走进屋子,但奥萝拉只是站在玄关,靠近打开的前门。母亲继续往里头走,经过客厅,朝厨房走去。

"哈啰?"她听见母亲高声叫唤,"哈啰?"

母亲回到玄关,手里的购物袋已经放下。

"没有人啊,奥萝拉。"

"他刚刚还在这里,真的!"

母亲惊讶地看着她,笑说:"当然是真的,亲爱的,我没有不相信你啊。"

奥萝拉没有接话,她不知道该说什么。她该如何解释那个人可能是耶稣或圣灵?无论如何,不是每个人都看得见他。

"他如果有重要的事就会再回来。"母亲说,回到厨房。

奥萝拉站在玄关。那种甜腻腐败的气味尚未散去。

35

"告诉我，你懂得生活吗？"

阿诺尔·福尔克斯塔德从考卷上抬起头来，和倚在门框上的高大男子目光相触，微微一笑。

"嗯，我也不懂，哈利。"

"九点多了，你还在这里。"

阿诺尔咯咯一笑，把考卷叠好："我正要回家，你才刚到。你打算待到多晚？"

"不会很晚，"哈利跨出一大步，在靠背椅上坐下，"再说我有个女人可以跟我一起共度周末。"

"是吗？我有个前妻可以让我在周末避之唯恐不及。"

"是吗？我不知道这件事。"

"反正只是个前同居人。"

"还有咖啡吗？你们发生了什么事？"

"咖啡喝完了。我们其中一人冒出一个糟糕透顶的想法，那就是结婚应该是下一步的发展，事情就是从那里开始每况愈下。喜帖都发出去以后，我取消婚约，后来她就离开了。她说她受不了了。那是发生在我人生中最棒的事，哈利。"

"嗯。"哈利用拇指和中指搓揉眼睛。

阿诺尔站了起来，拿下挂在墙上的外套："锅炉间的工作进行得不顺利？"

"这个嘛，今天我们遭遇到挫折。瓦伦丁·耶尔森……"

"怎么样？"

"我们认为他是锯子手，但不是杀警案的凶手。"

"你确定？"

"至少他不是一人犯案。"

"凶手可能有好几个？"

"这是卡翠娜的想法，但事实上有百分之九十八点六的性侵命案都只是单人犯案。"

"所以说……"

"卡翠娜不肯放弃，她说在翠凡湖畔杀害那名少女的凶手很可能是两个男人。"

"那件案子的尸体是不是分散在好几公里之外？"

"对。她认为瓦伦丁可能跟某人合作来混淆警方。"

"轮流作案，以取得不在场证明？"

"对。事实上这种事曾经发生过，六十年代在美国密歇根州就有两个暴力前科犯携手合作，每次都按照一定的模式作案，布置得像是典型的连续杀人案。他们复制以前的作案方式，用以前的犯案手法去杀人。他们都有各自的变态偏好，最后引起 FBI 的注意，但接连好几起命案他们都有滴水不漏的不在场证明，最后警方只好排除他们的嫌疑。"

"很聪明，那你为什么不认为相同的情况可能发生在这里？"

"百分之——"

"——九十八点六。你一直这样想会不会有点死板？"

"之前不是你提出关键证人死因不单纯的概率，我才会发现阿萨耶夫不是自然死亡的吗？"

"那件案子你还没查出头绪？"

"还没，那件案子得先放到一边，这件案子比较紧急。"哈利把头抵在背后的墙壁上，"我们的思路很像，所以我来这里是想请你帮我想一想。"

"我？"

"我们又回到原点了，阿诺尔，而你的大脑里显然有些神经元是我所缺少的。"

阿诺尔脱下外套，整齐地挂在椅背上，坐了下来。

"哈利？"

"是？"

"你不知道听你这样说我有多爽。"

哈利露出苦笑："很好。动机。"

"对，动机，那就是原点。"

"那就是我们现在所处的位置，凶手的动机可能是什么？"

"我去看看能不能找到咖啡。"

哈利喝完第一杯咖啡时，还是他在说话，一直到第二杯快喝完，阿诺尔才开口。

"我认为勒内·卡尔纳斯命案很重要，因为它是唯一的例外，跟其他命案不太能连在一起。也就是说，有些地方连得上，有些地方连不上。它跟其他原始命案不相符的是性侵、虐待、凶器是刀这些部分。而它跟杀警案相符的是死者的头部和脸部曾遭受钝器重击。"

"继续说。"哈利说，放下杯子。

"那件命案我还记得，"阿诺尔说，"案发当时我正好在旧金山上课，我住的那家饭店每天都会有一份 *Gayzette* 送到房门口。"

"同性恋报纸？"

"这份报纸的头版登出了挪威这个小国发生的这起命案，标题写道：又发生一起仇恨男同性恋的犯罪。有趣的是后来我看的挪威报纸没有一家说这可能是一起仇恨犯罪。我心想这家美国报社怎么可以这么轻易地就把命案贴上恐同标签，还草率地做出结论？所以我就把那整篇报道找来并读完。那名记者写到了这起命案具备所有的典型恐同特征：这名肆无忌惮地展现自己性倾向的男同性恋者被载到荒郊野外，再被凶手以狂暴手法打死。凶手有枪，却不直接开枪把卡尔纳斯打死，而是要先把他的脸打到不成人形，看来凶手就是非得把卡尔纳斯那张太过迷人、太过女性化的脸蛋给砸烂，才足以宣泄他的恐同情结。这是一起经过预谋和计划的恐同命案——这就是那名记者的结论。你知道吗，哈利？我不认为他做的这个结论有什么不合理的地方。"

"嗯，如果这是一起'恐同命案'，就像你所说的，它的确跟其他命案连不起来，因为无论在原始命案还是杀警案中，都没有迹象显示其他被害人是同性恋者。"

"也许吧，但这里有一点很有意思。你不是说过勒内命案是所有命案当中，唯一一件跟所有遇害警察都有关联的？"

"警探的圈子就这么小，办案的就是那几个人，所以这应该连巧合都称不上。"

"可是直觉告诉我，这一点很重要。"

"你头脑不清楚了，阿诺尔。"

红胡子阿诺尔坐直身子，露出受伤的表情："难道我有哪里说得不对吗？"

"'直觉告诉我'？等哪天你的直觉可以拿来当作论点的时候我们再来谈。"

"因为很少有人能达到那种境界吗？"

"没错。继续说吧，可是请你脚踏实地好吗？"

"好吧，但我可以说一句话吗？直觉告诉我说，你同意我刚才说的话。"

"也许吧。"

"那我下个赌注，建议你动用所有资源去查出到底是谁杀了这个同性恋者，反正最坏的状况是你侦破一起命案，不过最好的状况是你把所有的杀警案都一起侦破。"

"嗯，"哈利喝完咖啡，站了起来，"谢谢你，阿诺尔。"

"是我该谢谢你，像我这样一个无照警察说的话，只要有人愿意听我就很开心了，你知道的。说到这个，今天我在接待处碰到西莉亚·格拉夫森，她去交还通行证。她是那个……"

"学生代表。"

"对。反正呢，她问起你，可是我什么都没说。然后她又说你是个冒牌货，你的上司告诉她那个百分之百破案率是骗人的，古斯托命案根本没破。这是真的吗？"

"嗯，算是吧。"

"算是？这是什么意思？"

"我调查过那件案子，但没有逮捕任何人。她看起来怎么样？"

阿诺尔闭起一只眼睛看着哈利，打量他的表情，仿佛拿枪在瞄准他似的。

"谁知道。这个西莉亚·格拉夫森已经是个大女孩了。她还问我要不要一起去厄肯区打靶，就这样突然开口约我。"

"嗯，那你怎么回答？"

"我推说我视力不好，手又会发抖。不过这也是真的啊，目标可能要距离我半米我才打得到吧。反正她接受了这个理由。不过事后我想了想，她干吗要去打靶？她已经用不着通过警察打靶测验了吧。"

"这个嘛，"哈利说，"有时候人们只是为了想开枪而开枪。"

"随便他们吧，"阿诺尔说，站了起来，"不过我得说，她看起来气色挺好的。"

哈利看着阿诺尔蹒跚地离开办公室，沉思片刻，然后找出下埃伊克尔地区警察局长的电话。通话结束后，他坐在椅子上思索刚才局长说的话。伯提·尼尔森的确没去相邻的德拉门警区参与勒内命案的调查工作，但他值班那天，勤务中心接到报案电话说有辆车栽在艾克沙加附近的河里，后来警方才发现他们搞不清楚那里究竟属于谁的辖区。局长还跟哈利说，后来德拉门警方和克里波狠狠申斥了他们一顿，因为伯提跑去现场弄乱了软土地表，不然应该可以采集到清晰胎痕才对。"所以可以说，他对调查工作有过间接影响。"

晚上将近十点，太阳早已落在西方的绿色山坡后方，奥纳把车子开进车库里停好，踏上碎石径回到家门口。他注意到厨房和客厅都没有灯光。这没什么不寻常，英格丽德经常很早就上床睡觉。

他感觉到膝关节承受身体的重量。天哪，他觉得好累。今天真是漫长的一天，但他希望英格丽德还没睡觉，这样他就可以跟她聊一聊，让自己冷静下来。先前他依照哈利的建议，联络过一位心理医生同事，述说今早的持刀攻击事件，说当时他很确定自己死定了。该做的都已经做了，现在是睡觉时间，他终于可以睡觉了。

他打开门锁，看见奥萝拉的外套挂在衣架上。又是件新外套。天哪，这孩子长得好快。他脱下鞋子，直起身子，聆听屋子里的寂静。一时之间他也说不上来为什么，但他觉得今天家里比平常还要安静。家里似乎少了什么声音，这声音平常存在的时候他不会去注意。

他爬上楼梯，每一步都踏得比上一步更慢一点，宛如超载爬坡的小轮摩托车。他得开始减肥才行，甩去大概十公斤的体重，这样有益于睡眠、有益于健康、有益于长时间工作、有益于延年益寿、有益于性生活、有益于自尊。简而言之就是好处多多，但真要去实行简直要他的命。

他拖着脚步经过奥萝拉的房间。

他停下脚步，迟疑片刻，又走了回去，打开房门。

一如往常，他只想看看她睡着的模样。再过不久，做这种事就不再那么理所当然，他已经开始觉得她有了关于隐私的意识。倒不是说她开始在意在他面前光着身子，但她已经不像以前那样满不在乎地走来走去。当他发现这件事对她来说已不太自然时，他也开始觉得不自然。但他依然想悄悄地看看女儿平静熟睡的样子，看见她安全地受到保护，无须体验今天他遇上的事。

但他没去看女儿睡觉的模样。反正明天早餐时间就可以见到她了。

他叹了口气，关上房门走进浴室，脱下衣服，把衣服拿进卧室挂在椅子上，正要爬上床，又注意到这股寂静。到底是少了什么？是电冰箱的嗡鸣声，还是通气窗的细语声？他们通常都会让通气窗开着。

他懒得再去想，钻进被窝，看见英格丽德的头发披在枕头上。他想触摸她，抚摸她的头发，再抚摸她的背，感觉她的存在。但他知道她颇为浅眠，很讨厌被吵醒。他正想闭上眼睛，又改变主意。

"英格丽德？"

没有回应。

"英格丽德？"

一片寂静。

反正也不急。他又闭上眼睛。

"什么事？"他感觉她转过身来。

"没什么，"他咕哝说，"只是……这件案子……"

"你就说你不想接就好了。"

"总得有人接啊。"这句话听起来十分老套。

"他们找不到比你更好的人选了。"

奥纳张开眼睛看着她，抚摸她温热圆润的脸颊。有时——不对，不只有时——他觉得世界上没什么比得过她。

奥纳闭上眼睛。睡意终于来了。他失去了意识。真正的噩梦终于来临。

36

晨光照射在屋顶上，刚才一场短暂大雨所留下的雨水在屋顶上闪闪发光。

米凯·贝尔曼按下门铃，环顾四周。

庭院被照顾得很好。也许这就是老人打发时间的方式。

前门打开。

"米凯！看到你真高兴。"

他看起来老了些，蓝色眼睛同样锐利，但是……呃……就是老了些。

"请进。"

米凯在门垫上擦了擦湿了的鞋底，踏进门内。房子里有种气味他小时候闻过，但一时想不起来是什么。

他们在客厅坐下。

"你一个人住？"米凯说。

"老婆去大儿子家住了，他们需要祖母的帮忙和温柔的爱心。"前署长面露喜色，"刚好我正想跟你联络，现在议会还没做出最后决定，但我们都知道他们要什么，所以最好先讨论该怎么做，我的意思是我们可以分工合作。"

"对，"米凯说，"也许你可以先煮点咖啡？"

"什么？"前署长高高扬起两道浓眉。

"如果我们要坐下来谈一阵子，也许可以喝杯咖啡？"

前署长打量米凯："说得也是。来吧，我们去厨房坐。"

米凯跟着前署长，经过大量林立于桌上和柜子里的照片，这些照片让他联想到攻击开始时海滩上用来抵御外敌的无用屏障。

厨房看起来像是经过草草了事的现代化，只是在老婆的坚持下做了妥协，进行了最低限度的改变，但其实屋主只想把坏了的冰箱换掉而已。

前署长打开高柜的雾面玻璃门，拿出一包咖啡，取下橡皮筋，用一根黄色汤匙估量分量。米凯坐了下来，拿出一台录音机放在桌上，按下播放键。楚斯的声音听起来十分冰冷平淡："虽然我们有理由怀疑那名女子是妓女，但令郎也有可能把车子借给别人，我们也没拍到驾驶人的照片。"

前署长的声音听起来比较远，但由于没有背景噪声，话声听得很清楚："所以你们根本没证据嘛。不行，你们最好忘了这件事。"

米凯看见前署长身子一震，汤匙里的咖啡洒了出来。他愣在原地，仿佛有人在他背后抵着一把枪。

楚斯的声音说："谢谢，我们会照您的吩咐去做。"

"你说你是欧克林的班列森？"

"对。"

"谢谢你，班列森，你们干得很好。"

米凯按下停止键。

前署长缓缓转身，脸色苍白。米凯心想，面色如土，这脸色十分适合一个被宣告死亡的人。前署长的嘴巴抽动几下。

"你是不是想说'这是什么？'"米凯说，"答案是，这是前警察署长对一名公仆施压的过程，避免自己的儿子跟其他挪威公民一样受到调查和面对法律责任。"

前署长的声音听起来宛如沙漠吹过的风："他根本没去过那里。我问过松德了，他的车子因为引擎着火，从一月开始就一直停在车库里。他不可能去过那里。"

"这样不是更讽刺了吗？"米凯说，"你根本没必要救你儿子，但现在媒体和议会却都想听听你是如何腐化警察的。"

"其实根本没有车子照片或妓女对不对？"

"现在没有了。你已经下令把照片销毁了。而且谁知道呢，说不定照片是一月以前拍的？"米凯的嘴角泛起微笑。他不想笑，但情不自禁。

前署长面红耳赤，扯开嗓门说："你以为你做出这种事逃得了吗，贝尔曼？"

"我不知道，我只知道市议会绝对不会让一个证据确凿的腐败之人担任警察署长。"

"你想怎样？"

"你应该问问自己想怎样才对，是维持清廉的名声、继续过着安安稳稳的生活吗？是这样吗？那你就知道我们没有多大差别，因为这也正是我想要的。我想继续安安稳稳地干我的警察署长，我想侦破杀警案，不想让该死的社会事务议员跑来打扰，事后我还想拥有好警察的声望。所以我们要怎样才能达到这个目标呢？"

米凯等待片刻，等前署长打起精神，确定他明白自己说的每一句话，才继续往下说。

"我希望你跟议会说，在你研究过杀警案之后，你发现调查工作都执行得非常专业，根本用不着你介入或接手。而且事情正好相反，如果你接手，反而会降低快速破案的概率。此外你必须质疑社会事务议员对于案情的看法，她应该知道警务工作必须讲究方法，避免短视近利，而她的反应实在有欠思虑。我们大家都因为这件案子承受着极大压力，但所有政治人物和专业领导者都不能失去理智，因为这种时候我们最需要保持清醒的头脑。所以你坚持应该让现任警察署长继续工作，不受打扰，这样成功破案的概率最大，而且你宣布撤出候补角色。"

米凯从内口袋里拿出一个信封，推过桌面。

"这就是这封写给市议会主席的私人信函的概要，你只要签名寄出就可以了。如你所见，上面连印章都有了。对了，当我收到议会决定并觉得满意之后，就会把这段录音交给你。"米凯朝水壶点了点头，"怎么样？
咖啡快煮好了吗？"

哈利啜饮一口咖啡，俯瞰这座城市。

警署餐厅位于顶楼，可将艾克柏区、峡湾和碧悠维卡区的都市新区尽
收眼底。但他的目光首先寻找的是旧地标。过去他经常在午休时间坐在这里，
尝试用不同角度和眼光来审视案件，同时觉得烟瘾和酒瘾蠢蠢欲动。他每
次都告诉自己，至少得想出一个经得起检验的假设才能去露台上抽烟。

现在他也有这个渴望，他心想。

他渴望有个假设。这个假设并非只是光凭想象、空穴来风，而是根源
于某种经得起检验的事实。

他端起咖啡杯，却又放下。除非他的脑袋想出些什么，或想出个动机，
否则不准喝咖啡。一直以来小调查组都陷入撞墙期，也许现在正是时候，
从另一个起点、另一个有光的地方重新开始。

椅子发出嘎吱一声。哈利抬头望去。原来是侯勒姆，他把一杯咖啡稳
稳地放在桌上，脱下雷鬼帽，胡乱地抓了抓那头红发。哈利心不在焉地看
着他。他做这个动作是不是为了让头皮透气？或是避免头发形成他那个世
代避之唯恐不及的扁塌发型？反之欧雷克却正好喜欢头发服帖的发型。刘
海粘在侯勒姆出汗的额头上，底下是一副角框眼镜，一看就是个博学的书
呆子，爱看色情网站，是个自我意识高的都市人，喜欢拥抱窝囊废的形象，
热衷于扮演边缘人。他们要追捕的凶手是不是这一类型的人？或是个身处
大城市、脸颊红通通的乡下男生，身穿浅蓝色牛仔裤和实用的鞋子，会去
路边随便一家理发店剪头发，轮到他时总会乖乖打扫楼梯间，态度礼貌且
乐于助人，没有人会说他一句坏话？这是个经不起检验的假设。不准喝
咖啡。

"怎么样？"侯勒姆说，喝了一大口咖啡。

"这个嘛……"哈利说。他从没问过侯勒姆为什么像他这样一个乡下来的男生戴的是雷鬼帽，而不是牛仔帽，"我觉得我们应该仔细调查勒内命案，先把犯案动机摆在一边，专心查看刑事鉴识证据。我们手上有击毙他的九毫米子弹，这是世界上最常见的子弹口径，谁会用这种子弹？"

"每个人都会用，真的是每个人，连我们都会用。"

"嗯。你知道在和平时期，世界上有百分之四的杀人案是警察干的吗？如果在第三世界，这个概率会升高到百分之九。这表示警察是世界上最致命的行业类别。"

"哇。"侯勒姆说。

"他跟你开玩笑的，"卡翠娜说，她拉开一张椅子，把一大杯热气腾腾的茶放在桌上，"每当人们把数据搬出来，有百分之七十二的概率都是当场乱编的。"

哈利哈哈大笑。

"很好笑吗？"侯勒姆问道。

"她是说笑的。"哈利说。

"怎么说？"

"你问她。"

侯勒姆看着卡翠娜，她面带微笑，一边搅拌那杯茶。

"我不懂！"侯勒姆说，怒目瞪视哈利。

"这证明她说得没错啊，百分之七十二的这个数字是她编的。"

侯勒姆摇了摇头，一脸茫然。

"这就像个似是而非的说法，"哈利说，"就像希腊人说所有的希腊人都会骗人。"

"但这不代表它就不是真的，"卡翠娜说，"我是说百分之七十二。所以你认为凶手是警察，对不对哈利？"

"我可没这样说，"哈利露出微笑，双手交抱在脑后，"我只是说——"

他猛然住口，感觉颈背毛发直竖。假设。他低头看着他那杯咖啡。他非常需要来一口咖啡。

"警察，"他复述，抬头望向看着他的两人，"勒内·卡尔纳斯是被警察杀害的。"

"什么？"卡翠娜说。

"这就是我们的假设。子弹的口径是九毫米，黑克勒 - 科赫警用手枪用的就是九毫米子弹。命案现场不远处发现一根警棍。只有这起原始命案跟所有的遇害警察都有关联，被害人的脸都被打得不成人形。大多数原始命案背后的动机都是性，只有这一件是仇恨。人为什么会恨别人？"

"你又讲回到动机了，哈利。"侯勒姆抗议说。

"快点，为什么？"

"嫉妒，"卡翠娜说，"或是为了复仇，因为受到羞辱、排斥、抛弃、嘲笑、妻子或兄弟姐妹被抢走，未来和自尊被夺走——"

"停下来，"哈利说，"我们的假设是这起命案跟警察有关，并以这点作为基础。我们必须把勒内命案再挖出来，找出是谁杀了他。"

"好。"卡翠娜说，"这当中是有几条线索没错，但我还是不明白为什么我们突然之间要把矛头对准警察？"

"除非你们可以给我一个更好的假设。五、四……"哈利用询问的目光看着他们。

侯勒姆呻吟说："别往这个方向走啦，哈利。"

"干吗？"

"其他警察如果知道我们在调查自己人——"

"这我们就得自己咬牙忍受了，"哈利说，"现在我们已经跌到谷底，一定得从某个地方爬起来才行。反正最坏的状况是我们侦破一起悬案，最好的状况是我们——"

卡翠娜替他把话说完："——把杀害贝雅特的凶手给揪出来。"

侯勒姆咬着下唇，然后耸了耸肩，点头表示他加入。

"很好，"哈利说，"卡翠娜，你去调查登记为遗失或遭窃的手枪，再调查勒内是不是跟任何警察有过联络。毕尔，你以这个假设为基础去查看刑事鉴识证据，看有没有什么新发现。"

侯勒姆和卡翠娜立刻起身行动。

哈利看着他们穿过餐厅朝门口走去，看到旁边有一桌坐的都是大调查组成员。他们交换眼色，有人说了句话，其他人爆出大笑。

哈利闭上眼睛，聆听自己的所有感官，开始搜寻。刚才到底发生了什么事？他用卡翠娜说的那句话来问自己：为什么我们突然之间要把矛头指向警察。因为这里头有个关键之处。他集中精神，屏除杂念，知道这波思绪就像一场梦，他得动作快，否则机会稍纵即逝。他慢慢潜入内在，宛如拿着手电筒潜入深海的潜水员，在潜意识的黑暗中摸索。他抓到了什么，感觉到它的存在，它似乎跟卡翠娜说的那个"哏中哏"的笑话有关。哏中哏。用自己作为哏来编入哏里，以提出一个论点。凶手是不是想提出一个论点？它从他的指缝间流过。这时他被自己的浮力给抬起，回到光亮之中。他睁开眼睛，周围的声响又回来了。碗盘碰撞声、谈笑声。妈的，可恶。他差点就抓到它了，现在机会已经逝去。他只知道那个笑话告诉了他什么，并在他内心深处激起催化作用。现在他还说不出那是什么，只能希望有一天它会自己浮现。然而这个催化作用给了他们一个方向、一个起点、一个禁得起检验的假设。哈利喝了一大口咖啡，站起身来，走上露台去抽烟。

侯勒姆在证物室的柜台上领到两个塑料证物箱并签收。

他把箱子带去布尔区的鉴识中心，先打开原始命案的证物箱。

首先令他纳闷的是那枚在勒内头部发现的子弹，在穿过肌肉、软骨和骨骼这些其实算是相当软的人体组织之后，竟然严重变形。其次令他纳闷

的是子弹放在证物箱里这么多年，居然没有变绿。岁月并不会特别在铅上
留下痕迹，但他觉得这枚子弹看起来显然很新。

　　他翻看命案现场的死者照片，翻到一张射入伤口的侧脸特写照片，停
了下来。侧脸的断裂颧骨穿出肌肤，亮白色的骨头上有个黑色痕迹。他拿
放大镜来看。它看起来像是个蛀洞，就像蛀牙的洞一样，可是颧骨上不可
能会有黑洞，难道是车子撞毁后沾到汽油？或是沾到河里的腐烂树叶或淤
泥？他拿出验尸报告。

　　翻阅之后找到了他要找的。

　　上颌骨沾有少量黑漆，来源不明。

　　脸颊上沾有油漆。病理医生通常只会写下他们愿意负责的说明，而且
宁可少写一点。

　　侯勒姆翻到汽车照片。车身是红色的，所以不是车身烤漆。

　　他坐在椅子上叫道："基姆·艾瑞克！"

　　六秒钟后，一颗头探进门内："你叫我？"

　　"对。你是德拉门市米泰命案的鉴识组成员吧？你们有发现任何黑
漆吗？"

　　"漆？"

　　"就是如果用钝器这样打的话，可能会脱落的油漆……"侯勒姆挥动
拳头，像是在玩剪刀石头布，"肌肤撕裂，颧骨断裂突出，但你还是不断
用钝器击打骨骼的尖突边缘，使得钝器上的油漆脱落。"

　　"没有。"

　　"好，谢谢你。"

　　侯勒姆打开第二个证物箱，这是米泰命案的证物箱。他发现那位年轻
鉴识员依然站在门口。

　　"什么事？"侯勒姆说，抬起头来。

　　"它是藏青色的。"

"什么？"

"你说的油漆啊。而且不是在颧骨上，是在颌骨的碎片上。我们分析过它。那是非常标准的油漆，使用在铁器上，附着力良好，可以防止生锈。"

"那会是什么器具，你可以给我点建议吗？"

侯勒姆看见基姆站在门口整个人飘飘然起来。基姆是他一手调教出来的，现在师傅却请学徒"给他点建议"。

"很难说，它可以用在任何器具上。"

"好吧，没事了。"

"不过我有个看法。"

侯勒姆看见他这位同事显然很想把他的想法说出来，看来这小子以后一定很有前途。

"你就说吧。"

"千斤顶。每一辆车都有配备千斤顶，可是我们没在后车厢发现。"

侯勒姆点了点头，几乎不忍说出下面这几句话："基姆，那辆车是二〇一〇年款的大众夏朗，你去查一下就会知道它是少数不配备千斤顶的车。"

"哦。"这位年轻鉴识员的脸垮了下去，宛如泄了气的海滩球。

"还是谢谢你的帮忙，基姆。"

这小子的确会很有前途，但还需要磨炼个好几年。

侯勒姆井然有序地查看米泰命案的证物。

另外有一件事萦绕在他脑子里。

他盖上箱盖，走到走廊尽头的办公室，敲了敲打开的门。他的眼睛眨了几下，有点困惑地看着一颗光头，接着才明白坐在办公室里的是罗尔·米兹杜恩，中心里最年长也最资深的刑事鉴识员。曾有一度罗尔十分挣扎于为一个不仅比他年轻而且又是女性的上司工作，但后来他发现贝雅特是鉴识中心有史以来最优秀的人才，就释怀了。

前一阵子罗尔的女儿死于一场车祸，因此过去这几个月以来他都请病假，最近才回来上班。他女儿去一座面向奥斯陆东区的山脉进行顶绳攀登，回来时发生车祸，她的自行车在水沟里被发现，肇事者一直没找到。

"你好啊，米兹杜恩。"

"你好啊，侯勒姆。"罗尔在旋转椅上转过身来，耸了耸肩，露出微笑，让自己看起来有精神些。他刚回来上班的时候侯勒姆差点认不出他肿胀的脸，显然那是抗忧郁剂的正常副作用。

"请问警棍通常都是黑色的吗？"

身为刑事鉴识员，他们经常会碰到一些怪异的细琐问题，因此罗尔连眉毛也没抬一下。

"绝对是黑色的，"罗尔跟侯勒姆一样是在东托滕地区长大的，因此他们两人讲话时常会用小时候习惯的方言，"但我记得九十年代有一段时间警棍是蓝色的，这样很烦。"

"什么很烦？"

"颜色换来换去啊，不能维持用一样的颜色。像是警车原本是黑色和白色，后来变成白色和红蓝条纹，现在又变成白色和黑黄条纹。这样三心二意的，只会有损警察的形象，就跟德拉门的封锁带一样。"

"什么封锁带？"

"基姆在米泰命案的现场发现了一小段警方封锁带，还以为是旧命案的。他……我们两个都负责过那件案子，可是我总是忘记那个同性恋的名字……"

"勒内·卡尔纳斯。"

"但你们这些年轻人像是基姆，则不记得以前有一段时间警方封锁带是蓝白色的，"罗尔赶紧又补上一句，以免自己说了不得体的话，"不过基姆会很有出息的。"

"我也这样想。"

"很好，"罗尔深思着动了动下巴肌肉，"我们有共识。"

侯勒姆一回到办公室就打电话给卡翠娜，请她去警署一楼刮一些警棍上的油漆下来，附上一张字条送到鉴识中心。

做完这些事以后，他坐下回想，刚才他没多想，直接跑去走廊尽头寻求建议，因为他沉浸在工作中，完全忘了贝雅特已经不在，现在那已经是罗尔的办公室。有那么一个短暂片刻，他觉得自己可以了解罗尔的心情，原来失去一个人可以那么令人失魂落魄，什么事都没办法做，甚至连起床都失去了意义。他甩开这个念头，甩开罗尔那张肿胀的脸庞，因为他们走对了方向，他感觉得到。

哈利、卡翠娜和侯勒姆坐在歌剧院的屋顶，眺望候福德亚岛和格雷斯霍曼岛。

来这里是哈利提议的，说他们需要呼吸一点新鲜空气。这是个温暖多云的夜晚，观光客早已散去，这整片大理石屋顶全都归他们享用，就连朝奥斯陆峡湾倾斜而下的部分也是。屋顶上反射着艾克贝格山脉、哈纳罗格大楼和停泊在维帕唐根码头的丹麦渡轮的灯光。

"我又查看了一次所有的杀警案，"侯勒姆说，"结果发现文内斯拉、尼尔森和安东身上都有发现一小块油漆。那是一种标准款油漆，用途很广，警棍用的也是这种漆。"

"干得好，毕尔。"哈利说。

"还有安东命案的现场发现一小段封锁带，它不可能来自勒内命案的调查工作，因为当时警方用的不是那种封锁带。"

"那是以前用的封锁带，"哈利说，"凶手打电话给安东，跟他说过去的命案现场发生了杀警案，叫他过去。安东到达现场，看见警方封锁带，还浑然不觉，说不定凶手还穿上了制服。"

"可恶，"卡翠娜说，"我花了一整天交叉比对勒内和警察，却什么也没查到，但我看得出我们找对了方向。"

她用兴奋的眼神看着哈利，他正点了根烟。

"那我们现在要怎么做？"侯勒姆问。

"现在，"哈利说，"我们回收警用手枪，看看哪一把符合那枚子弹的弹道。"

"要回收哪些警用手枪？"

"所有的。"

他们看着哈利，不发一语。

"你说'所有的'是指？"卡翠娜问道。

"警察所使用的每一把手枪都要回收，先是奥斯陆，然后是东部地区，有必要的话，全挪威的警察佩枪都要回收。"

又是一阵静默。一只海鸥在他们上方的黑暗中尖声鸣叫。

"你是开玩笑的吧？"侯勒姆试探说。

香烟在哈利的嘴唇间上下跃动，他答道："不是。"

"这不可行，算了吧，"侯勒姆说，"大家都以为弹道测试只要花五分钟就能完成，因为《CSI 犯罪现场》是那样演的，但事实上要比对一把枪的弹道几乎要花上一整天，所以如果要比对每一把警用手枪，光是奥斯陆就要……这里一共有多少警察？"

"一千八百七十二个。"卡翠娜说。

哈利和侯勒姆都对她张口凝视。

她耸了耸肩："我在奥斯陆警区的年度报告上看过。"

他们依旧瞠目结舌。

"电视坏了，我又睡不着，好吗？"

"总之呢，"侯勒姆说，"我们没有这种人力，这件事办不来的。"

"重点在于你刚才说的，就连警察也以为弹道比对只要花五分钟。"哈利说，对着夜空吐了口烟。

"哦？"

"就是要让他们以为这种事办得成。你认为当凶手发现自己的手枪要被拿去比对，会怎么样？"

"你这个奸诈的小恶魔。"卡翠娜说。

"嗯？"

"他会立刻回报说他的手枪遗失或遭窃。"卡翠娜说。

"然后我们就从那里开始查起，"哈利说，"但也说不定他早就有了准备，所以我们还要做一张表，列出自勒内命案以后通报遗失的警用手枪。"

"有个问题。"卡翠娜说。

"我知道，"哈利答道，"警察署长会愿意下达这个命令，直指他的每一位属下都可能有嫌疑吗？他首先想到的，一定是报纸会把这件事拿来大肆渲染。"哈利用双手拇指和食指对着夜空比出一个长方形，"警察署长怀疑自己的属下。警方高层失去理智。"

"听起来不太可行。"卡翠娜说。

"这个嘛，"哈利说，"你们想怎么说贝尔曼都可以，但他可不是个蠢人，他明白怎么做对自己最有利。如果我们能证明凶手是警察，而且我们迟早都会逮到他，那无论贝尔曼同不同意，他都知道如果外界发现警察署长因为怯弱而拖延整个调查行动，绝对会让他颜面扫地。所以我们要跟他说明的是，调查自己的属下可以向全世界证明警方破案的决心，即使揭露内部的腐化也在所不惜，这正是展现勇气、领导力、意志力等优良特质的时候。"

"你认为你有办法说服他？"卡翠娜哼了一声，"如果我记得没错，哈利·霍勒在他的讨厌名单上可是名列前茅。"

哈利摇了摇头："我已经请甘纳·哈根去处理这件事了。"

"他什么时候去处理？"

"就是现在我们说话的时候。"哈利说，看着手中的香烟。烟已几乎烧到滤嘴。他心中生起一股要把烟丢掉的冲动，想看着火星划过黑夜，在微光闪烁的大理石斜坡上跳跃，直到掉落在黑水之中，瞬间熄灭。那是什么阻止他这样做？是因为他觉得这样做会污染城市？还是因为目击证人不苟同他污染城市？他在意的是行动本身还是惩罚？他在保持本色酒馆杀了俄罗斯人一事其实很单纯，他是自卫杀人：不是你死就是我亡。但是那件所谓未侦结的古斯托命案，是他个人的选择。不过在众多纠缠他的鬼魂当中，他从未见过那个有着吸血鬼尖牙的花样少年。什么未侦结的命案，才怪呢。

　　哈利弹出香烟。香烟飞入黑暗，消失无踪。

37

奥斯陆市议会的窗户小得让人意外，早晨阳光从百叶窗外透入，主席咳了几声，表示会议开始。

桌前坐着九位议员，每位议员都有各自的职责，此外还有前警察署长，他被找来简短报告他会如何处理杀警案，或称"警察杀手案"，现在报纸都这样称呼这件案子。他们快速进行会议程序，彼此点头同意，让秘书确认后记录下来。

接着主席就进入今日主题。

前警察署长抬头望去，看见伊莎贝尔·斯科延热烈地对他点了点头，便开口发言。

"谢谢主席，今天我不会占用议会太多时间。"

他看了伊莎贝尔一眼，这个令人难以怀抱期待的开场白似乎有点浇熄她的热情。

"我仔细看过这件案子，查看警方目前执行的工作和进度、领导方针、采用的策略和执行过程。或是套用斯科延议员说的话，可能已经采用却绝对没有好好执行的策略。"

伊莎贝尔的笑声响亮且任性，却有点戛然而止，可能因为她发现只有她一个人在笑。

"我运用多年来担任警察所累积的经验和能力，对于接下来的处理方式有了清楚结论。"

他看见伊莎贝尔点了点头。她眼中闪烁的亮光令他想到某种动物，但他一时说不出来是哪种。

"一件案子破了，并不一定表示警务工作管理得很好。同样的，一件案子破不了，并不一定表示管理不当。在我看过现职警务人员，尤其是米凯·贝尔曼的表现之后，我认为我不一定能有别的做法，或者说得更清楚一点，我认为我不一定能做得更好。"

他看见伊莎贝尔的下巴掉了下来，并发现心中浮现一种施虐的快感。他继续往下说。

"刑事侦查工作的技术日新月异，就跟社会上其他领域一样，在我看来，贝尔曼和他的部属都通晓且采用了新方法和新科技，这些都是我和我的同侪不一定能够掌握的。他对部属非常有信心，很懂得激励人心，北欧其他国家的警察也对他的工作方式赞誉有加。不知道斯科延议员知不知道，最近米凯·贝尔曼受邀在里昂的国际刑警组织会议上针对刑事侦查工作发表演说，他还引用这件案子当作范例。斯科延认为贝尔曼不适任，的确，他这个年纪当上警察署长是有点年轻，但他不仅是属于未来的人才，也是属于现在的人才。总之在当前的局势下，他正是我们需要的人，也因此我就显得多余了。这就是我的明确结论。"

这位前警察署长直起身子，翻了翻他手中拿着的两张纸，然后扣上外套的第一颗扣子。这是他精心挑选的一件宽松外套，非常适合领取养老金的老人穿着。他往后一推，椅子发出嘎的一声，仿佛他需要站起来的空间。他看见伊莎贝尔的下巴掉到最低点，用不可置信的目光看着他。

他静静等待，直到听见主席吸了口气想表示意见，才说出最后一番话，给予致命一击。

"请恕我再补充一点。主席，既然这次的会议也关乎议员对重大案件如杀警案的处理能力……"

主席那两道浓眉通常都高高挂在充满笑意的双眼之上，这时却压得很低，向前突出，有如挂在严肃双目上方的两道灰白色遮雨棚。

"……可想而知议员一定会承受莫大的个人压力，毕竟这属于他们的权责范围，这件案子又受到媒体的大幅报道。但是当一位市议员屈服于压力，在惊慌中采取行动，试图把警察署长给斩首，牵涉到的问题恐怕更为广泛：那就是这位议员是否适任？当然我们都知道这次的事件对新上任的议员是过于庞大的负担，而且很遗憾的是，才刚上任不久就得处理如此需要丰富经验和知识的事件……"

他看见主席认出了这段话。

"如果这个责任落在前任议员的肩膀上应该会理想很多，毕竟他累积了那么多年的经验，达到过那么多的优良绩效。"

他看见伊莎贝尔的脸色霎时转白，想来她也认出了她在上次会议中对米凯的评语。他心里不得不承认，自己已经很久没有玩得这么开心了。

"我很确定，"最后他说，"在场每个人，包括现任议员，都会同意这个看法。"

"谢谢你说明得如此清楚坦率，"主席说，"我想这应该表示你没有其他的行动计划吧？"

前署长点了点头："没有，但我找了一个人来，他就在外面，他可以提供你所需要的行动计划。"

他站起身来，微一点头，朝门口走去，同时感觉到伊莎贝尔怒视的目光朝他的两片肩胛骨中间射来，几乎在花呢外套上烧出一个洞。但无所谓，他已经退休了，没什么事可以被她从中阻挠。他知道今晚自己端着葡萄酒杯所品尝的，会是他在刚才那番话中加入的两个词，这两个词包含了这位议员所需要听出的所有弦外之音。其一是"试图把警察署长给斩首"这句话中的"试图"，其二是"现任议员"中的"现任"。

会议室的门打开，米凯站了起来。

"轮到你了。"身穿花呢外套的前署长说，直接朝电梯走去，看也没看米凯一眼。

米凯发现前署长嘴边似乎挂着一丝微笑，想说自己会不会看错了？

接着他吞了口口水，深呼吸一口气，走进前不久他才在里头被杀得落花流水的会议室。

长桌前围着九张脸孔，其中八张似乎对他有着高度期待，有点像是第一幕演出成功后，第二幕开始时的台下观众。其中一张脸十分苍白，苍白到他差点认不出来。这张脸孔就属于上次把他批得体无完肤的那个人。

他花了十五分钟就把话说完，对大家报告他的计划。他说警方的耐心查案终于有了收获，他们有系统的调查工作终于有了突破。这个突破既让人高兴，又令人难过，因为凶手有可能是他们自己人。但他们必须勇于面对，必须让社会大众知道，只要能逮到凶手，警方什么地方都不放过，而且他们绝对不是懦夫。他已经准备好面对一场风暴来袭，但这也正是展现勇气、领导力和意志力的绝佳时机，不只对警署而言是如此，对市议会也是。他已准备好站上掌舵的位置，但是需要市议会的支持。

他注意到自己的言辞到了最后变得有点浮夸，比昨晚甘纳·哈根在他家客厅讲的更为浮夸。但他知道他已经赢得了在场几个人的支持，尤其当他讲到最后的重点、击出全垒打时，在场几位女性更是脸泛红晕。这个重点就是：全挪威警察的手枪都必须回收进行弹道检查，而他将像是拿着玻璃鞋寻找灰姑娘的王子，首先呈上他的手枪接受检查。

然而关键不在于他对女性多有吸引力，而在于主席的想法，但主席似乎面无表情。

楚斯把手机放进口袋，朝为他端上第二杯咖啡的泰国女子点了点头。

她微微一笑，转身离去。

这些泰国人的态度都很好，不像那些挪威服务生又懒又情绪化，不勤勤恳恳地每天工作，反而表现出一副饱受委屈的模样。这家土萨区的小餐厅是一家子泰国人开的，他们似乎只要看见他稍微抬一下眉毛，就准备跳起来提供服务。当他为难吃的春卷和难喝的咖啡付账时，他们都会笑得非常灿烂，双手合十行礼，仿佛他是从天而降的白色天神。他曾一度想去泰国，但现在必须打消这个念头，因为他想返回工作岗位。

刚才是米凯打电话来，说他们的计谋成功了，他很快就会复职。他无意特别点出米凯口中的"很快"究竟是什么意思，只是复述说："嗯，很快。"

咖啡来了，楚斯啜饮一口。这咖啡算不上好喝，但他认为自己并不喜欢别人所谓的好咖啡。咖啡就该是这种味道才对，应该是用过度使用的过滤式咖啡壶所煮出来的，应该带有滤纸、塑料和烧焦咖啡垢的味道。但这也许正是为什么现在这家餐厅只有他一个客人的缘故，大家都会先在别的地方喝完咖啡，再来这里吃顿便宜餐点或购买外带。

那名泰国女子走回角落的桌子坐下，他们一家人都坐在那里，可能正在看他的账单。他聆听他们喊喊喳喳说着奇怪语言，虽然一个字都听不懂，但他喜欢听，喜欢坐在他们附近，只要他们对他微笑，他就亲切地点头响应，仿佛自己是这个社群的一分子。难道这就是他来这里的原因？他抛开这个念头，专注在眼前的问题上。

眼前的问题就是米凯接下来说的话。

他们必须交回手枪。

米凯说这些手枪要用来比对跟杀警案的关联，而他自己为了宣示这项命令一视同仁、无分位阶高低，今天一早就率先交回了自己的手枪。他建议楚斯也尽快交回，尽管他现在是停职中。

这一定是为了要比对击毙勒内的子弹，他们一定已经想到那发子弹来自警用手枪。

但他并不担心，因为他不仅已经把子弹掉了包，还回报说他的那把手枪遗失，原因是失窃。为此他等了整整一年，等到没有人将他的手枪跟勒内命案联结在一起，才用撬棒撬开自家大门，布置得像是真的有人闯入偷东西。他列出一大堆失窃物品，不仅得到四千克朗的保险理赔，还得到了一把新的警用手枪。

问题不在于那把枪。

问题在于证物箱里的那枚子弹，它到了谁手上？当初他还觉得掉包这个主意很赞，但现在他突然需要米凯了，如果米凯被停职，就无法替他复职。无论如何，现在要做什么都为时已晚。

停职。

楚斯一想到这件事就不禁笑了。他拿起咖啡，跟桌上他太阳镜中的倒影敬了一杯，接着却发现那些泰国人用奇怪的眼神看他，看来他一定是笑得太大声了。

"我不确定能不能去机场接你。"哈利说，经过原本是家银行的地方，这里被一群集体失心疯的市议员改建成宛如监狱般的球场，只为了迎接今年举办的一场国际赛事。除此之外没什么改变。

他把手机用力按在耳朵上，屏除高峰时间的车声。

"我不准你来接我，"萝凯说，"现在你有更重要的事要做。其实我正在考虑这个周末是不是不要回去，给你一点空间。"

"什么空间？"

"担任霍勒警监的空间。你说我不会打扰到你，听你这样说是很体贴啦，但我们都知道你一查起案子来是什么样子。"

"我希望你在这里，但如果你想——"

"我随时都想跟你在一起，哈利。我想坐在你身上，不让你去任何地方，这就是我想做的事，但我不希望那个我想一起共度一生的哈利现在待在家里。"

"我喜欢你坐在我身上，而且我哪里都不会去。"

"这就是重点所在，我们哪里都不会去，我们还有一辈子的时间可以相处，好吗？"

"好。"

"好。"

"你确定？如果我在电话里再多纠缠你一会儿可以让你开心，那我很乐意这样做。"

她的笑声传来。只有笑声。

"欧雷克怎么样？"

她娓娓道来，他听了微笑好几次，至少笑出声一次。

"我得挂电话了。"哈利说，站在施罗德酒馆门口。

"好。对了，你要去参加什么会议啊？"

"萝凯……"

"好啦，我知道我不该多问，可是这里好无聊哦。哈利？"

"嗯？"

"你爱我吗？"

"我爱你。"

"我听见车声，所以这表示你在公共场所，而且你大声地说你爱我？"

"对。"

"那有人回头看吗？"

"我没注意。"

"我如果再叫你说一次会不会很幼稚？"

"会。"

更多笑声。天哪，只要能听见她的笑声，叫他做什么都愿意。

"所以呢？"

"我爱你，萝凯·樊科。"

"我爱你，哈利·霍勒。我明天再打给你。"

"替我跟欧雷克打个招呼。"

两人结束通话。哈利打开店门入内。

西莉亚独自坐在窗边的桌子前，那是哈利惯常坐的位子。她身穿红裙红上衣，非常显眼，宛如后方奥斯陆老街壁画上的一抹鲜血，而她的嘴唇甚至更猩红夺目。

哈利在她对面坐了下来。

"嗨。"他说。

"嗨。"她说。

38

"谢谢你这么快就赶来了。"哈利说。

"我一个半小时前就到了。"西莉亚说,朝面前的空杯点了点头。

"我是不是……"哈利开口说,看了看表。

"没有,是我自己等不及。"

"哈利?"

他抬头看去:"嗨,莉塔,我今天不点东西。"

女服务生转身离去。

"你很忙?"西莉亚问。她端坐椅子上,身穿一袭红衣,双臂交叠在胸部下方,面容一直在甜美芭比和其他近乎丑陋的表情之间转换,唯一不变的是她的视线强度。哈利觉得只要看入这种目光,应该可以察觉每一个细微的情绪变化,但他一定是失去了判断力,因为他在她眼中只看见一片炙热,别无其他,只看见天知道是哪种的欲望。因为她要的不只是一个晚上、一小时或十分钟的模拟强暴,她可没这么容易打发。

"我找你出来是因为你去国立医院值过班。"

"那件事我已经跟警方说过了。"

"说过什么?"

"安东·米泰生前跟我说过的话,像是他跟某人起争执,或是他跟国立医院的某人发生关系。可是我跟他们说这可不是某个嫉妒丈夫犯下的独立命案,这是杀警案。这一切都连得起来不是吗?你在课堂上应该注意到我读过很多关于连续杀人犯的事。"

"课堂上可没教连续杀人案,西莉亚。我只是想知道你坐在那里守门的时候，有没有看见某人来来去去，某人不符合班表时间，让你觉得不对劲，简而言之就是——"

"不应该出现在那里？"她露出微笑，露出年轻的白色牙齿，其中有两颗长歪了，"这是你在课堂上讲的。"她的背马得有点过度。

"怎么样？"

"你认为那个患者是遭人杀害，而米泰有份，是不是？"她侧过了头，推出乳沟。哈利心想她究竟是在演戏，还是她真的对自己这么有自信？或者她其实有很严重的心理问题，却想模仿她所认为的正常行为，但又总是搞得有点不伦不类？"没错，你的确是这样想的，"她说，"所以你认为米泰因为知道太多，才被杀人灭口，但凶手却把它布置得像是其中一桩杀警案？"

"不是，"哈利说，"如果他是被这种人杀害，他的尸体会被丢进海里，口袋里装着重物。请仔细思考，西莉亚，集中精神。"

她深呼吸一口气，哈利避免去看她起伏的胸脯。她想跟他目光相触，但他低下了头，抓抓脖子，等待着。

"没有，没有这样一个人，"最后她说，"每天都是按照例行程序在走，只来了一个新的麻醉护士，可是他只来过一两次。"

"好吧，"哈利说，一手伸进外套口袋，"那左边这个人呢？"

哈利将一张打印照片放在桌上，这张照片是他在网络上找到的。Google 的图片。上面是年轻的楚斯·班森站在米凯·贝尔曼旁边，背景是史多夫纳警局。

西莉亚细看那张照片："没有，我没在医院看过他，可是右边这个人——"

"你在医院看过他？"哈利插口说。

"没有没有，我只是在想他是不是——"

"对，他是警察署长。"哈利说，想拿回照片，但西莉亚把手放在他的手上。

"哈利？"

他感觉到她柔软手掌上传来的热气。他静静等待。

"我见过他们两个在一起，另一个人叫什么名字？"

"楚斯·班森。你在哪里看见的？"

"不久之前，他们一起去厄肯区的靶场。"

"谢谢你，"哈利说，把手和照片抽了回来，"那我就不再占用你的时间了。"

"关于时间这件事，你明知道今天我有空，哈利。"

他没回话。

她暗自窃笑，倾身向前。"你找我来，不是只为了这件事吧？"小桌灯的亮光在她眼中舞动，"你知道我想过最疯狂的可能性是什么吗？那就是你把我踢出警大学院，是为了跟我在一起，这样学校高层就不会找你麻烦，所以你要不要跟我说你真正想要的是什么？"

"西莉亚，我真的只是想——"

"真可惜上次你同事突然出现，就在我们要——"

"问你医院的事——"

"我住在约瑟芬街，不过你可能早就在网络上搜到了——"

"上次的事我大错特错，我搞砸了，我——"

"从这里步行只要花十一分钟二十三秒整，我走过来的时候计过时了。"

"……不能这么做，我也不想，我——"

"我们可以——"她作势起身。

"我今年夏天要结婚。"

她颓然坐回到椅子上，瞪视着他。"你……你要结婚？"她的声音几乎被酒馆内的声响给淹没。

"对。"哈利说。

她瞳孔收缩。像是被人用尖物刺到的海星，他心想。

"你要跟她结婚？"她低声说，"跟萝凯·樊科结婚？"

"这是她的名字，对。但不论我是不是要结婚，你是不是我学生，我们之间都不应该发生那种事，所以我必须跟你道歉……很抱歉出现那种情况。"

"结婚……"她梦游般地说，视线茫然。

哈利点了点头，感觉胸口传来振动，一时之间他还以为是自己的心脏在振动，接着才想到是外套口袋里的手机。

他拿出手机："我是哈利。"

他聆听对方说话，接着又把手机拿到面前看了看，仿佛它有什么不对劲似的。

"再说一遍。"他说，把手机拿到耳边。

"我说我比对到手枪了，"侯勒姆说，"没错，就是他的。"

"有几个人知道这件事？"

"没有别人。"

"你看看能保密多久。"

哈利挂掉电话，拨打另一通电话。"我得走了。"他对西莉亚说，在她杯子里塞了张钞票。他看见她张开涂得红艳艳的嘴唇，并在她还来不及说话之前站了起来。

他走到酒馆门口时，卡翠娜已接起电话。他把侯勒姆说的话转述给她听。

"你是在开玩笑吧？"她说。

"那你为什么没笑？"

"可是……可是这太令人难以置信了。"

"这可能就是我们为什么都不相信的原因，"哈利说，"找出来，去把出错的地方找出来。"

他听见电话那头的十脚昆虫已经开始在键盘上蹿动。

　　奥萝拉和埃米莉一起拖着脚步走到公交车站。天色渐黑。这种天气总是快要下雨，却又始终没下。让人心情不好，她心想。

　　她把这些话跟埃米莉说，埃米莉"嗯"了一声，但她知道埃米莉不明白她的意思。

　　"赶快下完就没事了，不是吗？"奥萝拉说，"直接下雨还比较好，这样就不会担心它什么时候要下。"

　　"我喜欢下雨。"埃米莉说。

　　"我也喜欢，至少……有一点点喜欢。可是……"她决定放弃。

　　"刚才练习的时候发生了什么事？"

　　"什么意思？"

　　"雅娜对你大叫，因为你没把边锋的位置守好。"

　　"我只是动作有点慢而已。"

　　"不是，你站在那边动也不动，盯着看台。雅娜说手球的重点是防守，防守的重点是盯防，也就是说手球的重点是盯防。"

　　雅娜很会说一大堆屁话，奥萝拉心想，但她没这样说，她知道说了埃米莉也不会懂。

　　奥萝拉在球场上之所以分心是因为她在看台上看见了他。要看见他一点也不难，因为看台上除了他，就只有男生的球队在一旁不耐烦地等女生打完，换他们上场。但就是那人没错。她几乎可以确定。那人就是去过她家院子的男子。男子说要找她父亲，要让她听一个乐队的音乐，那乐队叫什么名字她已经忘了。男子还说要喝一杯水。

　　当时她一定是愣在原地，使得对手得分，因此他们的教练雅娜高喊暂停，对她大吼。一如往常，奥萝拉觉得抱歉，她想对抗这种感觉，讨厌自己被这种蠢事搞得心烦意乱，但是没用，她的双眼依然溢出泪水。她用护腕擦去泪水，同时擦拭额头，假装自己是在擦汗。雅娜骂完之后，她再抬头望去，那个男子已经不见了，就跟上次一样。只不过这次的事情只发生在转瞬之间，她不禁纳闷自己是真的看见了他，还是眼花了。

"哦，不会吧，"埃米莉说，看着公交车班次表。"149 路公交车至少还要二十分钟才会到。今天晚上妈妈要给我们做比萨，到家一定都冷掉了。"

"真可惜。"奥萝拉说，继续往下看。她并不特别喜欢吃比萨或去同学家过夜，但现在这正流行，每个人都会去别人家过夜，就像参加团体舞蹈一样。如果你不参加，就会被边缘化，而奥萝拉不想被边缘化，至少不想被完全边缘化。

"埃米莉，"她说，看了看表，"上面显示 131 路公交车一分钟以后会到。我把牙刷放在家里忘了带来，131 经过我家，我可以先搭这班车，待会儿再骑车去你家。"

她看得出埃米莉不喜欢这样，不喜欢站在黑暗之中，在将雨未雨的天气里独自搭公交车回家。埃米莉可能也已经猜到最后她会找个借口，不去她家过夜。

"嗯，"埃米莉低声说，晃动手中的运动包，"那我们不等你一起吃比萨哦。"

奥萝拉看见一辆公交车在山脚下转弯过来。是 131 路公交车。

"我们可以用一支牙刷，"埃米莉说，"我们是朋友啊。"

我们才不是朋友，奥萝拉心想。你可是埃米莉，你跟全班女生都是朋友，总是做适当的打扮。埃米莉是挪威最多人取的名字。埃米莉从不跟人吵架，因为她很棒，从不会批评别人，至少不会在别人听得见的地方批评。而我是奥萝拉。奥萝拉只是做她该做的事，一点也不会多，她这样做只是为了属于一个群体，因为她没有单独的勇气。大伙都认为她很怪，但她却聪明又有自信，不让大伙有机会找她麻烦。

"我会比你更早到你家，"奥萝拉说，"我保证。"

哈利坐在简陋的看台上，双手撑着下巴，看着跑道。

空气中有雨的气味，随时可能下大雨，而荷芬谷体育场没有屋顶。

整座丑陋的小运动场只有他一个人。他知道这里不会有人。现在这里偶尔才会开一场演唱会，就算到了滑冰季也很少会有人愿意来这里练习。他曾坐在这里看着欧雷克踏出第一步试探的步伐，缓慢并稳定地在他的年龄组里成长为潜力无穷的滑冰选手。哈利希望很快就能在这里再次见到欧雷克，这样他就能偷偷为欧雷克在场地上滑冰一圈的时间计时，记录其成长。他会在停滞期替欧雷克加油打气，谎报情况，并在一切顺利时保持平常的语调，不泄露欢腾的心情，扮演压缩机一般的角色，让高峰和谷底之间的曲线变得比较平缓。欧雷克很需要这个，否则他的情绪会有如脱缰野马一般。哈利不是太懂滑冰，但他很了解这个。奥纳称之为情感控制，有关于如何安抚自己。这在孩童发展中是十分重要的一环，但不是每个人都能有良好发展。比如说，奥纳就认为哈利需要更多的情感控制，因为他欠缺一般人的能力，比较难走出创伤，无法忘记伤痛，无法把注意力放在更正面的事物上。他利用酒精来让自己有办法应付工作。欧雷克的父亲也是酒鬼，萝凯说他在莫斯科把家产和人生都给喝没了。也许这就是为什么哈利对欧雷克特别有爱心的缘故，因为他们都欠缺情感控制的能力。

哈利听见水泥地上传来脚步声，有人在黑暗中从跑道的另一头走来。哈利吸了一大口烟，好让星火指出他所坐的位置。

男子跨过栅栏，踏着轻快敏捷的脚步，大步爬上看台的水泥台阶。

“哈利·霍勒。”男子说，在下方两格台阶处停下脚步。

“米凯·贝尔曼。”哈利说。米凯脸上的白色斑纹似乎在夜色中亮了起来。

“告诉你两件事，哈利。首先，你最好有很重要的事找我，我老婆和我打算今天要一起度过温馨的夜晚。”

“第二件事呢？”

“把烟熄掉，香烟有害身体健康。”

“谢谢你的关心。”

"我关心的是我自己，不是你，请把烟熄了。"

哈利在水泥地上把烟按熄，放回自己口袋的烟盒里。米凯在他旁边坐下。

"你选这个地方碰面还真特别，哈利。"

"我除了去施罗德酒馆就是来这里，而且这里人比较少。"

"依我看人也太少了吧，我还想该不会你就是警察杀手，想把我引诱来这里犯案。我们依然认为凶手是警察吧？"

"绝对是，"哈利说，已经开始想抽烟了，"我们已经比对出手枪了。"

"已经比对出来了？这也太快了吧，我都不知道你们已经开始请大家交回——"

"用不着这样做，第一把枪就比对符合了。"

"什么？"

"符合的是你的手枪，贝尔曼。勒内命案的子弹符合你的手枪弹道。"

米凯爆出大笑，笑声回荡在看台之间："你是来寻我开心的吧，哈利？"

"你恐怕得把事情告诉我，米凯。"

"你应该叫我警察署长，或叫我贝尔曼先生，哈利。我没必要告诉你任何事情。这到底是怎么回事？"

"这就必须请你——抱歉，用'应该'是不是好一点？应该请你告诉我才对，警察署长贝尔曼。否则我就必须——这里我真的是说'必须'——传唤你来进行正式侦讯。我敢说大家都想避免这种情况发生吧，是不是？"

"说重点，哈利。这种事怎么可能发生？"

"我认为有两种可能，"哈利说，"第一种，也是最明显的一种，就是勒内·卡尔纳斯是你射杀的，警察署长贝尔曼。"

"我……我……"

哈利看见贝尔曼嘴巴开合，脸上的白色斑纹似乎发出一闪一闪的亮光，仿佛他是某种异国深海动物。

"你有不在场证明。"哈利替他把句子说完。

"我有吗？"

"比对结果出来以后，我请卡翠娜·布莱特去查，结果勒内·卡尔纳斯遇害当晚你在巴黎。"

"是吗？"

"你的名字出现在法航从奥斯陆飞往巴黎的班机旅客名单上，同一天晚上也出现在金莺饭店的旅客登记簿上。有谁可以确认当晚你的确在那里吗？"

米凯用力眨眼，仿佛想看得更清楚一点。他肌肤上的北极光熄灭。他缓缓点头："勒内命案，是，那天我去国际刑警组织面试，我绝对可以找出那趟旅程的几个目击证人，那天晚上我们还一起去一家餐厅吃饭。"

"这样的话，问题就只剩下那天晚上你的手枪在什么地方？"

"在我家，"米凯说，口气百分之百确定，"锁在柜子里，钥匙就在我随身携带的钥匙环上。"

"你能证明这点吗？"

"我不确定可以。你说有两种可能，让我猜猜看，第二种可能是比对弹道的那个小子——"

"现在多半是女性了。"

"——搞错了，把子弹搞混了，拿成我的，诸如此类的事。"

"不是，从证物室的证物箱里取出的子弹，是从你的手枪击发的，贝尔曼。"

"这是什么意思？"

"什么什么意思？"

"你说的是'从证物室的证物箱里取出的子弹'，而不是'从卡尔纳斯的头骨里取出的子弹'。"

哈利点了点头："我们开始接近答案了，贝尔曼。"

"接近？怎么说？"

"我认为第二种可能是有人把证物箱里的子弹调包成你的手枪所击发的子弹。这颗子弹有一个地方不符合这起命案，那就是它的撞击痕迹显示它曾经击中非常坚硬的物体，而不是血肉之躯。"

"嗯，那你认为它击中的是什么？"

"厄肯区靶场靶纸后方的钢板。"

"为什么你会这样认为？"

"我知道这是事实，而不只是'认为'。我已经请负责比对弹道的女鉴识员去靶场用你的手枪试射，结果你猜怎么样？她试射的子弹跟证物箱里的那颗子弹非常像。"

"那你怎么会想到是那个靶场？"

"这还不够明显吗？警察在那里打靶用的子弹比用来打人的还要多。"

米凯缓缓摇头："这里头还有内情，到底是什么？"

"这个嘛……"哈利说，拿出一包骆驼牌香烟，朝米凯递去。米凯摇了摇头。"我想了一下在警界里有几个我所知道的烧毁者，结果你知道吗？我只想得到一个。"哈利拿出那根抽了一半的烟点着，吸了一大口，"楚斯·班森。而且刚好最近我跟人聊天时，对方说看见你们一起在那个靶场里打靶。子弹射中钢板后会掉落在下方的容器里，只要趁你离开以后把你击发过的子弹拿走就好了，非常简单。"

"你怀疑我们的同事楚斯·班森用假证据栽赃给我，想陷我入罪？"

"难道你不这么怀疑吗？"

米凯张口欲言，却又改变主意，耸了耸肩："我不知道班森在做什么，霍勒。老实说，我想你也不知道。"

"这个嘛，我不知道你有多诚实，但我知道一些关于班森的事，而班森知道一些关于你的事，是不是这样？"

"我觉得你好像在影射些什么，但我不知道你到底在说什么，霍勒。"

"哦，你一定知道，只不过可能有点难证实而已，所以这个话题就先跳过。我想知道的是班森究竟有什么目的。"

"霍勒，你的任务是调查杀警案，而不是借此来对我或楚斯·班森进行个人迫害。"

"我是在做这件事吗？"

"我们意见不合早就是公开的秘密了，哈利。我想你是想趁这个机会来报仇。"

"那你跟班森呢？你们有没有意见不合？是你因为他涉嫌贪污才把他停职的。"

"不是，那是任命委员会做出的决定，而且这个错误就要被更正了。"

"哦？"

"事实上是我搞错了，他账户里的钱是我给他的。"

"你给他的？"

"他帮我的新家建造阳台，我付现金给他，他把钱存进户头。后来因为工程有瑕疵，我想把钱讨回来，这就是为什么他没去报税的缘故，他不想替不是他的钱交税。我昨天已把这件事告诉缉查处了。"

"工程有瑕疵？"

"水泥基座有湿气，而且很臭。当时缉查处去调查这笔来路不明的钱，楚斯认为如果说出那笔钱是我给他的，会让我处于非常尴尬的处境，所以才什么都没说。反正这件事已经解决了。"

米凯翻开外套袖口，豪雅腕表的表盘在黑暗中发亮："子弹的事如果你没别的要问，我还有事要忙，哈利。我想你也应该有事要忙吧，像是备课之类的？"

"呃，现在我把所有的时间都花在这件案子上。"

"你老是把所有的时间都花在案子上。"

"意思是？"

"我们得尽量节省开支，所以我要下令叫哈根停止让小调查组雇用顾问，而且立刻生效。”

“那就是史戴·奥纳跟我，这样小组就去掉一半了。”

“这样就节省了百分之五十的薪资支出，我已经要恭喜自己做出这个决定了。但既然这个小组根本就弄错了目标，我想还是撤销整个小组好了。”

“你就那么害怕吗，贝尔曼？”

“当你是丛林里体形最大的动物，你什么都不用害怕，哈利。而我是——”

“——警察署长，没错，你的确是。”

米凯站了起来：“很高兴你知道这件事。我一听你想把班森这样一个可信赖的伙伴拉下水，就知道你不是在执行公正无私的调查任务，而是在进行个人的复仇，一个前任酒鬼警察的恶意复仇。身为警察署长，我有责任维护警方的声誉，所以你知道当我被问及为什么警方要把在保持本色酒馆被开瓶器刺中颈动脉身亡的俄罗斯人命案束之高阁，我会怎么回答吗？我会回答说查案必须有优先级，这件案子完全没有被束之高阁，只是不在当前的优先查案顺序中，就算警界盛传谁是凶手，我也会假装没听见，因为我是警察署长。”

“这算是威胁吗，贝尔曼？”

“我需要威胁一个警大学院讲师吗？祝你有个美好的夜晚，哈利。”

哈利看着米凯一边扣上外套扣子，一边侧身穿过座位，步下台阶，朝栅栏走去。他知道自己应该保持缄默，他手上这张牌应该等到紧要关头才打出来，但既然米凯已经叫他卷铺盖走人，他也就没什么好保留了。不是全赢就是全输。他等到米凯把脚跨到栅栏上才出声。

“你见过勒内·卡尔纳斯吗，贝尔曼？”

米凯的脚跨到一半，停在半空。卡翠娜交叉比对过米凯和勒内，却什么也没搜到。如果他们曾在餐厅一起吃饭、在网络上买电影票、在飞机或火车上坐相邻的座位，她一定找得到。尽管如此，米凯还是僵住了。他的脚踏上地面，两脚跨在栅栏两边。

"你干吗问这种蠢问题，哈利？"

哈利吸了口烟："大家都知道勒内·卡尔纳斯只要一有机会就会跟男人从事性交易，而你看过同性恋色情网站。"

米凯动也不动，但他显然已经承认了。黑暗中哈利看不见他的表情，但他脸上的白色斑纹就跟他的腕表一样闪动光芒。

"大家也都知道卡尔纳斯是个毫无廉耻心的贪婪小人，"哈利说，看着香烟在黑暗中的火光，"想想看，一个拥有显著社会地位的有妇之夫被一个像勒内这样的人给勒索。说不定勒内拍下了性爱过程的照片。这听起来像是杀人动机，对不对？所以这个有妇之夫就叫某人去替他杀人，他跟这人很熟，握有这人的把柄，而且信赖这个人。这人正好在有妇之夫拥有完美不在场证明的时候下手，比如说在巴黎吃晚餐。但后来这两个童年好友失和，杀手被停职，有妇之夫却拒绝帮忙，尽管他身为上司其实有能力帮忙。于是杀手拿走有妇之夫击发的子弹，放进证物箱里，他这样做要不是为了报仇，就是为了逼有妇之夫替他复职。你也知道，对一个不熟稔烧毁技术的人而言，要怎么处理这枚子弹可是很伤脑筋的。对了，你知道楚斯·班森在卡尔纳斯遇害一年后回报说手枪遗失吗？几小时前卡翠娜·布莱特把一份名单拿给我，上面有他的名字。"哈利吸了口烟，闭上眼睛，不让火光影响他的夜视能力，"对这些事你有什么要说的吗，警察署长？"

"我要说：谢谢你，哈利。谢谢你让我更下定决心要撤销小调查组，我明天一大早就会下令。"

"意思是说你从来没见过勒内·卡尔纳斯喽？"

"别把侦讯技巧用在我身上，哈利。那一套是我从国际刑警组织带回挪威的。谁都有可能在网络上看到同性恋图片，它们到处都是，而且我们也不需要一群在重大调查工作中把这种玩意当有效证据的警探。"

"你不是刚好看到，贝尔曼，你是用信用卡付费下载影片。"

　　"你没把我说的话听进去！难道你就不会好奇想去看看那些禁忌的内容？你下载命案图片并不代表你就是凶手，女人幻想自己被强暴并不代表她真的想被强暴！"米凯又跨过另一条腿，这时他已站在栅栏的另一边，也脱离了尴尬处境。他调整一下外套。

　　"给你一句最后的忠告，哈利。别来惹我。你应该知道怎么做对你最好，对你自己和你的女人都好。"

　　哈利看着米凯的背影消失在黑暗中，听见沉重的脚步声在看台间回荡。他把烟丢在地上踩熄，用力踩熄，像是想把它踩进水泥地里。

39

哈利在奥斯陆中央车站北边的出租车队伍中找到爱斯坦·艾克兰那辆破旧的奔驰出租车。那些出租车停成一圈，像是个组成防御队形的篷车队，以抵御地痞流氓、查税员、竞争者和前来抢夺他们合法财产的人。

哈利坐上副驾驶座："今晚忙吗？"

"忙个不停呢。"爱斯坦说，小心翼翼地把细卷烟含在嘴唇上，朝后视镜呼了口烟。他从后视镜中看见车队队伍不断加长。

"你到底一个晚上能载到几个付钱的客人？"哈利问道，拿出一包烟。

"少到我正在想现在是不是应该跳表计费才对。嘿，你不识字吗？"爱斯坦指了指置物箱上贴的"禁止吸烟"标志。

"我需要一些建议，爱斯坦。"

"我一定会说不要，不要结婚。萝凯那个女人很好，可是结婚的麻烦比乐趣还多。你应该多听听过来人的意见。"

"你又没结过婚，爱斯坦。"

"这就是重点啊。"哈利的这位童年好友笑了笑，消瘦的脸上露出一口黄牙。他点了点头，发量稀疏的马尾在头枕上扫来扫去。

哈利点了根烟："没想到我竟然邀请你来当伴郎……"

"伴郎总要有点智慧啊，哈利。没被搞砸的婚礼就跟没加金酒的汤力水一样没有意义可言。"

"好吧，不过我不是来跟你做婚姻咨询的。"

"那快说呀，我艾克兰洗耳恭听。"

香烟刺激哈利的喉咙，他的口腔黏膜已不适应一天两包烟了。他清楚知道爱斯坦没办法给他有关案情的建议，至少不能给他好建议。爱斯坦自己发展出来的逻辑和原则已经形成一个很不正常的生活形态，只有具特殊喜好的人才会感兴趣。艾克兰家族的构成元素是酒精、独身主义、社会底层的女人、对知识的爱好（可惜这点已开始衰退）、某种自尊、一种生存本能，这种本能最后还是让开出租车在他生命中多过酗酒，此外还有一种嘲笑生命和魔鬼的能力，这种能力连哈利也甘拜下风。

哈利吸了口气："我怀疑这些杀警案是一个警察干的。"

"那就逮捕他啊，"爱斯坦说，从舌尖上挑起一片烟草，突然愣了愣，"你刚刚是说杀警案？就是那些杀警案？"

"没错。问题是如果我逮捕这个人，他也会把我一起拖下水。"

"怎么说？"

"他可以证明是我在保持本色酒馆杀了那个俄罗斯人。"

爱斯坦瞪大眼睛看着后视镜："那个俄罗斯人是你做掉的？"

"所以我该怎么办？是要逮捕这个人，跟他一起完蛋吗？可是这么一来萝凯就没了丈夫，欧雷克就没了父亲。"

"完全同意。"

"完全同意什么？"

"完全同意你应该拿他们来当挡箭牌。拿这种博爱精神出来当借口真是太聪明了，这样晚上会睡得比较好，我总是拿这招出来用。你还记得那次我们去偷苹果，我自个儿逃跑，把崔斯可一个人留下来面对后果吗？他那么胖又那么迟钝，当然跑不快。我告诉自己说崔斯可比我还需要有人鞭策他，让他的骨头硬起来，给他指出一个正确的人生方向。因为他真正想要的是在乡间拥有一栋围有私人树篱的豪宅对不对？而我则立志要当坏人不是吗？这样为了几颗烂苹果而被打对我来说有什么好处？"

"我没有要别人替我承担责任的意思，爱斯坦。"

"但如果这家伙又继续杀警察，你却知道你阻止得了他，那该怎么办？"

"这就是重点。"哈利说,朝"禁止吸烟"的标志喷了口烟。

爱斯坦看着他的好友:"别这样做,哈利……"

"做什么?"

"别……"爱斯坦按下车窗,抛掉剩下两厘米长、沾了口水的利兹拉烟纸,"我不想听,反正别这样就是了。"

"最懦弱的选项就是什么都不做,告诉自己没有确切证据,虽然这也是事实,然后假装没看见。但我们没办法忍受这种事对吧,爱斯坦?"

"妈的当然可以,只是你在这方面是个怪咖。你能够忍受吗?"

"通常不能,但就像我刚才说过的,我有别的考虑。"

"不能叫其他警察去逮捕他吗?"

"他一定会动用一切关系去协商减刑。他当过烧毁者,也当过警探,他知道书上所有的把戏。除此之外,警察署长一定会救他,他们两个知道太多彼此的底细了。"

爱斯坦拿起哈利的那包烟:"你知道吗,哈利?听起来好像你是来要我祝你杀人顺利的。有其他人知道你在干吗吗?"

哈利摇了摇头:"连我的组员都不知道。"

爱斯坦拿了根烟点着。

"哈利。"

"是。"

"你是我认识过的最孤独的人。"

哈利看了看表。午夜时分。他朝风挡玻璃外看去:"你是说孤单吧。"

"不是,孤独。这是你自己的选择。你真是个怪人。"

"反正呢,"哈利说,打开车门,"谢谢你的建议。"

"什么建议?"

车门关上。

"妈的什么建议?"爱斯坦朝车门和那个弓身走进奥斯陆夜色的人影

大喊，"还有你这个小气巴拉的浑蛋，怎么不搭我的出租车回家啊？"

大宅里幽黑阒静。

哈利坐在沙发上，盯着柜子瞧。

他没跟任何人提起他怀疑楚斯的事。

他打了电话给侯勒姆和卡翠娜，说他和米凯简短地讲过几句话，案发当晚这位警察署长有不在场证明。这件事一定是搞错了，或是有人栽赃，因此子弹符合米凯手枪的事绝对不能声张，他们讨论过的内容也不能说出去。

楚斯的事他一个字都没说。

接下来该怎么做他也一个字都没说。

这件事就只能这么做才行。处理这种案子就只能单独行动。

钥匙藏在 CD 架上。

哈利闭上眼睛，试着让自己休息一下，不去理会萦绕在他脑海里的对话。但是没用，他一放松，那些声音就开始尖叫。楚斯·班森疯了，那些声音说。这不是假设，这是事实。正常人不会屠杀自己的同事。

这种事并非没有先例，看看美国发生过的事件就好了，曾有人遭到解雇或受到侮辱之后，返回工作场所射杀同事。奥马尔·桑顿（Omar Thornton）因偷窃啤酒被免职后，在经销公司的仓库杀害八名同事。韦斯利·尼尔·希格登（Wesley Neal Higdon）在主管叫他走人之后，杀了五个同事。詹妮弗·圣马可（Jennifer San Marco）在邮局朝六名同事的脑袋开枪，只因她遭到开除，而开除原因可想而知——她疯了。

差别只在于计划程度和执行能力。所以楚斯到底有多疯狂？他是不是疯狂到就算他高声疾呼说哈利·霍勒在酒吧里杀人，警署里也没人相信？

不是。

除非他有证据，无法被视为疯狂的证据。

楚斯·班森。

哈利让自己的脑子快速运转。

每项要素都吻合。但最重要的一项是否吻合？动机。米凯是怎么说的？女人幻想自己被强暴并不代表她真的想被强暴。男人幻想自己行使暴力并不代表……

天哪，别再想了。

但头脑不肯停止，除非把问题解决，否则不肯让他有片刻安宁。有两个方法可以解决问题，其一是老方法，这时他全身的每条肌肉纤维都在呼喊这个方法：来一杯。一杯可以衍生为无数杯，可以去除烦恼、麻木神经。这是暂时的解决方法、不好的解决方法。其二是终极的方法、必然的方法。这个方法可以把问题连根拔除。这是魔鬼的选项。

哈利跳了起来。屋里没有酒。自从他搬进来以后，这栋屋子就没出现过酒。他开始踱步，又停了下来，看着那个老转角柜。它让他想起过去自己也曾像这样站立，看着一个酒柜。究竟是什么在阻止他？过去他不是曾为了更少的回报而出卖过自己的灵魂？也许这正是重点所在，过去都只是为了做出小改变，而且可以用愤慨的道德外衣来合理化。但这次的情况却……不纯正。他希望可以在还来得及时保住自己。

但这时他听见一个细小声音在他脑海里响起。带我出去，好好使用我，发挥我与生俱来的能力。这次我会把事情彻底解决，不会被防弹背心给愚弄。

从这里开车到楚斯位于曼格鲁区的住处要花半小时。哈利亲眼见过楚斯卧室内的军火库，里头有枪支、手铐、防毒面具、警棍。那他为什么还在磨蹭？他知道该怎么做才对。

但他的判断真的正确吗？楚斯真的是遵照米凯的命令去杀害勒内吗？楚斯是以丧失理智的手法杀害勒内，这点毫无疑问，但米凯是否也丧失了理智？

或者这些都只是他的头脑把目前所有的线索拼凑起来，在头脑的需求和要求下硬是建构出一个画面，这个画面一定要有意义，或给出答案，好让他有一种把所有线索都联结起来的感觉？

哈利从口袋里拿出手机，按下 Ａ。

十秒钟后，他听见一个咕哝声："喂？"

"嗨，阿诺尔，是我。"

"哈利？"

"对，你在工作吗？"

"现在是凌晨一点，哈利。我跟一般人一样已经在睡觉了。"

"抱歉，你想继续睡吗？"

"既然你都这样问了，对啊。"

"好吧，但既然你都已经醒了……"他听见电话那头传来呻吟声，"我在想关于米凯·贝尔曼的事。你以前在克里波的时候他也在那里任职，你有没有发现过任何迹象显示他对男人有兴趣？"

接下来是很长一段静默。哈利听见阿诺尔规律的呼吸声，还有一列火车咔嗒咔嗒驶过的声响。从这些声音听起来，哈利判断阿诺尔的卧室开着一扇窗，外面的声音比里面还多。他一定非常习惯这些噪声，才能安然入睡。这时哈利突然有个想法，这个想法不像是灵光乍现，而更像是走岔的思绪。说不定这件案子也是这样。说不定他们听不见熟悉的噪声，那些噪声吵不醒他们，但他们应该聆听的却是那些噪声。

"你睡着了吗，阿诺尔？"

"没有。我从来没这样想过，所以要沉淀一下。这么说，现在我一边回想，一边用不同的角度去看……虽然我不能……不过看起来很明显……"

"什么很明显？"

"呃，就是贝尔曼跟他那只忠狗。"

"楚斯·班森？"

"对，他们两个……"阿诺尔又顿了顿。另一列火车驶过。"呃，哈利，我觉得他们看起来不像一对，你知道我的意思吗？"

"了解。抱歉把你吵醒，晚安。"

"晚安。对了……等一下……"

"嗯？"

"以前克里波有个家伙。这件事我本来早就忘了，可是有一次我去厕所，他跟贝尔曼就在水槽旁边，两个人的脸都涨得通红，好像有过什么事一样。你知道我的意思吧？我记得当时我有闪过这种念头，可是后来我也没多想。不久以后那个人就离开克里波了。"

"他叫什么名字？"

"不知道。我可以去查，但不是现在。"

"谢了，阿诺尔。祝你好梦。"

"谢谢。发生了什么事？"

"没什么，阿诺尔。"哈利说，挂上电话，把手机放回口袋。

他张开另一只手。

眼睛看着CD架。钥匙就在W排底下。

"没什么。"他又说一次。

他朝浴室走去，一边脱去T恤。他知道床单是白色的，干净而冰凉。窗外一片寂静，夜风凉爽。他知道自己绝对睡不着。

他躺在床上，聆听风声。风穿过黑色老转角柜的钥匙孔，发出呼呼声响。

勤务中心的值班警察在凌晨四点零六分接到火警电话。她听见消防队员的激动声音时，下意识地认为事态一定很严重，可能需要疏导交通、保护个人财产安全，或需要处理人员死伤。因此当她听见消防队员接下来说的话时，不禁有点讶异。消防队员说奥斯陆一家酒吧的警铃被浓烟触发，这家酒吧已经打烊，他们抵达之前火就已经烧完。更令她惊讶的是消防队员说她必须立刻派警员前往现场。这时她才发现对方的口气并不是激动，而是恐惧。他话声颤抖，听起来像是他从事这行看过不少大场面，却不曾见过如此惊悚的场景，又得把它描述出来。

"有个小女生，她身上一定是被人浇了烈酒，酒吧里有好几个空酒瓶。"

"地点在哪里？"

"她……她被烧得全身焦黑，还被绑在水管上。"

"地点在哪里？"

"她的脖子上有个东西，看起来像是自行车锁。我告诉你，你们一定得派人来才行。"

"好，可是地点——"

"夸拉土恩区，这家酒馆叫'保持本色'。我的老天，她只是个小女孩……"

　　清晨六点二十八分，史戴·奥纳被铃声吵醒。不知为何，起初他以为那是电话铃声，后来才发现原来是闹钟。他一定是梦到了电话。由于他更相信心理学而不相信解梦，因此他并不想回溯自己的梦境。他重重按下闹钟，闭上眼睛。再睡个两分钟，两分钟后另一个闹钟就会响起。通常这个时候他都会听见奥萝拉光脚踩在地上，第一个冲去厕所的声音。

　　一片寂静。

　　"奥萝拉呢？"

　　"她去埃米莉家过夜。"英格丽德用充满睡意的声音咕哝说。

　　奥纳爬下了床，冲澡刮胡子，跟妻子一起吃早餐，享受两人的静默。英格丽德正在看报纸，奥纳已经很会倒着看报纸。他跳过杀警案的报道，那些都不是什么新闻，只是新的猜测而已。

　　"她是不是应该先回家再去学校？"奥纳问。

　　"她把书包带去了。"

　　"哦，好。隔天要上课，前一晚还去别人家过夜，这样好吗？"

　　"不好，这样对她不好。你应该想想办法。"她翻到下一版。

　　"你知道缺乏睡眠会对脑部造成什么影响吗，英格丽德？"

　　"挪威政府资助过你这项六年研究计划，你却还不知道，所以我想我们纳税人的钱是白白浪费了。"

　　奥纳对于英格丽德有办法在这么早的时候脑筋就这么清楚，时常感到又恼怒又佩服。十点以前她总是大获全胜，一直到快要中午他嘴上都讨不了便宜，基本上他要到大概下午六点才有机会赢得一场唇枪舌战。

他倒车离开车库、前往史布伐街的诊所时，心里想的就是这件事。他不知道自己有没有办法跟一个不会每天在口头上占上风的女人住在一起。而且若不是他懂得遗传学，他可能无法理解他们夫妻怎么会生出一个像奥萝拉这样贴心又善解人意的孩子。接着他就把奥萝拉给忘了。车阵行进速度缓慢，但就跟平常一样慢。重点在于你知道一定会堵车，而不在于会堵多久。十二点他们要在锅炉间开会，在那之前他有三个患者。

他打开收音机。

正当他在听新闻时，手机铃声响起，他立刻认为两者有所关联。

电话是哈利打来的。"开会时间得延后，又发生了一起命案。"

"就是新闻在报道的那个小女孩吗？"

"对，至少我们很确定是个小女孩。"

"你们还不知道她的身份？"

"不知道，没有人报案失踪。"

"她几岁？"

"很难说，可是从体形来看，我觉得大概介于十到十四岁。"

"你认为这件命案跟我们的案子有关？"

"对。"

"为什么？"

"因为她被发现的地点是一起未破命案的现场，一家叫'保持本色'的酒馆。另外也因为……"哈利清了清喉咙，"……她的脖子被自行车锁锁在水管上。"

"我的老天爷！"

奥纳又听见哈利咳嗽的声音。

"哈利？"

"怎么样？"

"你还好吗？"

"不好。"

"是不是……有什么不对劲？"

"对。"

"除了自行车锁还有吗？我想……"

"他先用烈酒浇在她身上，然后才点燃火柴。空酒瓶就在酒吧地上，一共有三瓶，都是同一个牌子，虽然这里有很多其他牌子的酒可以选。"

"是……"

"对，是金宾。"

"……你喝的牌子。"

奥纳听见哈利对某人叫说什么都不要碰，接着又回到电话上："你要不要过来看一下犯罪现场？"

"我有几个患者，看完他们再过去。"

"好，你自己决定。我们会在这里待上一阵子。"

两人结束通话。

奥纳努力专心开车。他感觉自己大力呼吸，鼻孔发热，胸口起伏。他知道今天的心理咨询工作会做得更糟。

哈利走出酒吧大门，来到繁忙的街道上，只见路人、自行车、汽车和电车匆匆而过。他离开阴暗的酒吧，面对光亮，眨了眨眼，看着人们无意义地奔走忙碌，完全不知道在他背后几米处，一条生命同样无意义地殒落，坐在塑料椅垫已然熔化的椅子上，以一个焦黑小女孩尸体的模样出现。警方还不知道她的身份。其实哈利对死者身份大概有个想法，但他不敢继续想下去。他深呼吸几口气，还是把这念头给想完，然后打给卡翠娜。他已经叫卡翠娜回锅炉间坐在计算机前。

"还是没有人报案失踪？"他问道。

"没有。"

"好，查出哪些警探的女儿在八岁到十六岁之间，从调查过勒内命案的警探开始查起。如果有的话，打电话给他们，问他们今天有没有见到女儿。说话请务必小心。"

"好。"

哈利挂掉电话。

侯勒姆走出酒吧，站到哈利旁边。他的声音又细又小，像是在教堂里说话似的。

"哈利？"

"是？"

"那是我看过最惨绝人寰的事。"

哈利点了点头。他知道侯勒姆见过不少命案现场，也知道侯勒姆这话一点也不假。

"干出这种事的人……"侯勒姆抬起双手，深深吸了口气，又绝望地叹了口气，放下双手，"应该抓去枪毙。"

哈利在外套口袋里握紧拳头，知道这句话也说得没错。应该喂凶手吃子弹，敖德萨手枪的子弹，一发或三发，枪就放在霍尔门科伦区那栋大宅的柜子里。但不是现在。其实那家伙昨晚就应该被枪毙才对，但有个非常懦弱的前任警察搞不懂自己这样做的动机，下不了手，反而跑上床睡觉。哈利心想，他动这个念头究竟是为了潜在的被害人、为了萝凯、为了欧雷克，还是为了他自己？反正酒吧里那个小女孩不会来问他动机是什么，对她和她的父母而言，一切都已太迟。妈的，可恶！

他看了看表。

现在楚斯知道哈利盯上了他，一定会做好准备。他已经对哈利发出邀请，选在过去的这个命案现场犯案来挑衅他，还用他爱喝的金宾威士忌和半数警察都听说过的自行车锁来羞辱他。伟大的哈利·霍勒被锁在史布伐街的禁止停车标志上，就像一只被拴住的狗。

哈利吸了口气。他大可以摊牌，把古斯托、欧雷克和那个俄罗斯人的事全都抖出来，然后派戴尔塔小队去抄楚斯的家。如果楚斯跑了，他就在网络上对国际刑警组织和挪威大小警局发布通报。或者……

哈利掏出那包皱巴巴的骆驼牌香烟，又把它塞回口袋。抽烟已让他觉得作呕。

……或者他可以如这个王八蛋所愿。

奥纳为第二个患者做完咨询之后，才把一连串的思绪想完。

其实应该说两串，他的思绪共有两串。

第一串是没有人报案说那个小女孩失踪。一个十到十四岁的小女孩晚上没回家，父母应该会担心并报警才对。

第二串是被害人跟杀警案会有什么关联？目前为止凶手的目标都是警探，如今连续杀人犯更加暴力的典型倾向，可能带出了这个疑问：除了取人性命之外，还有什么变本加厉的方式？很简单，杀死他们的后代、他们的小孩。如此一来，问题就变成：谁是下一个？显然不是哈利，他没有小孩。

就在此时，在毫无预警之下，奥纳那具庞大身躯的每个毛孔突然全都泌出冷汗。他抓起放在开着的抽屉里的手机，找到奥萝拉的名字并拨打电话。

铃声响了八次便进入语音信箱。

她没接，这是当然，她在学校，上课不能开机，十分合理。

埃米莉是姓什么来着？他经常听到，但这些事属于英格丽德的管辖。他考虑是否打电话给英格丽德，但仍决定不要给她带来无谓的担忧。他打开电子信箱，在收件匣里搜寻"夏令营"，找到很多去年的邮件，这些邮件都是奥萝拉班上同学的父母寄来的。他浏览邮件，希望能找到一个能让他发出"啊哈"的姓名。结果很快就找到了：朵伦·艾尼森。埃米莉的全名是埃米莉·艾尼森，这名字其实很好记。更棒的是邮件底下附有父母电话。他注意到自己的手指不断发抖，很难正确按下按键，像是喝了酒，或是咖啡喝得不够。

"我是朵伦·艾尼森。"

"哦，你好，我是史戴·奥纳，奥萝拉的爸爸。我……呃，我只是想知道昨天晚上是不是一切顺利。"

一阵静默。静默太久了。

"她去你们家过夜，"奥纳补上一句，说得更清楚些，"她跟埃米莉一起回家。"

"哦，那个啊。奥萝拉没有来我们家过夜哦，我知道她们说过这件事，可是——"

"那我一定是记错了。"奥纳说，听见自己话声紧绷。

"对啊，这年头很容易搞错到底谁去谁家过夜了。"朵伦笑说，但口气却显然替这位父亲感到忧心，因为他竟然连自己女儿去谁家过夜都不知道。

奥纳挂上电话，身上衬衫已然湿透。

他打电话给英格丽德，电话进入语音信箱，他留言请她回电话，接着立刻站起来冲到门口。最后一节咨询的患者是个因不知名原因而来的中年妇女，她抬头望来。

"抱歉我得取消今天的咨询……"奥纳想叫出她的名字，却一时想不起来，等到想起来，他已经冲出门，跑下楼梯，朝他停在史布伐街上的车子奔去。

哈利发现自己不由自主捏紧手中的纸咖啡杯，看着盖上白布的担架从他面前经过，抬上停在一旁的救护车。他沉下了脸，对围观民众怒目而视。

卡翠娜打过电话来，目前依然没有人报案失踪，勒内命案的侦办团队里也没有人有介于八岁到十六岁之间的女儿。于是哈利请她将调查范围扩大到所有警察。

侯勒姆从酒吧里走出来，脱下乳胶手套，掀开白色连身工作服的兜帽。

"DNA 小组那边还是没有消息？"哈利问道。

"没有。"

哈利抵达命案现场的第一件事，就是采集组织样本，火速送到鉴识中心。完整的 DNA 比对需要时间，但最初的基因图谱很快就能取得，而他们只需要这个，因为警方记录了每一位警探、便衣刑警和鉴识人员的基因图谱，以防他们污染犯罪现场。过去一年来，警方也为首批到达现场或看守命案现场的警察做记录，甚至连可能到过命案现场的平民也包含在内。这只是简单的概率运算，只要利用十一位数基因图谱的前三到四位数，就可以排除侦办案件的相关警察。如果用到五或六位数，那就可以排除所有警察。如果他判断得没错，最后只有一人无法排除。

哈利看了看表。他不知道自己为什么会有这种感觉，也不知道他们该怎么做，只知道时间无多。他时间无多。

奥纳把车子停在学校大门前，让车子闪双黄灯。他听见自己奔跑的脚步声在操场周围的校舍之间回荡。这是孤单童年的声音、上课迟到的声音、暑假大家都出城去玩只有你被单独留下的声音。他拉开厚重的门，冲进走廊。这时已听不见回荡的脚步声，只听见他自己的喘息。那是不是他们教室的门？他们是以团体区分还是班级？他对她的日常生活知之甚少，过去半年来也很少见到她。他有好多她的事想知道，从今以后他一定会花很多时间陪伴她，只要……只要……

哈利在酒吧里环目四顾。

"后门被撬开。"他背后的警察说。

哈利点了点头。他在门锁上看见了刮痕。

撬锁。警察的拿手好戏。这就是为什么警铃没有响。

哈利没看见任何抵抗痕迹。没有物品被打翻，地上没有东西，也没有椅子或桌子被踢歪，否则一定会留下痕迹。酒吧老板被找来侦讯。哈利说他不用见老板，而不是说他不想见他。他没说原因，比如说他不想被认出来。

哈利在吧台高脚凳上坐下，回想那天晚上他坐在这里，面前那杯金宾连碰都没碰。那个俄罗斯人从背后攻击他，手拿一把西伯利亚弹簧刀，企图插进他的颈动脉。哈利在千钧一发之际伸出钛金属义肢把刀挡住。酒吧老板就站在吧台内，吓得全身瘫软。哈利伸手抓起一个开瓶器。鲜血溅洒在他们后方的地板上，仿佛打翻一瓶红酒。

"目前没发现什么线索。"侯勒姆说。

哈利又点了点头。当然没发现。楚斯有个住处，有时间慢慢来，可以先用威士忌浇湿她……浸泡她，事后再清理一番。"浸泡"这个词从他脑子里不由自主地冒出来。

然后他点燃了打火机。

格拉姆·帕森斯（Gram Parsons）的《她》（She）这首曲子响了起来，侯勒姆接起手机。

"是……比对符合？等一等……"

他拿出一支铅笔和一本常年不换的鼹鼠皮（Moleskine）笔记本。哈利心想侯勒姆可能因为太喜欢那旧旧的封皮，所以笔记本写满以后就把内容擦掉，重复使用。

"没有记录，没有，可是他侦办过命案……对，我们也这样怀疑……他的名字是？"

侯勒姆把笔记本放在吧台上，准备记下，但手中的铅笔却停了下来："你说父亲叫什么名字？"

哈利从侯勒姆的口气中听出有什么事不妙，非常不妙。

奥纳打开教室的门，脑际立刻冒出一个念头：他不确定奥萝拉他们班有没有固定教室，就算有也不知道是不是这间。

两年前他来过这里，那天是学校开放日，每间教室都展出图画、火柴棒模型、黏土作品，以及其他不知所谓让他毫无印象的东西。若是一个好父亲就会留下印象。

说话声停了下来，全班都转头朝他看来。

静默之中他搜寻一张张稚嫩纯洁、没有伤疤的脸庞，这些脸蛋都未经世事、尚未成形，人格尚未构成。再过几年这些脸就会硬化成一张张面具，内心也会变得坚硬。就跟他一样。他寻找他的女儿。

他的视线扫过他在班级照片、生日派对、学期末几场手球赛上看过的脸孔。有些他知道名字，有些不知道。他继续寻找那张脸，她的名字从他喉头涌出来，发出呜咽：奥萝拉，奥萝拉，奥萝拉。

侯勒姆把手机放回口袋，站在吧台边，背对哈利，动也不动，手微微发抖。接着他转过身来，脸色苍白，毫无血色，像是流血过多似的。

"是你熟识的人。"哈利说。

侯勒姆缓缓点头，仿佛在梦游一般，吞了口口水："这怎么可能……"

"奥萝拉。"

一张张脸庞目瞪口呆地看着奥纳。她的名字从他嘴巴里说出来宛如呜咽，有如祈祷。

"奥萝拉……"他不断地说。

他的眼角余光看见老师朝他走来。

"什么怎么可能？"哈利问道。

"他女儿，"侯勒姆说，"这……这怎么可能？"

奥纳泪眼盈眶。他感觉一只手搭上他肩膀。一个人影站了起来，朝他走来。那人影扭曲模糊，宛如哈哈镜里的倒影。但他觉得那人影很像她，很像奥萝拉。身为心理医师，他知道这是大脑的逃避机制，用谎言来面对难以忍受之事，看见自己想看见的。尽管如此，他还是低声喊着她的名字。

"奥萝拉。"

他甚至可以发誓那是她的声音。

"发生了什么事……"

他还听见这句话的最后一个字，但不确定这真的是她说的话，还是他的大脑自行加上的。

"……爸？"

"为什么不可能？"

"因为……"侯勒姆说，看着哈利，却仿佛视而不见。

"什么？"

"因为她已经死了。"

41

宁静的早晨降临在维斯特墓园，这里只听得见远处索克达路的车声，以及载运民众前往市中心的电车声。

"罗尔·米兹杜恩，对，是有这个人，"哈利说，大步走在墓碑之间，"他在鉴识中心工作多久了？"

"没人知道，"侯勒姆说，加快脚步跟上，"好像自开天辟地以来就在那里了。"

"他女儿死于车祸？"

"去年夏天的事。这实在太变态了，怎么会有这种事？他们已经取得DNA 编码的第一部分，还是有百分之十到十五的概率可能是别人，说不定是——"哈利突然停步，侯勒姆差点撞上去。

"这个嘛，"哈利说，蹲了下来，把手指插进一具墓碑旁边的泥土。墓碑上写着菲亚·米兹杜恩的名字。"概率已经掉到零了。"他抬起手来，让最近挖过的泥土从指缝间落下，"他挖出尸体，载去酒吧，再把尸体烧了。"

"操……"

哈利听见侯勒姆语带哭音，便转开视线，给他一点空间。他静静等待，闭上眼睛，侧耳聆听。一只鸟儿正在啼唱，唱着人耳听不懂的歌曲。无忧无虑的风吹着云朵往前进。一班地铁列车朝西驶去。时间流过，流往未知之处。哈利张开双眼，咳了一声。

"我们最好先请他们把棺材挖出来，确认以后再通知她父亲。"

"我去联络。"

"毕尔，"哈利说，"这是比较好的结果，而不是真的有个小女孩被活活烧死。"

"抱歉，我只是累坏了。罗尔的状况本来就很不好，所以我……"他扬起双臂，表示不知该怎么说才好。

"没关系。"哈利说，站了起来。

"你要去哪里？"

哈利朝北望去，朝着马路和地铁的方向。云朵正朝他们飘来。北风吹起。那感觉又出现了。他觉得自己的潜意识知道一些表意识还不知道的事，有些东西依然沉陷在意识的泥沼深处，尚未浮到表面。

"我得去处理一件事。"

"去哪里处理？"

"我已经拖很久了。"

"是吗？对了，有件事我有点疑惑。"

哈利看了看表，点点头。

"昨天你不是跟贝尔曼谈过，他认为那枚子弹是怎么回事？"

"他也没有头绪。"

"那你呢？通常你至少会有个假设。"

"嗯，我该走了。"

"哈利？"

"嗯？"

"别……"侯勒姆露出羞怯的笑容，"别做出什么傻事哦。"

卡翠娜·布莱特靠上椅背，看着计算机屏幕。刚才侯勒姆打电话来说他们找出受害者父亲的身份了，是个姓米兹杜恩的鉴识员，曾经承办过勒内命案，而先前他们清查有年幼女儿的警察之所以没查到他，是因为他女儿早就死了。这使得卡翠娜突然变得无事可做，只好看着昨天的搜索记录。她没找到米凯和勒内有所关联的搜索结果，但当她搜索米凯经常联络的人，三个名字跳了出来。第一个是乌拉·贝尔曼，第二个是楚斯·班森，第三个是伊莎贝尔·斯科延。第一个是他妻子，这不足为奇。第三个是社会事务议员，也就是他的长官，这也没什么好奇怪。

但楚斯·班森这个名字令她有点讶异。

原因很简单，缉查处在警署里写过一则内部笺函给警察署长，里面说楚斯拒绝透露一笔现金的来源，因此请求调查是否涉及贪污情事。

卡翠娜找不到回复，心想米凯应该是给了口头响应。

但她觉得奇怪的是，堂堂一位警察署长竟然跟一个涉嫌贪污的警察经常打电话、发短信，在同一个时间地点刷信用卡，搭同一班飞机和火车旅行，在同一天住进同一家饭店，而且还去同一个靶场打靶。哈利请她调查米凯之后，她就发现米凯曾在网络上观看同性恋色情片。难道楚斯是米凯的情人？

卡翠娜坐在椅子上怔怔看着屏幕。

那又怎样？这又不一定代表什么。

她知道哈利昨晚跟米凯在荷芬谷体育场见过面，直接询问他子弹的事。哈利出发前还咕哝说他觉得他应该知道是谁去证物室把子弹调包。她问说是谁，哈利只答说："影武者。"

卡翠娜扩大搜索范围，包含更久远以前的日期。

她查看搜索结果。

米凯和班森从警院毕业并前往史多夫纳警局任职之后，在警务生涯中可以说是形影不离。

她调出那段期间的其他人员名单。

她的眼睛浏览屏幕，目光停留在一个名字上，然后拨打以 55 为开头的电话号码。

"布莱特小姐，你打来得正是时候，"对方用一种吟唱的口音说道，卡翠娜听见地道的卑尔根方言觉得十分亲切，"你早就应该来做身体检查了！”

“汉斯……”

“请叫我汉斯医生，谢谢。然后请你脱掉上衣，布莱特。”

“别开玩笑了。”她警告说，嘴角泛起微笑。

“请别把不想要的性关注带到工作场所，干扰医学专业好吗？”

“有人跟我说你回到工作岗位了。”

“对啊。你在哪里？”

“我在奥斯陆。对了，我正在看一份名单，你跟米凯·贝尔曼和楚斯·班森曾经一起在史多夫纳警局执勤。”

“那是刚从警院毕业的时候，我会去那里是因为一个女人，结果害我噩梦连连。我有跟你说过她的事吗？”

“可能有吧。”

“我结束了跟她的关系以后，也结束了跟奥斯陆的关系，”汉斯突然唱道，“西岸，西岸胜过一切……”

“汉斯！你跟他们一起工作的时候……”

“没有人跟他们一起工作啦，卡翠娜。你要不是为他们工作，就是跟他们处于敌对状态。”

“楚斯·班森被停职了。”

“也该是时候了吧，他是不是又打人了？”

“打人？他打过犯人？”

“更糟，他打过警察。”

卡翠娜觉得手臂上汗毛直竖。“哦？他打过谁？”

“每一个对贝尔曼夫人放电的人，瘪四班森无可救药地爱上他们夫妇俩。”

“他用的是什么？”

“什么意思？”

“他用什么东西打人？”

“我怎么知道？应该是用某种硬物吧。至少那个在圣诞晚宴上蠢到跟贝尔曼夫人跳舞贴太近的年轻北方人看起来是被硬物打伤的。”

“哪个北方人？”

“他的名字叫……我想想看……好像叫鲁什么的，对，鲁纳，他叫鲁纳。鲁纳……我想想看他姓什么……鲁纳……”

算了吧，卡翠娜心想，她的手指已经在键盘上飞舞。

“抱歉，卡翠娜，那是很久以前的事了。还是请你脱掉上衣好吗？”

“是有点想，”卡翠娜说，“不过我已经找到了，当时史多夫纳警局只有一个叫鲁纳的。拜，汉斯——”

“等一下！拍乳房 X 光片不用花太多时间——”

“我得去忙了，变态。”

她挂上电话，按下输入。搜索引擎运作的同时，她看着鲁纳的姓氏。这个姓氏好像有点眼熟，是在哪里听过？她闭上眼睛，喃喃念着那个姓氏。这太不寻常了，不可能是巧合。她睁开眼睛。搜索结果已经出现，而且有很多条，包括病历、因毒瘾而入院的资料、戒毒诊所所长和警察署长的通信。屏幕上一双天真纯净的蓝色眼珠看着她。她突然想到她在哪里见过这双眼睛。

哈利走进大宅，没脱鞋子，大步走到 CD 架前，把手指伸到汤姆·威兹的《跟我一样坏》（*Bad as Me*）和水男孩乐队的《异教徒之地》（*A Pagan Place*）之间。他曾经过一番挣扎才把《异教徒之地》列为水男孩乐队的第一张专辑，因为严格来说这张是二〇〇二年的数字修复版。这地方是大宅里最安全的地方，因为萝凯和欧雷克都不会自己去拿汤姆·威兹或麦克·斯考特的 CD 出来听。

他拿出钥匙。那是一把黄铜钥匙，小而中空，非常之轻，但他拿在手里却觉得无比沉重。他朝转角柜走去，觉得手被钥匙的重量压得不断下沉。他把钥匙插进锁孔并转动，稍等片刻。他知道一旦打开柜子，就回不了头。承诺将被打破。

他得花很多力气才能把膨胀的柜门打开。他听见柜门发出声音，知道那只不过是老旧木门脱离木框所发出的声音，但听起来却像是来自黑暗的深沉叹息，仿佛它终于被释放了，可以自由地在人世间制造地狱。

柜子里充满金属和擦枪油的气味。

他吸了口气，感觉像是把手伸进蛇窝，用手指摸索那冰冷的钢铁鳞片。他抓住蛇头，把它拉了出来。

那是一把丑陋的手枪，丑得十分美妙。苏联的科技工程既残暴又有效率，把这把枪做得跟卡拉希尼科夫冲锋枪一样耐用。

哈利在手里掂了掂这把枪的重量。

他知道枪颇重，但拿起来却觉得轻，只因他已做出了决定。他呼出一口气。恶魔被释放出来了。

"嗨，"奥纳说，关上锅炉间的门，"只有你一个人？"

"对啊。"侯勒姆说，坐在椅子上盯着电话瞧。

奥纳坐了下来："其他人呢？"

"哈利有事要处理。我到的时候卡翠娜已经离开了。"

"你看起来像是今天经过了好一番折腾。"

侯勒姆满脸倦容地笑了笑："你也是啊，奥纳医生。"

奥纳摸了摸脑袋："呃，刚才我跑进学校教室，当着全班的面，抱着我女儿痛哭。奥萝拉说这个经验她一辈子都不会忘记。我跟她说，还好每个小孩生来都具有足够的力量可以承受父母的爱。从达尔文的角度来看，她应该可以安然度过这次的事件，而这一切都是因为她去埃米莉家过夜引起的。没想到他们班上有两个埃米莉，我却正好打给另一个埃米莉的妈妈。"

"你有没有收到短信？今天的会议延期了。又发现了一具尸体，是个小女孩。"

"我知道，真是太可怕了。"

侯勒姆缓缓点头，指着电话说："我得通知小女孩的父亲这件事。"

"你应该很不好受吧？"

"当然。"

"你在想为什么这位父亲要受到这种惩罚？为什么他要失去女儿两次？为什么一次还不够？"

"大概吧。"

"答案是因为凶手认为自己是神一样的复仇者。"

"是吗？"侯勒姆说，茫然地看了这位心理医师一眼。

"你没读《圣经》吗？'耶和华是疾恶和施行报复的神；耶和华施行报复，并且满怀烈怒；耶和华向他的对头施行报复，向他的仇敌怀怒。'反正你知道意思吧？"

"我只是个来自东托滕地区的纯朴男生，坚信礼只是敷衍了事……"

"这就是我派得上用场的地方，"奥纳倾身向前，"凶手是个复仇者，而且哈利说得没错，他是因为爱而杀人，而不是因为仇恨、有利可图或某种变态的嗜好。有人夺走了他的挚爱，所以现在他也要夺走被害人的最爱，可能是他们的生命，也可能是他们更宝贵的东西，像是孩子。"

侯勒姆点了点头："罗尔·米兹杜恩会愿意用他的性命来换取他女儿的一条命。"

"所以我们要找的这个人曾经失去挚爱。他是个爱的复仇者，因为……"奥纳紧握右拳，"……因为这是最强而有力的动机，你明白吗？"

侯勒姆点了点头："应该明白。但我想我得打电话给米兹杜恩了。"

"那我不打扰你。"

侯勒姆等奥纳离开之后才打电话。刚才他盯着那组电话号码看了好久，以至于那组数字像是印在他视网膜上似的。他一边数铃声，一边深呼吸，心想自己要让铃声响几次，才可以把电话挂上？突然间，同事的声音传了过来。

"毕尔，是你吗？"

"对，你有储存我的号码？"

"当然有啊。"

"了解。是这样的，我得告诉你一件事。"

一阵沉默。

侯勒姆吞了口口水："是有关你女儿的事，她——"

"毕尔，你先别往下说，我不知道你要说什么，但我从你的口气听得出来这件事很严重。可是菲亚的事我没办法在电话里说。当初就是这样，大家都不敢看着我的眼睛，都只是打电话来，好像这样比较容易。所以可以请你过来？请你看着我的眼睛，告诉我你要说的事。"

"好啊。"侯勒姆说，心里吃了一惊。他从不曾听罗尔这么诚实坦率地诉说自己的脆弱。"你在哪里？"

"今天正好是事发后九个月，我正要去她出车祸的地方放一束花，我想——"

"告诉我地点，我马上过去。"

卡翠娜放弃找地方停车。在网络上找电话号码和地址很容易，但是在打了四通电话都没人接也没进入留言之后，她在警署申请了一辆车，驾车前往麦佑斯登区的工业街。这是一条单行道，街上有一家蔬果店、几间画廊，至少一家餐厅、一家裱框店，就是没有免费停车处。

卡翠娜做出决定，把车开上人行道，关掉引擎，在风挡玻璃上夹了张纸条说她是警察。她知道交通警察看了肯定破口大骂。套句哈利说过的话，交警是站在文明和混乱之间的人。

她朝来时路走去，往玻克塔路上吸引人疯狂抢购的时髦商店前进，并在约瑟芬街的一栋公寓前停下脚步。过去她念警院时，曾来这栋公寓喝过一两次深夜咖啡。所谓的深夜咖啡当然不只是喝咖啡，反正她无所谓。这个街区为奥斯陆警区所有，这里的公寓多半出租给警院学生住。卡翠娜在门铃旁的名牌上找到名字，按下门铃，同时观察这栋简单的四层楼公寓。她又按了一次，在原地等待。

"没人在家？"

她转过身去，下意识地露出微笑，同时估量男子四十来岁，也可能是保养得宜的五十岁，身形高大，头上仍有头发，身穿法兰绒衬衫和李维斯501牛仔裤。

"我是这里的管理员。"

"我是犯罪特警队的警探卡翠娜·布莱特，我要找西莉亚·格拉夫森。"

男子仔细看了看卡翠娜拿出的证件，并厚着脸皮把她从头到脚打量一遍。

"西莉亚·格拉夫森，对，"管理员说，"她离开警院了，应该不会再住太久。"

"那她还住在这里吗？"

"对，412号房。要不要我替你留言给她？"

"好，麻烦你，请她打这个电话给我，我想问她关于她哥哥鲁纳·格拉夫森的事。"

"他做了什么不法勾当吗？"

"没有，他精神崩溃，总是坚持要坐在房间的中央，因为他以为墙壁是人，要把他打死。"

"天哪。"

卡翠娜拿出笔记本，写下自己的名字和电话号码："跟她说这件事跟杀警案有关。"

"是吗？她似乎对这些案子很着迷。"

卡翠娜写字的手停了下来："什么意思？"

"她把那些案子当成壁纸，就是那些遇害警察的剪报。这其实不关我的事，学生爱怎么样布置房间都可以，可是那样好像有点……诡异，不是吗？"

卡翠娜看着管理员："你说你叫什么名字？"

"莱夫·鲁贝克。"

"听着，莱夫，你可以让我看一下她的房间吗？我想看那些剪报。"

"为什么？"

"可以吗？"

"没问题，只要拿搜索票给我看就好了。"

"我恐怕没有……"

"开玩笑的，"莱夫咧嘴而笑，"跟我来。"

一分钟后，他们搭上电梯，朝四楼移动。

"租赁契约上说我只要事先通知，就可以进入房间。现在我们要去检查电暖器是不是积了灰尘，因为上周有一台刚着过火。我们进去之前想先通知她，可是对讲机都没人响应。这样听起来可以吗，布莱特警探？"莱夫又咧嘴而笑。卡翠娜心想，狼一般的微笑。倒也不是没有魅力。如果他在句尾叫的是她的名字，就会让她倒尽胃口，但他说话有种轻快的语调。她的目光落在他的无名指上，平滑的金戒指有着晦暗的光泽。电梯门打开，她跟着他走进狭小走廊，在一扇蓝色房门前停下脚步。

他敲了敲门，然后等待，又敲了敲门，再次等待。

"我们进去吧。"他说，用钥匙把门打开。

"你帮了很大的忙，鲁贝克。"

"叫我莱夫就好。很高兴能帮上忙，毕竟不是每天都能碰上这么……"他打开房门，让她进去，却站在门口，仿佛要她从他身前挤过去。卡翠娜用警告的眼神看了他一眼。"……重大的案件。"他说，眼中闪着笑意，站到了一旁。

卡翠娜走进门内。房间的格局没什么改变，依然有个小厨房，一头通往浴室，另一头有门帘，卡翠娜记得门帘后方应该有张床。但卡翠娜的第一印象是她走进了一个小女孩的房间，住在这里的女生不可能太成熟。西莉亚一定十分缅怀过去。角落的沙发上摆满五颜六色的泰迪熊、洋娃娃和各种各样的可爱玩偶。丢在桌上和椅子上的衣服颜色都很鲜艳，而且以粉红色为主。墙上贴满照片，展出各种时尚受害者。卡翠娜猜想那些照片可能来自男孩团体或迪士尼频道。

第二样吸引卡翠娜目光的是那些缤纷照片之间的黑白剪报。她在房间里绕了一圈，特别注意到桌上那台 iMac 上方的墙壁。

她靠近一点看，尽管早已认出大部分的剪报，因为他们在锅炉间的墙上也贴了一模一样的。

剪报用图钉钉着，上面没有注记，只用圆珠笔写了日期。

她否决第一个想法，检验第二个想法：一个警大学院学生对轰动社会的案子有兴趣也不是太奇怪的事。

键盘旁边摆着剪剩的报纸，报纸之间有一张明信片，她认得明信片上的山峰是罗弗敦群岛的斯沃维尔山。她拿起明信片，翻了过来。上面没贴邮票，也没写地址或签名。她正要放下明信片，大脑却告诉她，她的眼睛在签名位置的附近看见一样东西，文字结束的地方用粗体写了两个字：警察。她又拿起明信片，这次用手指拿着边缘，从头读起。

他们认为那些警察是被恨警察的人所杀，仍不明白其实正好相反，那些警察是被某个爱警察及其神圣任务的人所杀。神圣任务包括逮捕和惩罚叛乱分子、虚无主义者、无神论者、不忠诚者和无信仰者，这些都是破坏的力量。他们不知道他们在追捕的其实是个公正的使徒，这位使徒不仅必须惩罚破坏者，也必须惩罚那些背叛职责的人，那些因为懒惰和冷漠而未能达到标准的人。那些人不配被称为警察。

"你知道吗，莱夫？"卡翠娜说，眼睛依然看着用蓝色墨水写成的字迹，这些字细小整齐，几乎像是小朋友写的，"我真的很希望我有搜索票。"

"哦？"

"我也一定拿得到，但你也知道申请程序很花时间，等申请下来的时候，令我感到好奇的东西可能已经不见了。"

卡翠娜抬头朝莱夫望去，莱夫也回望着她。他的目光不是在调情，而是在寻求确认，确认此事至关重大。

"你知道吗，布莱特？"他说，"我刚刚才想起来我得去地下室一趟，电工正在换烘衣柜。你可以先一个人待在这里吗？"

卡翠娜对他露出微笑，他也回以微笑，但她不确定这是哪种微笑。

"我尽量。"她说。

她一听见莱夫把门关上，立刻按下 iMac 的空格键。屏幕亮了起来。她用光标点选 Finder，输入"米泰"。没有结果。接着又用调查工作中出现的一些名字、命案现场和"杀警凶手"去搜索，依然什么也没找到。

看来西莉亚不用计算机。真聪明。

卡翠娜伸手去拉书桌抽屉，但是锁着。奇怪，一个二十几岁的女孩子怎么会把自己房间里的抽屉给锁起来？

她起身去把门帘拉开。

就跟她记得的一样，门帘后方是个凹室。

窄小床铺后方的墙上挂着两张大照片。

她只见过西莉亚两次，第一次是在警大学院，当时她去找哈利，但西莉亚和照片中的男子相貌那么神似，因此她十分确定男子的身份。

至于另一张照片中的男子，她一看就知道是谁，一点疑问也没有。

西莉亚一定是在网络上找到了一张高分辨率照片，将它放大。那张脸饱受蹂躏，每道疤痕、每条皱纹、每个毛孔都清楚异常，但那双蓝色眼睛放出的愤怒光芒似乎盖过了其他细节。男子之所以会如此怒目切齿，是因为他发现有人拍照，并警告说犯罪现场不能拍照。男子就是哈利·霍勒。那次卡翠娜去阶梯教室，前排那两个女学生在说的就是这张照片。

卡翠娜将套房划分为方块状，先从左上方的方块开始搜索，然后再查看地板，接着再换到下一排。这方法是哈利教她的。她想起哈利在论文中写道："不要特别搜寻某样东西，去找就是。如果你存有寻找某样东西的想法，其他线索就不会开口。你必须让每样东西都对你说话。"

搜索完整间套房之后，她又在 iMac 前坐了下来。哈利的话依然在她脑海中萦绕："当你搜索完毕，觉得什么都没找到的时候，请反向思考，就像看着镜中的影像，让镜子那一头的东西对你说话。它们就是应该在却又不在的东西，像是面包刀、车钥匙，或是西装外套。"

最后这句话帮助她判断出西莉亚目前在做的事。她翻过西莉亚的每一件衣服，包括衣柜、小浴室的布质洗衣篮、门后的衣架，却没发现上次她去那间地下室公寓找哈利却遇见西莉亚时，她身上穿的那套运动服。那是一套从头到脚都是黑色的运动服。卡翠娜想起当时她觉得西莉亚看起来像是在执行夜间任务的海军陆战队队员。

现在西莉亚一定是出去跑步或做训练了。她做这些训练是为了符合进入警大学院的资格。入学之后她就可以做她想做的事。哈利说过，凶手杀人的动机是爱而不是恨。比方说，对兄长的爱。

先前激起卡翠娜诸多联想的是鲁纳·格拉夫森这个名字。进一步调查之后，很多事都来到阳光下，当中也出现了米凯·贝尔曼和楚斯·班森的名字。鲁纳曾对戒毒诊所所长说，他在史多夫纳警局工作期间遭到两名蒙面男子殴打，这也是为什么医生会开出证明、他会从警局辞职，以及他使用毒品的剂量会越来越高的缘故。鲁纳坚称歹徒之一是楚斯·班森，而下手动机是因为他在警局的圣诞晚宴上跟米凯·贝尔曼的妻子跳舞时过于贴近。当时的警察署长拒绝承认鲁纳的疯狂指控，还说他根本是只彻头彻尾的毒虫。

戒毒诊所所长也支持这个看法，说他只是想告知这件事而已。

卡翠娜听见走廊上传来电梯声响，这时她注意到书桌底下有个东西突出来，刚才并未看见。她弯下腰去。那是一根黑色警棍。

房门打开。

"电工有好好做事吗？"

"有啊，"莱夫说，"你看起来像是打算要用那玩意。"

卡翠娜用警棍拍打手掌："这东西出现在这个房间里是不是有点奇怪？"

"对啊，上周我来换浴室水龙头时也这样说过。她说那是训练用的，因为要考试，也是提防警察杀手出现。"莱夫把门关上，"有没有发现什么？"

"就这个。你看见她拿出来过吗？"

"有几次。"

"真的？"卡翠娜把椅子往后推，"在什么时间？"

"当然是晚上，她打扮得漂漂亮亮，穿上高跟鞋，头发吹出造型，身上还带着那根警棍。"莱夫咯咯笑说。

"为什么？"

"她说是要防色狼。"

"为此就要把警棍带去市区？"卡翠娜用手掂了掂警棍的重量，觉得跟宜家衣帽架的上方那段差不多重，"避开公园不就好了？"

"她才不会这样做，她是直接去公园。"

"什么？"

"她去弗特兰公园，说想练习近身搏击。"

"她故意让变态骚扰她，然后……"

"对，然后把他们打得鼻青脸肿。"莱夫又露出狼一般的笑容，直视卡翠娜，让她不知道接下来他说的这句话指的是谁，"很了不得的女生。"

"对啊，"卡翠娜说，站了起来，"现在我得去找她了。"

"这么忙啊？"

卡翠娜从莱夫面前走过，一直到走出了门，她才对莱夫说的最后这句话觉得有点不舒服。她走下楼梯时心想，她可没那么饥渴，即使她一直在等的那个慢郎中迟迟没有动作。

哈利开车穿过史瓦达斯隧道。灯光从引擎盖和风挡玻璃上掠过。他没必要把车开得更快，不用太早抵达。手枪放在旁边的座椅上，弹匣里装填了十二发9毫米×18毫米的马卡洛夫子弹。这些子弹够他使用，问题只在于他想不想用而已。

他心里是有这个打算。

他从未冷血杀过任何人，但这件事非做不可，就这么简单。

他转动方向盘，驾车驶出隧道，转换车道，开上灯光较为暗淡的道路，驶入丘陵地带，朝瑞恩区交叉路口前进。他感觉手机发出振动，用一只手拿出来看了看屏幕显示。是萝凯打来的。她很少这个时间打电话来。他们有个默契，讲电话都在晚上十点以后。现在他没办法跟她说话，他太紧张了，她一定会注意到，一定会问，而他不想说谎，不想再说谎。

他让手机响完，然后关闭电源，放在手枪旁边。已经没什么好想的了，该想的都已经想过了，让怀疑浮现只会导致一切都重来一遍，又绕同一条大远路，最后又回到同一个地方。他已做出决定，想打退堂鼓是可以理解的，但情势不容许他这样做。可恶！他用手猛敲方向盘。想想欧雷克，想想萝凯，这样会好一点。

他绕过圆环，在曼格鲁区转了个弯，朝楚斯住的那条街驶去。他觉得自己终于冷静下来。每当他穿过临界点再也无法回头，进入美妙的自由坠落，并且停止有意识的思考，只是顺水推舟地自动朝目标前进时，他就会冷静下来。上次他执行这种行动已是多年之前，如今这种感觉又回来了。他一直不确定自己还有没有这种能力，如今答案显然是有。

他缓缓开上那条街，倾身向前，抬头看见蓝灰色的云层快速聚集，宛如目标不明的突袭舰队。他靠上椅背，看见矮房子后方矗立的高耸建筑。

他不必低头也知道枪在那里。

不必回想行动顺序也知道自己一定会记得。

他稍微闭上眼睛，想象将会发生的事。这时一种感觉浮现，过去他当警察时曾经多次有过这种感觉。恐惧。有时他感觉得到他在追捕的人心中怀有这种恐惧。这是杀人凶手害怕看见自己倒影的恐惧。

42

楚斯·班森抬起臀部，头顶着枕头，闭上眼睛，发出低低的呼噜声，达到高潮，感觉阵阵的抽搐震动全身。事后他静静躺着，忽睡忽醒。远处有个汽车警报器响起，他心想应该是从大停车场传来的，除此之外一片寂静。真是怪了，这里有这么多哺乳类动物彼此交错栖息，却比最危险的森林还要安静。在森林里即使是些微声响也表示你已成为猎物。他抬头看着梅根·福克斯的眼睛。

"你刚才是不是也很爽？"他低声说。

她没回答。她的眼睛眨也不眨，笑容也不凋萎，身体语言也维持同一个发出邀请的姿势。梅根·福克斯。在他的生命中，只有她永远忠贞可靠。

他侧身去拿床边桌上的卷筒卫生纸，把自己擦干净，拿起 DVD 播放器的遥控器对准梅根。梅根在五十英寸平面电视的暂停画面上颤动。这款先锋牌 DVD 机已经停产，因为售价过于高昂，而且太物超所值。楚斯抢下的是最后一台，用的是烧毁证据所赚来的钱，那次他是替一个帮鲁道夫·阿萨耶夫走私海洛因的飞行员收拾残局。他把剩下的钱全都直接存进银行户头的行为当然很蠢。阿萨耶夫对楚斯来说一直是个危险人物，一听说他死了，楚斯就想这下自己终于自由了。再也没人有他的把柄，没人治得了他。

梅根的绿色眼珠对他闪烁光芒。那对眼珠绿得有如翡翠。

他动念想买翡翠送给乌拉已经有好一阵子了。乌拉似乎喜欢穿绿色的衣服，就像她坐在沙发上阅读时脱下的那件绿色毛衣。他甚至还去珠宝店看过，店主迅速地打量他，掂掂他有几克拉重，然后向他解释说水头最长的翡翠比钻石还贵，也许他可以考虑别的宝石，如果非要绿色不可的话，那么优雅的蛋白石如何？或是其他含有铬元素的宝石也不错，因为翡翠的绿色就是来自铬，它的神秘感不过如此。

它的神秘感不过如此。

楚斯离开珠宝店，暗暗在心中发誓，下次如果有人找他进行烧毁任务，他一定要建议对方先抢这家珠宝店，然后放火把它烧毁，就像那个小女孩在保持本色酒馆被火焚烧一样。他开车的时候在警用频道上听见这件案子，还想着要不要去帮忙，毕竟他的贪污嫌疑已经被洗清了。米凯说只剩几道正式手续，他就能返回工作岗位。原本他打算恐吓米凯的计划暂时搁置，他们可以重拾友谊，没有问题，一切都会跟从前一样。是的，他终于可以重新加入大家，贡献己力，逮住那个心理有病的警察杀手。若是给他逮到机会，他一定会亲自……他看了看床边的柜子，心想里面的武器足以处决五十个心理有病的疯子。

门铃响起。

楚斯叹了口气。

又有人想从他身上得到些什么了。根据经验，共有四种可能：第一，他应该加入耶和华见证人，这样可以大幅提高上天堂的机会。第二，他应该捐钱给某个非洲总统的竞选基金会，这位总统的个人财富就靠这次的募款活动了。第三，他应该替一群小流氓开门，他们说忘了带钥匙，其实只是想闯进地下室的储藏间。第四，某个麻烦的管委会成员要他下去做他忘记做的杂务。这四种可能都不足以让他下床。

门铃第三次响起。

就算是耶和华见证人到了第二次也该放弃了。

当然来者也可能是米凯，想跟他谈一些不能在电话里说的事，比如跟他串口供，以免再次被问到账户那笔钱的事。

楚斯想了几分钟。

接着他把脚晃下了床。

"我是 C 栋的亚朗森，你是不是有一辆银灰色的铃木维特拉？"

"对。"楚斯对着对讲机说。他有的本来应该是奥迪 Q5 才对。原本他替鲁道夫干完最后一票之后应该买这辆车来犒赏自己，用他对付那惹人厌的哈利·霍勒警探所赚来的最后一笔钱去买，结果他只能买一辆大家都取笑的日本车，铃木维特拉。

"你听见警报器在响吗？"

警报器的声音透过对讲机清楚地传出来。

"哦，×，"他说，"我看能不能用遥控器把它关掉。"

"换作是我一定会马上下楼。刚才我过去看，已经有人砸破了车窗，拆走收音机和 CD 播放器。他们一定还留在附近，想看看会发生什么事。"

"哦，×！"楚斯又说了一次。

"不客气，很高兴能帮上忙。"亚朗森说。

楚斯穿上球鞋，检查是否带了车钥匙。这时他突然想到一事，回到卧室，打开柜子，拿出一把杰利科九四一手枪，插进腰际，跟着又停下脚步。他知道等离子电视画面暂停太久容易烧坏，不过他马上就会回来。他快步踏进走廊。这里还是一样安静。

电梯停在他家这层楼，他直接走进去，按下一楼的按钮，这才想到没锁门。但他并未停下电梯，心想反正一下子就回来了。

半分钟后，他小跑步进入清朗凉爽的夜晚，朝停车场奔去。这里四周都是公寓，但车子还是常遭入侵。应该多设几座路灯才对，黑色柏油把所有光线都吸走了，入夜之后藏在车子之间很容易干些鬼祟勾当。他被停职之后晚上有点入睡困难，因为他整天都在睡觉、打手枪，睡觉、打手枪，进食、打手枪。有时晚上他会坐在阳台上，戴上夜视镜，拿起马克林步枪，希望能在停车场上逮到几个小贼。不幸的是都没看到。不对，应该说可喜才对。天哪，他又不是杀人狂。

那次他的确在灰狼帮骑手的头上钻了个洞，但那纯属意外，如今那家伙也已成了赫延哈尔区住宅露台的一部分。

至于那次他去伊拉监狱散布谣言说马里达伦谷命案和翠凡湖命案都是瓦伦丁·耶尔森干的,尽管警方并不是百分之百确定这是事实。但就算不是,那家伙还是会因其他罪名被判重刑。总之他怎么知道那些疯子会把瓦伦丁给杀了,如果死的真是瓦伦丁的话。当时警用频道的对话显然不这么认为。

目前为止楚斯所干过最接近谋杀的事,就是去德拉门料理那个化了妆的同性恋。即便如此,他也是不得不为,因为有人叫他去做。妈的他真的是受人指使。那次米凯跟楚斯说他接到一通电话,有个家伙声称知道米凯和一名同事把一个克里波的同性恋警察打得半死,还说他手上握有证据。那家伙说他要钱,否则就要揭发这件事。他要十万克朗,钱要送到德拉门市郊一处人烟稀少的地方。米凯叫楚斯去处理这件事,但这次楚斯做得太过火,才造成问题。那天楚斯驾车去跟那家伙碰面时,发现自己是单独行动,完全是单枪匹马,而且他一直以来都是如此。

他跟着路标来到德拉门市郊一条荒僻的森林道路上,在河边悬崖旁的回转道上停车,等了五分钟,对方就开车过来了。那家伙把车停下,但引擎没熄火。楚斯依照约定,把一个褐色信封拿过去。车窗降下。那家伙头戴羊毛帽,脖子上围着一条丝质围巾,把脸遮住一半。楚斯心想这家伙是不是智障?他开的车显然不是偷来的,车牌又看得一清二楚。除此之外,米凯早已追踪那通电话到德拉门的一家夜店,店里员工人数不可能太多,因此要查到他的身份并不困难。

那家伙打开信封数钱,数到最后似乎数错,又从头再数一遍。他蹙起眉头,抬起头来,露出厌烦的神情。"这些没有十万……"

那一击打中他的嘴巴。楚斯觉得警棍陷了进去,把牙齿也给打裂了。第二击打碎他的鼻子,这非常容易,鼻子只是由软骨和单薄的骨头所构成。第三击发出柔软的嘎喳声,打中额头。

接着楚斯绕到另一头,坐上副驾驶座,等那家伙恢复意识。那家伙醒来之后，两人简短地交谈了一下。

"你是谁？"

"其中一个人。你手上有什么证据？"

"我……我……"

"这把是黑克勒－科赫手枪，它很想开口，所以你跟它谁要先说？"

"不要——"

"那快说。"

"就是你们打的那个人，是他告诉我的。求求你，我只需要——"

"他有没有说出我们的名字？"

"什么？没有。"

"那你怎么知道我们是谁？"

"他只告诉我经过，然后我去查符合描述的克里波警察，发现一定是你们两个。"那家伙抬头朝后视镜望去，发出宛如吸尘器关闭后的哀鸣声，"天哪！你把我毁容了！"

"闭嘴，坐好。你口中那个被我们打的人，他知道你来勒索我们吗？"

"他？他不知道，他完全——"

"你是他的情人？"

"不是！他可能这样以为，可是——"

"还有谁知道这件事？"

"没有！我发誓！请你放我走，我发誓不会——"

"所以没有人知道你来这里喽？"

楚斯好整以暇地看着那家伙张大了嘴，因为他的言外之意慢慢渗进了那家伙的大脑。"有，有，他们都知道！很多人都——"

"你的说谎技巧还不坏，"楚斯说，用枪管抵着那家伙的额头，觉得手枪拿起来竟然很轻，"但是也不算高明。"

接着他就扣下扳机。他要做出这个决定不是太困难，因为他别无选择，非痛下杀手不可。他的生存本能在此时发挥了作用。那家伙握有他们的把柄，迟早都会想办法拿来利用。楚斯的个性就如同鬣狗，而那家伙踩到了他的痛脚。鬣狗在面对面时会表现得怯懦卑屈，实际上却贪婪且极有耐心，它们会容许自己受到侮辱和恫吓，并静静等待，一旦你背转过身，它们就会发动攻击。

事后楚斯擦拭座椅和任何可能留下指纹的地方，再把围巾包在手上，放开手刹，挂到空挡，让车子滑下悬崖。他聆听车子坠落时的怪异寂静，接着是一声闷响，以及金属凹折的声音。他往下看去，只见车子躺在下方的河川里。

他尽可能快速而有效地丢弃警棍。他驾车到下方远处的森林道路上，打开车窗，将警棍抛进树林。那支警棍不太可能被发现，就算被发现，上面也没有指纹或任何 DNA 微迹证可以把命案跟他联结在一起。

手枪就是另一回事了，子弹可以联结到那把黑克勒 - 科赫手枪，也联结到他。

因此等车子开上德拉门大桥，他就放慢速度，看着那把枪飞越护栏，落到河水和峡湾的交界处。那是十到二十米深的水，永远不会有人发现。这里的水微咸，性质可疑，既不完全是海水，也不完全是淡水。既不全非，也不全是。是处于边界的死亡地区。但他读过有些物种专门活在这种混血水域中，这些物种如此特异，无法生存在一般的水域里。

楚斯还没抵达停车场就按下遥控器，汽车警报器立刻停止。周围住家外头或阳台上都没人，但他似乎听见整条街的人同时叹了口气：妈的也该是时候把它关掉了，你应该多注意一下自己的车，至少也设定一下警报器响的时间嘛，蠢蛋。

亚朗森说得没错，一扇车窗被砸破了。楚斯把头探进去，却没看见收音机有遭到破坏的迹象。刚才亚朗森不是说……对了，谁是亚朗森？他说他住在 C 栋，但他可能是任何人，除了邻居之外的任何人……

刹那间楚斯的脑子做出结论，这时脖子却已被一个钢质物体抵住。他本能地知道那是钢，是枪管的钢质金属。他也知道亚朗森这个人并不存在，打破车窗的也不是小流氓。

一个声音在他耳边低声说："别转头，班森。我要把手伸进你的裤子里，不要动。哇，感觉真棒，好紧实的腹肌……"

楚斯知道自己身处危险中，却不知道究竟是哪种危险。亚朗森的声音听起来有点耳熟。

"哦，你有点出汗啊，班森。还是你喜欢这样？不过这就是我要的。杰利科手枪？你要拿来干吗？对某人的脸开枪吗？就像你对勒内做的那样？"

现在楚斯知道自己陷入了哪种危险。

生命危险。

43

萝凯站在厨房窗前，手里捏着手机，再度望向昏暗的窗外。她可能眼花了，但她似乎看见车道另一侧的云杉林之间有动静。

但她经常觉得自己在黑暗中看见动静。

她心中的创伤就是这么深。别乱想，害怕可以，反正别乱想。就让身体去玩它愚蠢的把戏，不要理会这些把戏，就像不要理会无理取闹的孩子一样。

她就站在厨房灯光中，倘若外面真的有人，就能好好观察她。但她只是站着动也不动。她必须练习，不能任凭恐惧摆布她去做什么或站在哪里。拜托，这可是她的房子、她的家。

二楼传来音乐声。他正在播放哈利的一张老 CD，这张她也喜欢。脸部特写乐队的《小怪物》（*Little Creatures*）专辑。

她又低头看着手机，希望它响起。她打了两通电话给哈利，但都没人接。他们打算给哈利一个惊喜。戒毒诊所昨天通知他们说，虽然日期比预定的还要早，但所方认为欧雷克已经可以出院了。欧雷克非常兴奋，他提议什么都不要说，直接回家，等哈利回来再跳出来说"哇"。

欧雷克说的就是这个字："哇。"

萝凯不确定这样做是否妥当，因为哈利不喜欢惊喜，但欧雷克十分坚持。这下子哈利一定得忍受突来的快乐。于是萝凯就答应了。

但如今她后悔了。

她离开窗前，把手机放在料理台上，就放在哈利的咖啡杯旁边。哈利向来都一丝不苟，出门前一定要把所有东西都整理干净。一定是那些杀警案搞得他心烦意乱。他们每晚都通电话，但最近哈利完全没提到贝雅特，这表示他一定在想她。

萝凯突然转身。这次可不是幻觉，她的确听见了声音。碎石路上传来嘎扎的脚步声。她回到窗前，看入黑夜，觉得窗外的黑暗似乎越发幽深。

她僵在原地。

有人在外面。有个人影离开了原本站立的树木旁，朝这个方向走来。那人一身黑衣。那人站在那里多久了？

"欧雷克！"萝凯大喊，心跳加速，"欧雷克！"

楼上的音乐声被调低。"干吗？"

"快下来！快点！"

"他来了吗？"

对，她心想。他来了。

但朝屋子走来的人影比她先前以为的还要娇小。那人朝大门走来，越走越近，身形被屋外的灯光照亮。萝凯看了之后十分诧异，却也松了口气。原来那是个女人。不对，是个女孩子，显然身穿运动服。三秒钟后，门铃响起。

萝凯心下犹豫，看了欧雷克一眼。欧雷克正在下楼梯，却停下脚步，用疑惑的眼神看着萝凯。

"不是哈利，"萝凯说，脸上掠过一丝微笑，"我来开门，你先上去吧，欧雷克。"

萝凯一看见站在台阶上的女孩，心跳甚至缓和下来。女孩看起来被吓到了。

"你就是萝凯，"女孩说，"哈利的女朋友。"

这时萝凯突然觉得女孩的这番开场白应该让她心神不宁才对。这么一个妙龄美女用颤抖的声音跟她说话，还提到她未婚夫。也许她应该查看女孩的紧身运动服底下是否有怀孕初期的微凸小腹。

"我就是。"

"我叫西莉亚·格拉夫森。"

女孩用期待的眼神看着萝凯，像是在等她的响应，仿佛她的名字对她来说应该具有某些意义。萝凯注意到女孩的双手负在身后。曾有个心理医师跟她说，把手藏在背后的人代表有所隐藏。没错，她心想，他们会把手藏起来。

萝凯微微一笑："有什么需要我效劳的吗，西莉亚？"

"哈利是……曾经是我的老师。"

"哦，是吗？"

"有件事我得跟你说，是关于他的事，也是关于我的事。"

萝凯蹙起眉头："是吗？"

"我可以进来吗？"

萝凯心下踌躇。她不希望别人进入她家。她只希望欧雷克、她自己和待会儿回来的哈利在这个家里，就只有他们三个人，没有别人。而且她绝对不希望有人跑来跟她说关于哈利的事，还有关于对方自己的事。接着她的眼神还是不由自主地朝女孩的腹部瞄了一下。

"不会花太多时间的，樊科夫人。"

夫人。哈利是怎么跟她说的？萝凯评估情势，听见欧雷克回到楼上又把音乐声调高，便打开大门。

西莉亚踏进门内，弯下身去解开球鞋的鞋带。

"别脱鞋了，"萝凯说，"我们很快讲一下就好，我正在忙。"

"好。"西莉亚说。这时在玄关的明亮灯光下，萝凯看见西莉亚脸上罩着一层闪亮的汗水。西莉亚跟着萝凯走进厨房。"那个音乐，"她说，"哈利在家吗？"

萝凯察觉到自己心里浮现焦虑。西莉亚一听见音乐就想到哈利，难道是因为她知道哈利喜欢听这种音乐？她的脑海闪现一个念头，快得令她措手不及：哈利是不是曾经跟这个女孩子一起听这种音乐？

西莉亚在大餐桌前坐下，用双手手掌抚摸木质餐桌。萝凯看着她的举动。她抚摸餐桌的模样像是早已知道那未经加工的原木接触肌肤的感觉：愉悦、充满生命力。西莉亚的目光落在哈利的咖啡杯上。难道她……

"你有什么事要跟我说，西莉亚？"

西莉亚露出悲伤且接近痛苦的笑容，目光一直没有离开那个咖啡杯。

"他真的都没提过我的事吗，樊科夫人？"

萝凯稍微闭上双眼。怎么会发生这种事？她很信任他的。她再度张开眼睛。

"你就说吧，就当作他什么都没提过，西莉亚。"

"那就恭敬不如从命，樊科夫人。"西莉亚的目光离开咖啡杯，朝萝凯望来。那对蓝色眼睛的目光近乎造作，就跟孩子的目光一样天真且不知世事。萝凯心想，而且也跟孩子的眼神一样残酷。

"我想跟你说强暴的事。"西莉亚说。

萝凯突然觉得呼吸困难，仿佛有人把厨房里的空气全都吸光，就像在制作真空包装似的。

"什么强暴？"萝凯勉强问道。

侯勒姆终于找到罗尔的车子，这时天色已暗。

他驾车在克莱门兹鲁镇转弯，继续朝东行驶在 B155 号公路上，但显然错过了菲耶尔地区的路标。他发现自己开得太远，才掉头回来，看见路标。旁支道路上的车比 B 系列公路更少，如今在黑暗中看起来四周像是荒地似的。道路两旁的浓密森林似乎越靠越近，最后他才终于在路边看见那辆车的后车灯。

他放慢速度，看了后视镜一眼。后方是一片漆黑，前方只有零星几个红色车灯。他把车停在那辆车后方，开门下车。森林里有只鸟发出空洞忧郁的叫声。在车灯灯光照耀下，只见罗尔·米兹杜恩蹲在水沟边。

"你来了。"罗尔说。

侯勒姆抓住腰带，拉了拉裤子。这是他的习惯，也不知道这习惯从何而来。哦，不对，他其实知道。过去每当他父亲要说或要做某件重大的事，都会拉一拉裤子，用来揭开序幕。这习惯是他从父亲那里学来的，只不过他很少有什么重大的事要说。

"这就是车祸发生的地方？"侯勒姆说。

罗尔点了点头，低头看着他在柏油路上摆的一束花："她跟朋友来这附近登山，回家路上停下来说要去树林里尿尿，叫其他人先走。他们认为事情一定是在她跑回来跳上自行车以后发生的，因为她急着赶上其他人，对不对？她就是这种人，非常热情……"他努力想让话声保持稳定，"所以她可能骑到太内侧，车身还有点摇晃，以至于……"罗尔抬头朝肇事车辆可能驶来的方向望去，"……地上没有刹车痕。没人记得那是辆什么车，尽管车一定直接从菲亚的朋友旁边开过，可是他们忙着在聊登山的事。他们说从旁边开过的车子很多。一直到接近克莱门兹鲁镇的时候，他们才想起菲亚应该早就追上来了才对，一定是出事了。"

侯勒姆点了点头。他清清喉咙，想赶快把话说出来，把事情解决，但罗尔不让他有插嘴的机会。

"我不能参加调查工作，毕尔。他们说因为我是死者的父亲，可是却叫新手来接这件案子。最后当他们发现这不是一场儿戏，肇事者不会出面自首，现场也找不到任何线索，再要找高手出马已经太迟，线索都断了，大家的记忆也都模糊了。"

"罗尔……"

"这叫作警方办事不力，毕尔，不折不扣的办事不力。我们花了一辈子为警方工作，奉献出一切，然后当我们失去挚爱，最后还剩下什么？什么也不剩。这是天大的背叛，毕尔。"侯勒姆看着同事的嘴开开合合成椭圆形，肌肉绷紧又放松，绷紧又放松。毕尔心想，罗尔口中的口香糖一定承受极大压力。"这让我以身为警察为耻。"罗尔说,"这件案子就跟勒内命案一样,从头到尾都处理得很草率。是我们自己让凶手从指缝间溜过,最后让凶手逍遥法外,而且没有人指出谁要负责。是我们纵容狐狸在鸡窝里撒野,毕尔。"

"今天早上在保持本色酒馆里发现被焚烧的小女孩——"

"无法无天,真是无法无天。应该有人要负责才对。应该有人——"

"是菲亚。"

接下来的静默中,侯勒姆听见那只鸟再度啼叫,但这次是在别的地方。它一定是飞到别处去了。这时侯勒姆突然想到,那可能是另一只鸟,鸟儿一共有两只,同一个品种,它们在森林里对彼此啼叫。

"哈利强暴我的事。"西莉亚看着萝凯,冷静得像是在说气象预报。

"哈利强暴你?"

西莉亚露出一丝微笑,笑容掠过她的脸庞,但不过是肌肉抽动,还没抵达眼睛就已消失。此外她脸上还有坚定和淡漠的表情。而她的眼睛不是因为笑容而放出光芒,反而泪光莹莹。

天哪,萝凯心想,她不是在说谎。萝凯张嘴想吸入更多氧气,同时百分之百确定:这小女生也许有点怪,但绝对不是在说谎。

"我很爱他,樊科夫人。我认为我们是天造地设的一对,所以我去他办公室,还化了妆,结果他却误会了。"

萝凯看着第一颗泪珠离开睫毛,落在年轻柔嫩的脸颊上。滚落的泪珠沾湿肌肤,让肌肤更显粉嫩。她知道背后料理台上就有一卷纸巾,但她不会去拿,绝对不可能去拿。

"哈利不会误会,"萝凯说,对自己说话竟然如此镇定而感到惊讶,"也不会强暴你。"镇定且坚定。她不知道自己的这种态度可以维持多久。

"你错了。"西莉亚说,眨着泪的双眼露出微笑。

"是吗？"萝凯很想一拳打在她自大骄纵的脸上。

"是的，樊科夫人。现在是你误会了。"

"把你想说的话说完，然后出去。"

"哈利……"

萝凯痛恨西莉亚用那么强烈的口气叫出哈利的名字，让她不禁环目四顾，想拿个东西来让她闭嘴。平底锅、不锋利的面包刀、强力布胶带，什么都可以。

"……他以为我是去问他功课，可是他误会了，我是去勾引他的。"

"小丫头，你知道吗？我已经知道你是去勾引他，但现在你却声称自己得偿所愿，但这还是强暴？所以到底发生了什么事？你是不是假装贞洁，高喊说不要不要，最后你还以为自己真的不要，而他却应该知道在你做出这些事情之前你真正的意思是什么？"

萝凯发现自己的用词突然像个辩护律师。她经常在法庭上听见强暴案的辩护律师这样说，她也痛恨这些说辞，但律师都明白且接受在法庭上必须这样说。如今这些话都不只是说辞而已，她真心觉得事情一定是如此，绝对不可能是其他状况。

"不是的，"西莉亚说，"我想告诉你的是他没有强暴我。"

萝凯眨了眨眼睛。她必须倒带几秒钟，确定自己没有听错。没有强暴。

"我威胁说要告他强暴，因为……"西莉亚用指关节抹去再度满溢的泪水，"……因为他说他要向学校当局报告这件事，说我对他做出不当行为。他绝对有权力这样做。所以我狗急跳墙，想反过来控诉他强暴，阻止他这样做。我一直想告诉他说我改变心意了，我后悔自己做出那种事，告诉他……对，告诉他我的行为是犯罪。不当指控。刑法第一百六十八条，建议刑责八年。"

"说得没错。"萝凯说。

"对了，"西莉亚含着眼泪微微一笑，"我忘了你是律师。"

"你怎么知道？"

"哦，"西莉亚说，吸了吸鼻涕，"我知道很多哈利的事，可以说我研究过他。他是我的偶像，我只是个笨女孩。我甚至还帮他调查杀警案，以为可以帮上忙。其实我只是个学生，什么都不懂。我准备了一套简短的说辞，想跟他解释说这一切是怎么对上的。我想告诉哈利·霍勒怎样逮到警察杀手。"她摇了摇头，又挤出微笑。

萝凯抓起背后那卷纸巾，递给西莉亚："你是来这里告诉他这件事的？"

西莉亚缓缓点头："我知道他不会接我电话，所以我跑步经过这里，想看看他在不在家。我看见他的车不在，想继续往前跑，可是我看见你在厨房里，所以我想如果直接面对面跟你说的话更好，证明我是认真的，我来这里没有别的意图。"

"我看见你站在外面。"萝凯说。

"对，我得把事情想清楚，然后鼓起勇气。"

萝凯感觉一股怒意上升。这个困惑、单相思、眼神过于坦率的少女竟然爱上哈利，但哈利却只字未提！为什么不提？

"你决定过来是很好，西莉亚，但现在你可能该走了。"

西莉亚点了点头，站了起来。"我们家族有一些精神分裂的病史。"她说。

"哦？"萝凯说。

"对，我可能不是完全正常，"她用老成的口吻又补上一句，"可是没关系。"

萝凯送她到门口。

"你不会再见到我了。"西莉亚站在门口说。

"祝你一切顺利，西莉亚。"

萝凯站在台阶上，双臂交叠，看着西莉亚奔越车道。难道哈利刻意不提这件事是因为他认为她不会相信他吗？难道他们之间总是笼罩着怀疑的阴影吗？

她生起的思绪很自然地往下想。那是怀疑的阴影吗？他们对彼此到底有多了解？一个人可以了解另一个人多深？

那个一身黑衣、金发马尾不停晃动的背影离去之后，球鞋踩在碎石路上的嘎扎声响似乎仍盘旋回荡，久久不散。

"他把她挖了出来。"侯勒姆说。

罗尔垂着头坐在地上，搔了搔脖子上有如刷子般的短须。夜色悄悄掩至，没发出一丝声响。两人就这样静静坐在车灯的光线中。最后罗尔终于开口说话，侯勒姆得倾身向前才听得见。

"我唯一的孩子。"罗尔微微点头，"我想他只是做他该做的事而已吧。"

一开始侯勒姆还以为自己听错了，接着又想应该是罗尔说错了，罗尔不是这个意思，可能少说了几个字，或是言词的顺序颠倒。然而这个句子是如此完整清楚，听起来非常自然，只是在陈述事实。警察杀手只是做他该做的事而已。

"我去拿其他的花。"罗尔说，站了起来。

"好。"侯勒姆说，看着躺在地上的小花束。罗尔绕到车子另一侧，走进黑暗之中。侯勒姆听见后车厢打开的声音，思索刚才罗尔说的话。我唯一的孩子。他想到自己的坚信礼，以及奥纳说凶手自以为是神，复仇之神。但神也会做出牺牲，他牺牲了自己的独生子，让他钉在十字架上，让世人看见并想象他所承受的痛苦。父与子。

侯勒姆想象菲亚·米兹杜恩坐在椅子上。我唯一的孩子。他们一共有两个。或是三个。他们一共有三个。牧师是怎么称呼他们来着？

他听见后车厢传来咔嗒声，心想放着花束的盒子应该是放在某种金属下面。

三位一体，对，第三者是圣灵。世人看不见他，他总是在《圣经》里四处出没。菲亚的头部被固定在水管上，好让尸体不会倒下，展示给众人看，就像被钉上十字架。

侯勒姆听见背后传来脚步声。

被害人是被自己的父亲给牺牲和钉上十字架，因为故事一定要这样走才行。刚才罗尔是怎么说的？

"他只是做他该做的事而已。"

哈利看着梅根·福克斯，她玲珑有致的身形正在颤动，但她的凝视维持不变，笑容没有凋萎，肢体语言持续发出邀请。哈利拿起遥控器，关上电视。梅根虽然消失了，却还残留在电视上。这位电影明星的轮廓烙在了等离子屏幕上。

虽然消失，却仍存留。

哈利环视楚斯的卧室，走到楚斯藏放武器的柜子前。理论上柜子里可以躲一个人。哈利握着敖德萨手枪，轻手轻脚走到柜子旁边，贴着墙壁，用左手打开柜门，看见里头自动亮起灯光。

除此之外什么事也没发生。

哈利探头出去，立刻缩回，但已看见他想知道的。柜子里没人。他站到柜门口。

上次哈利从柜子里拿走一件防弹背心、一副防毒面具、一把MP5冲锋枪，这些楚斯都已补齐。看来楚斯用的枪款都没变，除了柜板中央有个钩子是空的，周围画着一把枪的轮廓。

难道楚斯发现哈利要来，拿了把枪就逃离了公寓？甚至连门都不锁，电视也不关？若是这样，那他为什么不干脆在屋里设下埋伏？

哈利搜索完整间公寓，知道屋里一个人也没有。他在皮沙发上坐下，让敖德萨手枪的保险保持开启，做好准备。他坐在客厅这个位置可以把卧室房门看得一清二楚，透过钥匙孔却看不见他。

如果楚斯在卧室里，那首先现身的人就是输家。决斗舞台已布置完毕。

哈利静静等待，动也不动，呼吸平稳，甚为深沉，一呼一吸都发出声音，像豹一样耐心等待。

四十分钟后，什么事也没发生，于是他走进卧室。

他在床上坐下，心想是不是要打电话给班森？这个举动会让班森有所警觉，不过他似乎早已察觉到哈利盯上他了。

哈利拿出手机，打开电源，信号接通之后输入号码。这组号码是他将近两小时前离开霍尔门科伦区时背下来的。

铃声响了三次却没人接听，他决定放弃。

接着他打给在电信公司的联络人，对方两秒钟就接起电话。

"霍勒，你打来干吗？"

"我需要你追踪一部手机的信号，号码所有人叫楚斯·班森，这个号码是警方分派给他的，所以他一定是你们的客户。"

"我们不能再像这样联络了。"

"这是警方的正式业务。"

"那就照正式程序走啊。先联络警方律师，把案子呈交犯罪特警队队长，等你拿到许可再打电话给我们。"

"这件事很紧急。"

"听着，我不能一直通融你……"

"这件事跟杀警案有关。"

"跟你们长官要授权只要花几秒钟时间就可以了，哈利。"

哈利低声咒骂。

"抱歉，哈利，这样做不只是会让我丢饭碗而已，如果有人发现我未经授权就查看警察的活动……去申请个授权到底有什么问题？"

"再见。"哈利挂上电话。他看见他有两通未接来电和三条短信，一定是手机关机时发来的。他依序打开短信。第一条短信来自萝凯。

打过电话给你。我在家，告诉我你什么时候回来，给你煮些好吃的。

还有个惊喜要给你，有人要用俄罗斯方块打败你了。

哈利又读了一次短信。萝凯回家了，欧雷克也回来了。他的第一个反应是立刻跳上车，中止这项任务。他做了错误决定，不应该来这里的。他非常清楚这是他的第一个本能反应，想逃避不可避免之事。第二条短信是他不认得的号码传来的。

我有事跟你说，你在家吗？西莉亚·G。

他删除这条短信。第三条短信的号码他立刻就认了出来。

你应该在找我吧，我有个办法可以解决我们之间的问题，立刻来古斯托命案的现场跟我碰面。楚斯。

44

哈利穿过停车场，发现有辆车的车窗被砸破，街灯光线将柏油路面上散落的玻璃碎片照得闪闪发亮。那是辆铃木维特拉。楚斯开的好像也是这款车。哈利打电话去勤务中心。

"我是哈利·霍勒，我想请你帮忙查一辆车的车主。"

"现在只要上网查就查得到了，霍勒。"

"那你应该可以帮我查对吧？"

他听见对方发出不悦的咕哝声，便报出车牌号码。三秒钟后就有了回应。

"车主是楚斯·班森，地址是……"

"我晓得了。"

"有什么要回报吗？"

"什么？"

"车子是不是出了什么事？比方说是不是看起来被偷还是遭入侵？"

哈利沉默片刻。

"哈啰？"

"没有，车子看起来很好，只是误会而已。"

"误会……"

哈利挂掉电话。为什么楚斯没把车开走？这年头在奥斯陆领警察薪俸的人都已经不搭出租车了。哈利回想奥斯陆的地铁网络。一百米外有一条线经过。瑞恩站。他没听见列车行驶的声音，应该是在隧道里。哈利在黑暗中眨了眨眼，他似乎听见了什么声音。

他脖子上的毛发竖起，发出喳喳声响。

他知道不可能听见毛发竖起的声音，但他确实听见了。他又拿出手机，按下 K。

"终于接了。"卡翠娜说。

"终于？"

"你没看见我一直在打电话找你吗？"

"是吗？你听起来很喘。"

"我正在跑，哈利。西莉亚·格拉夫森。"

"她怎样？"

"她房间里贴满杀警案的剪报，还藏了一支警棍，管理员说她是拿来揍强暴者用的。她还有个哥哥被两个警察殴打以后进了精神病院。她是疯子，哈利，脑子有问题。"

"你在哪里？"

"我在弗特兰公园，她不在这里。我想我们应该对她发出通缉令。"

"不用。"

"不用？"

"她不是我们要找的人。"

"什么意思？动机、作案机会、心智状态，全都齐全了，哈利。"

"别管西莉亚·格拉夫森了，我要你去帮我查个统计数据。"

"统计数据？"她高声叫道，使得哈利的耳膜为之震动，"这里满是对我虎视眈眈的罪犯，我还特地跑来这里找可能的杀警凶手，现在你竟然叫我去查统计数据！妈的哈利·霍勒你这个王八蛋！"

"你去查 FBI 的统计数据，看看证人在第一次受到传唤到正式开庭之间死亡的比例是多少。"

"那跟案子有什么关联？"

"把数据给我就是了，好吗？"

"不好！"

"好吧，那这是命令，卡翠娜·布莱特。"

"好吧，可是……嘿，等一下！谁才是老大啊？"

"如果你一定要问的话，我觉得应该不是你。"

哈利又听见更多的卑尔根方言粗话，然后结束通话。

米凯坐在沙发上，电视开着。新闻播报完毕，接下来是体育时间，他的目光从电视上游移到窗户上。城市就躺在山下的黑色大锅里。市议会议长只花了十秒钟宣布事项，他说议会的人事变动是标准程序，这次变动是因为这个职位必须肩负起非比寻常的重责大任，因此交棒给更适任的人选是合理的考虑。伊莎贝尔·斯科延将重拾社会事务委员会秘书的职位，她在这个职位更能对议会做出贡献。据说目前联络不到伊莎贝尔本人，无从得知她的响应。

他的城市如宝石般熠熠生光。

他听见孩子卧室的房门轻轻关上，接着她就坐上沙发，依偎在他身旁。

"他们睡了？"

"睡得很熟。"她说。他感觉她的气息喷在他的脖子上。"想看电视？"她轻咬他的耳垂，"还是……"

他微微一笑，但没动作，只是享受这个片刻，感觉这一刻的完美，处在此时此刻，坐在金字塔的顶端。他就是睥睨众生的至尊男性，女人都必须臣服在他脚下。现在有个女人倚着他的手臂，另一个女人已然失势，失去杀伤力。男人也是一样。鲁道夫死了，楚斯再度成为他的打手，前警察署长已跟他们同流合污，日后米凯若有需要他也不得不从。米凯知道现在他已取得议会的信任，即使要逮到警察杀手旷日废时也无所谓。

他已经很久没有感觉这么好、这么放松。他感觉乌拉的手抚触他的身体，他比她还清楚知道那双手会怎么做。她可以激起他的欲望，尽管她不像其他人那样可以燃起他的欲火。例如那个被他挫了锐气的女人。例如那个死在黑斯默街的少年。但乌拉可以撩起他的欲望，知道他很快就会干她。这就是婚姻。而且这样很好。这样就非常足够。毕竟生命中还有其他更重要的事。

他把她拉过来，手伸进绿色毛衣里，碰触她的肌肤，就像把手放在温热的电热炉托盘上。她轻叹一声，倚身过来。事实上他吻她时不喜欢用到舌头。也许曾有一度喜欢吧，但现在已经不爱。他从未告诉过她这件事。何必要说？既然这个动作她喜欢而他讨厌。这就是婚姻。总之无线电话在沙发旁的小桌子上响了起来，让他多少觉得松了口气。

他接了起来："喂？"

"嗨，米凯。"

对方直接叫他名字，口气十分亲近，令他觉得自己应该认识这个人，只是需要花几秒时间想起来而已。

"嗨。"他答道，从沙发上站了起来，朝露台走去，远离电视的声音，也远离乌拉。这是个下意识的动作，经过多年演练已变得十分纯熟。这动作有一半是为了顾及乌拉，有一半是为了顾及他的秘密。

对方发出咯咯笑声："你不认识我啦，米凯，放轻松。"

"谢谢你，我很放松，"米凯说，"我在家，所以可以请你直接讲重点吗？"

"我是国立医院的护士。"

这倒是出乎米凯的意料之外，至少他没想过这人会打电话来，但他内心似乎知道对方的意图。他打开露台门，踏上冰冷的石板地，电话依然拿在耳边。

"我是鲁道夫·阿萨耶夫的护士。你还记得他吧，米凯？对，你当然记得。你跟他做过生意。他清醒过来的时候对我敞开心胸说了很多话，关于你们一起做了什么事。"

乌云密布，气温骤降，石板地十分冰冷，寒意穿透米凯的袜子侵袭他的双脚。尽管如此，米凯的汗腺却全力运作。

"说到做生意，"那人说，"也许我们也可以来谈一笔生意。"

"你想怎样？"

"这样说好了，我要封口费。"

一定是他，来自易雷恩巴村的护士。伊莎贝尔雇用他去解决鲁道夫。她说他很高兴地接受以"性"作为酬劳，但显然光这样是不够的。

"多少？"米凯问道，努力维持谈生意的口吻，却听见自己的话声并不如他预期的那样冷酷。

"不多，我是个喜欢简单的人。一万。"

"太少。"

"太少？"

"这听起来只像头期款。"

"也可以说十万。"

"那你为什么不说？"

"因为我今天晚上需要钱，现在银行已经打烊，自动提款机领不出十万。"

这人着急要钱，这倒是好消息。不过真是好消息吗？米凯走到露台边，低头看着他的城市，尽量集中注意力。应付这种情况他十分拿手，这是胜败关头，走错一步就会粉身碎骨。

"你叫什么名字？"

"这个嘛，你可以叫我阿多，多瑙河的多。"

"好，阿多。你应该知道吧，虽然我在跟你谈判，但这并不表示我承认了什么，我可能是想把你引诱进陷阱，再依勒索罪名逮捕你。"

"你这样说是因为你怕我是记者，只不过是听到风声，就来引诱你自己供出一切。"

该死。

"地点呢？"

"我正在上班，所以你得过来这里，但要找个隐秘的地方才行。我们就在封锁的病房区碰面吧，现在那里没人。四十五分钟后，鲁道夫的病房见。"

四十五分钟。这家伙很急。当然可能也是为了慎重起见，不想让他有时间设下陷阱。但米凯向来相信简单的原因。例如，这个麻醉科护士是个毒虫，突然手边没了毒品。若是如此，事情就简单多了，说不定还可以一劳永逸地解决这家伙。

"好。"米凯说，结束通话。他吸进露台散发出的那种几乎令人窒息的怪异气味，然后走进客厅，关上露台门。

"我要出门。"他说。

"现在？"乌拉说，露出受伤的神情。通常这神情只会令他厌烦而对她发飙。

"现在。"他想起锁在车子行李箱里的那把格洛克二二手枪，那是一个美国同事送他的礼物，从没用过，也没登记。

"你什么时候回来？"

"不知道。不要等门。"

他朝玄关走去，感觉乌拉的视线朝他背后射来。他一直走到门口才转过身。

"我不是去见她，好吗？"

乌拉没有答话，只是打开电视，假装很认真地在看气象报告。

卡翠娜咒骂一声。她在锅炉间的闷热空间里汗流浃背，双手不停敲打键盘。

妈的 FBI 的死亡证人统计数据到底躲在哪里？还有哈利要这东西干吗？

她看了看表，叹了口气，打电话给哈利。

哈利没接。当然没接。

她留言说需要更多时间，还说她已深入 FBI 网站，但这个数据要不是非常机密，要不就是他搞错了。她把手机抛到桌上，觉得想打电话给莱夫·鲁贝克。不行，不能找他，应该另外找个今晚想干她的白痴。她脑海中第一个出现的人令她蹙起眉头。这家伙是从哪里跑出来的？他是挺贴心的，可是……可是什么？难道她的无意识在滋长这个念头已经有一段时间了？

她丢开这个想法，再度把注意力集中在屏幕上。

难道不是 FBI，而是 CIA？

她改用别的字符串去搜索。中央情报局、证人、审判、死亡。输入。计算机开始运作。第一批搜索结果出现。

背后的门打开，她感觉门外通道的风吹了进来。

"毕尔？"她说，眼睛依然注视着屏幕。

哈利把车停在黑斯默街的圣詹姆士教堂外，走到九十二号。

他在门口停下脚步，抬头朝建筑物的外观看去。

三楼亮着微弱灯光。他看见窗户加装了铁窗。新屋主可能受够了小偷经常从后面的逃生梯偷溜进去。

哈利以为自己会感触良多，毕竟这里是古斯托遇害的地方，也是他差点丧命的地方。

他试了试大门门把，跟以前一样没锁。他把门打开，直接走了进去。来到楼梯底端，他掏出敖德萨手枪，打开保险，抬头朝楼梯看去并侧耳凝听，同时吸入被尿液和呕吐物浸湿过的木头气味。什么声音也没有。

他爬上楼梯，踩上报纸、牛奶盒和用过的针筒，尽量发出噪声。来到三楼之后，他站在一扇门前。这扇门也是新的，是一扇金属门，设有多重门锁。只有企图心非常强的小偷才会在这扇门上下功夫。

哈利觉得没必要敲门，没必要放弃出其不意的潜在优势。因此当他按下门把，感觉紧绷的弹簧出现反应，并发现门没上锁时，就立刻用双手握住敖德萨手枪，再用右脚踢开沉重的门板。

他冲进门内，立刻往左靠，避免站在门口形成人影。他身后的门在弹簧作用下猛地关上。

接着一切静止，只听见细微的嘀嗒声。

哈利惊讶地眨了眨眼。

除了一台处于待命画面的小型手提电视、屏幕上白色的数字显示错误的时间之外，其他一切都没变。这里依然是个凌乱的毒窝，地上散置着床垫和垃圾。其中一个垃圾坐在椅子上面对着他。

那个垃圾是楚斯·班森。

至少他认为那是楚斯。

曾经是楚斯。

45

椅子就放在房间正中央，位于唯一一盏灯的底下，破了的灯罩垂落在天花板上。

哈利心想那盏灯、那张椅子和那台电视应该是七十年代的产物，但他不是很确定。电视发出断断续续的嘀嗒声，只有快故障的电器才会发出这种声音。

坐在椅子上的那个人也一样。

哈利不确定那人是不是楚斯。此外楚斯也生于七十年代，卒于今年。楚斯被胶带固定在椅子上，脸已经看不出来。原本脸部的位置血肉模糊，由红色的鲜血、凝固的黑血，以及白色骨头碎片所组成。若不是他的头部被透明塑料膜紧紧包住，这些糊状物应该会流得到处都是。其中一根骨头刺穿了塑料膜。保鲜膜，哈利心想，就像在商店贩卖的、用保鲜膜包装的新鲜绞肉。

哈利逼自己移开视线，紧贴墙壁，屏住呼吸，好让自己听得更清楚。他半举手枪，由左而右扫视客厅。

他朝通往厨房的角落望去，只看见一台老电冰箱和料理台的一侧。说不定有人躲在阴暗之处。

没有声音，也没有动静。

哈利静静等待，头脑一边思考。如果这是有人特地设下的陷阱，他早就已经死了。

他深深吸了口气。他握有的优势就是他熟悉这间公寓的格局，知道除了厨房和厕所之外没有其他地方可以躲人。劣势则是他必须背对其中一个空间才能检查另一个空间。

他做出决定，大步走向厨房，把头探出角落，再迅速缩回，等待大脑处理眼睛所看见的景象。炉子、一摞比萨盒、冰箱。没有人。

他朝厕所走去，站在门口，打开电灯。数到七。迅速探头再缩回。里头空无一人。

他背靠墙壁，滑坐到地上，这时才发现心脏在胸腔内剧烈跳动。

他静静坐了一会儿，让自己镇定下来。

接着他走到椅子上的尸体前，蹲下来检视塑料膜内的红色物体。脸孔难以辨识，但突出的额头和下巴，以及廉价的发型，让哈利十分确定：这人就是楚斯·班森。

哈利的头脑已开始思考一个事实，那就是他判断错误，楚斯不是警察杀手。

其他的念头接踵而至。

莫非他眼前所见的是凶手杀了他的帮凶好灭口？难道瘪四楚斯一直在协助某个跟他一样病态且残暴的人？难道瓦伦丁是故意坐在伍立弗体育场的摄影机前，好让班森去马里达伦谷杀人？若是如此，他们如何分配谁做哪件案子？班森有哪几起命案的不在场证明？

哈利直起身子，环目四顾。另外，为什么他会被叫来这里？反正警方很快就会发现尸体，而且有好几件事连不起来。楚斯不曾参与古斯托命案的调查工作。当时的调查团队规模很小，成员只有贝雅特和其他几个鉴识员，而且他们没进行太多的调查工作，因为欧雷克在案发后随即遭抵达的警方逮捕，证据也显示作案的就是他。除了……

寂静之中，哈利依然听得见那细小的嘀嗒声。规律、不变、犹如时钟般的嘀嗒声。他把这串思绪想完。

除了那些鉴识员之外，唯一愿意去调查在这间公寓里所发生的证据确凿的毒虫命案的人，就是他自己。

而且就跟其他警察一样，他被叫来这里是为了让他死在这起未破命案的犯罪现场。

下一秒他已冲到门边，压下门把。他所惧怕的事果真发生了：门把很容易就压了下去，但门却打不开。这扇门就跟饭店客房的门一样，只不过他没有房卡。

哈利再度扫视这间公寓。

内侧加装铁窗的厚重窗户、自动关上的铁门。他跟往常一样发狂地想找到凶手，却像个白痴般直接闯入陷阱。

嘀嗒声一样细小，在他耳中听起来却似乎越来越大声。

哈利看着那台手提式电视，看着每秒流逝的时间。它显示的不是现在时间，时钟不会往回走。

他进来时上面显示的是00：06：10，现在是00：03：51。

它是在倒数。

哈利走过去抓住那台电视，想把它拿起来却拿不起来。一定是用螺丝固定在地上了。他对准电视顶端用力一踢，塑料壳砰的一声裂开。他往里头看去。金属管、玻璃管、铅。他不是这方面的专家，但他在电视上看过很多炸弹内部构造和土制炸弹的照片，所以一看就知道这是管式炸弹。

他查看线路，立刻打消念头。戴尔塔小队的一个炸弹专家跟他说过，剪断蓝线或红线就可以安全回家这种事早已成为历史，现在是数字时代，你只要乱动炸弹构造，蓝牙信号、密码或防护装置就会让计数器归零。

哈利开始助跑，冲撞铁门。说不定门框没那么坚固。

显然并非如此。

加装的铁窗也同样牢固。

他站了起来，肩膀和肋骨十分疼痛。他朝窗户大喊。

没有声音进来，也没有声音出去。哈利拿出手机。戴尔塔小队可以把门炸开。他看了看电视上的定时器。00：03：04。这些时间连通知地址都不够用。00：02：59。他看着联络人清单。R。

萝凯。

打电话给她，跟她道别，听听她和欧雷克的声音，说他爱他们，他们的日子一定要继续过下去，一定要过得比他更精彩。在这最后两分钟跟他们在一起，这样就不必孤独死去，可以有人陪伴，并且让他们分担他最后的创伤经验，让他们也尝尝死亡的滋味，送他们一个挥之不去的噩梦作为临别大礼。

"妈的，操！"

哈利把手机放回口袋，环顾四周。室内的门都已被拆下，无处可躲。

00：02：40。

哈利大步走进厨房。厨房是个短 L 形空间，深度不够，管式炸弹也会把这里炸个粉碎。

他朝冰箱看去，把它打开。里面有一盒牛奶、两罐啤酒、一包肝酱。他稍微衡量了一下，是要喝啤酒还是要开始惊慌？接着他进入惊慌状态，把冰箱里的架子、玻璃板和塑料盒全都抽出来，丢在后方地上，乒乓作响。他蜷缩身体，钻进冰箱，发出呻吟。他的脖子无法再往下弯，头缩不进去。再试一次。他屈起修长的四肢，希望用最符合人体工学的方式把身体缩进去。

妈的简直不可能！

他看了看电视上的定时器。00：02：06。

哈利把头塞进冰箱，再把双膝挤进去，但他的背部弹性不够。可恶！他爆出大笑。他在香港拒绝过免费瑜伽课，难道他就要因此而丧命了吗？

胡迪尼。他想起吐纳和放松的方法。

他呼了口气，试着什么都不想，专心放松，不去理会秒数，只是感觉肌肉和关节变得更柔软有弹性，慢慢压缩自己。

有可能了。

哈利路亚。真的有可能！他整个人都已塞进冰箱里。如果那个管式炸弹不是来自地狱的超强力炸弹，那么这台冰箱的金属外壳和绝缘层也许可以救他一命。

他抓住冰箱门边缘，看了电视最后一眼，准备把门关上。00：01：47。

他想把门关上，手却不听话，因为他的大脑拒绝忽视眼睛所看见的东西，而头脑的理性控制部分却想忽视那样东西，只因现下只有一件事最为重要，那就是保住性命。他必须忽视，因为他别无选择。他既没有时间，也缺乏对那东西的同情心。

那东西就是椅子上的绞肉。

绞肉上有两个白点。

白得有如眼白。

两个白点透过透明塑料膜朝他看来。

那家伙还没死。

哈利大吼一声，挤出冰箱，朝那张椅子奔去，眼角余光留意着电视屏幕。他扯开脸部的塑料膜。绞肉上的眼睛眨了眨，发出短促的呼吸声。一定是因为骨头穿出塑料膜，才让空气透了进去。

"是谁干的？"哈利问。

对方的回答只有呼吸声。绞肉面具开始往下慢慢流动，宛如融化的蜡烛。

"是谁？警察杀手是谁？"

依然只有呼吸声。

哈利看了看定时器。00：01：26。要再将自己塞回冰箱得花一点时间。

"快点，楚斯！我可以逮到他。"

一团鲜血泡泡冒了出来，哈利猜想那个部位应该是嘴巴。泡泡爆破，传出细若蚊吟的话声。

"他戴口罩，没看到脸。"

"哪种口罩？"

"绿色的，全身是绿色的。"

"绿色的？"

"外……科……"

"外科口罩？"

楚斯微微点头，又闭上了眼睛。

00：01：05。

看来再也问不出什么了。哈利奔回厨房，这次塞进冰箱的动作快了些。他关上箱门，灯光熄灭。

他在黑暗中全身颤抖，倒数读秒。四十九。

反正那王八蛋也死定了。

四十八。

由别人代劳也不错。

四十七。

绿色口罩。楚斯说出了他所知道的，没要求任何回报，那么他心中起码还保有一点警察的责任感。

四十六。

现在再想这些也无济于事，这里头的空间躲不下两个人。

四十五。

再说也没时间把楚斯从椅子上解开。

四十四。

就算他愿意也没时间这样做。

四十三。

一切都结束了。

四十二。

可恶。

四十一。

妈的，可恶！

四十。

哈利一脚踹开冰箱门，用另一脚挤出冰箱，拉开料理台的抽屉，抓出一把像是面包刀的东西，奔到椅子前，割断粘在扶手上的胶带。

他避免去看电视，但听得见嘀嗒声持续响着。

"操你妈的，班森！"

他绕到椅子后面，割开黏在椅背和椅脚上的胶带。

他双手抱住楚斯的胸部，用力拉起。

不消说，这王八蛋重得要命。

哈利边拉边骂、边拖边骂，也听不见自己口中骂些什么，只希望这些难听的话语严重冒渎天堂和地狱，以至于其中一方出手干预这愚蠢到家又不可避免的一连串事件。

他对准开着的冰箱门，把楚斯推进去。血迹斑斑的身体瘫进去又滑下来。

哈利再试一次，仍旧不得其法，只好把楚斯从冰箱里拉出来，在油地毯上留下一道血迹，然后把手放开。接着他把冰箱从墙边拖出来，听见插头拔开，再把冰箱推倒在地，背部朝下，让冰箱倒在料理台和炉子中间，抓起楚斯塞进去，自己再爬进去。他用双脚把楚斯紧紧塞到冰箱底部，也就是沉重压缩机的所在位置，接着再趴在楚斯身上，吸入汗水、鲜血和尿液的气味。先前楚斯坐在椅子上知道自己死期将至，所以失禁。

哈利原本希望冰箱容得下他们两人，并担心冰箱的高度和宽度可能成为问题，但深度应该没问题。

但现在有问题的却是深度。

他没办法在背后把冰箱门关起来。

哈利试着硬把冰箱门关上，但就是关不上，至少差了二十厘米。除非冰箱门完全紧闭，否则他们没有任何生还机会。震波会震碎肝脏和脾脏，高热会烧光眼珠，室内每个没有固定的物体都会变成子弹，就像是疯狂扫射的机关枪，粉碎一切。

他甚至不用去做决定，时间已然太迟。

这也表示他只能豁出去了。

哈利踢开箱门，跳了出去，跑到冰箱后方把它扶正，从旁边看见楚斯又滑到地上。他不自禁地朝电视屏幕看了一眼，定时器显示 00：00：12。剩下十二秒。

"抱歉，班森。"哈利说。

他抓住班森的胸部，把人整个拉起来，拖着班森、背朝内进入直立的冰箱。他伸手穿过班森身侧，把冰箱门拉得半关，然后开始前后摇晃。冰箱马达的位置很高，使得冰箱的重心也很高。哈利希望这一点能有所帮助。

冰箱往后倒去，摇摇欲坠，楚斯压上哈利。

他们不能往这个方向倒！

哈利极力反抗，努力把楚斯往冰箱门的方向推。

接着冰箱似乎心意已决，往前倒去。

冰箱向前倒落时，哈利朝电视屏幕瞄了最后一眼。

接着冰箱撞上地板，哈利的胸腔遭受重击，把空气都给压了出去。他惊慌不已，因为他吸不到氧气。四周陷入一片漆黑，冰箱箱体和马达的重量完成了他希望的动作，压上地面并把冰箱门关上。

哈利的脑袋向内炸开，关机停摆。

哈利在黑暗中眨了眨眼。

他一定是昏过去几秒钟。

他的耳朵严重耳鸣，觉得似乎有人倒了酸性物质在他脸上，但他还活着。

目前还活着。

他需要空气。他把手从他和楚斯之间挤出去，用背部顶住冰箱后壁，用力推挤。冰箱翻过铰链那侧倒向旁边。

哈利滚出冰箱，站了起来。

整间屋子看起来像是反乌托邦的荒地，是个由烟尘所构成的地狱，没有一样东西是完好的，就连冰箱也变了形。玄关的金属门被炸得和门框分离。

哈利把楚斯留在原地，心中只希望那浑蛋已经死了。他拖着脚步走下楼梯，踏上街道。

他站在原地看着黑斯默街，看见警车闪烁的警示灯，但耳中只听得见嗡嗡声响，宛如缺纸的打印机，或是得赶快关上的闹钟。

当他站在那里看着警车时，脑中再度冒出同一个思绪，跟他站在曼格鲁区聆听地铁声时所冒出的念头一样，那就是他没听见他该听见的声音，因为他没去仔细思考。直到他在曼格鲁区思索奥斯陆地铁线路图的时候。接着他终于明白一直待在潜意识的黑暗里不愿意浮现的是什么。森林。森林里没有地铁。

46

米凯停下脚步。

他侧耳聆听，查看空荡的走廊。

这里就跟沙漠一样，他心想，没有东西可以吸引视线，只有颤动的白光抹去所有物体的轮廓。

还有日光灯管发出颤动的嗡鸣声，以及沙漠般的热度，犹如一出永远不会开演的剧目序幕。这里只有空荡的医院走廊，尽头什么都没有。也许这一切都是海市蜃楼，包括伊莎贝尔解决鲁道夫的方法、一小时前的电话、市中心提款机吐出的千元克朗钞票、医院空荡侧翼的无人走廊，全都是海市蜃楼。

米凯心想，就当它是海市蜃楼、是一场梦吧。他开始往前走，同时确认外套口袋里的那把格洛克二二手枪已经关了保险，另一个口袋则放着一沓纸钞。若为情势所逼，他会付钱，比如说对方有好几个人。但他认为不太可能，这金额太小，难以均分，涉及的秘密又如此庞大。

他经过咖啡机，弯过转角，看见走廊同样是单调的白色延伸，但他也看见那张椅子。那是鲁道夫病房警卫坐过的椅子，依然留在原地。

他转过头去，确定后面没人，才继续往前走。

他大步向前，脚步踏在地上十分轻柔，几乎没发出声音，边走边试每扇门的门把，发现全都上了锁。

没多久他就来到那间病房前，站在椅子旁。他突然心血来潮，用左手摸了摸椅垫。冷的。

他深呼吸一口气，掏出枪来，看了看自己的手。没发抖对吧？

在关键时刻保持最佳状态。

他把枪放回口袋，压下门把，门就开了。

没必要屈服于里面可能等着他的惊奇之事，他心想，推开房门走了进去。

病房十分光亮，却空荡荡的，只有一张鲁道夫曾经躺过的病床。病床被推到了房间中央，旁边有一盏立灯，还有一台金属推车，上头放着尖利且闪闪发亮的器材。说不定这间病房被改装成了简易手术室。

米凯看见一扇窗户后方有动静，他立刻握住手枪，眯眼看去。难道他需要戴眼镜了？

等他集中视线，发现那只是倒影，真正的动静来自他背后时，已然太迟。

他感觉一只手搭上他的肩膀，马上有所反应，但颈部的刺痛感似乎立刻阻断了他的大脑和拿枪的那只手之间的联结。在黑暗降临之前，他在窗户的倒影中看见一张很靠近他的脸。那人头戴绿色帽子，嘴巴戴着绿色口罩，看起来像个准备进行手术的外科医生。

卡翠娜忙着打计算机，没去理会从她背后走进锅炉间的人并未回话。门关了起来，将地下通道的声音阻绝在外。她又问了一次。

"你跑到哪里去了，毕尔？"

她感觉一只手搭到她的肩膀和脖子上。她的第一个念头是有个男人用温热友善的手触碰她肩颈部位的肌肤，也不是件那么不愉快的事。

"我去犯罪现场献花。"声音从她背后传来。

卡翠娜惊讶地蹙起眉头。

画面上显示：未搜到档案。真的吗？到处都搜不到关键证人的死亡数据？她在手机上按下哈利的名字。那只手开始按摩她的颈部肌肉。她呻吟一声，为的是表示她很喜欢。她闭上眼睛，垂下了头，耳中聆听手机传出铃声。

"再下面一点。你去哪个犯罪现场？"

"一条乡间小路,有个少女车祸身亡,是肇事逃逸,肇事者一直没找到。"

哈利没接电话。卡翠娜放下手机,输入短信:找不到数据的档案。再按下传送键。

"你去了很久,"卡翠娜说,"后来你做了什么事?"

"帮助死者家属,"那声音说,"可以说他崩溃了。"

卡翠娜的工作算是告一段落,这时她才真正感觉到房间里发生了什么事。那个口吻、那只手、那个气味。她坐在椅子上转身,抬头望去。

"你是谁?"她问道。

"我是谁?"

"对啊,你不是毕尔·侯勒姆。"

"不是吗?"

"不是。毕尔·侯勒姆只在意指纹、弹道、血迹,他才不会替人按摩,让人尝到甜头。所以你到底想干吗?"

她看见那张苍白圆脸顿时红了起来,那双鳕鱼眼比平常还突出。侯勒姆赶紧缩回了手,激动地抓搔一边脸颊的络腮胡。

"呃,抱歉,我不是故意要……我只是……我……"

侯勒姆涨红了脸,说话越来越结巴,最后只好放下手,用走投无路的投降眼神看着卡翠娜:"该死,卡翠娜,这也太悲哀了吧。"

卡翠娜看着侯勒姆,哈哈大笑,觉得他这样看起来实在太可爱了。

"你开车来的吗?"她问道。

楚斯醒了过来。

他看了看前方,又看了看周围。每样东西都是白色的,光线十分充足,他也不再感觉疼痛。正好相反,他感觉很美妙,又洁白又美妙。他一定是死了。他当然死了。真是奇怪。更怪的是他竟然被送错了地方,送到了天堂。

他觉得自己的身体正在转弯。也许他太早做出结论,他还没到达天堂。

他也听见了声音。浓雾信号在远处响起又消失，听起来像是由渡轮发出来的。

有个东西出现在他面前，挡住光线。

那是一张脸。

接着又出现另一张脸："如果他大叫，就再给他注射吗啡。"

然后楚斯就觉得痛楚回来了。他全身都痛，头部感觉像是要爆炸。

他们再度转弯。救护车。他在鸣笛的救护车上。

"我是克里波的乌尔瑟，"他上方那张脸说，"你的证件上写着你是楚斯·班森警官。"

"发生了什么事？"楚斯低声问道。

"炸弹爆炸，震碎了附近所有民宅的窗户。我们在公寓的冰箱里发现你。发生了什么事？"

楚斯闭上眼睛，听见乌尔瑟又问了一次，接着听见一名可能是医护人员的男子说不要逼患者说太多话，因为已经注射了吗啡，患者可能会胡言乱语。

"霍勒呢？"楚斯低声说。

他看见亮光又被遮住。"你说什么，班森？"

楚斯想舔嘴唇，却发现已经没有嘴唇可舔。

"另一个家伙，他也在冰箱里吗？"

"冰箱里只有你一个人，班森。"

"可是他也在啊。他……他救了我一命。"

"如果公寓里还有别人，恐怕都已经变成新的壁纸和油漆了，因为爆炸威力把所有东西都炸成了碎片。就连那台冰箱也被炸得变形，所以你很幸运能活下来。如果你能跟我说炸弹是谁放的，我们就可以开始去追捕他。"

楚斯摇了摇头，或至少想象自己在摇头。他没看见那人。那人一直待在他背后，叫他离开他的车，坐上另一辆车，自己坐上后座，用枪指着他的头，叫他开车，目的地是黑斯默街九十二号。那间公寓的毒品犯罪频传，让他几乎忘了那里是命案现场。古斯托死在那里，怪不得。这时他一直压抑住的念头终于冒了出来。他就要死了。他背后那人是警察杀手。他们爬上楼梯，走进金属门。那人用胶带把他绑在椅子上，戴着绿色口罩看着他。楚斯看见那人在手提电视周围走来走去，拿起一把螺丝起子把电视锁紧。楚斯还看见定时器显示在屏幕上。门关上的时候，定时器停止运作，接着又回复到六分钟。那是个炸弹。接着口罩男子拿出一根警棍，跟楚斯用的警棍很像，开始击打楚斯的脸。那人十分专心，看起来既不享受这个过程，也没有任何情绪起伏。一开始他下手比较轻，无法打断骨头，但足以打爆血管和动脉，造成脸部流血和皮下出血。接着那人开始加强手劲。这时楚斯的肌肤已失去知觉，他只感觉到自己皮开肉绽，血液往下流到脖子和胸口。警棍每次挥击下来，他的头部和大脑内部就感觉隐隐作痛，不对，那痛楚似乎比大脑还要更深。他看见口罩男子宛如认真的教堂敲钟者，深信自己做的事十分重要，挥舞槌子敲打铜钟。鲜血喷溅在绿口罩上，形成有如墨迹测验的图案。他听见鼻骨和软骨被打碎，发出嘎喳声响；觉得牙齿断裂，塞了满嘴；感觉下巴脱臼，垂挂在神经纤维上……最后他终于失去意识。

他醒来时只觉得疼痛异常，接着就看见那人已脱去了外科医生的服装。可是那个站在冰箱前面的人不是哈利·霍勒吗？

起初他觉得困惑。

接着又觉得这一切都合乎逻辑：他握有哈利杀人的证据，所以哈利故意假扮成杀警凶手来解决他。

但哈利比那人要高，表情也不一样，而且正在努力钻进冰箱。原来他们都在同一艘船上，他们是同在命案现场的两个警察。他们将会死在一起。这真是太讽刺了，他们竟然要死在一起！如果不是那么痛，他一定会哈哈大笑。

后来哈利又爬出冰箱，割断胶带，把他抬起来塞进冰箱。这时他多少又失去了意识。

"可以再多注射一点吗啡吗?"楚斯低声说,希望自己的声音能穿透那该死的警笛声,并且不耐烦地等待那种至福的感觉再度冲刷他的身体,洗去令人难以忍受的疼痛。他心想,一定是因为吗啡的关系,自己才会这样想。因为吗啡实在太适合他了。不过他觉得这也无妨。

哈利就这样死去真是太叫人不爽了。

天杀的死得像个英雄。

竟然为了敌人而牺牲自己的生命。

往后这个敌人只能带着这个事实活下去:他能活着是因为有个情操高尚的人为他而死。

楚斯感觉他的背后传来凉意和痛楚,越来越强烈。能为了任何事死去都好,只要不是这么悲惨的自己就好。说不定这就是这一切最终极的意义。这样的话,去你妈的,霍勒。

他寻找医护人员,看见车窗是湿的,一定是下雨了。

"天哪,再给我吗啡!"

47

名字拗口的警卫卡斯滕·卡斯佩森坐在警大学院的警卫室里，看着大雨。黑夜中大雨如注，雨水敲打闪亮的黑色柏油路面，从大门滑落而下。

他关掉了警卫室的灯，不让人发现里头这么晚还有警卫。这里的"人"是指偷窃警棍和其他器材的小偷。学校里练习用的旧封锁线也失窃了，而且没有闯入迹象，所以窃贼一定持有通行证。既然窃贼有通行证，那么重点就不在于遗失几根烂警棍或几条旧封锁线，而在于有人监守自盗，此外这个窃贼不久之后也可能成为警察。警方绝不容许内部存在这种败类。

他看见有人在大雨中走近。那人从阴暗的史兰冬街出现，经过新堡大楼的灯光，朝大门而来。那人的步伐不像是正常行走，更像蹒跚而行，身体倾斜，仿佛左舷吹来阵阵强风。

那人在卡片阅读机上刷卡，接着就进入校园。卡斯滕认得这一区校舍每位职员的身形，他立刻跳起来，走了出去。能不能进入校园没什么可以讨价还价的，要不就是能通行，要不就是不能进入，没有灰色地带。

"哈啰！"卡斯滕喊道，走出警卫室，挺起胸膛，仿佛动物王国里常见的姿态，让自己看起来越大越好。他不知道这个动作的作用何在，只知道它有用。"你是谁？你来做什么？为什么你有卡？"

那个弓身前进、全身湿透的人停下脚步，尽量直起身体，脸部藏在兜帽的阴影中，但一双眼睛精光四射。卡斯滕仿佛感受到那人的强烈目光，不自禁地张嘴吸气，而且突然想到自己身上没带武器。他怎么会没想到这点？应该要带家伙来才有办法斥退窃贼。

那人掀开兜帽。

别管什么斥退了，卡斯滕心想，我需要武器来自卫。

那人看起来不是来自这个世界，他的外套裂开大洞，脸也是一样。

卡斯滕吓得赶紧退回警卫室，心想钥匙是不是插在门上？

"卡斯佩森。"

这声音颇为耳熟。

"是我，卡斯佩森。"

卡斯坦停下脚步，侧过了头，难道是……

"天哪，哈利，你怎么变成这副德行？"

"只是碰上一场爆炸，没有看起来那么糟啦。"

"糟？你看起来简直像是穿了洞的圣诞柳橙。"

"只不过是……"

"我指的是圣诞血橙，哈利，你在流血啊。等一下，我去拿急救箱。"

"你能拿到阿诺尔的办公室吗？我有点急事要处理。"

"阿诺尔不在。"

"我知道。"

卡斯滕赶忙跑到警卫室的医药柜前，拿出膏药、纱布、剪刀，同时他的潜意识正在重新检视刚才的对话，并停留在最后一句话上。哈利说那句话带有强调口气。我知道。这句话仿佛不是对他说的，而是哈利对自己说的。

米凯醒了过来，睁开眼睛。

他又立刻闭上眼睛，因为光线照射到视网膜和水晶体上，感觉像是直接在灼烧他的视神经。

他的身体无法动弹，只能转动头部，查看周围。他还在同一间病房里。他往下看去，看见自己被白色胶带固定在病床上，双臂贴在身侧，双脚并拢，简直就像木乃伊。

而且也离木乃伊不远了。

他听见后方传来金属碰撞声，便转过头去。那人站在他旁边，正在挪动器材，身穿绿衣，脸上戴着口罩。

"天哪，"绿衣男子说，"麻醉药已经退了？好吧，我对麻醉很外行对不对？老实说，医院里这些东西我都不是专家。"

米凯的脑子迅速转动，努力想厘清疑惑。到底发生了什么事？

"对了，我看到你带来的钱了。你人真好，可是我不需要钱。而且你做过的事是难以弥补的，米凯。"

这人如果不是那个麻醉护士，那他怎么会知道米凯和鲁道夫之间的关系？

绿衣男子拿起一样器材对着灯光查看。

米凯听见恐惧的鼓动声响。他还没感觉到恐惧，因为麻醉药还在他脑子里飘动，犹如一阵薄雾。但是等麻醉药的薄纱完全揭开之后，里面的东西就会浮现，包括痛楚、恐惧和死亡。

这时米凯已然明白状况。事情是那么明显，他离开家门时应该想到才对：这里是未破命案的发生地点。

"应该说你跟楚斯·班森所做的事。"

楚斯？难道这家伙认为楚斯跟谋杀鲁道夫的事有关？

"不过他已经受到应有的惩罚了。你认为把脸割下来要用什么比较好？三号刀柄搭配十号刀刃是用在皮肤和肌肉上的。还是这把，七号刀柄搭配十五号刀刃？"绿衣男子拿起两把看起来几乎一模一样的手术刀，其中一把刀反射出一道细长的亮光，投射在男子的脸上和一只眼睛上。米凯觉得男子的那只眼睛有点似曾相识。

"厂商没有附说明书，所以我也不知道哪把刀适合哪种手术。"

男子的声音是不是也有点似曾相识？

"好吧，只好将就着用了。我得用胶带把你的脸贴起来了，米凯。"

薄雾散去，现在米凯清楚地看见了恐惧。

恐惧也看见了他，并上升到他的喉咙。

米凯倒吸一口凉气。他的头被按到床垫上，一条胶带横向贴在他的额头上。男子的脸就在他的正上方。口罩稍微滑开。米凯的大脑缓缓倒转双眼看见的影像，把那张颠倒的脸孔转动一百八十度。米凯认出了男子，也明白了原委。

"还记得我吗，米凯？"男子问道。

是他。是那个同性恋者。是那个他任职于克里波时，在厕所里试图亲吻他的警察，而那时刚好有人走进厕所。后来楚斯在锅炉室把他打得鼻青脸肿，他再也没去上班，因为他知道他如果出现，克里波会有什么在等着他。就跟米凯现在一样，他知道有什么在等着他。

"饶了我，"米凯觉得泪眼盈眶，"我制止了楚斯，他可能把你杀了，如果我没——"

"你把他拦住是因为你想保住事业，将来要爬上警察署长的位子。"

"听着，我已经付出了代价——"

"哦，你会付出代价的，米凯。你夺走了什么，就会付出什么。"

"夺走……我从你身上夺走了什么？"

"你夺走了我复仇的机会，米凯。你没有惩罚杀死勒内·卡尔纳斯的凶手，你们都让凶手逍遥法外。"

"不是每件案子都能侦破，你应该很清楚——"

男子发出冰冷短促的笑声，随即踩了刹车般突然停止："我只知道你们根本没努力，这点我很清楚，米凯。你们根本不在乎这件事，原因有两个。第一，你们在命案现场附近发现一根警棍，结果你们害怕一旦调查得太仔细会发现其实是自家人干的，那个令人作呕的同性恋者其实是警察杀死的。那第二个原因呢，米凯？勒内并不是警方希望警察成为的那种异性恋阳刚男人，可是那又怎样呢，米凯？我爱勒内，我爱他，你听见了吗，米凯？我正在大声说我是个男人，我爱那个男孩，我喜欢亲吻他、抚摸他的头发、在他的耳畔轻声说些甜言蜜语。你觉得这样很恶心吗？其实在内心深处你也明白对不对？能去爱另一个男人是上天赐予的礼物。以前你就应该这样跟自己说，米凯，因为现在对你来说已经太迟了，你再也体验不到我们在克里波工作时我想提供给你的经验。当时你是那么害怕你隐藏的自己，所以才大发雷霆，不得不去把那人打一顿，也就是把我打一顿。"

男子逐渐拉高嗓音，但这时又压低声音，轻声细语。

"但那只是愚蠢的恐惧而已，米凯。我也有过这种恐惧，如果只是恐惧，我绝对不会这么严厉地惩罚你。你和其他负责调查勒内命案的所谓警察都被判处了死刑，因为你们玷污了我唯一爱过的人，贬低了他身为人的价值，甚至认为他这个被害人不配你们去执行警察应尽的职责，不配你们实现警察发誓要服务民众和伸张正义的誓言。这表示你们让我们所有人失望，你们亵渎了警察，警察应该是神圣的。除此之外，你们也亵渎了爱，所以你们都应该被除掉，就像你们除掉我的挚爱一样。好了，聊天聊够了，我得专心才能把事情做好。幸好网络上就找得到很有用的教学影片，这个你觉得如何？"

男子把一张图片拿到米凯面前。

"这个手术应该很简单才对，你说是吗？小声一点，米凯！没人听得见你的声音，如果你再这样大叫，我就得把你的嘴巴也贴起来。"

哈利在阿诺尔的办公椅上坐了下来，椅子发出长长的液压喷气声，沉了下去。他打开计算机电源，屏幕亮了起来。计算机开机，发出吱吱声和呻吟声，启动各种程序以供使用。哈利利用这段时间阅读卡翠娜的短信。

找不到数据的档案。

阿诺尔跟他说过，FBI 的统计数据显示有百分之九十四的重大案件检方证人的死因非常可疑，这也是当初他为什么会去仔细调查鲁道夫的死因，但这份数据却不存在。它就像卡翠娜开的那个玩笑，一直在啮咬他的大脑皮质。他一直记得这个笑话，却不明白为什么：

"每当人们把数据搬出来，有百分之七十二的比例都是当场乱编的。"

这件事哈利已经反复思索了好一段时间，也一直存有疑问，那就是 FBI 的那个数据是阿诺尔当场乱编的。

可是为什么？

答案很简单：为了说服哈利去仔细调查鲁道夫的死因。因为阿诺尔知道一些内情，却不能明讲，也无法说明这些信息是从哪里来的。因为这样会揭穿他的身份。但他是个热心的警察，为了侦破这起命案而病态地热心，依然愿意冒着风险促使哈利去调查这件案子。

因为阿诺尔知道这条线索不仅可以引导哈利发现鲁道夫是被谋杀的，以及可能的凶手身份，也可以连到他自己——阿诺尔·福尔克斯塔德——和另一桩命案。因为另一个可能知情而且也许需要说出医院里到底发生何事的人，是安东·米泰，那个被下药、时常痛悔自责的病房警卫。而阿诺尔和安东这两个素昧平生的陌生人会产生联结，只有一个原因。

哈利打个冷战。

命案。

计算机已开机完成，可以进行搜索。

48

哈利盯着计算机屏幕，拿起手机再度打给卡翠娜，正要挂断，她的声音传了出来。

"喂？"

她气喘吁吁，仿佛正在跑步，但背景声音显示她在室内。这时哈利突然想到那天晚上他打电话给阿诺尔，背景声音显示他在室外，而不在室内。

"你是在健身房吗？"

"健身房？"她说这句话的口气像是不知道健身房是什么。

"我只是在想为什么你都没接电话。"

"没有，我在家里。怎么了？"

"好吧，你让心跳缓和一下。我在警大学院，刚才我看了一下某人的搜索记录，可是没办法再查得更深入。"

"什么意思？"

"阿诺尔·福尔克斯塔德上过医疗器材的网站，我想知道为什么。"

"阿诺尔·福尔克斯塔德？跟这个人有什么关系？"

"我想他是我们要找的人。"

"阿诺尔·福尔克斯塔德是警察杀手？"

卡翠娜说话时，哈利听见一个声音，并立刻认出那是侯勒姆的烟枪式咳嗽，又听见似乎是床垫所发出的咯吱声。

"你跟毕尔在锅炉间吗？"

"不是，我刚才不是说……我们……对，我们在锅炉间。"

哈利沉思片刻，并根据多年来他担任警职所累积的丰富经验做出判断：

这是他听过最蹩脚的谎言了。

"如果你在计算机附近，可以查一下阿诺尔是不是买过医疗器材吗？还有看看他的名字是不是跟过去的命案现场或命案调查出现关联，然后回我电话。现在叫毕尔听电话吧。"

哈利听见她递出手机，说了几句话，接着侯勒姆的浓重嗓音传了出来。

"什么事？"

"你收拾一下，立刻赶去锅炉间，找个警方律师申请搜索票，监听阿诺尔·福尔克斯塔德的手机，然后查出今天晚上谁打过电话给楚斯·班森。与此同时，我会叫贝尔曼派出戴尔塔小队，好吗？"

"好。我……我们……呃，你知道的……"

"这很重要吗，毕尔？"

"没有。"

"好。"

哈利结束通话，这时警卫卡斯滕走进办公室。

"我拿了些碘酒和棉花，还有小镊子，这样就可以把碎片夹出来。"

"谢了，卡斯佩森，可是这些碎片多多少少让我可以振作精神，你把东西放在桌上就好了。"

"可是，妈呀，你——"

卡斯滕正要提出异议，哈利已挥了挥手，请他离开办公室，同时打电话给米凯。电话进入语音信箱。哈利咒骂一声，搜索乌拉·贝尔曼，找到一组位于赫延哈尔的市内电话号码，接着就听见一个温柔悦耳的声音报上姓名。

"我是哈利·霍勒，你先生在家吗？"

"不在，他刚刚才出去。"

"我有要事找他，他去哪里了？"

"他没说。"

"那他什么时候会——"

"他也没说。"

"如果——"

"如果他出现，我会请他打给你，哈利·霍勒。"

"谢谢。"

哈利挂上电话，静静等待，双肘撑在桌上，把头埋在双手之中，聆听鲜血滴在未改考卷上的声音并细细数算，仿佛那是时间一秒一秒流逝的声音。

森林。森林。森林里没有地铁经过。还有当时的背景声音听起来像是他在室外，而非室内。

那晚哈利打给阿诺尔，他说他在家里。

但当时哈利却听见背景传来地铁经过的声音。

当然了，阿诺尔没对他身在何处说实话可能有个相当单纯的理由，比如说他跟一名女性友人在一起却不想说。但也有可能当哈利打电话过去时，阿诺尔正好在维斯特墓园挖掘那个女孩的尸体，而附近正好有地铁经过。说不定是巧合，却足以让其他事情也浮到表面，例如统计数据。

哈利又看了看表。

他想到萝凯和欧雷克，他们都在家。

家。他本来应该在家。他应该在家的。但他永远都无法在家，无法完全在家，无法像他希望的那样属于家庭。事实上他缺乏这种素质。他有的是另一种素质，宛如食肉菌般的素质，它会吞噬他生命中的一切，就连酒精也无法抑制，而这么多年来，他对自己的这种素质还不是完全了解。他只知道阿诺尔的素质跟他有点像，两者都具有压倒性的强度，无论摧毁什么几乎都能合理化。然后，她终于打来了。

"几周前他订购了不少手术器材，要买这种东西不需要特别的许可。"

"还有呢？"

"没有了，他似乎不常上网，好像很小心似的。"

"还有呢？"

"我搜索他是不是受过伤之类的，结果找到了多年前的一些病历。"

"哦？"

"对，他住过院，医生在病历上写的是遭人殴打，但患者坚称他是摔下楼梯。医生不采纳患者的说法，并说伤势遍布全身。他写患者是警察，必须让他自己判断怎样的情况必须报案。他还写患者的膝盖永远无法复原。"

"所以他被毒打过。那命案现场和警察杀手呢？"

"这部分我找不到联结，可是看起来他在克里波工作的时候参与过一些原始命案的调查工作，而且我找到他和其中一名被害人的联结。"

"哦？"

"勒内·卡尔纳斯。起初他看起来只是刚好出现，但后来我调整搜索条件，发现他们经常在一起。卡尔纳斯会跟福尔克斯塔德一起出国，而且都是福尔克斯塔德付的钱，他在欧洲好几个国家用两个人的名字订双人房和套房。福尔克斯塔德还在巴塞罗那和罗马买过珠宝，但我怀疑这些不是他自己要戴的。简而言之，他们两个人看起来像是——"

"——情人。"哈利说。

"我会说更像是秘密情人，"卡翠娜说，"他们从挪威出发时会坐在不同排，有时甚至搭不同班机。他们在国内旅行时总是住单人房。"

"阿诺尔是警察，"哈利说，"他认为待在衣柜里比较安全。"

"但是追求勒内、和他一起去度周末假期、送他一大堆礼物的人不只福尔克斯塔德一个人。"

"我想也是，而且我认为之前的调查组一定发现了这点。"

"你太快下结论了，哈利。他们又没有我的搜索引擎。"

哈利小心地伸手抹了抹脸："也许吧。也许你说得对。也许我不应该认为当初那些警探不积极侦办这个性关系混乱的男同性恋者命案。"

"没错。"

"好吧。还有呢？"

"目前只有这些。"

"好。"

哈利把手机放回口袋，看了看表，脑海里浮现阿诺尔说过的一句话。

任何不敢为正义挺身而出的人都会良心不安。

难道阿诺尔犯下这些复仇的命案都是在为正义挺身而出？

还有那次他谈到西莉亚的心理状态时是怎么说的？"我有过一些OCD的经验。"这表示他知道那种什么都挡不住的感觉。

阿诺尔就坐在他对面把一切都清清楚楚地说了出来。

七分钟后，侯勒姆打电话来。

"他们查过楚斯·班森的手机号了，今天晚上没人打电话给他。"

"嗯。所以福尔克斯塔德直接去班森家，把他载走。那福尔克斯塔德的手机呢？"

"手机是开机的，位置应该是在史兰冬街、新堡大楼和——"

"该死，"哈利说，"你挂上电话，打他的手机。"

哈利等了几秒钟，就听见某处传来振动声。声音来自其中一个抽屉。哈利伸手去拉抽屉，发现锁着，只有最底层那个最深的抽屉没锁。手机屏幕的亮光照在他脸上。他拿起手机，接起电话。

"找到了。"他说。

"哈啰？"

"毕尔，我是哈利。福尔克斯塔德很聪明，他把登记在他名下的手机留在这里。我猜所有命案发生的时候，他的手机都在这里。"

"这样电信公司人员就没办法回溯他的活动。"

"而且他如果需要不在场证明，只要说他一如往常都在这里工作就好了。而且抽屉没锁，代表我们在这部手机里查不出什么东西。"

"你是说他还有另一部手机？"

"预付卡号码，用现金买的，说不定登记的是另一个名字。他就是这样打电话给被害人的。"

"既然今天晚上手机在那里……"

"没错，他正在外面活动。"

"但如果他要用手机制造不在场证明，怎么没把手机带回家？如果信号显示他整个晚上都在警大学院——"

"就不太可能当作有效的不在场证明。还有另一个可能。"

"什么可能？"

"他今天晚上的工作还没完成。"

"哦，天哪。你认为——"

"我什么都不认为。我联络不到贝尔曼。你能打给哈根，跟他说明现在的状况，请他授权出动戴尔塔小队去搜查福尔克斯塔德的家吗？"

"你认为他在家？"

"没有，可是我们——"

"——必须从有光的地方开始搜寻。"侯勒姆替哈利把话说完。

哈利再度结束通话，闭上眼睛。耳鸣快要完全消失了，但耳中却出现另一种声音。嘀嗒声。倒数计时的嘀嗒声。可恶！他把指关节按在眼睛上。

今天还有谁可能接到匿名电话？谁？电话是从哪里打来的？预付卡手机，或是公用电话，或是不会显示电话号码的大型总机。

哈利静静坐着几秒钟。

然后把手拿开。

他看着桌上那部大型黑色电话，迟疑片刻，接着拿起话筒，听见总机的拨号音，按下重拨键。电话响起细小而兴奋的哔哔声，开始重拨上一个拨出的号码。他听见铃声响起，接着电话被接起来。

那个温柔悦耳的声音再度响起。

"贝尔曼。"

"抱歉，打错了。"哈利说，挂上电话，闭上眼睛。妈的，该死！

49

现在的重点不在于凶手犯案的手法和原因。

哈利清空脑子里所有多余的信息，集中精神在现下唯一的重点上：地点。

阿诺尔·福尔克斯塔德会在哪里？

他会在某个命案现场。

随身携带手术器材。

这时哈利发现只有一件事令他感到惊讶：他竟然这么晚才想到。事情是那么明显，即便是想象力有限的大一警校生也有办法从现有信息中推敲出凶手的想法。穿着一身外科医生的服装在哪里最不会引人注目？

驾车从警大学院前往国立医院只要两分钟。

他办得到，戴尔塔小队办不到。

二十五秒之后，哈利已离开校舍。

三十秒后，他已坐上自己的车，发动引擎，开上史兰冬街。只要沿着这条街一直走就能抵达目的地。

一分四十五秒后，他已将车子停在国立医院的入口。

他推开双开门，经过接待区十秒之后，就听见有人高喊："嘿，那位先生！"但他继续向前冲，脚步声回荡在走廊墙壁和天花板之间。他拿出插在腰际的敖德萨手枪，感觉心跳正在倒数计时，跳得越来越快。

他经过咖啡机，慢下脚步，避免发出声响，最后在命案现场门口的那张椅子前停下脚步。很多人知道有个毒枭死在这里，但很少人知道他是被谋杀的，而且这起命案没被侦破。然而阿诺尔知道。

哈利走到门前，竖耳凝听。

　　手枪保险已经确认打开。

　　他的心跳已经倒数完毕，恢复平静。

　　走廊上传来奔跑的脚步声，警卫正前来制止他。哈利静静打开房门，踏进门内，这期间他的脑了又跑完一串思绪：这场不断重复上演的噩梦必须在这里中止才行。他必须从梦中醒来，朝早晨的阳光眨眨眼，躺在冰凉的白色被子里，感觉身旁的她紧紧抱着他。他必须拒绝放手，拒绝让自己再跑去别的地方，只待在她身边。

　　哈利静静把门关上，看着一名身穿绿衣的人正俯身在一张病床上，床上躺着的是他认识的人：米凯·贝尔曼。

　　哈利举起手枪，扳下击锤，想象齐射而出的子弹穿过绿色手术衣，截断神经，打碎骨髓，让那人身子一弯，向前扑倒。但哈利不希望这种事情发生。他不希望从背后对那人开枪，把他杀死。他希望从正面对那人开枪，把他杀死。

　　"阿诺尔，"哈利说，"转过来。"

　　金属桌上传来当啷声，有个东西从那人的手上掉了下来。那是一把手术刀。那人缓缓转身，拉下口罩，看着哈利。

　　哈利回望那人，手指紧紧扣在扳机上。

　　门外的脚步声越来越近，听起来不止一人。他得赶快在没有目击者的情况下解决这件事。他感觉手指上的阻力越来越小，来到一触即发的那点。这时一切都静止下来。这是子弹发射前的宁静。就是现在。不对。他稍微松开手指。不是他。那人不是阿诺尔·福尔克斯塔德。难道他判断错误？难道他再度判断错误？他眼前的那张脸肌肤平滑，嘴巴张开，眼睛是黑色的。这是一张陌生脸孔。难道这人就是警察杀手？对方看起来……一脸茫然。绿衣人向旁边踏出一步。这时哈利才发现那个身穿绿色手术服的人是个女子。

　　就在此时，哈利背后的房门猛然打开，另外两个身穿绿色手术服的人把他推到一旁。

"情况怎样？"其中一人用颇具权威感的声音尖声问道。

"陷入昏迷，"女子答道，"心跳缓慢。"

"失血状况呢？"

"地上没有太多血迹，但血也可能流到胃里去了。"

"辨别血型，拿三个血袋过来。"

哈利放下手枪。

"我是警察，"他说，"这里发生了什么事？"

"出去，我们正在救人。"权威医师说。

"我也是。"哈利说，又举起手枪。男子看着他。"医生，我正在拦截一个凶手，我们不知道他今天是不是收手了。"

男子转过身去："如果只有这个伤口，内脏没有受损，那就不应该会流太多的血。他是不是昏迷了？凯伦，你来回答这位警察的问题。"

女子站在床边，透过口罩说："接待区有人看见一个男人穿着沾血的手术衣，脸上戴着口罩，从这个空无一人的侧翼直接走出大门。这种情况很不寻常，所以她派人过来查看，就发现这个患者奄奄一息躺在这里。"

"有谁知道那个男人往哪边走吗？"哈利问。

"他们说他就这样消失了。"

"那个患者什么时候会醒过来？"

"目前还不知道他能不能活下来。对了，你自己看起来也需要接受治疗。"

"目前可以做的不多，只能用纱布盖起来。"权威医师说。

看样子是问不出其他线索了，但哈利却仍站在原地。他向前踏出两步，停了下来，看着米凯苍白的脸庞。米凯在整个过程中是醒着的吗？很难说。

米凯的一只眼睛直视哈利。

另一只眼睛则不见踪影。

原本眼睛的位置只剩下一个黑洞，沾血的肌腱和白色条状物从眼窝里垂落出来。

哈利转身离开，拿出手机，大步踏进走廊，寻找新鲜空气。

"喂？"

"史戴吗？"

"你听起来心情不是很好，哈利。"

"警察杀手让贝尔曼中计了。"

"中计？"

"他对他施行了手术。"

"什么意思？"

"他取出贝尔曼的一只眼睛，让他躺在那里一直流血。今天晚上的爆炸案也是警察杀手的杰作，我想你应该在新闻上看到了。他企图杀死两个警察，其中一个人是我。我需要知道他到底在想什么，因为我已经搞不清楚了。"

一阵静默。哈利等待着，耳中听着奥纳的沉重呼吸声。终于奥纳的声音又传了过来。

"我真的不知道……"

"我不想听你这样说，史戴。假装你知道，好吗？"

"好好。我只能说他失控了，哈利。他的情绪压力升高，现在已经到达沸点，所以不再遵循作案模式。从现在开始，他什么都可能做得出来。"

"所以你的意思是说你不知道他的下一步会是什么？"

又是一阵静默。

"谢了。"哈利说，挂掉电话。手机立刻响了起来，是侯勒姆打来的。

"喂？"

"戴尔塔小队出发前往福尔克斯塔德家了。"

"很好！跟他们说他可能也正要回家，还有我们一小时之后才会发出通缉令，这样他才不会从警用频道或类似的工具得知我们的行动。打电话给卡翠娜，叫她去锅炉间，我现在就过去。"

哈利来到接待区，看到人们看见他都大吃一惊。一名女子高声尖叫，有人躲到柜台里头。哈利在柜台后方的镜子里看见大家都这么惊慌的原因。

镜中是个身高将近两米、遭受炸弹蹂躏的男子，手中还拿着一把全世界最丑恶的自动手枪。

"抱歉各位。"哈利咕哝说，推开双开门离去。

"发生了什么事？"侯勒姆问说。

"没什么。"哈利说，用雨水抹了抹脸，让自己冷静下来，"毕尔，我回家只要五分钟，所以我会先开车回去冲个澡，包扎伤口，换件衣服。"

他们结束通话。哈利看见一名交通警察站在他的车子旁边，拿出一本簿子。

"你要开单？"哈利说。

"你挡住医院出入口，当然要开单。"交警头也不抬地说。

"我想你最好走开，让我把车开走。"哈利说。

"我想你不应该用这种口气跟我——"交警说，抬头一看哈利手握敖德萨手枪就愣住了。哈利坐上车，把枪塞回腰间，发动引擎，放开手刹，疾驶上路。那名交警仍呆呆站在原地。

哈利驾车在史兰冬街转弯，加快速度，从即将驶来的电车前通过，在心里默默祷告，希望阿诺尔跟他一样正要回家。

他转上霍尔门科伦路，希望萝凯看见他这个样子不会被吓坏，也希望欧雷克……

天哪，他多希望见到他们，即使他现在这么狼狈，但也因为这样，所以更想见到他们。

他降低车速，转弯驶上大宅车道。

突然间他踩下刹车。

打到倒车挡。

缓缓倒车。

他看着刚才经过的、停在路边的车辆，踩下刹车，用鼻孔吸气。

阿诺尔的确正要回家，就跟他一样。

路边停着的两辆霍尔门科伦区常见的奥迪和奔驰之间，是一辆年份不详的菲亚特。

50

哈利在云杉树下站立一会儿，观察大宅。

他在上了三道锁的大门和加装铁窗的窗户上，都看不见任何闯入痕迹。

当然停在路边的那辆菲亚特不见得就是阿诺尔的，很多人都有菲亚特。哈利摸了摸引擎盖，仍是温的。他把自己的车留在路中央。

他穿过树林，跑到大宅后方。

静静等待，仔细聆听。什么动静也没有。

他爬上墙壁，拉长身体，看入窗户，但什么也没看见，只看见漆黑的房间。

他继续绕着大宅行走，来到厨房和客厅亮着灯光的窗户前。

他踮起脚尖，朝窗内看去，立刻又矮下身来，贴在粗木墙上，专心呼吸。因为现在他必须呼吸，必须让脑部获得充分氧气才能快速思考。

这大宅有如碉堡，可是他妈的又有什么用？

他逮到他们了。

他们都在里面。

阿诺尔、萝凯和欧雷克。

哈利集中精神，回想他所看见的。

他们坐在大门前的门厅里。

欧雷克坐在靠背椅上，椅子就放在门厅中央，萝凯站在他背后。欧雷克嘴里塞了一条白布，萝凯正在把他绑在椅子上。

几米后方，坐在椅子上的正是阿诺尔·福尔克斯塔德，他手里拿着枪，显然正在对萝凯下命令。

细节。阿诺尔手上的枪是黑克勒-科赫手枪，那是警用手枪，十分可靠，不会卡弹。萝凯的手机放在客厅桌上，她和欧雷克看起来都暂时没受伤。

为什么……

哈利停止继续思考。他没有空间去思考，也没有时间去想为什么，只能思考该如何阻止阿诺尔。

他已经看见开枪射击是不可能的，不可能在不伤害到欧雷克和萝凯的情况下射到阿诺尔。

哈利又抬头朝窗内看了一眼，迅速缩回。

萝凯已经快把绳子绑好了。

很快阿诺尔就会开始进行他的工作。

哈利已经看见警棍就靠在扶手椅旁的书柜上。很快阿诺尔就会用警棍打烂欧雷克的脸，就像他对别人做的那样。但这个少年根本就不是警察，再说阿诺尔应该以为哈利已经死了，所以复仇应该已经没有意义，那为什么……停下来，别再想为什么了。

他必须打电话给侯勒姆，叫戴尔塔小队过来这里，他们去奥斯陆另一头的森林根本就是跑错方向。可是要来这里至少得花四十五分钟。操！他得靠自己才行！

哈利告诉自己还有时间。

他还有几秒钟或是一分钟的时间。

但他无法出其不意冲进门内，因为有三道锁得开，还没进去就会被阿诺尔发现，拿枪指着萝凯或欧雷克的头。

快点快点！想个办法，哈利。

他拿出手机想发短信给侯勒姆，但手指不听使唤，僵硬麻木，仿佛血液流动受阻。

在这关头可别吓呆了，哈利。这只是一般任务，他们只是……只是被害人，无脸的被害人。他们是……即将要跟你结婚的女人，还有小时候叫你爸爸的少年，后来他还因为疲惫而迷失。你从不希望让那少年失望，但你还是会忘记他的生日，每次你发现时都急得快哭出来，只好想个把戏来哄骗他。你总是哄骗他。

哈利朝黑暗眨了眨眼。

你的老把戏。

手机在桌上。他可以打萝凯的手机，看阿诺尔会不会站起来，离开萝凯和欧雷克，然后再趁他接电话时开枪射击。

如果他不站起来呢？如果他只是坐在原位呢？

哈利又朝窗内看了一眼，迅速低头，并希望阿诺尔没发现任何动静。阿诺尔已经站了起来，手里拿着警棍，把萝凯推到一旁。就算子弹不会碰上障碍物，在将近十米的距离下，哈利也很难阻止阿诺尔。他必须使用比这把俄罗斯制的敖德萨手枪更精准的武器，也不能使用9毫米×18毫米的马卡洛夫子弹。用这把枪的距离必须更靠近，最好在两米以内。

他听见窗内传来萝凯的声音。

"我代替他！拜托你！"

哈利把头靠在墙上，紧紧闭上眼睛。快行动啊。可是该怎么行动？慈悲的上帝啊，该怎么行动才好？求你给这个爱玩把戏的罪人一个提示吧，实现他的愿望吧，他一定会还愿的……不管你要什么都可以。哈利吸了口气，许下愿望。

萝凯看着那个留着红胡须的男子。男子站在欧雷克那张椅子的正后方，把警棍顶端搁在欧雷克肩膀上，另一手拿枪对准她。

"很抱歉，萝凯，但我不能放过这个男孩。是这样的，他才是真正的目标。"

"可是为什么？"萝凯没发现自己已经哭了出来，只有滚烫的泪水滑落脸颊，仿佛哭泣的生理反应已跟她的感觉产生分离，或者她只是因为麻木而没感觉到，"你为什么要这样做，阿诺尔？这种行为……这种行为……"

"有病？"阿诺尔微微一笑，笑容里似乎带着歉意，"你们可能都这样想吧。我们都喜欢陶醉在复仇的幻想中，但很少人愿意或有能力去真正执行。"

"可是为什么？"

"因为我可以爱，也可以恨。好吧，现在我已经不能爱了，所以取而代之的是……"他扬起警棍，"……这个。我正在荣耀我的挚爱勒内。是这样的，他不只是个情人，他是……"他把警棍放到地上，靠着椅背，再把手插进口袋，手枪依然指着萝凯，动也没动，"……我唯一的挚爱，但他从我身边被夺走，我却无能为力。"

萝凯看着阿诺尔手中握着的枪，知道自己应该震惊、焦躁、害怕，但她却什么感觉也没有。她的心已经冻结了。

"米凯·贝尔曼的眼睛真漂亮，所以我夺走他的宝物，就像他夺走我的宝物。"

"以眼还眼，可是为什么要找上欧雷克？"

"你还是不明白吗，萝凯？他是种子。哈利跟我说他以后想当警察，可是他的第一项任务就已经失败了，所以他跟他们都是一丘之貉。"

"任务？什么任务？"

"逮到杀人凶手，让他们获得报应。他知道是谁杀了古斯托·韩森。你看起来很惊讶。这件案子我看过，显然，欧雷克如果不是自己杀了古斯托，那么他一定知道凶手是谁，其他可能性在逻辑上都说不通。难道哈利没跟你说过吗？古斯托遇害的时候欧雷克就在现场，萝凯。你知道当我看见古斯托陈尸在命案现场的照片时是怎么想的吗？我觉得他长得好美。他跟勒内一样都是美少年，原本都有大好人生在等着他们。"

"我儿子也有大好人生在等着他！求求你，阿诺尔，你不需要这样做。"

萝凯踏上一步。阿诺尔举起手枪，不是对准她，而是对准欧雷克。

"别担心，萝凯，你也要死。你虽然不是目标，但你是目击者，我得把你也处理掉。"

"哈利会找到你的，他会杀了你。"

"很抱歉给你带来这么多痛苦，萝凯。我真的很喜欢你，但我想我应该告诉你才对。是这样的，哈利不会来找我，因为他恐怕已经死了。"

萝凯用不可置信的眼光看着他。他脸上的表情是真的感觉很遗憾。突然间桌上的手机亮了起来，发出简单的口哨声。她看了手机一眼。

"看来你错了。"萝凯说。

阿诺尔蹙起眉头："手机给我。"

萝凯拿起手机递给他。他把枪抵在欧雷克的脖子上，抓过手机，很快地看了短信，怒目瞪视萝凯。

"'别让欧雷克看到礼物。'这什么意思？"

萝凯耸了耸肩："反正这表示他还活着。"

"不可能，收音机说我的炸弹爆炸了。"

"可以请你离开吗，阿诺尔？现在还不算太迟。"

阿诺尔焦虑地眨了眨眼，看着萝凯，或者说视线穿过萝凯。

"原来如此，有人比哈利早一步到达，进入公寓，然后就'砰'，爆炸了。一定是这样。"他咯咯一笑，"哈利正要回来对不对？他还没起疑。我可以先杀了你，再等他进门。"

他似乎又想了一遍，点了点头，显然得到同样的结论，拿枪指着萝凯。

欧雷克开始在椅子上扭动，想跳起来，透过塞嘴布发出急迫的呻吟声。萝凯看着枪口，感觉心脏似乎停止跳动，仿佛她的大脑已接受不可避免之事并开始关机。她已不再感到害怕。她想死，为欧雷克而死。说不定哈利可以及时赶到，说不定他会拯救欧雷克。因为现在她已经知道了一些事。她闭上眼睛，等待某种未知到来。也许是一击、一刀，或是痛楚、黑暗。她没想到要对哪个神祈祷。

大门的一个门锁传来咔咔声。

她张开眼睛。

阿诺尔放下手枪，看着大门。

咔咔声暂停片刻，接着又响了起来。

阿诺尔后退一步，从扶手椅上拿起一条毯子，盖住欧雷克和椅子。

"假装什么事都没发生，"他低声说，"你敢说一个字，我就在你儿子头上轰出大洞。"

咔咔声第三次传来。萝凯看见阿诺尔站到欧雷克和椅子后面，这样从大门进来就看不见手枪。

接着大门打开。

门外出现他的身影。高大的身材、灿烂的笑容、敞开的外套、饱受蹂躏的脸庞。

"阿诺尔！"他高兴地说，"看到你真开心！"

阿诺尔也笑说："你看起来真狼狈，哈利！发生了什么事？"

"警察杀手。炸弹。"

"真的假的？"

"还好没造成什么伤害。你怎么来了？"

"我正好经过，突然想到要跟你讨论一下课表。你要不要过来这里？"

"我要先抱抱她。"哈利说，对萝凯张开双臂。萝凯立刻奔入他的怀中。"旅途还顺利吗，亲爱的？"

阿诺尔清了清喉咙："你可以放开他了，萝凯，今天晚上我还有很多事要做。"

"你有点太严厉了哦，阿诺尔。"哈利笑说，放开萝凯，把她稍微推开，脱下外套。

"过来这里吧。"阿诺尔说。

"这里光线比较好，阿诺尔。"

"我膝盖会痛，来这里吧。"

哈利蹲了下来，解开鞋带："今天我经历了一场大爆炸，让我先脱鞋吧。反正你离开也要用到膝盖，而且你又在赶时间，干脆就把课表拿过来吧。"

哈利低头看着自己的鞋子。他距离阿诺尔和盖着毯子的椅子大约六七米。阿诺尔曾说他视力不好，手又会抖，这表示他的射程范围只有一米半左右，况且现在目标又突然蹲下，还低头让自己变得更小，倾身向前好受肩膀保护。

哈利拉起鞋带，假装鞋带打了死结。

引诱阿诺尔。他必须把阿诺尔引诱过来才行。

此外别无他法。这可能也是他之所以如此平静放松的缘故，眼下只能放手一搏。他已下了赌注，其他只能交给神明。

说不定阿诺尔注意到了他的这份平静。

"那就照你说的做吧，哈利。"

哈利听见阿诺尔走了过来，依然专心解开鞋带。他知道阿诺尔从坐在椅子上的欧雷克身旁走过。欧雷克动也不动，仿佛清楚知道现在发生什么事。

接着阿诺尔从萝凯身旁走过。

时候到了。

哈利抬头看去，直视枪口。枪口有如黑色眼睛般在二十到三十厘米外凝视着他。

他从一进门开始，就知道任何突来的细微举动都会触发阿诺尔，让他朝最靠近的目标开枪射击，也就是欧雷克。但阿诺尔知道哈利身上带了枪吗？他有料到哈利会带枪去找楚斯吗？

也许有料到。也许没料到。

反正没差别。现在哈利绝对来不及拔枪，无论枪有多近。

"阿诺尔，为什么——"

"再见了，我的朋友。"

哈利看着阿诺尔的手指扣紧扳机。

　　哈利知道在人生旅途来到尽头时，我们并不会突然得到大启示，不会突然了解生死的意义，也不会突然了解为何要来这世上走一遭。我们也不会突然有小顿悟，例如像阿诺尔这样的人到底为什么会愿意牺牲一切来摧毁别人的生命。人生旅途来到尽头时，只会有生命的突然终止，就像文字之间平凡却又合乎逻辑的停顿。这就是停顿应该出现的地方。

　　火药点燃，瞬间引发爆发性的速度和压力，使铜制弹匣中的子弹以大约每秒三百六十米的速度激射而出。软铅弹经过枪管内的沟槽而旋转，如此穿过空气时更能保持稳定。但以现在的情况来说并不需要，因为子弹只飞行了几厘米就穿过肌肤，接触头骨，让速度慢了下来。子弹穿入脑部之后，速度降到每小时三百公里，它先穿过并摧毁运动皮质，瘫痪所有动作，接着射穿顶叶，摧毁左右脑的功能，然后划开视神经，击中另一侧的头骨。射入角度和降低的速度使得子弹并未继续穿透头骨，反而弹了开来，射中另一片头骨，速度越来越慢，最后停了下来。但这时它已对脑部造成莫大伤害，导致心跳停止。

51

　　卡翠娜·布莱特打个冷战，依偎着侯勒姆的手臂。这座大教堂甚是寒冷，不仅里头冷，外头也冷。她该多穿件衣服才对的。

　　众人正在等待。奥普索教堂里的每个人都在等待和咳嗽。为什么人们一进入教堂老是会咳嗽？难道教堂的空间会令人咽喉紧缩？为什么即使是在以玻璃和水泥打造而成的现代教堂中也会这样？是不是因为人们知道声音在教堂里会被放大所以克制自己不要发出声音而产生焦虑，反而造成这种强迫性行为？或是人们用咳嗽的方式来释放压抑的情感，让自己不会爆出大哭或大笑？

　　卡翠娜伸长脖子看了看。出席人数不多，只有寥寥几名亲朋好友而已，哈利的联络人列表上以首字母为代表的人几乎都到场了。她看见史戴·奥纳带了妻子出席，今天他改打领带。另外还有甘纳·哈根，他也带妻子出席。

　　她叹了口气。应该多穿件衣服的，尽管侯勒姆看起来不是很冷。今天侯勒姆穿黑西装。她没想到他穿黑西装会这么帅。她拂拭他的西装翻领，并不是因为上头有脏东西，而是人们都会做这个动作来表达亲密爱意，就像猴子会替彼此抓虱子一样。

　　案子已经侦结。

　　警方一度以为逮不到他了，以为绰号警察杀手的阿诺尔·福尔克斯塔德设法跑到了国外，或在挪威找个藏身之窟躲了起来，而且这个洞窟一定又深又黑，才让人找不到。通缉令发布的头二十四小时中，他的外形描述和个人资料通过各大媒体巨细靡遗地强力播送，使得全挪威凡是心智健全的人都知道阿诺尔是谁以及他长什么样子。那时卡翠娜才发现他们曾经距离发现阿诺尔就是凶手只有一步之遥。当哈利叫她搜索勒内·卡尔纳斯和其他警察的关联时，如果她再扩大搜索条件，将前任警察也包含进来，就能发现阿诺尔跟这名年轻男子的关系。

她拂拭翻领的手停了下来，侯勒姆对她露出感谢的微笑。那是个硬挤出来、一闪而逝的微笑。他的下巴微微颤抖，看起来就快哭了。她看得出来。今天她将第一次看见侯勒姆哭泣的模样。她咳了一声。

米凯·贝尔曼悄悄坐到最旁边的位子上，看了看表。

再过四十五分钟他将接受另一次采访。这次要采访他的是另一本外国杂志《亮点》，这本杂志号称拥有百万读者。他们将采访这位警察署长如何夜以继日、孜孜不倦地追捕凶手，最后连自己也差点沦为警察杀手的手下亡魂。米凯将再度稍微停顿，然后才说，能够避免失心疯的杀人凶手继续屠杀更多警察，牺牲一只眼睛作为代价不算什么。

米凯把袖子盖在手表上。仪式应该开始了才对，他们还在等什么？他花了点心思挑选今天要穿的衣服。是不是要穿黑西装？既适合这个场合，也搭配他的眼罩？那眼罩一夕爆红，以非常直白的方式述说他的伟大功绩。根据《晚邮报》的报道，今年米凯是在国际媒体上曝光率最高的挪威人。还是要穿适合多种场合的深色西装？这样仪式结束后去接受采访比较不会那么突兀。再说采访结束后，他还必须直接去跟市议会议长开会。乌拉建议他穿适合多种场合的深色西装。

仪式再不开始，他就要迟到了。

他沉思片刻，看自己有什么感觉。没有，难道他应该有什么感觉吗？毕竟只不过是哈利·霍勒而已，既不是他的好友，也不是奥斯陆警区的警察。但记者可能在外面守候，因此来教堂露个脸可以做好公关。的确，哈利是第一个指出凶手是阿诺尔的人，这个事实无可回避，而且由于这件案子牵涉甚广，使得米凯难以无视哈利的存在。这也使得做好公关更为重要。

他已经知道待会儿跟议长开会要谈些什么。该党失去了伊莎贝尔·斯科延这个重要人物，因此正在寻找替代人选，想找个人气高、受敬重的人来加入他们的团队，领导奥斯陆向前迈进。议长打电话给他时，一开口就称赞他在接受《杂志》访问时展现出温厚稳重的形象，并问不知道该党的纲领是否符合米凯的政治观点？

双方一拍即合。

领导奥斯陆向前迈进。

这是米凯·贝尔曼的城市。

所以管风琴快开始演奏吧！

毕尔·侯勒姆的手臂感觉到卡翠娜正在发抖，他也感觉到西装裤里泌出冷汗，心想今天会很漫长。他跟卡翠娜还要再过很久才能脱下衣服爬上床。一起爬上床，并让日子继续过下去。让他们这些存活下来的警察把日子继续过下去，无论他们喜欢与否。他的目光扫过一排排长椅，想起那些今天无法到场的人，想起贝雅特·隆恩、埃伦·文内斯拉、安东·米泰、罗尔·米兹杜恩的女儿菲亚。他也想到萝凯和欧雷克·樊科，今天他们也没坐在这里。他们跟被安排在圣坛前的那个男人——哈利·霍勒——发展出家人般的关系，也付出了代价。

奇怪的是，圣坛前的哈利就跟往常一模一样，像个黑洞似的把周围一切好的事物都吸进去，耗尽别人给他或没给他的爱。

昨晚他们上床睡觉时卡翠娜说她也爱上了哈利，不是因为他值得被爱，而是因为他无法让人不爱。但你也很难吸引他、留下他、跟他一起生活。是的，她爱过他，但一切都已成过去，爱意已然冷却，或至少她试着让它冷却。她和另外几个女人因为短暂心碎而留下的小伤疤将永远存在。哈利只是她们暂时借来陪伴的男人，如今一切都结束了。说到这里，侯勒姆要她别再说了。

管风琴开始演奏。侯勒姆对管风琴总是没有抵抗力。他母亲在史盖亚村的老家客厅里就有一台歌手克格雷格·阿尔欧曼用的那种 B3 管风琴，用来弹奏老圣歌。对侯勒姆来说这些管风琴的乐音就像是让他浸泡在温暖的音符中，只希望眼泪不会奔泻而出。

警方从未逮到阿诺尔，是他自己罢手的。

他可能认为自己的任务结束了，因此生命也该告一段落，于是做出唯一符合逻辑的决定。警方花了三天才找到他，三天疯了似的搜索，侯勒姆觉得似乎全国都动员了起来。这可能也是为什么当新闻播报说阿诺尔在马里达伦谷的森林里、距离埃伦命案现场只有几百米的地方被发现时，大家觉得很扫兴的原因。阿诺尔手中握着一把枪，头部有个相当低调的小洞。警方会找到他是因为他的车在小径入口附近的停车场被人发现，那辆老菲亚特也上了全境通报。

鉴识小组由侯勒姆领军。阿诺尔躺在石南荒原中看起来十分无邪，犹如留了红胡须的小精灵。他陈尸的地方被树木包围，只有那里露出一方天空。他们在他口袋里发现那辆菲亚特的钥匙、黑斯默街九十二号那户公寓的金属门钥匙，以及一把黑克勒-科赫手枪。他手里也握着一把枪。此外他的皮夹里放着一张旧照片，侯勒姆一看就认出照片中的男子是勒内·卡尔纳斯。

由于当时连续下雨至少二十四小时，尸体又暴露在外三天，因此可以检验的证据不多，但是无所谓，警方需要的证据都已齐全。射入伤口位于右太阳穴，周围肌肤有子弹发射所导致的烧焦痕迹，也有火药残迹，从头部取出的子弹经过弹道比对后符合他手上握的手枪。

因此调查重点并不在此。真正的调查工作要从警方去他家破门而入开始，他们在那里发现大部分的证据，可用来厘清所有的杀警案，包括几支警棍沾有被害人的血迹和毛发、一把刺刀锯沾有贝雅特的 DNA、一把铲子沾有的泥土符合维斯特墓园的土壤、塑料束带、一些警方封锁带跟德拉门市郊发现的一样、一双靴子符合翠凡湖发现的脚印。警方什么证据都找到了。

事后侯勒姆突然觉得十分空虚，就跟哈利常说的一样，但这是他第一次体验到这种感觉。

只因突然无事可做。

这感觉不像是越过终点线、驶入码头或开进车站。

比较像是柏油路、路桥或铁路突然消失，道路来到了尽头，开始潜入虚空。

一切都结束了。他讨厌"结束"这两个字。

这两个字几乎等同于"走投无路"。他深入研究过原始命案的调查工作，发现了他一直在寻找的线索，也就是在翠凡湖遇害的少女、犹大·约翰森和瓦伦丁·耶尔森之间的关联。有个四分之一的指纹比对不出来，但百分之三十的可能性也不能小看。不，案子还没结束，永远都不会结束。

"要开始了。"

这句话是卡翠娜说的，她的嘴唇几乎碰到他的耳朵。管风琴的声音响了起来，形成一首曲子，一首他熟悉的曲子。他用力吞了口口水。

甘纳·哈根稍微闭上眼睛，只是聆听音乐，不去思考。但思绪依然不断冒出来。案子已经结束了，一切都结束了，是时候把该埋葬的通通都埋葬。但有件事至关重要，永远都没办法埋葬。这件事他没跟任何人提过，之所以没提是因为已经没有用了。那天他在医院和鲁道夫独处时，鲁道夫曾以嘶哑声音用瑞典语跟他说："如果我同意做证指控伊莎贝尔·斯科延，你愿意提供我什么条件？"又说，"我知道她跟某个警界高层人士合作，可是我不知道是谁。"

那是已死之人发出的死亡回音。如今伊莎贝尔已经失势，这些难以证实的说辞所带来的伤害只会超过利益。

因此他把这件事藏在心里。

就像安东没说出那根警棍的事一样。

他虽然做出这个决定，但半夜还是会惊醒。

"我知道她跟某个警界高层人士合作。"

哈根再度张开眼睛。

他的目光缓缓扫过聚集在教堂里的人。

楚斯·班森坐在他那辆铃木维特拉上，按下车窗，聆听教堂传出的管风琴声。天际晴朗无云，艳阳高照，让他既觉得温暖又糟糕透顶。他向来不喜欢奥普索乡，这里有一大堆小流氓。他打过很多小流氓，也被很多小流氓打过，但当然不像在黑斯默街那样被打得那么惨。所幸他的伤势没有表面上看起来那么严重。米凯去医院探病时跟他说，反正他长那么丑，受点伤也没什么关系，而且脑震荡再严重，对一个没脑子的人来说也没什么影响。

米凯说这些话自然是开玩笑，楚斯也试着发出呼噜笑声来表示他听懂了其中的笑点，但骨折的下巴和碎裂的鼻子实在太痛了。

目前他仍必须服用大量止痛剂，头上还缠着大片纱布，而且应该还不能开车才对。不然他要做什么呢？呆坐在家里等待晕眩消失、伤口愈合吗？就连梅根·福克斯也开始让他觉得无聊了，再说医生也不准他看电视。所以他还不如把车开来这里，坐在车上……呃，坐在车上干吗呢？为了向他不曾敬重过的人致上敬意吗？何况这人是个不知好歹的超级大白痴，还救了一个死了对他只有好处没有坏处的人。所以为什么他要来这里做出这样一个空洞的姿态？楚斯自己也想不通，他只知道他希望尽快返回工作岗位，让这座城市再度属于他。

萝凯吸气又呼气，手中握着的那束花感觉又湿又冷，双眼看着教堂大门，心想里头坐着许多亲朋好友，还有牧师。人数虽然不多，但大家都在等待，仪式少了她没办法开始。

"你不是答应过我不会掉眼泪吗？"欧雷克说。

"对啊。"她说，脸上掠过一丝微笑，抚摸欧雷克的脸颊。他已经长得好高好英俊，她得抬头看他才行。为了今天这个场合，她特地去帮他买了一套黑西装，当他们站在店里量尺寸时，她才发现儿子已经长得快要接近哈利一米九二的身高了。她叹了口气。

"我们快进去吧。"她说，挽住欧雷克的手臂。

欧雷克打开教堂大门，里面的司仪对他点了点头。他们迈开脚步踏上走道。萝凯一看见转头过来看她的众多脸孔，紧张感就消失了。举行这个仪式不是她的主意，她原本是反对的，但最后还是被欧雷克说服了。欧雷克说一切就应该这样结束才对。他用的就是这两个字：结束。但这两个字不也象征新的开始吗？象征他们的生活即将迈入新的阶段。至少她是这样觉得。突然间所有感觉都对了。现在她这样步入教堂，感觉再恰当也不过了。

她脸上漾起笑容，对那些朝她微笑的亲友微笑。一时之间她觉得如果大家或是自己的笑容再大一点的话，一定会酿成严重意外。她原本以为看到这些微笑的面孔应该会令她战栗不已，但这时她只觉得肚子不断冒出笑声的泡泡。不要大笑，她告诉自己说，现在可不能大笑。她注意到欧雷克非常专心地在走路，把脚步踩在管风琴乐声的拍子上。这时欧雷克也察觉到她的心情转变，以及她瞥过来的目光。萝凯看见他惊讶且警告的表情。然后欧雷克就赶紧别头去，但他已经看见母亲正咯咯笑个不停。此时此刻怎么可以笑成这样？他觉得这实在太不恰当了，以至于他也扑哧一声笑了出来。

萝凯赶紧转移自己的注意力，把精神集中在即将举行的仪式和庄重的气氛上。她的目光落在站立于圣坛前等候的男子身上，也就是身穿黑西装的哈利。

哈利面对他们站立，英气逼人却又伤痕累累的脸上露出傻傻的笑容，挺拔的站姿有如一只骄傲的孔雀。那天在甘纳厄亚服饰店里，哈利和欧雷克背靠背站立，让店员用卷尺为他们测量身高，最后店员宣布说他们两人的身高相差三厘米，哈利稍微胜出。这两个大男生听了开心击掌，仿佛听见某个比赛的最后比分觉得非常满意。

但现在，就在这一刻，哈利看起来十分成熟。六月的阳光穿透彩绘玻璃洒落下来，仿佛将他笼罩在神圣光辉中，让他看起来更为颀长挺拔，而且他从头到尾都非常自在放松。起初萝凯不明白他在经过那么多事情之后怎么可以这样的一派轻松？但渐渐地他这种冷静且不可动摇的信念影响了她，让她也相信船到桥头自然直。阿诺尔出现在他们家之后的那几个星期，她都难以入眠，即使哈利把她抱在怀中，在她耳边轻声说一切都结束了、已经没事了、他们已经脱离危险了，她还是难以入睡。每天晚上哈利都这样跟她说，像是在念某种令人昏昏欲睡的咒语，但仍然不够。不过渐渐地她也开始如此相信。又过了几个星期，她开始知道事情的确是这样，一切都会船到桥头自然直。于是她开始睡得比较好，可以进入深度睡眠，不会做那些醒来后完全记不得的梦，一直睡到早上哈利悄悄起床把她吵醒。哈利总以为她不知道他起床，她也总假装自己还在睡觉，因为她知道哈利喜欢用咳嗽声将她唤醒，手里拿着早餐托盘站在床边，脸上露出既开心又骄傲的表情。

欧雷克已放弃要把脚步踩在管风琴演奏的门德尔松乐曲节拍上，反正这对萝凯来说一点差别也没有，因为欧雷克每踏出一步她都得走两步才能跟上。他们决定让欧雷克一人身兼二职，她思索之后觉得这个安排再自然不过。欧雷克负责陪伴她走到圣坛前，将她交给哈利，然后再当男方的伴郎。

哈利原本想找的伴郎人选都没办法承担这个责任，但见证人仍是他首选的那一位。圣坛旁摆着一张空椅，上头放着贝雅特的照片。

他们朝圣坛走来，哈利的目光没有一刻离开萝凯。

她一直不明白像哈利这样心跳速率很低的人，可以一连好几天都待在自己的世界里，几乎不跟人说话，也不需要外界刺激，但只要一按下开关，却又可以立刻察觉到一切，察觉到嘀嗒作响的每一秒，甚至察觉到十分之一秒、百分之一秒。他只要用冷静沙哑的嗓音说几个字，就能表达许多情绪、信息、惊奇、愚痴和智能，远胜过那些夸夸其谈之人在一顿丰盛大餐上说的所有话。

然后是他的那双眼睛。他的眼神温厚和蔼，近乎害羞，却有办法吸引你的注意力，迫使你专注于当下。

萝凯即将嫁给这个她深爱的男人。

哈利看着她站在那里，美得令他红了眼眶。他没料到竟然会这样。他并不是没料到她会很美，萝凯穿上白纱肯定美丽动人。他没料到的是自己竟然会有这种反应。他所能想到的只是希望仪式不要拖太久，牧师不要说太多关于灵性方面或激励人心的话。他想象在这种令人感动的场合，通常他都会毫无感觉、麻木冷感，成为有点失望的旁观者，看着大家感动得半死，自己却什么感觉也没有。不过这次他下定决心，无论如何都要把自己的角色扮演好。毕竟是他自己坚持要在教堂举行婚礼的。而现在他却热泪盈眶，又大又咸的泪珠垂在眼角。哈利眨了眨眼，萝凯凝望着他，和他四目交接。她的眼神并不是在说：我正在看你，大家都看见我正在看你，所以我要尽量表现得很开心。

她的眼神是队友的眼神。

诉说的是我们可以搞定这件事，你我携手一起，就让我们放手去做吧。

她露出微笑。哈利发现自己也露出微笑，也不知道是谁先对谁微笑。她的身体微微颤抖，只因体内满是笑意，且迅速传遍全身，迟早忍不住会爆出大笑。庄重的气氛通常会对她产生这种影响。对他也是。为了不笑出来，她望向欧雷克，却没什么用，因为欧雷克自己都快笑场，他只是低头紧闭双眼，努力克制而已。

这团队真有默契，哈利骄傲地想，并将目光移到牧师身上。

他们这个团队搞定了警察杀手。

当时萝凯一看见那条短信就明白了意思。别让欧雷克看到礼物。也就是别让阿诺尔起疑的意思。萝凯一看就知道哈利想怎么做：他打算使出生日礼物的老招数。

因此当哈利走进大门，她上前拥抱他时，顺手就抽出他插在后腰带里的东西，再把双手放在身前，避免阿诺尔看见她手里拿着东西。她手里拿着的是开了保险的敖德萨手枪。

甚至连欧雷克都明白那条短信的意思，因此他保持安静，知道自己不能破坏他们即将采取的行动。这表示生日礼物的事他从未被骗，但他也从未说破。这团队真有默契。

他们的三人团队诱得阿诺尔朝哈利走去，把萝凯留在背后，因此她才能踏上一步，趁阿诺尔还没对哈利下手之际，近距离朝他的太阳穴开枪。

他们是无敌的冠军团队。

哈利很快地吸了吸鼻子，心想不知道眼角那两颗巨大泪珠是不是够识相，懂得留在原地，否则他就得伸手把它们擦掉，以免滑落脸颊。

他冒险选择了后者。

萝凯问过哈利为什么要坚持在教堂结婚，因为就她所知，哈利对基督教的感觉就跟化学式一样冰冷。她也是一样，尽管她是在天主教家庭中长大的。哈利回答说，那天晚上他在屋外对虚构的上帝许下愿望说如果他们能顺利渡过难关，为了还愿，他愿意接受这个愚蠢的仪式：在所谓的上帝面前举行婚礼。萝凯听了大笑，说这根本不代表他相信上帝，这只是"血腥指关节"游戏的进阶版，只是幼稚的男孩游戏而已。她还说她爱他，当然愿意跟他在教堂结婚。

他们解开欧雷克之后，三人拥抱在一起，像是进行团体拥抱似的。他们静静拥抱了漫长的一分钟，抚摸彼此，确定大家都没有受伤。那一枪的声音和气味似乎回荡在四壁之间，得等散去之后才能进行接下来的事。事后哈利叫他们在厨房餐桌前坐下，从仍然开着的咖啡机煮了咖啡，为大家各倒一杯，心里不自禁地想：如果阿诺尔成功地杀了他们全家，不知道他离开时会不会把咖啡机关上？

哈利坐下，啜饮一口咖啡，看了一眼躺在几米之外的尸体，回过头来正好看见萝凯疑惑的眼神：为什么他还不打电话报警？

哈利又喝了口咖啡，朝那把放在桌上的敖德萨手枪点了点头，然后看着她。她是个聪慧的女人，只要给她一点时间，最后她一定也会得出同样的结论：打电话报警，就等于把欧雷克送进监狱。

接着萝凯缓缓点了点头。她明白了。因为日后鉴识人员拿手枪比对病理医生从阿诺尔头部取出的子弹时，立刻就会发现这把枪正是古斯托命案中一直未能寻获的凶枪。毕竟有人遭 9 毫米 ×18 毫米的马卡洛夫子弹射杀可不是每一天或甚至是每一年都会发生的事。他们一旦发现这把枪比对符合，就会联结到欧雷克，进而导致欧雷克遭到逮捕。这次这把枪在法庭上将成为犯案铁证，判决和刑期绝对无法有转圜空间。

"你们该做什么就去做吧。"欧雷克说，他早就了解情况的严重性。

哈利点了点头，目光没有片刻离开萝凯。这个决定他们必须三人一致同意才行。

牧师读完《圣经》章节，众人再度坐下。牧师清了清喉咙。哈利事前已经请他尽量缩短讲道的部分。他看见牧师嘴唇微动，脸上表情跟那晚萝凯脸上的表情十分相像。那晚她先紧紧闭上眼睛，然后再张开，仿佛要确定这不是一场可以醒来的噩梦。她叹了口气。

"我们能怎么做？"她问说。

"烧毁。"哈利答道。

"烧毁？"

哈利点了点头。烧毁。楚斯的专长。当中的差别只在于楚斯执行烧毁工作是为了钱。

于是他们立刻开始行动。

哈利做了该做的事。他们去做了该做的事。欧雷克把哈利的车从马路上开进车库，萝凯用垃圾袋把尸体包起来。哈利用防水布和两根铝管做了个临时担架。把尸体放进后车厢之后，哈利拿着那辆菲亚特的钥匙走到下方的马路上，他和欧雷克各开一辆车前往马里达伦谷，萝凯则留下来清理，除去所有痕迹。

一如预期，在那个下雨的夜晚，葛拉森科伦山区一个人也没有，但他们还是挑了一条小径走，以免被人撞见。

在湿滑的下雨天抬一具尸体十分累人，但另一方面哈利知道雨水会冲刷掉所有鞋印和人为布置的痕迹。他们可不希望让人发现尸体是被搬到这里的。

他们花了一个多小时才找到一个适当地点，那地方不会立刻被人撞见，但不久之后一定会被路过的猎麋犬发现。这段时间长得足以让鉴识证据都遭到破坏，或至少变得难以辨识；却又短得不至于让社会花费过于庞大的资源来搜寻这名通缉犯。当哈利发现自己将后者也考虑进去时，不由得哑然失笑。原来他也大受成长环境的影响，是个经过洗脑、跟随群众的社会民主主义者，只要灯开了一整晚或在乡间乱丢垃圾就会良心不安。

牧师布道完毕，接着一名少女在顶层楼座高唱鲍勃·迪伦的《西班牙皮靴》（*Boots of Spanish Leather*）一曲。这首歌代表哈利的愿望，也代表萝凯的祝福。牧师的讲道内容更多是关于在婚姻中携手合作，比较少关于上帝的照看。哈利想到当时他们如何把阿诺尔从垃圾袋里抬出来，调整他躺在地上的姿势，让肢体看起来比较合乎在森林里朝太阳穴开枪自杀的模样。哈利知道自己永远不会去问萝凯，为什么那时她会近距离朝阿诺尔的右太阳穴开枪，而不像百分之九十的人那样直接朝后脑勺或背后开枪。

当然她很可能只是害怕子弹会穿过阿诺尔而打中哈利。

但也可能她那运作得快如闪电、实际得近乎吓人的大脑在一瞬间想到了下一步，想到了接下来会发生什么事。要拯救他们一家人，一定得采用某种掩饰手段才行，让事实迂回呈现，让他杀变成自杀。哈利身旁这个女子可能想到了自杀者不会从脑后一点五米的位置开枪，而且阿诺尔是右撇子，所以应该对右太阳穴开枪。

真是个了不起的女人。关于她，他了解的地方很多，不了解的地方也很多。他在看过她行动之后、在和阿诺尔相处几个月之后、在和自己相处四十多年之后，不由得想问一个问题：你可以了解一个人多深？

圣歌结束，牧师开始进行结婚誓词的部分——你愿意爱她、荣耀她……但他和萝凯不去理会仪式，只是看着彼此。哈利知道自己永远都不会放开她，无论他必须说多少谎言、无论承诺爱一个人到海枯石烂有多不可能都没关系。他只希望牧师赶快闭嘴，好让他把已经在他心中快乐得冒泡的那句话说出来：我愿意。

　　史戴·奥纳从胸前口袋拿出手帕，递给妻子。

　　哈利刚才说了我愿意，话声依然回荡在教堂穹顶之间。

　　"怎么了？"英格丽德低声问道。

　　"亲爱的，你在哭。"他低声说。

　　"没有，是你在哭吧？"

　　"是吗？"

　　奥纳用手帕擦了一下，发现自己真的在流泪，虽然不多，但足以在手帕上看见湿痕。奥萝拉一定会说他没有好好地哭，因为那只是两行看不见的清泪在毫无预警之下滑下鼻子两侧，周围没人看见、没人摄影，也没人特别讨论。只不过是眼睛里的垫片松开，水流出来而已。他原本希望奥萝拉能一起来参加婚礼，但她要去纳德鲁体育场参加为期两天的手球比赛，而且刚才发短信来说他们赢了第一场比赛。

　　英格丽德为奥纳整理领带，手搁在他的肩膀上。他把手叠在她的手上，知道两人同时想到他们自己的婚礼。

　　案子侦结，他写了一份心理分析报告，里面写道他猜测阿诺尔·福尔克斯塔德用来自杀的手枪就是用来杀害古斯托·韩森的手枪，而古斯托和勒内有许多相似之处。他们都是很有魅力的年轻男子，毫无顾忌地贩卖肉体给各年龄层的男人，而阿诺尔就是会爱上这种类型的人。阿诺尔的妄想型精神分裂症也可能导致他谋杀古斯托，导火线可能是嫉妒或一连串由于严重精神病所产生的妄想事件，尽管这些症状外界可能看不出来。奥纳附上了一份咨询笔记，是阿诺尔在克里波任职时去找他诊疗所留下来的，当时阿诺尔的主诉是幻听。尽管医界早已认为幻听并不是精神分裂症的同义词，奥纳仍倾向于认为阿诺尔的情况确是如此，而写下诊断将代表终结阿诺尔的警探生涯。但最后奥纳没必要递出报告，因为阿诺尔在说出他接近一名未具名同事的行为之后，就辞去了工作。阿诺尔不再去咨询，从此在奥纳眼前消失。但很显然地有几个事件造成了他的病情恶化。其一是他头部受伤，必须住院很长一段时间。许多研究指出即使脑部只是受到轻微冲击，都可能造成行为改变，例如变得更具侵略性，冲动控制的能力降低。此外他头部受到的重击也跟他加诸被害人的很像。其二是失去勒内·卡尔纳斯。根据目击者指出，阿诺尔几乎是疯狂地爱上勒内，因此他最后会自杀一点也不足为奇，而他也不会留下遗书或任何东西来辩解他所做的事，这对自大狂来说十分正常，因为他们觉得需要被人记住、了解、欣赏、视为天才，而且还要青史留名。

　　这份心理分析报告正中下怀，米凯表示这是最后一块拼图。

　　但奥纳认为另一个层面可能对警方最为重要。他利用这份诊断报告来替警方止血，否则问题可能更为棘手且麻烦，那就是为什么这名进行血腥屠杀的凶手竟然是警方自己人？的确，阿诺尔只是前任警察，但这起事件对警察这份工作和警方的内部文化带来什么启示？

　　如今警方可以不用再辩解，因为心理医生已经诊断说阿诺尔精神失常。一个人精神失常不需要原因。精神失常只是一种自然疾病，会突然发生，事情就是这样。事后你只能继续过日子，不然还能怎么办？

米凯和其他人都是如此解读。

无论如何这起案件总算告一段落。奥纳回去当全职的心理咨询师。但哈根说他希望锅炉间小组可以成为一个永久待命的单位，有点像戴尔塔小队那样。另外犯罪特警队招募卡翠娜成为他们的一分子，她也已经答应。她说她有许多不得不这样做的理由，只能离开风光明媚的卑尔根，搬到这个糜烂的首都。

管风琴手再度开始演奏，奥纳听见踏板发出咯吱声，音符随之响起。新郎新娘步上走道，如今他们已成为新婚夫妻。他们不用左右点头致意，因为来教堂参加婚礼的人很少，一眼就能把所有人尽收眼底。

婚礼结束后的庆祝派对将在施罗德酒馆举行。通常不会有人选在哈利常去的这家酒馆庆祝结婚，但哈利说这是萝凯的主意，不是他的。

宾客转过头去，目光跟随着萝凯和哈利，穿过无人的长椅，朝门口前进。奥纳心想，欧雷克、萝凯和哈利一起走向六月阳光、走向下半辈子、走向未来。

"哦，史戴。"英格丽德说，从奥纳胸前口袋拉出手帕递给他。

奥萝拉坐在板凳上，聆听欢呼声。她的队友又得分了。

这是今天第二场比赛，他们的球队正朝胜利迈进。她提醒自己得发短信给老爸。其实她自己不太在意输赢，妈咪也一定不在意，只有老爸在她每次回报胜利的喜讯时，都表现得好像她是十三岁以下分组的新任世界冠军一样。

上一场比赛埃米莉跟奥萝拉将近打完整场，因此这一场她们几乎都坐在板凳上。奥萝拉已开始数算球场另一侧的看台上有几个观众，数到剩下两排。大部分的观众都是家长，以及参加这次锦标赛的其他球队，但她似乎在其中看见一张熟悉的面孔。

埃米莉推了她一下："你没在看比赛啊？"

"有啊，我只是……你有没有看见坐在第三排的那个男人？他坐得离其他人有点距离。你见过那个人吗？"

"不知道，太远了。你没想过要去参加婚礼吗？"

"没想过，那是大人的事。我要小便，你要不要一起去？"

"比赛进行到一半啊，万一要我们上场怎么办？"

"接下来轮到夏洛特或是卡金卡，走啦。"

埃米莉只是看着她。她知道埃米莉在想什么：奥萝拉平常不会找人一起去上厕所，她去哪里都不太会找人一起去。

埃米莉犹疑片刻，转头望向球场，看了看站在界线外、双臂交叠的教练，然后摇了摇头。

奥萝拉不知道自己能不能忍到球赛结束，况且那时会有一大堆人拥进更衣室和洗手间。

"我去一下就回来。"她低声说，起身朝楼梯小跑步而去。她在门口抬头朝看台望去，找寻那张她觉得熟悉的脸孔，却没看见。她奔下楼梯。

莫娜·甘伦独自站在布洛甘纳斯教堂旁的墓园里。她从奥斯陆开车前来德拉门，花了点时间才找到这座墓园，还得询问墓碑的位置。阳光照在墓碑上，将名字周围的水晶材质照得闪闪发光。安东·米泰。她心想，现在他比生前还发光发亮。他爱过她。她确信安东爱过她。她放了一片薄荷口香糖在嘴里，想起他在国立医院值班完后载她回家时说过的话，然后他们接吻。他说他喜欢莫娜舌头上薄荷的味道。到了第三次车子停在她家门口时，她倾身解开他裤裆的扣子，并在开始前把口中的口香糖拿出来，黏在座椅底下。事后她又吃了一片口香糖，才跟他接吻。因为她口中必须有薄荷的味道，他就是喜欢这个味道。她想念他，却没有权利这样做，这才是最糟糕的地方。莫娜听见后方的碎石径传来嘎扎的脚步声。说不定是她，安东的另一个女人，劳拉。莫娜头也不回地往前走，眨了眨眼，好让泪眼模糊的视线可以清楚一点，专心将步伐踩在碎石径上。

教堂门打开，楚斯却没看见有人出来。

他朝放在副驾驶座上的杂志看了一眼。里头有米凯的专访，还有他和妻子及三个小孩的全家福照片。这位精明又谦逊的警察署长说没有妻子乌拉在背后支持家庭、没有警署的能干同事帮忙，他绝对无法侦破杀警案。此外，杂志里也写道，揭开阿诺尔就是凶手的谜底之后，同时也厘清了另一起命案。弹道报告指出阿诺尔用来自杀的那把敖德萨手枪，就是杀害古斯托·韩森的凶枪。

楚斯想到这里，不禁露齿一笑。妈的才不可能呢。一定是哈利又使出老把戏，在里头搞鬼了。楚斯不知道哈利是怎么办到的，但无论如何欧雷克从此洗刷嫌疑，不用再担惊受怕。等着瞧吧，日后哈利一定也会把这小子送进警大学院。

好吧，可以接受。楚斯不会去挡他的路。这烧毁的工作干得不错，值得说一声赞。反正楚斯留下这本杂志不是为了哈利、欧雷克或米凯。

而是为了乌拉的照片。

这不过是暂时退步而已，他会把杂志丢掉，也会把乌拉放下。

他想起前天跟他在餐厅碰面的女子。网络约会。当然了，女子完全比不上乌拉和梅根·福克斯，她年纪有点老、臀部有点大、话有点多。但除了这些之外，他还算喜欢她。只不过一个女人在年龄、脸蛋和臀部这几个项目都不及格，又不懂何时该闭嘴，还有什么用处呢？

他不知道，只知道他喜欢她。

或者应该说，他喜欢她是因为她显然喜欢他。

说不定女子是因为他脸部受过重创而同情他。或其实米凯说得没错：他的脸本来就没什么吸引力，重新排列一下也没什么差别。

又或者他的内在出现了一些改变。究竟是什么改变他也不清楚，只不过有一天他醒来之后觉得焕然一新，想法也不同了。他可以跟周围的人用一种新的方式说话，而且别人似乎也注意到了，他们也用一种新的方式、一种更好的方式来对待他。这使得他有勇气朝这个新方向踏出一小步，尽管他不知道这个方向通往哪里。话虽这样说，但他并不是找到救赎或什么的，这个改变很小，有时他几乎感觉不到。

无论如何，他觉得自己会再打电话给她。

警用频道发出吱喳声。他从口气而非话语听出事态有点严重，跟无聊的交通堵塞、地下室闯空门、家庭事件和酒后闹事不同。发现了一具尸体。

"看起来像谋杀案吗？"小组长问道。

"我想应该是吧。"这人刻意用简洁冷酷的语调回答，年轻警察通常都喜欢这样说话。倒不是说他们没有老一辈的警察作为榜样。尽管现在哈利已经不干警察了，但他的语录依然广为流传。"她的舌头……我想应该是她的舌头被割了下来，塞在……"这位年轻警察再也无法保持冷酷，声音开始走调。

楚斯觉得一股欣喜之情浮现。他的心脏越跳越快，发出充满生命力的鼓动声响。

听起来这案子令人作呕。六月。她有一双可爱的眼睛。他猜她的衣服底下包着一对大奶。是的，夏天就快到了。

"有地址吗？"

"亚历山大柯兰斯广场二十二号。×，这里有好多鲨鱼。"

"鲨鱼？"

"对啊，在那些小冲浪板上，这里到处都是那些玩意。"

楚斯将铃木休旅车打入驾驶挡，踩下油门，放开离合器。有些日子他觉得焕然一新，有些则不。

女厕位于走廊尽头。厕所门在背后关上，奥萝拉突然发现这里好安静，上面的吵闹声全都不见了，这里只有她一个人。

她快步走进一个隔间，把门锁上，拉下短裤和内裤，坐到冰冷的马桶坐垫上。

她想起婚礼。其实她挺想去参加的，她从未好好地看过别人结婚，心想不知道有一天自己会不会结婚？她想象自己站在教堂外，一边笑一边闪躲满天的五彩碎纸，身穿白纱，有一间自己的房子和一份自己喜欢的工作，跟一个男孩一起生小孩。她想象那个男孩的模样。

厕所门打开，有人走了进来。

她坐在庭院的秋千上，太阳朝她双眼照来，所以她看不清楚那男孩的模样。她希望他是个很棒的人，想法跟她有点像，也有点像她爸，但别那么蠢。不对，事实上，就跟爸爸一样蠢吧。

那脚步声对女人来说显得有点沉重。

奥萝拉伸手去拿卫生纸，但又缩了回来。她想呼吸，却吸不到空气。没有空气可吸。她觉得喉咙紧缩。

那脚步声对女人来说太沉重了。

脚步声停了下来。

她往下看去，在颇大的门缝之间看见一道影子，还有一双鞋子的鞋尖。这双鞋又长又尖，很像牛仔靴。

奥萝拉分不清在她脑袋里响个不停的是结婚钟声还是她自己的心跳声。

哈利踏上台阶，眯着眼，朝灿烂的六月阳光望去。他站在原地，闭上眼睛一会儿，聆听教堂钟声回荡在奥普索乡，感觉这个世界平静又和谐。他知道故事就该这样结束，就该这样平静又和谐地画下句点。

POLITI(POLICE)：Copyright © 2013 by Jo Nesbø
Published by agreement with Salomonsson Agency, through The Grayhawk Agency Ltd.
本书译文由台湾漫游者文化授权简体中文版出版发行

著作权合同登记号：图字18-2016-174

图书在版编目（CIP）数据

警察 /（挪）尤·奈斯博著；林立仁译 . -- 长沙：湖南文艺出版社，2017.8（2024.9 重印）
书名原文：Politi
ISBN 978-7-5404-8185-8

Ⅰ.①警… Ⅱ.①尤… ②林… Ⅲ.①长篇小说—挪威—现代 Ⅳ.①I533.45

中国版本图书馆 CIP 数据核字（2017）第 147094 号

上架建议：畅销·悬疑小说

JINGCHA
警察

著　　者：［挪威］尤·奈斯博
译　　者：林立仁
出 版 人：陈新文
责任编辑：薛　健　刘诗哲
监　　制：吴文娟
策划编辑：董　卉
特约编辑：宋　歌　顾笑奕
版权支持：辛　艳　张雪珂
营销编辑：傅　丽
封面设计：利　锐
出　　版：湖南文艺出版社
　　　　　（长沙市雨花区东二环一段508号　邮编：410014）
网　　址：www.hnwy.net
印　　刷：北京天宇万达印刷有限公司
经　　销：新华书店
开　　本：880 mm×1230 mm　1/32
字　　数：410千字
印　　张：15.5
版　　次：2017年8月第1版
印　　次：2024年9月第2次印刷
书　　号：ISBN 978-7-5404-8185-8
定　　价：59.00元

若有质量问题，请致电质量监督电话：010-59096394
团购电话：010-59320018